일타강사 백사부

일러두기

• 이 책은 네이버 시리즈에서 연재된 《일타강사 백사부》를 바탕으로 편집, 제작 되었습니다.

일타강사 백사부

7권

간짜장 지음

artePOP

목차

291화

종업식(3)

스읔. 스읔.

조천상은 연마석으로 검날을 섬세하게 다듬었다.

천천히, 집중해서.

검의 관리는 평소에도 완벽하게 해 왔기에, 굳이 지금 검날을 다시 세워야 할 필요는 없었다.

'그저 오랜 습관일 뿐.'

어린 시절부터 시험을 앞두거나, 중요한 임무에 나서기 전에 치르는 일종의 의식이었다.

천천히 검날을 다듬고 있으면 잡생각이 모두 사라지고, 온전히 스스로에게 집중할 수 있었다.

"긴장되나 보군?"

조금 짓궂은 목소리에 조천상은 하던 일을 멈추고 고개를 돌렸다. 맹주가 대기실 천막을 헤치고 들어왔다.

조천상이 자리에서 일어나며 예를 취했다.

"오셨습니까."

“집중하는 데 내가 방해했나?”

“아닙니다. 오래된 습관일 뿐, 이제는 굳이 할 필요도 없는 행동입니다.”

조천상이 평온한 얼굴로 말했다.

하지만 천무대주를 몇 년 동안 보아온 맹주는 느낄 수 있었다.

조천상의 눈빛이 그 어떤 때보다 뜨겁다는 것을.

갑자기 검날을 갈기 시작한 것도, 몸 안에 끓어오르는 열기를 식히기 위해서였음이 분명했다.

맹주의 입가에 미소가 맺혔다.

“자네가 이렇게 호승심이 큰 무인인 줄은 몰랐군.”

“……호승심이라기보다는, 검을 연마하는 무인으로서의 호기심입니다.”

“단순한 호기심치고는 청룡신협에게 뿌리던 투기가 무척 사납던데?”

“그건…….”

지난날 조천상이 했던 행동을 지적하자, 그의 얼굴이 붉어졌다.

맹주는 그 모습을 보고 껄껄 웃었다.

천무대주는 무림맹 내에서도 손에 꼽는 고강한 검객이었지만, 구파일방 출신이라 그런지 순진한 구석이 있었다.

“아무렇지 않은 것이 오히려 이상하지. 어느 날 하늘에서 뚝 떨어진 놈이 십존에 버금가는 명성을 얻었으니 말이야. 게다가 갑자기 무림맹의 요직에 앉지 않았나?”

“…….”

그 요직에 앉힌 사람의 입에서 나온 말이기에, 조천상은 잠시 대꾸해야 할 말을 찾지 못했다.

“청룡신협의 명성을 질투하지는 않습니다. 다만…… 그가 검객으로서 어느 정도 성취를 얻었는지 궁금한 것은 사실입니다.”

화산파 장문인의 제자.

어려서부터 수없이 천재라 칭송받았고, 천하에서 가장 뛰어난 기재들이 모인다는 천무학관에서도 수석으로 졸업한 재능.

'동년배 중에는 적수가 없다고 생각했을 테지.'

조천상은 그 나이대에서 재능이 가장 뛰어난 무인이라고 해도 과언이 아니었다.

그런데 어느 날 갑자기, 자신과 동년배에 더 큰 명성을 누리는 신진고수가 나타났다.

맹주는 지금 조천상이 어떤 감정을 느끼고 있을지 짐작할 수 있었다.

"불쾌하지?"

"예?"

조천상이 당황한 표정으로 되물었다. 맹주가 씩 웃으며 말했다.

"누가 내 위에 있는 것을 용납할 수 없지? 동년배라서 더욱 그럴 것이야. 감히 나보다 뛰어나다는 평가를 받아? 나와 겨뤄 보지도 않았는데?"

"아니, 전 그렇게까지는……."

"당연한 감정이다. 부정할 필요 없다."

맹주는 무림의 절대자 중 한 명이었다.

그가 투명한 눈동자로 조천상의 심리를 꿰뚫어 보았다.

"너는 가장 높은 곳이 아니면 만족할 수 없는 놈이야. 그러한 오만함 덕분에 지금의 경지를 이룰 수 있었고, 앞으로 더 올라갈 수 있을 것이다. 나도 너와 같았다."

"……."

조천상은 누구보다 뛰어났기에 겸손할 수 있었다.

그 밑바탕에는 내가 최고라는 오만함이 깔려 있었다.

반대로 말하면 그것이 부정당했을 때, 참기 힘든 분노를 느낄 수밖에 없었다.

"……그럴지도 모르겠습니다."

조천상은 끓어오르는 호승심을 주체하기 힘들었다.

화산파는 물론, 천무학관에서도 이런 적은 거의 없었다.

경쟁이야 항상 있었고 치열했지만, 언제나 승리한 사람은 자신이었다.

조천상의 경쟁 상대는 동년배가 아니었다.

그보다 훨씬 위, 무림의 절대자들이라 불리는 십존을 목표로 두었다.

……하지만 청룡신협은 그에 버금가는 명성을 너무나 쉽게 얻었다.

'인정할 수 없다.'

직접 확인해 볼 것이다.

청룡신협의 무공이 과연 명성에 걸맞을 만큼 뛰어난지 말이다.

조천상은 자신의 검을 바라봤다.

'만약 자격이 부족하다면…… 이 검에 톡톡히 망신을 당하게 될 것이다.'

그러다 문득, 조천상은 어떤 생각이 들어 맹주에게 물었다.

"밖에서 비무의 승패를 두고 내기가 한창이라고 들었습니다. 맹주님은 어디에 돈을 거시겠습니까?"

맹주는 피식 웃었다.

"잘 모르겠군. 확실한 건, 청룡신협은 아주 음흉한 녀석이라는 것이다. 숨기는 것이 많아. 무공도 그럴 테지."

절세고수의 예리한 감.

맹주는 백수룡이 아직도 드러낸 것보다 숨기고 있는 것이 더 많다는 것을 느끼고 있었다.

"녀석은 전력을 다하지 않고서 너를 이기려고 할 것이다."

"불가능한 일입니다."

조천상의 눈빛이 고요히 타오르기 시작했다.

"제가 오늘 그 밑천이 다 드러나게 할 테니까요."

"기대하고 지켜보도록 하지."

맹주가 씩 웃더니 조천상의 어깨를 두드렸다.

애초에 천무대주를 찾아온 목적은 투지를 끌어내기 위함이었으니.
동기부여는 확실하게 한 것 같았다.

◆ ◈ ◆

비무대 양쪽에서 두 사람이 동시에 계단을 올랐다.
저벅.
저벅.
가벼운 걸음을 내디뎠을 뿐이지만, 시장통처럼 시끄러웠던 군중들이 일제히 침묵했다.
자리에서 일어난 맹주가 쩌렁쩌렁한 목소리로 말했다.
"본 맹주가 직접 참관할 것이다. 두 사람은 어디까지나 이것이 친선 비무라는 것을 명심하고, 서로 크게 다치는 일이 없도록 주의하라."
"예."
"알겠습니다."
두 사람의 대답을 들은 맹주가 호쾌하게 고개를 끄덕였다.
"비무를 시작하라."
맹주에게 예를 취한 두 사람이 돌아서며 마주 섰다.
스릉.
자태를 드러낸 매화검에 햇빛이 찬란하게 부서졌다.
이십사수매화검법(二十四手梅花劍法).
조천상이 검을 들어 기수식을 취하자, 그 고아한 자태에 지켜보던 군중들이 감탄을 터트렸다.
"화산검호는 기수식만으로 사람을 감탄하게 하는군!"
"화산이 무당과 함께 천하제일검문으로 불리는 이유를 알 것 같습니다."

"제가 다 긴장돼서 심장이 터질 것 같아요. 과연 어떤 무공을 보여 줄지……."

구파의 무인들은 민간에서 거의 신선으로 떠받들어진다.

드넓은 천하에 열 손가락에 꼽는 명성과 힘, 유구한 역사와 전통을 지녔기 때문이다.

평범한 무인들은 살면서 구파의 무인을 단 한 번도 만나지 못하는 경우도 흔했다.

웬만한 일에도 속자제자들이 나설 뿐, 본산제자들이 직접 나서는 일은 드물다.

때문에 구파일방 본산의 제자를 보는 것은 무척 귀한 일이었다.

심지어 화산파 장문인의 제자.

다음 대 화산의 장문인이 될 수도 있는, 무림에서 가장 고귀한 신분을 지닌 청년의 비무를 구경하게 된 것은 큰 행운이었다.

"누가 이겨도 팽팽한 접전이 되겠지?"

"기다리느라 지쳤소! 빨리 붙어보시오!"

"백수룡 선생님! 전 재산을 선생님한테 걸었어요!"

"저는 화산검호에게 걸었습니다!"

자신에게 쏟아지는 수많은 시선을 느꼈음에도 조천상의 표정은 여유가 느껴졌다.

"천무대주 조천상이오. 강호에서는 화산검호라는 과분한 별호로 불리고 있소."

"……"

백수룡은 말없이 굳은 표정으로 조천상을 응시했다.

아직 검을 뽑지도 않은 모습.

조천상은 상대가 긴장했다고 생각하고 부드럽게 웃었다.

'하긴, 나보다 더 긴장이 될 테지.'

잠시 후면 십존에 버금간다는 명성에 금이 갈지도 모르는 일이 아닌가.

그런데 만약 백수룡이 긴장해서 제대로 싸우지 못한다면, 이겨도 찝찝할 것 같았다.

조천상은 우선 몇 마디 말로 상대의 긴장을 풀어주기로 했다.

"명성이 자자한 청룡신협의 검을 견식하게 되어 영광이오. 부담 없이, 서로 전력을 다해서 부끄러움이 없는 대결을 펼쳐 보도록 합시다."

"다 좋은데……."

드디어 백수룡의 입을 열었다.

한쪽 눈썹을 치켜올리고, 고개를 한쪽으로 삐딱하게 기울이면서였다.

몹시 못마땅한 태도로 백수룡이 말했다.

"초면에 말이 애매하게 짧네?"

"……무슨 소리요?"

"그쪽은 천무대주."

백수룡의 손가락이 조천상을 가리켰다가 다시 자신을 가리켰다.

"나는 무림맹 총사범. 즉, 내가 그쪽보다 상관이란 소리인데. 말을 반토막으로 하면 되나?"

"……."

조천상은 말문이 막혔다.

미처 못했던 생각이다.

불쾌하지만 이치에는 맞다. 하지만 조천상은 인정하고 싶지 않았다.

"……검을 뽑으시오. 검객은 검으로 말하는 법. 비무대 위에서 긴 대화를 나누는 것은 불필요한 행동이오."

"지가 먼저 말 걸어놓고 불리하니 말을 돌리네? 뭐 이런 놈이 다 있어?"

백수룡의 황당하다는 반응에 조천상은 입술을 꽉 깨물었다.

소문으로는 언변이 검만큼 예리한 자라더니…….

확실히 사람 속을 뒤집는 데 일가견이 있었다.

"나를 먼저 꺾으시오. 그럼 말을 높이겠소."

"나보다 약한 놈은 상관으로 못 모시겠다? 그런 의미로 받아들여도 되나?"

"마음대로 생각하시오."

그 대답에 백수룡이 서늘하게 웃었다.

"너희들. 아주 건방져."

비무대에 오르기 전에, 천무대 부대주란 놈이 제자들을 무시했다는 이야기를 들었다.

청룡학관의 출신은 시정잡배와 다를 바 없다고 했다고.

남궁수에게 왜 그런 말을 듣고도 참았냐고 물었더니, 남궁수는 소란이 일어나 비무가 취소되면 네가 천무대주를 패 버릴 기회가 사라지지 않느냐고 말했다.

'그 녀석도 점점 이상해지고 있다니까.'

각설하고.

백수룡은 매화검법의 기수식을 취하고 있는 조천상을 바라봤다.

"너, 내가 딱 싫어하는 유형이야."

"……."

"스스로를 특별한 존재라고 생각하지? 평생 너보다 못한 놈들을 깔보고 무시하며 살았는데, 갑자기 굴러들어온 돌이 거슬려 죽겠지? 그래서 이 기회에 제대로 망신을 주고 싶지?"

"닥치시오."

세간에서 구파일방이 신선처럼 여겨진다고 한들, 백수룡의 눈에는 거기서 거기였다.

스릉.

백수룡이 창룡검을 단숨에 뽑았다. 검에서 느껴지는 범상치 않은 기운에 조천상의 표정이 굳었다.

"어려서부터 오냐오냐 키우면 이런 일이 벌어지지."

"건방이 도를 넘는군. 내게 훈계할 만한 실력이 된다고 생각하나?"

백수룡은 대답 대신 진각을 밟았다.

콰앙!

순식간에 둘 사이에 거리가 좁혀졌다. 백수룡의 경공은 조천상이 상상한 것 이상으로 쾌속했다.

하지만 이미 대비하고 있었기에 충분히 궤적을 읽을 수 있었다.

'보인다!'

조천상은 이십사수매화검법을 펼쳤다.

검에서 피어난 붉은 검기가 비무대를 가득 채웠다. 그 형상이 마치 매화잎이 사방에 흩날리듯 아름다웠다.

"매화검법이다!"

화산파를 대표하는 무공을 목격한 관중들이 희열에 찬 목소리로 외쳤다.

화산을 대표하는 검법은 아름답고 화려하다.

하나의 초식에 수많은 변화를 내포하고 있고, 쾌속하기로도 천하에서 한 손에 꼽을 수 있다.

촤촤촤촤촤촤!

저 아름다운 매화에 취해 넋을 놓는 순간, 상대는 그 속에서 피어난 검에 목을 내주어야 한다.

'무복을 갈기갈기 찢어 주지.'

백수룡의 모습은 매화에 뒤덮여 더 이상 보이지 않았다.

죽일 생각은 없었다. 다만, 이 자리에서 톡톡히 망신을 줄 생각이었다.

그때였다.

"이십사수매화검법. 유명한 만큼 연구도 많이 된 무공이지. 이건 매화접무로군."

휘몰아치는 매화잎 사이에서, 백수룡의 목소리가 들려왔다.

"이렇게 유명한 초식을 변초도 없이 사용하다니. 날 병신으로 보는 건가? 아니면 그냥 네가 병신인 거냐?"

"어떻게……."

저 수많은 매화가 전부 검기였다. 어떻게 저 안에서 멀쩡할 수 있는 거지?

좌아아아악!

비무대를 가득 메운 매화잎이 모조리 쓸려나가고, 그 안에서 백수룡이 멀쩡한 모습으로 걸어 나왔다.

"놀란 표정을 보니 네가 병신이구나."

매화를 찢고도 힘이 남은 창룡검이 조천상을 향해 벼락처럼 떨어져 내렸다.

쩌어어어엉!

가공할 검력을 받아 내지 못한 조천상의 검이 하늘로 튕겨 날아갔다.

"!!"

식견이 높은 관중들이 자리에서 벌떡 일어났다.

그중에는 무림맹주도 포함되어 있었다.

"부끄러움이 없는 대결? 지랄을 해라."

검을 놓친 손목을 붙잡고 뒤로 물러나는 조천상을 일별한 백수룡은 고개를 돌렸다.

"나는 무림맹 총사범 백수룡이다."

그와 눈이 마주친 천무대 무사들은 귀신이라도 본 듯한 얼굴이었다.

"지금부터 너희 대주에게 한 수 가르쳐 줄 테니, 잘 보고 배우도록 해라. 그리고 앞으로 내 앞에서 어떻게 처신할지 결정해."

백수룡은 아직 정신을 차리지 못하고 있는 천무대주를 향해 걸어갔다.

"똑같이 처맞기 싫으면."

292화

종업식(4)

"멍청한 놈."

맹주는 비무대 위, 수세에 몰린 천무대주를 노려보며 중얼거렸다.

단 일 합이었다.

그렇게 조심하라 당부까지 했건만, 병신같이 방심을 하다가 일격을 허용했다. 손에 쥔 검을 놓치는 망신까지 당하면서 말이다.

'실전이었으면 방금 전에 죽었겠지.'

맹주는 누구보다 천무대주의 실력을 잘 알았다.

알기에 더욱 실망스러웠다.

천무대주가 방심하지 않고 처음부터 전력을 다했다면, 설령 맹주 자신이었어도 일격에 저렇게 만들 수는 없었을 것이다.

'이게 다 실전 경험이 부족한 탓이지.'

맹주의 호위부대?

천무대의 실상은 의장대나 다름이 없었다.

무림맹의 연회에서나 무공을 뽐내는 귀한 집 도련님들.

오단의 무력대들이 실전에서 구르며 피땀을 흘릴 때, 그들은 자신들이 특별한 계급이라도 되는 것처럼 어깨에 힘을 주고 다녔다. 종종 맡았던 임무도 실력에 비해 쉬운 것들뿐이었다.

"아무리 그래도 그렇지……."

경험 부족이 드러나리라 어느 정도 예상은 했지만, 현실은 맹주가 생각했던 것보다 훨씬 더 심각했다. 열이 확 뻗쳤다.

'대주가 저 모양이니, 다른 녀석들도 별다를 것 없을 테지.'

맹주의 호랑이 같은 눈이 천무대의 무인들을 훑었다. 맹주와 눈이 마주친 무인들이 고개를 푹 숙였다.

"쯧쯧."

혀를 찬 맹주는 다시 비무대 위로 시선을 돌렸다.

'그에 비하면, 저 녀석은…….'

백수룡을 바라보는 맹주의 시선에는 경탄이 어렸다.

일격에 천무대주의 검을 날려 버린 검술도 일품이었지만, 그 전에 이루어진 수 싸움이 더 놀라웠다.

도발로 상대를 흥분시켜 평정심을 흐트러뜨리는 것부터 시작해, 과감하게 돌진해서 천무대주의 공격을 유도한 것, 겉멋에 취한 상대의 초식을 파훼해 일격에 깨부수고, 전력으로(과연 그게 전력인지는 모르겠지만) 달려들어 검을 날려 버리기까지.

심리전, 준비성, 과감한 실행력까지.

일련의 과정 중 뭐 하나 나무랄 것 없이 완벽했다.

"같은 시간 동안 한 놈은 제 잘난 맛에 검날이나 갈고 있었고, 한 놈은 상대를 철저하게 분석하고 나왔으니……. 결과가 저럴 수밖에."

그 결과가 저것이었다.

"천무대주 실력이 이것밖에 안 되나?"

"크……!"

비무대 위.

백수룡은 고양이가 쥐를 가지고 놀듯 조천상을 몰아세우고 있었다.
“회피할 때 보법이 어설퍼. 화산파에서 제대로 안 배웠나?”
“사문을 모욕하지 마라!”
“모욕?”
피식 웃은 백수룡은 창룡검을 몽둥이처럼 휘둘렀다. 조천상은 쌍장을 휘둘러 쏟아지는 공격을 막기에 급급했다.
“본인은 무림맹 총사범이다. 맹원의 무공을 지도하는 것이 내 일이야. 부족한 부분을 지적하는 것이 모욕인가?”
“방심만 하지 않았어도……!”
“방심?”
빠악!
벼락처럼 휘둘러진 검이 천무대주의 옆구리를 때렸다. 검면이었기에 망정이지, 날로 쳤으면 내장이 쏟아졌을 것이다.
물론 검면으로 친다고 해서 멀쩡한 건 아니었다.
“커헉!”
눈이 뒤집힐 것 같은 통증에 조천상이 크게 휘청였다. 그 와중에 수공으로 매화산수(梅花散手)를 펼쳐 백수룡의 접근을 경계했으나, 백수룡은 제자리에 서서 혀를 찰 뿐이었다.
“방심한 게 자랑이냐? 방심하다 당했으면 더 부끄러워해야 해야지.”
“으으으윽!”
조천상은 억울해서 미칠 것 같았다.
방심만 하지 않았다면, 실력만 제대로 발휘했다면 절대 이렇게 일방적으로 흘러갈 비무가 아니었다.
너무나 억울한 마음에, 평소였으면 하지 않을 변명을 하고야 말았다.
“비겁하게, 친선 비무에서 처음부터 전력을 다하는 경우가 어디 있나…….”
“비겁?”

백수룡이 입꼬리가 호선을 그리며 올라갔다.
그러나 눈은 전혀 웃고 있지 않았다.
"새끼가 입을 열 때마다 변명이네. 넌 진짜 안 되겠다."
소매를 걷어붙인 백수룡이 본격적으로 덤벼들었다. 그의 신형이 한 줄기 섬광처럼 질주했다.
"얕보지 마라!"
조천상은 소나기처럼 쏟아지는 백수룡의 공격을 보법으로 피하고, 수공으로 맞서고, 장법으로 밀어내면서 어떻게든 활로를 찾으려고 노력했다.
매화산수(梅花散手), 낙화추영장(落花追影掌)과 같은 화산파의 절기들이 그의 손에서 펼쳐졌다.
퍼버버버벙!
뒤늦게나마 정신을 차린 천무대주의 무공은 굉장히 뛰어났다. 전신을 휘감은 자하기에 무복이 미친 듯이 펄럭이고, 손을 휘저을 때마다 가공할 장력이 사방에 뿜어졌다.
"그래. 제법이긴 하네."
하지만 천무대주는 평생 검을 연마한 검객이었다.
검을 놓친 검객은 실력의 절반도 제대로 발휘하기 어렵다.
휘익!
빈틈을 파고든 백수룡의 검 끝이 조천상의 명치를 찔렀다. 호신강기로 막아 보지만, 망치로 때리는 듯한 둔탁한 충격이 몸을 때렸다.
"커헉!"
숨이 턱 막힌다. 조천상의 얼굴이 창백해졌다. 백수룡은 공격을 멈추지 않았다. 더 가까이 붙으며 주먹으로 조천상의 옆구리에 주먹을 꽂아 넣었다.
퍼억!

내공이 실린 주먹은 바위도 부순다. 인간이라면 뼈가 부러져도 이상하지 않은 공격. 조천상의 몸이 크게 휘청였다.

백수룡은 공평하게 반대편 옆구리에도 주먹을 꽂아 넣었다. 퍼억! 다리가 풀린다. 쓰러지기 직전에 복부에 정권을 강하게 찔러 넣었다.

"커허억!"

입에서 피를 토하며 길게 날아간 조천상이 비무대 바닥을 뒹굴었다.

"진짜 아프겠다……."

"선생님이 우리는 엄청 봐준 거였어……."

"저렇게 때려도 사람이 안 죽나?"

비무를 지켜보고 있던 백룡장 제자들이 몸을 부르르 떨었다.

재수 없는 천무대주가 당하는 모습은 속이 시원했지만, 맞을 때마다 몸이 저절로 반응했다.

그만큼 차원이 다른 매타작이었다.

학생들보다는 천무대주가 훨씬 더 고수였기에, 백수룡도 사정을 봐주지 않고 무자비하게 두들겼다.

"아직, 안 끝났다……."

그러나 조천상이 휘청거리면서도 자리에서 바로 일어나 기수식을 취했다. 눈에 독기가 가득했다.

"호오. 맷집은 제법이네."

백수룡은 조금 감탄했다.

죽일 작정으로 때린 것은 아니지만, 한동안은 일어나지 못하게 할 작정으로 공격했다.

하지만 조천상은 다시 일어났다.

순간순간 몸을 틀어서 충격을 줄였고, 호신강기를 활용해서 위험한 공격은 어떻게든 막아 낸 덕분이었다.

'확실히 실력은 있어. 그걸 제대로 활용하지 못하고 있을 뿐.'

백수룡이 이런저런 생각으로 공격을 잠시 멈췄을 때였다.

"우와아아아아!!"

그때까지 숨도 쉬지 못하고 비무를 지켜보던 관중들이 함성을 쏟아냈다. 청룡학관이 떠나갈 듯 함성과 함께, 각자가 참았던 감상을 토해냈다.

"청룡신협이 화산검호를 압도하다니!"

"압도? 이건 유린이라고 하는 것이 더 어울리지 않나!"

"어른과 어린아이의 싸움도 이렇진 않을 텐데……."

"무림십존에 버금간다는 실력을 스스로 증명하는군."

"하지만 좀 아쉬워. 화산검호가 방심하다 검을 놓쳤으니……."

"그게 어디 청룡신협 잘못인가? 화산검호가 미숙하게 대처한 탓이지."

관중석의 모두가 경악한 표정으로 비무대를 바라보고 있었다.

누구도 이렇게까지 비무가 일방적일 줄은 예상하지 못했다.

하지만 정작 백수룡은 별다른 감흥을 느끼지 못했다.

그의 관심은 오직 독기를 품고 자신을 노려보는 천무대주에게 향했다.

"본 사범은 너 같은 놈을 가장 혐오한다. 재능을 믿고 빤질거리는 놈들, 가문이나 문파의 위세를 믿고 자기 자신이 뭐라도 된 줄 착각하는 놈들. 본 사범 앞에서는 모두 평등하다. 앞으로 잘 새겨 두도록."

마지막 말은 천무대의 무사들을 향한 것이기도 했다. 불길한 미래를 예감한 천무대 무인들이 부르르 떨었다.

조천상은 입가에 묻은 피를 손등으로 대충 닦으며 백수룡을 노려봤다.

"당신이 나에 대해 뭘 안다고 함부로……."

"몰라. 그리고 안 궁금해."

"이익……!!"

조천상은 피가 나도록 이를 악물었다.

'내 손에 검만 있었더라면!'

구차하다는 것은 스스로도 알고 있었다.

첫 공격에서 검을 놓쳤을 때, 비무의 승패는 결정된 것이나 다름없었다는 것도.

'하지만 난 아직 아무것도 보여 주지 못했어.'

지더라도 이렇게 질 수는 없었다. 화산의 검은 이렇게 약하지 않다. 조천상의 시선은 백수룡의 뒤쪽에 떨어져 있는 자신의 검을 향했다.

'검만 되찾을 수 있다면…….'

상대의 뻔한 생각을 백수룡이 읽지 못할 리 없었다. 그가 피식 웃으며 물었다.

"검만 있으면 나한테서 이길 수 있을 것 같나?"

"……."

"좋아. 해 보자고."

"무슨?"

백수룡은 천무대주의 검을 주인에게 던져 주었다. 조천상은 얼떨결에 검을 잡았다.

"……무슨 생각이지?"

"이대로는 져도 완전히 승복 못 할 것 아니야?"

백수룡의 입가에 의미심장한 미소가 맺힌 순간, 백룡장 제자들은 차마 더 이상 못 보겠다는 듯 고개를 돌렸다.

"얼마나 제대로 패려고……."

"아주 작살을 내려나 봐."

하지만 순진한 천무대주는 백수룡의 호의에 적지 않게 감격한 표정이었다. 말투마저 조금 바뀌었다.

"……거절하지 않겠소."

내내 미간을 구기고 비무를 지켜보던 맹주의 눈에도 이채가 스쳤다.

"이거……. 다 끝난 줄 알았더니, 재미있게 돌아가는군."

전력을 다한 천무대주의 검은 결코 만만치 않을 것이다.

물론 그럼에도 백수룡이 질 거라는 생각은 들지 않지만…….

'최소한 저 녀석이 숨겨 둔 밑천을 어느 정도는 꺼내게 할 수 있겠지.'

백수룡을 바라보는 맹주의 눈이 예리하게 빛났다.

◆ ◈ ◆

다시 검을 쥔 순간, 조천상의 기세가 일변했다.

사박.

하단세와 함께 가볍게 내딛는 보법에 화산파 무학의 정수가 담긴다. 신비한 자색의 기운이 전신을 휘감는다. 자하신공(紫霞神功). 검을 들지 않았을 때보다 색이 훨씬 짙었다.

'검을 든 것만으로 사람이 바뀌는군.'

백수룡도 더 이상 상대를 경시할 수 없다고 판단했다.

지금껏 일방적으로 수세에 몰리던 어리숙한 무인이 아니었다.

고절한 경지에 이른 검객이, 만전(萬全)의 태세를 갖추고 검을 겨눴다.

"……이쪽은 준비되었소."

자만이나 방심에서 나온 말이 아니었다. 이미 패했어야 할 자신에게 한 번 더 기회를 준 것에 대한 감사의 인사였다.

"과연, 작정하고 나오니 꽤 살벌하네."

백수룡도 마주 내공을 끌어올렸다.

맹주가 보고 있으니 역천신공은 사용할 수 없다. 하지만 그가 가진 절세신공은 역천신공이 전부가 아니었다.

콰콰콰콰콰!

발밑에서 시작된 공력의 여파가 돌개바람을 일으켰다. 청의무복이 미친 듯이 펄럭이고, 머리카락이 사방에 휘날렸다.

백수룡이 피식 웃으며 말했다.

"선공은 양보하지."

"사양하지 않겠소."

휘익!

조천상이 질풍처럼 내달렸다.

한번 크게 당한바, 처음부터 전력을 다해 검을 휘둘렀다. 백수룡도 창룡검을 마주 뻗었다.

쩌어어어어엉!!

그 전과 비교할 수 없는 굉음이었다. 관중들 중 내공이 약한 학생들은 손으로 귀를 틀어막았다.

"크윽……!"

"무슨 충격이!"

불만을 터트릴 시간도 없었다. 모두 두 초고수의 움직임을 잠시도 놓치지 않기 위해 눈을 부릅떴다.

쩌엉! 쩌엉! 쩌저저정!

그러나 대부분의 관중에게 보이는 것은 검이 충돌하는 순간 튀는 거센 불티와 흐릿한 잔상뿐이었다.

관중들 가운데 이 대결을 제대로 감상할 수 사람은 얼마 되지 않았다. 그들조차 벌어진 입을 다물지 못했다.

"세상에……."

"둘 다 괴물이로군……."

두 초고수의 충돌에 비무대가 점점 폐허로 변했다. 사방으로 뻗어 나간 검기가 바닥에 할퀸 상흔을 만들고, 진각을 밟을 때마다 바닥이 움푹 꺼졌다.

한 치의 양보도 없는 팽팽한 격전.

잔영으로 흐릿하게 보이는 두 사내의 무복이 찢어져 있었고, 바닥에는 핏물이 후두둑 떨어졌다.

격렬하게 맞붙던 두 초고수가 약속이라도 한 것처럼 동시에 멈춰 섰다.

"……."

"……."

서로를 살피는 눈빛이 절세의 보검처럼 예리했다.

한 번의 실수가 패배는 물론이고 심각한 상처로도 이어질 수도 있는 상황.

백수룡이 흐릿하게 웃으며 중얼거렸다.

"……확실히 검으로만 상대하는 건 쉽지 않겠어."

"무슨……."

싸아아아아아.

느닷없이 북풍한설의 차가운 바람이 불어닥쳤다.

바람이 시작된 곳은 바로 백수룡의 왼손이었다. 빙백환이 새하얀 바람을 뿜어내며 맹렬하게 진동했다.

맹주가 눈을 빛내며 중얼거렸다.

"빙공을 익혔구나. 그것도 대단한 신공이야. 숨기고 있던 것이 그것이더냐?"

멀리서 느끼기에도 어마어마한 냉기였다.

가까이 닿기도 전에 몸이 둔해질 것이다. 실제로 조천상의 움직임이 눈에 띄게 느려졌다.

"크윽……."

이를 악물고 자하신공을 끌어올려 버텨 보지만, 검만으로도 버거운 상대가 빙공까지 펼치기 시작하니 막아 낼 도리가 없었다.

결국 팽팽하던 싸움의 균형이 무너졌다.

백수룡은 상대의 작은 빈틈을 놓치지 않고 파고들었다.

쩌어어엉!!

천무대주가 또 한 번 검을 놓쳤다. 이번에는 방심했다는 말이 통할 수 없는, 완벽한 패배였다.

"……."

망연자실한 표정으로 찢어진 손아귀를 바라보던 조천상은 허탈한 웃음을 터트리곤, 고개를 들어 백수룡을 바라봤다.

"내가 졌소이다."

"졌소이다?"

백수룡이 삐딱하게 바라보자, 조천상은 뒤늦게 정중하게 포권을 취했다.

"제가 졌습니다. 총사범님."

무림맹 천무대주의 완전한 패배 선언!

그 순간, 엄청난 승부를 보여 준 두 사람에게 환호와 박수가 쏟아졌다.

우와아아아아아!

처음부터 끝까지, 청룡신협 백수룡의 완벽한 승리였다.

293화

내가 보증하겠소

비무가 끝나고, 다음 날.

"훌륭한 비무였다. 본좌도 여러모로 생각할 거리가 많더군."

"감사합니다."

아침부터 마차에 짐을 싣는 일꾼들의 움직임이 부산스러웠다. 무림맹의 표식이 새겨진 튼튼한 마차에 온갖 물건이 실렸고, 맹의 무인들이 물건을 일일이 확인했다.

다들 이른 아침부터 바쁘게 움직이는 가운데, 무림맹주는 배웅을 나온 백수룡과 함께 전날 비무에 대해서 이야기를 나누고 있었다.

맹주가 은근한 목소리로 물었다.

"자네가 마지막에 보여 준 빙공 말이야. 신공이라는 말이 부족하지 않던데, 왜 처음부터 쓰지 않았나?"

"솔직히 끝까지 숨기고 싶었습니다. 검으로만 제압할 수 있는 상대였다면 그렇게 했을 겁니다."

백수룡은 한숨을 내쉬며 대답했다. 맹주는 그런 백수룡을 묘한 눈으로 바라보다가 물었다.

"……그 빙공, 어떤 무공인지 물어봐도 되겠나?"

"죄송하지만 말씀드릴 수 없습니다."

"음. 그렇다면 할 수 없지."

타인의 무공에 대해서 자세히 캐묻는 것은 금기였다. 아쉽지만 맹주는 고개를 끄덕였다.

"또 숨겨 둔 무공은 없고?"

"없습니다. 그리고, 있으면 있다고 솔직하게 말하겠습니까?"

백수룡은 황당하다는 표정으로 되물었다. 맹주가 씩 웃었다.

"아쉽군. 천무대주가 처음부터 제대로 싸웠다면 자네가 가진 밑천을 더 털어 볼 수 있었을 텐데 말이야."

"애초에 그런 목적으로 비무를 추진하셨습니까?"

"아예 아니라고는 말 못 하겠군."

맹주는 장난스럽게 웃더니 솥뚜껑만 한 손으로 백수룡의 어깨를 퍽퍽 두드렸다. 제법 친밀감이 느껴지는 행동이었다. 웬만한 무인이었다면 어깨가 탈골됐을 거라는 게 문제였지만.

백수룡은 뭐라고 한마디 하려다가 그냥 피식 웃었다.

'볼수록 맹사부랑 닮았다니까.'

거대한 체구며 무지막지한 힘, 천상천하유아독존의 성격까지.

얼굴만 조금 더 닮았다면 혈육이라고 의심했을지도 모른다.

그를 권왕이라 불리게 한 절세의 권공은 보지 못했지만, 과거의 맹호악과 비교해도 크게 꿇리지 않을 것 같았다.

'적어도 창천검왕, 혹은 그 이상……. 완전 괴물이야.'

그 괴물이 백수룡에게 말했다.

"다음에 볼 땐, 자네가 정말 십존의 한자리를 꿰차고 있을지도 모르겠군."

"……아직은 이르다고 생각합니다."

"아직은 이르다? 크하하! 이토록 오만하게 느껴지는 겸손은 또 처음이군!"

맹주의 쩌렁쩌렁한 웃음소리에 마차의 말들이 놀라서 투레질을 했다.

한참 웃어대던 맹주가 웃음을 멈추고 백수룡을 바라봤다.

"하긴, 자네는 그렇게 말할 수 있는 자격이 충분하지."

청룡신협과 화산검호의 비무.

팽팽하리라는 많은 사람들의 예상을 비웃듯, 백수룡은 조천상을 완전히 압도했다.

비무가 끝난 후에도 도시 전체가 밤새 비무 이야기로 시끄러웠다.

이 도시뿐이겠는가. 열흘이 지나기 전에, 전서구를 타고 전 무림에 소문이 퍼질 것이다.

"나는 말이지. 십존이니 백대고수니 하는 말을 그리 신뢰하지 않는다네. 막상 부딪쳐 보면 들었던 것과 다른 경우가 너무 많거든."

무림에는 기인이사가 모래알처럼 많고, 은거고수가 속세에 나와 세상을 놀라게 하는 경우도 흔했다.

반대로, 고수라고 이름난 무인이었는데 알고 보니 허울만 멀쩡한 쭉정이인 경우도 많았다.

'하지만 이 녀석은 진짜다.'

오히려 소문으로 들었던 것 이상으로 뛰어나서 의심이 들 정도였다.

혹시 혈교와 관련된 자는 아닐까?

아무리 무림에 기인이사가 많고, 괴력난신들이 날뛴다고 해도, 청룡신협이란 고수의 출현은 하늘에서 뚝 떨어진 것처럼 갑작스러웠으니까.

하지만 맹주의 그런 의심도, 백수룡의 비무를 보면서 대부분 풀렸다.

'검법은 확실히 정파의 것이었고, 빙공은 북해빙궁과 관련돼 보였다. 둘 다 혈교와는 아무런 관련도 없어.'

빙궁이 수십 년 전 봉문한 이유는 여전히 의문이었지만……. 그걸 혈교와 연관 짓는 것은 억지였다.

청룡신협이 혈교와 관련되었을지도 모른다는 의심은, 맹주 자신의 과한 걱정이었던 것으로 결론을 내렸다.

'숨긴 무공이 더 있을지도 모르지만…… 마공을 익힌 낌새는 없었다.'

그리고 그건, 전부 백수룡이 의도한 것이었다.

'이제야 겨우 의심에서 벗어난 것 같군.'

백수룡은 화산검호와의 비무에서 무극검을 주로 사용했고, 비무의 마지막에는 빙백신공을 펼쳤다.

무극검은 모용세가 출신인 검존 사부의 것이고, 빙백신공은 본래 북해빙궁의 것.

맹주쯤 되는 고수가 그것을 못 알아볼 리 없었다.

"하하하! 자네와 같은 고수가 이런 시기에 나타나다니. 이게 바로 난세에 영웅이 태어난다는 것 아니겠는가!"

맹주는 실로 단순한 사람이었다. 한 번 같은 편이라는 판단이 섰을 때부터, 백수룡에게 무한한 호의를 베풀었다.

"정말로 나와 함께 가지 않겠나?"

맹주의 권유에 백수룡은 고개를 저었다.

"지난번에도 말씀드렸지만, 따로 해야 할 일이 있습니다."

"아쉽군. 자네를 데려가면 다른 오대학관을 설득하는 것이 훨씬 쉬워질 텐데 말이야."

맹주는 진심으로 아쉬운지 입맛을 다셨다.

무림맹 사절단은 청룡학관을 시작으로 오대학관을 모두 순방할 예정이었다.

이 일정에 청룡신협이 합류한다면, 다른 오대학관을 설득하는 일도 훨씬 수월해질 터였다.

하지만 백수룡에겐 미리 세워 둔 방학 계획이 있었다.

"어쩔 수 없군. 대신 자네 이름을 실컷 팔 테니, 나중에 뭐라고 하지 말게."

"……없는 말은 지어 내지 마시고요."

"크하하! 아무렴 무림맹주인 내가 그런 짓을 하겠나!"

"……불안하지만 믿겠습니다."

남궁세가에서 백수룡에게 구명의 은혜를 입은 주작학관과 백호학관은 어렵지 않게 힘을 실어 줄 것이다.

남은 것은 현무학관과 천무학관인데, 백수룡에게 호의적이었던 현천신녀를 떠올리면 현무학관도 반대할 것 같지는 않았다.

백수룡이 맹주에게 물었다.

"맹주님. 사절단의 경로가 어떻게 됩니까?"

"남쪽으로 움직여서 주작학관, 백호학관, 현무학관, 마지막으로 천무학관에 들러 천무관주와 담판을 지을 생각이네."

"그럼 현무학관에는 제가 가겠습니다. 마침 그쪽에 볼일이 있기도 하고요."

"그래 주면 나야 좋지. 그리고……."

활짝 웃던 맹주가 돌연 진지한 표정이 되었다.

동시에 투명한 기막이 펼쳐져 두 사람 주변을 에워쌌다.

지금부터 나눌 대화가 외부에 새어 나가지 않도록 차단한 것이다.

백수룡도 표정을 굳히며 물었다.

"갑자기 무슨 말씀을 하시려고 기막을 두르십니까?"

"본좌는 청룡학관이 오대학관의 새로운 중심이 되어 주길 바라고 있네."

지난 며칠 동안, 맹주는 청룡학관의 강사들과 학생들을 유심히 살폈다.

훗날 동맹으로 혈교와 함께 싸우게 될 전력이니 당연한 일이었다.

그리고 깜짝 놀랐다.

"자네 제자들을 포함해서 일부 학생들은 상당히 수준이 높더군. 전체적으로, 예전과 달리 눈에 자신감이 차 있는 것도 좋고."

맹주가 직접 본 청룡학관은 강사들이나 학생들이나 상당히 수준이 높았다.

어째서 천무제에서 십 년 연속으로 꼴찌를 했는지, 이해가 안 될 정도였다.

"내가 힘을 실어 주겠네. 지금의 청룡학관이라면, 그리고 자네라면 충분히 천무관주를 견제할 수 있을 것이야."

천무관주.

십존의 일인이자, 무림맹주조차 쉽게 대할 수 없는 정파무림의 거인.

무림맹은 물론이고 구파일방, 오대세가, 십대상단, 오대학관, 심지어 관까지.

천하에 존재하는 큰 세력의 요직 중에, 그의 제자가 없는 곳이 없다고 할 정도였다.

맹주는 백수룡에게 그런 천무관주를 견제하는 역할을 맡기려 하고 있었다.

"많은 것을 바라는 것은 아니야. 무림맹과 오대학관의 마찰을 빚지 않도록, 중간에서 잘 조율해 주게. 적어도 주작학관과 백호학관은 자네에게 힘을 실어 줄 테니 말이야."

그 정도라면……. 백수룡은 고개를 끄덕이며 물었다.

"맹주님이 보시기에, 천무관주는 어떤 사람입니까?"

"속을 알 수 없는 사람일세."

그 한마디로 충분했다.

속을 알 수 없는 아군은 미지의 적만큼이나 위험하다.

혈교와 싸워서 이기기 위해서는, 온 무림이 힘을 하나로 뭉쳐야 한다.

맹주와 백수룡은 그 부분에 대해서는 완벽하게 이해가 일치했다.

"알겠습니다. 그 부분은 제가 신경 쓰도록 하겠습니다."

"크하하! 천군만마를 얻은 것처럼 든든하구나!"

"어차피 천무제에서 우승하고 나면, 싫어도 청룡학관이 오대학관의 중심이 될 테니까요."

"흐음. 우승이라……."

우승까지는 아무래도 힘들 것이다. 천무학관 학생들의 자질이 평균적으로 워낙에 뛰어난 탓에.

물론, 맹주도 굳이 그런 얘기는 하지 않았다.

"기대하지. 그때까지 혈교 놈들이 발호하지 않기를 바라야겠군."

"저도 그러길 바랍니다. 뭐, 운명에 맡겨야겠지만요."

두 사내는 마주 보며 씩 웃었다.

솔직하게 대화를 나누고 나니, 이제야 제대로 동맹을 맺은 느낌이었다.

맹주는 기막을 걷으며 말했다.

"유익한 대화였네. 시간이 날 때 무림맹에도 한번 들러주게나."

"알겠습니다. 명색이 총사범인데, 가서 다른 녀석들 무공도 지도해 줄 생각입니다."

오다가다 그 말을 들었는지, 천무대의 무사들이 움찔했다.

총사범에게 자신들의 대주가 어떻게 당하는지 봤으니, 백수룡의 눈빛만 봐도 오금이 저릴 수밖에 없었다.

"하하! 저희 천무대 전원이 기가 바짝 들었군요!"

밝은 목소리로 대화에 끼어든 사람은 천무대주 조천상이었다.

전날 패배의 여파가 남았을 법도 한데, 조천상의 얼굴은 오히려 밝아 보였다.

맹주가 어이가 없다는 듯 혀를 찼다.

"속없는 놈. 누가 보면 네가 비무에서 이긴 줄 알겠다."

"제 실력이 모자라 진 것이니, 조금도 부끄럽지 않습니다."

백수룡을 바라보는 조천상의 눈빛이 맑고 초롱초롱했다.

"총사범님. 우물 안 개구리에게 넓은 세상이 있음을 알게 해 주셔서 감사합니다."

백수룡을 상관으로 대하는 태도가 깍듯했다.

두려워서가 아니라, 진심으로 상대에게 승복했기 때문이었다.

그 눈빛이 너무 순수해서, 영혼에 때가 잔뜩 묻은 백수룡이 오히려 당황스러울 정도였다.

"……그래. 앞으로도 정진하도록."

"예! 앞으로도 많은 지도편달 부탁드립니다!"

맹주가 그 모습을 보더니 배를 잡고 큭큭큭 웃었다.

[보다시피 괜찮은 녀석이다.]

[그래 보입니다. 재능도 대단하고요.]

검의 재능으로만 따지면 백수룡의 전생을 통틀어서도 손에 꼽을 정도였다.

다음에 만났을 땐, 조천상의 검은 분명 더 날카롭게 다듬어져 있을 것 같았다.

'다시 붙으면, 정말 만만치 않을지도.'

두런두런 이야기를 나누다 보니, 어느새 마차에 짐을 싣는 일이 모두 끝났다.

맹주가 말했다.

"이만 가야겠군."

"살펴 가십시오."

작별인사는 간단했다.

맹주는 노군상과도 인사를 나누고, 무림맹 강서지부장과도 인사를 나눴다.

'올 땐 학관을 부술 기세로 쳐들어오더니, 갈 때는 온갖 환대를 받고 가는군.'

백수룡은 적당한 거리를 두고 맹주 일행을 배웅했다.

"선생님!"

익숙한 목소리에 고개를 돌리자, 한쪽에서 제갈소진과 함께 있던 방백현이 손을 흔들고 있었다.

백수룡과 눈이 마주치자 방백현이 고개를 꾸벅 숙였다. 표정이 꽤 밝아 보였다.

'어머니하고 이야기가 잘된 모양이네.'

전에 이야기한 대로, 통천대로 들어가기로 한 모양이었다. 백수룡은 가볍게 고개를 끄덕여 주었다.

그때였다.

맹주가 자신을 배웅하기 위해 나온 수많은 인파를 둘러보며 입을 열었다.

"가는 길까지 환대를 해 주어 고맙소. 무림맹과 청룡학관은 동맹으로써 혈교의 위협에 함께 맞설 것임을 다시 한번 약속드리오."

모두가 맹주의 말에 귀를 기울였다.

서 있는 것만으로도 압도적인 존재감을 뿜어내는 거인.

천하에서 가장 강한 주먹을 가진 사내가 느릿하게 입을 열었다.

"어제의 비무를 통해, 본좌는 무림의 미래가 밝음을 확인했소. 청룡신협과 화산검호. 결과를 떠나 둘 다 아주 훌륭했지."

맹주가 시선을 돌려 백수룡을 바라봤다.

그와 눈이 마주친 순간, 백수룡은 알 수 없는 불길함을 느꼈다.

씨익.

의미심장한 미소를 지은 맹주가 목소리에 내공을 담아 말했다.

"나 무림맹주 야율황이 보증하겠소. 청룡신협 백수룡의 무공이 십존의 말석을 차지하기에 부족함이 없다는 것을!"

"!!"

"!!!"

"!!!!"

무림 전체에 엄청난 반향을 가져올 발언.

전날의 비무 결과를 놓고 이러쿵저러쿵 온갖 이야기를 떠들어대던 호사가들이 일제히 비명을 질렀다.

청룡신협! 청룡신협! 청룡신협!

새로운 십존의 탄생이다!

무림맹주가 청룡신협을 호적수로 인정했다!

우와아아아아아!

도시는 전날의 환호와는 비교도 되지 않은 소란에 휩싸였다.

마치 도시 전체에 축제라도 열린 듯한 분위기였다.

그 중심에 백수룡이 있었다.

"하하, 하하하……."

사방에서 쏟아지는 시선 속에서, 백수룡은 혼자 어색하게 웃을 뿐이었다.

'이런 미친…….'

백수룡은 사람 하나는 충분히 죽일 듯한 눈빛으로 맹주를 노려봤으나, 맹주는 홱 몸을 돌렸다.

"크하하하! 그럼 나는 이만 떠나 보겠소!"

그렇게 청룡학관을 방문했던 무림맹의 사절이 떠났다.

그리고, 모두가 기다려 온 방학이 시작되었다.

294화

가지고 계신다면

"히히히."

"흐흐흐."

"헤헤헤."

아침부터 제자들은 싱글벙글이었다.

방학이 시작되어 다들 집에 갈 생각에 기분이 좋은 것도 있었지만, 다른 이유도 있었다.

헌원강이 싱글벙글 웃으며 함께 식사 중인 백수룡에게 물었다.

"말석 선생님. 음식은 입맛에 좀 맞으십니까?"

"……."

백수룡이 말없이 음식을 씹자, 야수혁도 흐흐 웃으며 한마디 보탰다.

"오늘은 특별히 맛있는 걸 해 드리려고 저희가 신경 좀 썼습니다. 어제 선생님이 무림십존의 '말석'에 공식적으로 등극하셨으니까요."

"……그만해라."

백수룡이 한숨을 내쉬자, 여민도 짓궂게 웃으며 한마디 보탰다.

"선생님. 여기 고기 반찬 좀 드셔 보세요. 말석에서 위로 올라가려면 잘 드셔야…….”

“그만하라고 했다?”

백수룡이 제자들을 홱 째려보자, 거상웅이 선배답게 후배들을 크게 나무랐다.

“어허! 너희들! 그만두지 못하겠냐? 천하에서 열 번째로 매운 주먹맛을 보고 싶어?”

“죄송합니다! 제가 감히 십존의 말석을 화나게 하다니…….”

헌원강이 과장되게 사과하며 고개를 숙이자, 얌전히 있던 위지천까지 입매를 씰룩이며 선생님 놀리기에 동참했다.

“다들 앞으로 주의하도록 하세요. 아시다시피 선생님이 실력은 말석이시지만, 성질머리는 능히 일석을 차지하실…….”

“이것들이 진짜!”

기어이 백수룡이 폭발했다. 숟가락으로 제자들의 이마를 강타했다.

빠바바박!

밥상머리에서 스승을 놀리다가 숟가락에 호되게 이마를 얻어맞은 제자들이 이마를 부여잡고 끙끙거렸다.

“아, 칭찬인데 왜 때려요! 무림에서 가장 강한 열 명의 ‘말석’에 든 걸 축하드리려고 다 같이 아침상까지 차렸는데!”

이마에 혹이 가장 크게 난 헌원강이 억울한 표정으로 항변했지만, 백수룡은 코웃음을 칠 뿐이었다.

“축하하는 거랑 깐족거리는 거랑 같냐?”

“겸사겸사…….”

“이걸 그냥 콱!”

“히익!”

헌원강이 움찔해서 머리를 막았지만, 숟가락은 머리를 노리다가 벼락처럼 궤도를 바꿨다.

빠악!

콧잔등을 얻어맞은 헌원강이 뒤로 발라당 넘어갔다. 하지만 그 와중에도 놀리는 걸 그만두지 않는 헌원강이었다.

"과, 과연 이게 십존 말석의 실력……."

"오냐. 헌원세가까지 기어가게 해 주마!"

"선생님! 참으세요!"

"이거 놔! 안 놔!?"

평소보다 조금 더 시끌벅적한 아침 식사가 끝나고, 제자들은 각자 짐을 챙겨서 대문 앞에 모였다.

다들 이마에 혹을 하나씩 달고도 여전히 싱글벙글이었다.

"흐흐. 우리 선생님이 십존이라니."

"선생님 이름에 부끄럽지 않도록 열심히 수련하고 오겠습니다."

"어딜 가든 잊지 말자! 우리가 바로 청룡신협의 제자다!"

"흐흐. 산채 형님들한테도 자랑하겠습니다."

차례대로 헌원강, 위지천, 거상웅, 야수혁의 말이었다.

넷은 방학 동안 집에 다녀오거나 합숙 수련에 다녀올 계획이었다.

여민은 방학에도 백룡장에 머물 계획이라, 백수룡과 함께 네 명을 배웅했다.

"어휴. 이 천둥벌거숭이 같은 놈들……."

백수룡은 까불거리는 사내놈들을 한 대씩 더 쥐어박으려다가 그냥 피식 웃었다.

제자들이 기뻐하는 모습이 눈에 보였기 때문이다.

정작 본인은 귀찮아졌다는 생각이 더 강한데, 이 녀석들은 어제부터 자기 일처럼 좋아서 난리였다.

십존의 말석.

어찌 보면 교묘한 말장난이었다.

다른 십존들의 심기를 거스르지 않는 선에서, 맹주는 백수룡의 명성을 최대한 높일 수 있는 극찬을 선택했다.

백수룡의 명성이 올라갈수록, 그를 총사범으로 영입한 무림맹의 명성도 함께 올라갈 것이기 때문이었다.

물론 백수룡의 무공이 뛰어나기 때문이기도 하지만…… 정치적인 목적이 들어 있는 발언인 것도 사실이었다.

'맹주 그 인간. 곰 같이 생겨서 은근히 여우라니까.'

물론 백수룡도 명성을 원하긴 했지만, 이 정도까지는 아니었다.

너무 큰 명성은 운신의 폭에 제약을 주고, 혈교로부터 주목을 받아 버리니 말이다.

'남궁세가에서 한 일을 생각하면, 혈교의 주목을 피하는 건 이미 틀린 것 같지만…….'

잠시 상념에 빠져 있던 백수룡은, 뭔가 기대하는 눈빛으로 자신을 쳐다보는 제자들의 시선을 느꼈다.

떠나기 전에 마지막으로 뭔가 멋진 말이라도 해 주길 바라는 모양인데…….

백수룡은 피식 웃으며 제자들의 머리를 한 번씩 쓰다듬어 주었다.

"다들 방학 동안 사고 치지 말고, 다치지 말고, 수련 열심히 해라."

이럴 땐 그저 평범한 인사면 충분하다.

제자들도 그 마음과 온기를 느꼈는지, 다들 씩 웃으며 스승에게 포권을 취했다.

"예! 다녀오겠습니다!"

그렇게 헌원강, 야수혁, 거상웅은 집으로 향했고, 위지천은 상검연 합숙에 합류하기 위해 떠났다.

"선생님. 저도 나갔다 올게요."

여민은 방학 동안에도 백룡장에 있을 거라고 했지만, 오늘은 볼일이 있다며 다른 제자들을 배웅할 겸 함께 나갔다.

"……백룡장이 이렇게 휑해 보이는 건 또 처음이네."

백수룡은 아무도 없이 텅 빈 백룡장을 둘러보며 중얼거렸다.

매일 제자들의 기합과 비명, 땀 냄새로 가득하던 연무장이 깨끗하게 정돈돼 있었다.

제자들이 가기 전에 깔끔하게 정리를 하고 간 탓이었다.

그 허전한 느낌이 무척 어색했다.

'동기 녀석들은 저녁에 만나기로 했고, 남궁수는 어차피 내일 만나서 함께 갈 거고, 할아버님한테 미리 인사나 하고 올까.'

텅 빈 집에서 혼자 있는 것이 어쩐지 궁상맞게 느껴졌다. 백수룡이 밖으로 나가려 할 때였다.

똑똑.

"백수룡 선생님. 안에 계신가요?"

"음?"

잘게 떨리는 목소리.

백수룡은 문밖에서 들려온 목소리는 최근에 들어 본 기억이 있었다.

곧장 가서 문을 열자, 예상치 못했던 손님이 그 앞에 서 있었다.

"방백현 어머님? 어쩐 일이십니까?"

찾아온 손님의 정체는 서리애였다. 그녀가 창백한 표정으로 포권을 취하며 말했다.

"죄송합니다. 학관에 찾아가 여쭤봤더니, 오늘이 아니면 못 뵐 거라고 하셔서요."

백수룡은 서리애의 낯빛을 유심히 살폈다. 전보다 초췌하고 힘이 없어 보였지만, 눈빛만은 맑았다.

'주화입마는 많이 나아진 모양이군.'

적어도 방백현의 일로 따지러 온 것은 아닌 듯했다.

백수룡은 잠시 고민하다가 그녀에게 안으로 들어오라고 했다.

"일단 안으로 들어오시죠."

"……감사합니다."

잠시 후, 두 사람은 탁자를 사이에 두고 마주 앉았다.

서리애는 무슨 말을 하고 싶어서 온 눈치였으나, 쉽게 말을 꺼내지 못하고 백수룡의 눈치만 살폈다.

결국 백수룡이 먼저 말했다.

"방백현 군은 결국 통천대에 지원한 거로 알고 있습니다."

"예."

"반대하지 않으셨습니까?"

"……자식 이기는 부모가 있나요."

서리애는 흐릿하게 웃었다.

백수룡이 기억하던 모습과는 전혀 다른, 차분하고 쓸쓸한 모습이었다.

"언제부터였는지 흐릿해요. 현이에게 너는 반드시 무림맹주가 되어야 한다고, 엄마가 시키는 대로만 하면 그렇게 될 수 있다고, 엄마 말을 듣지 않으면 콱 죽어 버리겠다고……. 제 착한 아들은 이런 엄마를 원망하는 법도 없이 따라주었답니다."

"……."

"그땐 그게 최선이라고 생각했어요. 다 아들을 위해서라고, 나중에 다 보상받을 테니 지금 좀 힘들어도 괜찮다고 스스로를 속였어요."

백수룡은 잠자코 듣기만 했다.

다 타고 남은 재처럼, 서리애의 목소리에는 힘이 없었다.

"정신을 잃었다가 눈을 뜨니 현이가 그러더군요. 엄마는 마음이 아팠던 거라고. 자기는 무림맹주가 되지 않아도 괜찮다고. 그러니 자신을 믿어 달라고……. 열 살 이후로는 아무리 매를 들어도 울지 않던 아이가, 울면서 부탁하더군요."

자리에서 일어난 서리애가 허리를 깊이 숙였다.

"꼭 인사를 드리고 싶었어요. 제 아들을 구해 주셔서 감사합니다, 선생님. 만약 이 은혜를 갚을 방법이 있다면…… 무엇으로든 갚겠습니다."

서리애가 고개를 깊이 숙였다.

본인의 주화입마를 고쳐 줘서가 아니라, 아들을 구해 줘서 고맙다고 했다.

그녀의 인생에서 아들이 얼마나 큰 부분을 차지하고 있는지 알 수 있는 말이었다.

덤덤히 이야기를 듣고 있던 백수룡이 물었다.

"오늘은 그 이야기를 하러 오신 겁니까?"

"아닙니다. 사실은……."

고개를 든 서리애가 투명한 눈동자로 백수룡을 바라봤다.

"선생님과 천무대주의 비무를 봤습니다. 빙공을 사용하시더군요."

백수룡은 서리애가 찾아온 이유를 어느 정도 짐작할 수 있었다.

아마 빙백신공에 대해서 물으러 온 것이거나…….

"혹시 빙백환을 가지고 계십니까?"

"……그렇습니다."

백수룡은 고개를 끄덕였다.

상대가 거의 확신하고 있는 이상, 부정해 봐야 소용이 없었다.

"설마 했는데……!"

서리애의 표정에 놀라움이 번졌다. 그리고 이내 허탈하게 중얼거렸다.

"그렇게 찾아 헤매던 물건이…… 이렇게 나타날 줄이야……."

찾아 헤매던 물건이라고?

백수룡이 의문 어린 시선으로 바라보자, 서리애가 질문으로 대답했다.

"빙백환을 어디서 어떻게 찾으셨는지 여쭤봐도 되겠습니까?"

"기연이 있었습니다. 자세히는 말씀드릴 수 없습니다."

"기연……."

기연.

무림인들에게 만능으로 통하는 말이었다.

서리애는 뭔가를 더 묻고 싶은 눈치였지만, 백수룡의 단호한 표정을 보고는 그 생각을 접었다.

"선생님."

이내 그녀는 수십 년 동안 숨겨 왔던 과거를 말하기로 결심했다.

그래야 지금부터 할 이야기를 제대로 설명할 수 있으니까.

"저는 북해빙궁 출신입니다."

"주화입마를 치료할 때 짐작했습니다."

"선생님은 북해빙궁에 대해서 얼마나 알고 계신가요?"

"잘 모릅니다. 수십 년 전에 봉문했다는 것 정도만 알고 있습니다."

혈교와 무림맹의 전쟁이 끝나고 얼마 지나지 않아, 북해빙궁은 봉문을 선언했다.

본래도 폐쇄적인 탓에 사람들의 발길이 거의 없어, 겉으로 보기에 북해빙궁의 봉문은 혈교와 아무런 상관이 없었다.

하지만 속사정을 들여다보면 아주 큰 연관이 있었다.

"약 칠십여 년 전, 당시 소궁주셨던 빙월신녀께서 중원에서 실종되셨습니다."

"……."

"빙월신녀께서 십 년이 넘도록 궁으로 돌아오지 않자, 빙궁에서는 새로운 후계자를 차지하기 위한 싸움이 벌어졌습니다. 그 싸움으로 빙궁의 힘이 크게 약해졌습니다."

백수룡도 전혀 몰랐던 이야기였다.

빙월신녀가 혈교에 납치된 후 혼란에 빠진 북해빙궁은 내란을 겪었고, 그로 인해 많은 피를 흘렸다.

중원 무림에는 지금까지도 알려지지 않은, 무림맹주조차 모를 이야기였다.

"그 후, 새로운 궁주께서는 궁도들의 중원행을 엄격히 금지하고 봉문을 결정하셨습니다. 내부부터 다시 다지기로 결정하신 것이죠."

"하지만 빙궁은 신물의 회수는 포기하지 않았습니다. 저를 비롯한 빙궁의 무인들이 빙백환을 회수하기 위해, 조용히 중원에 파견됐습니다."

잠시 말을 멈춘 서리애가 씁쓸한 웃음을 지었다.

"제 이야기는 별것 없는 이야기입니다. 신물을 찾기 위해 몇 년 동안 타지를 돌아다니다가, 우연히 한 남자를 만났습니다."

두 사람이 만나 사랑에 빠졌고, 결실을 얻었다.

하지만 그들의 행복은 오래가지 못했다.

"……빙궁의 추적자들이 저를 찾아왔습니다. 그들은 저를 배신자로 취급하고, 죽이려 했습니다. 현이의 아버지는 그들을 모조리 죽이고 자신도 죽었습니다. 저는 겨우 도망쳤습니다."

서리애는 덤덤한 표정으로 오래된 이야기를 했다. 더 이상 슬픔조차 느끼지 못하는 듯했다.

"북해빙궁은 매우 폐쇄적인 문파입니다. 또한 지엄한 율법을 따릅니다. 명령을 어기면 참형에 처합니다. 언제 또 추적자들이 쫓아올지 몰랐습니다."

"살아남기 위해 저는 이름, 신분, 얼굴. 모두 위조해야 했습니다. 곧 태어날 아이에겐 아무런 잘못도 없으니까요."

그리고 방백현이 태어났다. 그 작은 생명을 보며, 서리애는 맹세했다.

"보란 듯이 잘 키우겠다고 맹세했습니다. 현이는 무공에 재능도 있었습니다. 복수하고 싶었던 것 같기도 합니다. 출세를 시켜야 한다고 생각했습니다. 살아남고, 복수를 하려면, 예를 들어 무림맹의 맹주가 된다면……."

사랑은 집착이 되었고, 집착은 강박이 되었다. 강박은 결국 서리애를 서서히 주화입마에 빠뜨렸다.

그 모든 것은 결국 덧없는지도 모르고.

조용히 듣고 있던 백수룡이 물었다.

"그럼 전에 방백현이 천무학관에 입관하지 못했다는 이유가……."

"제 가짜 신분이 들통날 테니까요. 천무학관은 학생의 부모까지 과거를 철저하게 조사하기로 유명합니다. 위험을 감수할 수는 없었습니다."

이십 년 가까이 숨겨 왔던 과거를 밝힌 서리애는 후련한 표정이었다.

"제가 굳이 이런 이야기를 말씀드리는 이유는……."

이곳에 오기 전, 서리애는 백수룡에게 이 말을 해야 하나 말아야 하나 수없이 고민했다.

하지만, 결국 하기로 했다.

결국 선택은 백수룡이 할 테니까.

"만약 선생님께서 빙백환을 가지고 계신다면, 그리고 직접 빙월신녀의 진전을 이으셨다면……."

"그렇다면요?"

서리애는 백수룡이 자신의 주화입마를 고쳐 줄 당시 몸 안에 스며들던 냉기를 떠올렸다.

한 번도 느껴 본 적 없을 정도로 순수하고도 밀도 높은 냉기.

빙백신공, 그것도 궁주의 직계에게 전수되는 완전한 빙백신공을 익히지 않았다면 쌓을 수 없는 냉기였다.

"그렇다면 선생님은, 당대 북해빙궁의 궁주보다 더욱 정통성 있는 빙백신공의 계승자입니다."

295화

시간 없으니까 빨리 움직입니다

백수룡이 당황한 표정으로 물었다.

"……지금 뭐라고 하셨습니까?"

"선생님께서 빙백환을 소유하고 계시고, 빙월신녀의 진전을 이으셨다면, 북해빙궁의 궁주가 될 자격이 있다고 말씀드렸습니다."

서리애는 아예 한쪽 무릎을 꿇었다. 백수룡을 빙월신녀의 계승자로 확신하는 눈치였다.

"……."

백수룡은 침묵 외에는 달리 할 말을 찾지 못했다. 고개 숙인 서리애의 정수리를 바라보며 난감한 표정을 지었다.

'은사부. 이런 말은 없었잖소.'

백수룡은 빙월신녀를 떠올렸다.

지하 뇌옥에서 십 년을 넘게 알고 지냈지만, 그녀에게서 북해빙궁에 관한 이야기는 그리 많이 듣지 못했다.

왜냐하면, 그녀는 빙궁에서의 생활을 싫어했기 때문이다.

—이곳에서 탈출한다고 해도, 북해로 돌아가진 않을 거야.

폐쇄적이고 엄격한 문화를 가진 빙궁.

압도적인 재능을 가지고 태어난 은예린은 궁주의 기대 속에, 어려서부터 혹독한 수련을 견뎌야 했다.

그건 어린 소녀가 감당하기 힘든 일이었으나, 은예린은 이를 악물고 버텼다.

결국 궁주조차 어찌지 못할 만큼 강해진 후에, 그녀는 서찰 하나만 남기고 미련 없이 북해빙궁을 나섰다.

중원의 무학을 견식하고, 북해빙궁의 무공이 천하제일이라는 것을 증명한 후에 돌아오겠습니다.

이후 빙월신녀라는 별호를 얻기까지, 그녀는 중원에서 수많은 전설적인 일화를 남겼다.

그런데 백수룡이 그에 대해 묻자, 은예린은 피식 웃으며 대답했다.

—그거? 빙궁으로 돌아가기 싫어서 남긴 거였어. 애초에 천하제일 같은 건 관심도 없었어.

도도한 눈매에 맺힌 장난기.

은예린이 아주 가끔씩 그렇게 웃을 때마다, 뇌옥이 잠시나마 환해진 듯한 착각이 들었다.

다행히 뇌옥에는 그녀의 미모에 넘어갈 사내가 없었지만, 별개로 그녀의 아름다움을 부정하는 사내도 없었다.

은예린이 중원에서 활동할 당시 수많은 사내가 그녀에게 도전했고, 쓰러졌으며, 열렬하게 사모했다.

하지만 그 누구도 빙월신녀의 연인이 되지 못했다.

그녀가 섬서의 작은 고서점에서 한 남자를 만날 때까지.

—……그 사람이 기다리고 있을 거야. 이곳에서 나가면, 그와 함께 아무도 모르는 곳에 가서 살고 싶어.

빙월신녀의 꿈은 소박했다.

사랑하는 사람과 여생을 함께 보내는 것.

그러나 혈교의 음모에 의해 그녀는 함정에 빠졌고, 정인의 소식을 알지 못한 채 뇌옥에서 오랜 시간을 갇혀 지냈다.

—산통 깨서 미안한데 말이다. 여기 갇힌 지 십 년이 넘었는데, 그 녀석이 아직 기다리고 있을까?

—…….

말없이 노려보는 빙월신녀의 눈빛에, 답지 않게 맹사부가 바로 사과를 하던 모습.

—흠흠. 내가 실언을 했군.

—……십 년이 아니라, 백 년이라도 기다려 줄 사람이야.

빙월신녀의 대답에는 확신이 있었다. 하지만 이어진 말에는 진한 슬픔이 느껴졌다.

—내가 오지 않으면, 그곳에서 죽을 때까지 기다릴 바보 같은 남자란 말이야. 그러니 반드시 이곳에서 탈출해야 해. 반드시…….

—…….

—…….

"선생님?"

"……아."

서리애의 부름에 백수룡은 짧은 상념에서 벗어났다.

"죄송합니다. 잠시 생각을 좀 하느라."

"갑작스러우실 거라고 생각합니다."

"……네."

빙월신녀도 설마 이런 일이 생길 줄은 몰랐을 것이다.

자신의 실종된 이후 후계자 문제로 빙궁에 피바람이 불고, 봉문을 하게 될 줄은.

또한 그로부터 수십 년 후, 백수룡이 북해빙궁과 인연을 맺는 날이 오게 될 거라고는 말이다.

백수룡은 이마를 긁으며 물었다.

"몇 가지 궁금한 게 있는데……."

"말씀하십시오."

"저는 애초에 북해빙궁의 사람이 아닌 외인인데, 궁주가 되는 게 가능합니까? 빙궁은 폐쇄적인 곳으로 알고 있습니다만."

예상한 질문이라는 듯, 서리애가 흐리게 웃으며 대답했다.

"북해의 혹독한 환경은 북해빙궁을 핏줄이 아닌, 실력으로 계승되도록 만들었습니다. 궁주의 핏줄이 다음 대까지 이어진 경우가 오히려 드뭅니다."

북해빙궁이 다음 대 궁주를 선출하는 방식은 중원의 문파들과는 상당히 달랐다.

"어려서부터 자질이 뛰어난 아이들을 모아 함께 빙백신공의 초반부를 익히게 하고, 경쟁을 통해 뛰어난 아이들을 선별합니다. 그렇게 스무 살이 되었을 때, 가장 뛰어난 한 명이 소궁주가 됩니다."

그 후, 소궁주는 궁주에게서 완전한 빙백신공을 전수받는다.

"빙월신녀께서는 빙궁 역사상 가장 압도적인 자질로 소궁주가 되신 것으로 알고 있습니다. 약관의 나이가 지나기도 전에 빙백신공을 대성하셨다고 들었습니다."

거기서 끝이 아니었다.

빙월신녀는 기존의 빙백신공을 더 뛰어난 무공으로 개량하는 데 성공했다.

그걸 알고 있는 사람은 백수룡뿐이지만 말이다.

"……저도 그런 아이들 중 한 명이었습니다. 자질이 부족해 빙백신공의 전반부밖에 익히지 못했지만, 그것만으로도 중원에서 빙공의 고수 소리를 들을 수 있었습니다."

잠시 말을 멈춘 서리애는 백수룡을 바라봤다.

서른도 되지 않은 나이에 천하십대고수 소리를 들을 만큼 고강한 무인.

북해빙궁의 궁주에게 도전할 자격은 충분했다.

"물론 선택은 선생님의 몫입니다. 저는 그저 알려 드리고 싶었습니다."

"……."

백수룡은 잠시 생각에 잠겼다.

북해빙궁(北海氷宮).

구파일방에 못지않은 강력한 새외무림(塞外武林) 단체.

그러나 북해빙궁의 궁주라는 지위가 다른 사람에겐 매력적일지 몰라도, 백수룡은 별다른 감흥을 느끼지 못했다. 오히려 질색이었다.

'……감투라면 이제 질렸다고.'

하지만 궁주가 되는 것까진 아니어도, 빙궁과 협력관계를 얻어낼 수 있지 않을까?

가능하다면, 훗날 혈교와의 전쟁에서 흘릴 피가 크게 줄어들 것이다.

'그리고 빙궁도 알아야 해. 은사부가 왜 갑자기 실종됐는지, 어째서 자신들이 하루아침에 소궁주를 잃고 내전을 벌이게 됐는지.'

비록 은사부가 빙궁에서의 삶을 싫어했다지만, 그녀가 건재했다면 빙궁의 다음 대 후계자 다툼이 그런 식으로 흘러가지는 않았을 것이다.

결국 빙궁이 내전을 벌이게 된 이유도 혈교에 있는 셈이었다.

'가장 먼저 빙궁에 가 봐야겠군.'

전생의 네 사부의 유언을 전달하고, 그들의 유품을 수습하는 것.

애초에 그것이 백수룡의 이번 방학의 가장 중요한 계획이었다.

다만 어디부터 갈지가 고민이었는데, 서리애의 이야기를 들으며 우선순위를 정할 수 있었다.

"빙궁에는 그냥 가면 되는 겁니까?"

기다렸다는 듯, 서리에는 품에서 낡은 지도를 꺼냈다.

"……빙궁에만 전해지는 길을 그려 둔 지도입니다. 중원에 알려진 길로 가는 것보다 두 배는 빠르게 가실 수 있을 겁니다."

백수룡에게 지도를 건네는 서리애의 표정은 무척 복잡했다.

'선생님이 빙백환을 가지고 빙궁에 도착하면, 내 임무도 비로소 끝나는 거구나.'

오래전에 내팽개친 임무를 이런 식으로 완수하게 될 줄은 몰랐기에, 서리애는 만감이 교차했다.

그녀의 복잡한 표정을 지켜보던 백수룡이 불쑥 말했다.

"이게 빙백환입니다."

그는 왼쪽 소매를 걷어 서리애에게 빙백환을 보여 주었다.

평소에는 투명해서 거의 눈에 띄지 않는 팔찌였지만, 빙백신공을 운기하자 새하얗게 빛나기 시작했다.

우우웅!
"아아……."
서리애는 홀린 듯이 빙백환을 바라봤다.
전해지는 이야기는 많이 들었지만, 실제로 본 것은 처음이었다.
영롱한 빛과 정순한 냉기에 그대로 빨려들 것만 같았다.
의심의 여지가 없었다. 잃어버린 빙백신궁의 신물이 이곳에 있었다.
한동안 홀린 듯이 빙백환을 바라보던 서리애가 문득 고개를 갸웃거렸다.
"저, 선생님. 빙백환은 두 개가 한 쌍이라고 들었습니다만……."
"하나는 저한테 없습니다."
순간 서리애의 표정이 굳었다. 생각지도 못했던 문제였다.
"하, 한 쌍이 아니면 의미가 없습니다. 아니, 의미는 충분히 있겠지만……."
북해빙궁의 신물이 갖는 권위가 크게 손상될 것이다.
어쩌면, 백수룡이 빙월신녀의 전인이라는 사실을 의심받게 될 수도 있었다.
하지만 백수룡은 문제없다며 웃었다.
"마침 방학이라 남은 한쪽을 찾으러 갈 생각이었습니다. 어디에 있는지 알고 있거든요. 찾은 후에 빙궁으로 갈 생각입니다."
"아아……. 다행입니다. 정말 다행이에요."
크게 안도하는 서리애를 보며, 백수룡은 뒷말을 삼켰다.
'지금도 그곳에 있는지는 확신할 수 없지만 말이죠.'
오랜 시간이 지났지만, 이상하게 남은 한쪽도 반드시 찾을 수 있을 것 같다는 확신이 들었다.

—……십 년이 아니라, 백 년이라도 기다려 줄 사람이야.

단순히 은사부에 대한 믿음일지도 모르겠지만 말이다.

"바쁘실 텐데 오랜 시간을 빼앗아서 죄송합니다. 그럼 저는 이만……."

서리애가 자리에서 일어났다. 백수룡도 그녀를 배웅하기 위해 일어났다.

"어머님."

서리애가 대문 밖으로 나가기 직전, 백수룡은 문득 좋은 생각 하나가 떠올라 그녀를 불렀다.

"예?"

"저는 북해빙궁의 궁주가 되고 싶은 마음은 없습니다. 하지만 제가 빙월신녀의 진전을 이었고, 빙백환까지 찾아와 준다면, 북해빙궁이 저를 은인으로 생각하지 않을까요?"

"……물론입니다. 수십 년 동안 못 찾았던 신물을 찾아 주셨으니, 마땅히 빙궁의 큰 은인으로 대접할 겁니다."

"그런 은인이 부탁하면, 옛날에 죄를 짓고 도망친 궁도의 사면도 가능합니까?"

"네? 무슨 말씀이신지……."

백수룡이 씩 웃으며 말했다.

"예를 들면, 중원의 남자와 정분이 나서 도망친 어떤 여인의 죄를 사면해 준다거나 하는 것 말입니다."

"……."

서리애는 백수룡의 웃는 얼굴을 바라보며 멍한 표정을 지었다.

설마, 설마…….

그녀는 당혹스러운 표정으로 말했다.

"서, 선생님. 저는 무언가를 바라고 온 게 아닙니다. 그저 저희 아들을 도와주신 것에 감사하는 마음으로……."

"압니다. 그냥 제가 그러고 싶어서요."

백수룡이 웃었다. 보기 드문 담백하고 진지한 웃음이었다.

"북해빙궁의 추격자가 언제 다시 찾아오지 않을까, 하루하루 조마조마한 심정으로 사셨으리라 짐작합니다. 이십 년 가까이 지났어도, 불안한 마음이 완전히 가셨을 리 없죠."

"……."

"그런 상황에서 혼자 아들을 반듯하게 키운 것. 정말 대단하다고 생각합니다."

"……."

"확언은 못 합니다. 제가 할 수 있는 선에서, 북해빙궁이 어머님을 공식적으로 사면해 드리도록 힘써 보겠습니다."

뚝.

기어이 눈물 한 방울이 바닥에 떨어지더니, 이내 눈물이 속절없이 흘러내리기 시작했다.

남편이 죽은 이후로 한 번도 흘린 적 없는 눈물이었다.

당황한 서리애는 손등으로 눈물을 훔쳤다.

"……말씀만으로도 감사합니다. 이미 받은 은혜만으로도 갚을 길이 없는데, 왜 이렇게까지 제게……."

백수룡은 말없이 미소지었다.

'은사부와 겹쳐 보여서.'

빙월신녀 은예린은 끝내 헤어진 정인을 다시 만나지 못했다.

한천빙모 서리애는 남편을 잃고, 혼자서 아들을 키웠다.

백수룡의 눈에는 두 사람이 겹쳐 보였다.

끝내 은사부는 돕지 못했지만, 서리애라면 도울 수 있을 듯했다.

"대신, 저도 한 가지 부탁이 있습니다."

"……무엇이든 말씀하세요."

"제 제자들 중에 여민이라고 있습니다. 빙백신공을 가르쳤는데, 아직 수위가 그렇게 높지는 않습니다. 괜찮으시면 방학 동안 틈틈이 가르쳐 주실 수 있겠습니까?

빙공의 고수는 무척 귀하다.

서리애가 백수룡보다 경지는 낮아도, 훨씬 더 오랜 시간 빙공을 익힌 만큼, 여민에게 큰 도움이 될 것이 분명했다.

"알겠습니다. 제가 얼마나 잘 가르칠 수 있을지는 모르지만……."

방백현 같은 기재를 훌륭하게 키워 낸 여인이었다. 잘 가르칠 거란 것은 보지 않아도 알 수 있었다.

다만, 익히고 있는 무공이 문제였다.

"일단 어머님이 익히신 빙백신공을 좀 손봐야겠군요."

"네?"

"완전하지 않은 거라면서요. 제대로 된 걸 알아야 제대로 가르치죠."

그 말이 무슨 의미인지 깨달은 서리애가 눈을 동그랗게 떴다.

자신에게 완전한 빙백신공을 가르쳐 주겠다는 말이 아닌가?

"하, 하지만 그건 궁주에게만 전해지는……."

"파문된 거나 다름없는데 뭐가 문제입니까? 그리고 다 가르쳐드릴 생각은 없습니다. 필요한 만큼만 가르쳐 드릴 거에요."

"그래도……."

백수룡은 반론을 받아들이지 않았다.

시간을 확인한 그가 서리애를 재촉했다.

"오늘 안에 다 가르치려면 시간이 촉박합니다. 저 방에 가면 남는 무복이 있으니까, 일단 옷부터 갈아입고 오세요."

"네, 네?"

"어허! 시간 없으니까 빨리 움직입니다! 실시!"

"시, 실시!"

생각지도 못한 기연에, 서리애는 허둥지둥 방으로 뛰어갔다.

296화

다녀오거라

"이만하면 그럭저럭 기초는 알려 드린 것 같군요. 여기까지 하겠습니다."

"가, 감사합니다……."

서리애는 후들거리는 무릎을 두 손으로 짚었다. 그러지 않았다면 볼썽사납게 주저앉고 말았을 것이다.

백수룡은 그녀에게 단순히 빙백신공의 후반부 구결만 알려 주지 않았다.

"아시겠지만 절정고수쯤 되면 나름의 무공관이 생깁니다. 같은 무공을 익히더라도, 그걸 자신에게 맞도록 개량하고 발전시키죠. 그걸 확인하기 위해서는 직접 싸워 보는 게 최선입니다."

……라는 이유로 시작된 대련.

주화입마를 겪은 서리애에게 맞춰서 상당히 봐주기는 했지만, 그렇다고 백수룡이 살살한 것은 절대 아니었다.

쩌적! 쩌저저적!

연무장 주위로 얼음이 얼어붙었다 녹아내리기를 반복했다.

나이가 많다고, 학부모라고 봐주지 않았다.

백수룡은 그 어떤 학생도 평등하게 가르쳤고, 또한 평등하게 갈궜다.

"서리애 학생. 마흔이 넘도록 익힌 빙공이 이것밖에 안 됩니까? 아니면 본 교관이 우습습니까? 그것도 아니면 머리가 나빠서 이해가 잘 안 됩니까?"

"……아닙니다. 다시 해 보겠습니다!"

"목소리가 작습니다!"

"아닙니다아!! 다시 해 보겠습니다아!!!"

그렇게 초죽음이 될 때까지 대련을 하고, 이후에 빙백신공의 후반부 구결 전수와 초식 시범이 이어졌다.

'이게 빙백신공의 후반부……!'

그러나 천하제일의 빙공을 배운다는 사실에 기뻐한 것도 잠시,

백수룡은 서리애가 무언가 실수를 하거나 틀리면 여지없이 갈구기 시작했다.

"서리애 학생. 구결 똑바로 안 외웁니까? 그리고 교정해 준 동작은 왜 자꾸 틀립니까. 지금 저한테 반항합니까?"

"아닙니다! 다시 해 보겠습니다!"

"한 번만 더 틀리면 본 교관에 대한 반항으로 간주하겠습니다."

"죄, 죄송합니다! 시정하겠습니다!"

"애초에 죄송할 짓을 하지 않습니다. 그럼 시정할 필요도 없습니다. 그리고 지금부터 모든 대답은 악으로 한다. 알겠나?"

"아악!"

……그야말로 악몽 같았던 하루.

과거 빙궁의 추격자들을 피해 사흘 밤낮으로 도망친 경험이 없었다면, 서리애는 도중에 포기하고 말았을 것이다.

'하지만 끝까지 버텼어!'

엄청난 성취감에 서리애는 자기도 모르게 주먹을 꽉 움켜쥐었다.

그녀는 하나뿐인 아들도 꼭 백수룡 선생님에게 배우게 하고 싶었다.

이 정도 갈굼을 당해 보면 앞으로 그 어떤 사회생활도 잘 견뎌 낼 텐데……. 얄밉게도 아들은 혼자 무림맹으로 가 버렸다.

"아쉬워……."

그 중얼거림을 들은 백수룡이 작은 오해를 했다.

"혹시 수업이 부족했습니까? 조금 더 할까요?"

"아, 아닙니다. 절대 아닙니다! 충분히 만족했습니다! 이보다 좋을 수가 없습니다! 진심입니다, 선생님! 존경합니다!"

"……알겠습니다."

마지막에 존경한다는 말은 진심이었다.

힘든 건 힘든 거고, 인정해야 할 것은 인정해야 한다.

서리애는 백수룡의 가르치는 능력을 인정할 수밖에 없었다.

'내가 지금까지 본 어떤 선생님보다 뛰어나.'

그녀는 아들을 무림맹주로 만들기 위해 백방으로 과외 선생님을 수소문해 본 경험이 있었다.

직접 수업에 참관해 본 경험도 여러 번.

그중에는 오대학관에서 은퇴한 일타강사도 있었지만, 백수룡 같은 사람은 한 번도 본 적이 없었다.

"……힘들었지만, 진심으로 많은 도움이 되었습니다. 선생님에게 배운 학생들의 실력이 모두 일취월장한 이유를 알 것 같아요."

"다 어머님이 잘 따라와 주신 덕분입니다."

놀라기는 백수룡도 마찬가지였다.

가르칠 시간이 하루밖에 없어서 무리다 싶을 정도로 몰아붙였는데, 서리애는 곧장 진도를 따라왔다.

'확실히 기본기가 튼튼해서 그런지 습득이 빨라. 머리도 좋고, 생각보다 자질도 뛰어나고…….'

간혹 재능이 남들보다 늦게 꽃피는 경우가 있는데, 서리애가 그런 경우였다.

그녀는 자신에게 허락된 빙백신공의 전반부를 완벽하게 이해하고 있었고, 자신의 방식대로 발전시켰다.

여기에 오늘 백수룡이 가르쳐 준 것을 잘 소화해 낸다면, 훗날 초절정의 경지까지도 넘볼 수 있을 것이다.

'여민에게도 큰 자극이 되겠지.'

백수룡과 구음마녀 외에는 제대로 된 빙공의 고수를 만나 본 적이 없는 여민이었다.

앞으로 서리애가 그녀를 지도해 준다면, 여민의 성취에도 분명 많은 도움이 될 것이다.

"제가 없는 동안, 여민을 잘 부탁드립니다."

"……걱정 마세요. 제가 선생님께 배운 그대로 가르침을 전하겠습니다!"

독한 표정으로 주먹을 꽉 움켜쥐는 서리애를 보니, 방학 동안 여민의 고생길이 훤히 보이는 듯했다.

백수룡은 흐뭇하게 웃었다.

'흐물흐물하게 가르치는 것보다 백배는 낫지.'

하지만 백수룡도 예상하지 못한 것이 있었다.

훗날 빙공 수업의 일타강사, 한천빙모 서리애의 인생 2막이 시작되는 계기가 바로 오늘이었다는 것을 말이다.

◆ ◈ ◆

이른 새벽, 도시 외곽.

백수룡은 먼 길을 떠날 채비를 갖춘 채 일행을 기다리고 있었다.

"형님!"

멀리서 손을 흔들며 다가오는 낯익은 얼굴들.

악연호, 명일오, 제갈소영, 곽두용까지.

남궁세가 신입강사 연수에 함께 다녀온 신입강사 동기들이었다.

악연호가 빠른 걸음으로 다가오며 말했다.

"어제 술자리에는 왜 안나오셨어요? 방학 전에 동기들끼리 가지는 마지막 술자리였는데."

"갑자기 일이 생겨 가지고."

"늦게라도 오실 줄 알고 밤늦게까지 기다렸다고요."

"나 기다린다는 핑계로 진탕 퍼마신 건 아니고?"

"흠흠!"

몸에서 술 냄새가 풀풀 풍기는 걸 보니 맞는 모양이었다. 백수룡이 눈을 가늘게 뜨고 바라보자 악연호가 헛기침을 했다.

피식 웃은 백수룡이 물었다.

"넌 이번에 세가에 다녀온다고 했지?"

"……예. 가주님께 창술 지도를 부탁드려 보려고요."

악연호가 진지한 표정으로 고개를 끄덕였다.

종종 잊어버리긴 하지만, 악연호는 명문세가로 이름 높은 산동악가 출신이었다.

산동악가의 가주는 창왕 악비.

무림십존의 일원으로, 천하에서 가장 뛰어난 창술의 달인이었다. 악연호에게는 당숙 어른이었다.

문득 악연호를 처음 만났던 때를 떠올린 백수룡이 물었다.

"너희 아버지가 정혼자 구할 때까지 돌아오지 말라고 했다면서?"

"하하. 인연 찾는 게 쉽나요. 그리고 방학에 잠깐 돌아온 건데 설마 내쫓기야 하겠어요?"

악연호가 어색하게 웃으며 말했다.

어딘가 변명처럼 느껴지는 말이었지만, 백수룡은 굳이 내색하지 않았다.

'정혼자를 찾으러 왔다는 말은 처음부터 믿지 않았으니까.'

겉과 속이 똑같아 보이는 이 녀석도, 말 못할 사연 하나쯤은 있을 것이다.

백수룡은 굳이 그것을 캘 생각은 없었다.

"사실 요즘 위기감을 느끼고 있거든요."

"위기감?"

"형님은 못 따라가도, 애들한테까지 따라잡힐 순 없잖아요?"

백수룡은 악연호가 보이는 날카로운 눈빛에 조금 놀랐다.

재능은 출중하지만, 매사에 진지한 모습이 조금 부족한 녀석이었다.

늘 그게 아쉬웠는데, 지금의 악연호에게는 단단한 각오가 느껴졌다.

백수룡이 씩 웃으며 말했다.

"기대하고 있으마."

"예!"

"저도 이 녀석을 따라가기로 했습니다."

명일오가 악연호의 어깨에 팔을 걸치며 대화에 끼어들었다.

산동악가와 명가장은 같은 지역에 있었고, 어느 정도 교분도 가지고 있었다.

이번에 창왕에게 함께 지도해 달라고 부탁해 볼 거라고 했다.

"창왕께서 승낙해 주실 확률은 거의 없겠지만……."

"내 이름이라도 팔아서 부탁해 봐. 혹시 모르잖아."

"저, 정말 그래도 됩니까?"

"동기 좋다는 게 뭐냐. 이럴 때 돕고 살아야지."

"감사합니다 형님! 정말 감사합니다!"

그대로 두면 명일오가 절이라도 할 기세였기에, 백수룡은 됐다며 손을 휘휘 저었다.

그리고 그 옆에 있는 제갈소영에게 물었다.

"남궁수는 같이 안 왔어?"

"집에 들러서 미아랑 같이 오실 거예요."

백수룡은 남궁수, 제갈소영과 함께 움직이기로 했다.

두 사람은 호북이 목적지였고, 백수룡은 호북을 거쳐서 섬서로 향할 생각이었다.

중간까지 동선이 겹치기에, 호북까지는 그들과 동행할 계획이었다.

'남궁수하고는 가면서 할 이야기가 많지.'

대부분 일 이야기였다.

학생들 문제, 이학기 강의 계획, 본격적인 천무제 준비 등등.

그리고 남궁수의 무공에 대해서도, 가능하다면 이번 기회에 말해 볼 생각이었다.

'그 자존심 강한 녀석이라면 혼자서 끙끙 앓고 있을 게 뻔하니까.'

백수룡이 잠시 생각에 잠겨 있을 때였다.

"흠흠. 나는 말이지. 학관에 남아서 부관주님에게 도법을 지도받기로 했다. 천무제 준비를 위해 방학도 기꺼이 반납하기로……. 어이! 내 말 듣고 있냐?!"

"할아버님!"

백수룡은 곽두용을 휙 지나쳐, 자신을 배웅하기 위해 나온 매극렴을 향해 걸어갔다.

"다행히 아직 안 떠났구나."

매극렴의 양손에는 짐보따리가 한가득이었다.

"먹을 것 좀 챙겼다. 가면서 먹거라."

"뭘 이런 걸 다……."

백수룡은 미안하고 고마운 마음에 멋쩍게 웃었다.

전날에 서리애를 가르치느라 밤 늦게 짧게 인사만 하고 왔는데, 어느새 이런 것들을 준비해 둔 모양이었다.

백수룡은 매극렴이 건넨 보따리를 받아 들며 씩 웃었다.

“잘 먹겠습니다.”

그러나 할아버지의 손주 사랑은 이제 시작이었다.

“이건 갈아입을 내의와 버선이다. 여름이니 자주 갈아입도록 하거라.”

“예? 아……. 감사합니다.”

“금창약과 상비약도 가져왔으니 받고.”

“그건 저도 있는데요?”

“의원에서 가장 좋은 것으로 받아왔다. 이걸로 가져가거라.”

“……넵.”

“그리고 이건 보약이다. 먼 길을 다니면 원기가 상할 터, 아침저녁으로 식후 두 번씩 챙겨 먹으면 된다.”

“하, 할아버님…….”

할아버지가 뭘 자꾸 준다.

받아도 받아도 끝이 없는 내리사랑에, 백수룡은 점점 우는 것도 웃는 것도 아닌 괴상한 얼굴이 되었다.

“이렇게 많이는 못 가져갈 것 같은데요?”

“가지고 있으면 다 쓸 곳이 생기는 법이다. 그리고 어차피 말에 싣고 갈 것이 아니냐.”

“…….”

결국 백수룡은 매극렴이 바리바리 싸 준 물건을 모두 말에 실었다. 비싸게 구한 준마가 잠시 휘청였다.

“수룡아.”

“예.”

매극렴이 손자의 어깨에 두 손을 얹고, 진지하게 말했다.

"안타깝게도 네 얼굴이 애비를 닮아 무림의 큰 우환이 될 법하다. 여인들 앞에서 특히 언행을 조심해야 하느니라."

"……."

이것은 칭찬인가 욕인가.

백수룡은 잠시 말문이 막혔다가 겨우 대답할 말을 찾아냈다.

"할아버님. 저 스물여덟입니다. 잘 처신할 테니 너무 걱정하지 마십시오."

전생의 나이까지 합하면, 매극렴과 그렇게 큰 차이가 나지도 않는다.

하지만 매극렴의 눈에는 하나뿐인 손자가 물가에 내놓은 어린애처럼 보이는 모양이었다.

실제로 남궁세가에서도 큰 일을 겪지 않았던가.

그 소식을 들었을 때, 매극렴은 심장이 얼마나 철렁했는지 모른다.

매극렴이 한숨을 내쉬며 말했다.

"네 명성이 갑자기 커졌으니, 그것을 노리고 덤벼드는 불나방이 많을 것이다. 거듭 조심해야 할 것이다."

"예. 명심하겠습니다."

"그리고……."

무언가 더 말하고 싶은 눈치였으나, 매극렴은 이내 한숨을 내쉬며 백수룡의 어깨를 두드려 주었다.

"되었다. 잔소리는 이제 그만하마."

마침 그때, 저편에서 남궁수가 말을 타고 등장했다. 자신의 앞에 남궁미를 앉힌 채였다.

매극렴에게 가볍게 목례를 한 남궁수가 다른 강사들을 둘러보며 말했다.

"다들 모였나?"

"예."

"그럼 가지."

강사들은 각자 준비한 말에 올라탔다. 관도가 끝나는 큰 길까지는 다 함께 갈 생각이었다.

말에 올라탄 백수룡이 매극렴에게 말했다.

"할아버님. 다녀오겠습니다."

"……그래."

"이랴아!"

매극렴은 백수룡과 다른 강사들의 모습이 지평선 너머로 완전히 사라질 때까지 지켜보았다.

"늙은이의 괜한 주책이지."

염려되는 마음에 잔소리를 잔뜩 늘어놓긴 했지만, 매극렴은 장성한 손자가 어떤 상황에서도 잘 대처하리라는 것을 누구보다 믿고 있었다.

저 나이에 이미 무림십존이 된, 대견하고 자랑스러운 손자가 아닌가?

밖에 나가서 또 어떤 일을 벌이려는지 모르지만, 또 한 번 무림을 놀라게 할 것이 분명했다.

노인의 주름진 눈매가 부드럽게 휘었다.

"다녀오거라. 이곳에서 기쁜 마음으로 네 소식을 기다리고 있을 테니."

매극렴은 비로소 돌아섰다.

한동안 청룡학관이 조용해지겠지만, 매극렴에게 그것은 익숙한 일이었다.

297화

허심탄회하게 말해 봐

며칠 동안 꾸준히 말을 달린 백수룡 일행은 강서 지역을 벗어나 호북 땅에 접어들었다.

상당한 강행군이었다.

귀찮은 일을 최대한 피하기 위해, 이동 시간을 줄이기 위해, 일행은 마을에도 들리지 않고 대부분 산에서 야영을 했다.

"……왜 항상 내가 요리를 하는 거지?"

모닥불 앞에서 자신이 만든 국을 맛보던 남궁수는, 돌연 회의감이 어린 표정으로 일행을 돌아봤다.

"죄, 죄송해요."

"……너는 그렇다고 치고."

남궁수의 시선은 미안해서 어쩔 줄 모르는 제갈소영을 지나, 남궁미와 놀고 있는 백수룡을 향했다.

"백수룡. 이 상황에 대해서 뭔가 할 말이 없나?"

"요리 내가 해? 난 상관없는데."

그 뻔뻔한 대답에 남궁수는 들고 있던 국자를 바르르 떨었다.

그러나 이내 한숨을 푹 내쉴 수밖에 없었다.

'백수룡이 한 요리를 먹느니, 차라리 굶는 게 낫지.'

첫날 백수룡이 한 정체불명의 국물 요리를 맛본 후 내린 결론이었다.

백수룡은 지독할 정도로 요리를 못했다.

정확히 말하면, 맛을 거의 따지지 않는 입맛이 가장 큰 문제였다.

먹어서 소화만 시킬 수 있으면 상관없다고 생각하는 수준.

한 끼를 먹더라도 제대로 된 식사를 해야 만족하는 남궁수로서는, 도저히 백수룡에게 식사 당번을 맡길 수 없었다.

백수룡이 어깨를 으쓱하며 말했다.

"난 분명히 한다고 했어. 내가 요리하는데 국자를 뺏어간 건 너라고."

"……."

틀린 말은 아니다.

하지만 손질도 제대로 안 한 고기를 냄비에 통째로 넣어 버리려 하는데, 어떻게 눈 뜨고 볼 수 있단 말인가.

남궁수는 자신이 요리를 하는 것에는 별 불만이 없었다. 어느 정도는 취미이기도 하고.

하지만…….

"최소한의 예의는 갖춰야 할 것이 아닌가. 남이 요리를 할 때 혼자 놀고 있지 마라."

제갈소영도 마찬가지로 요리를 못 하지만, 옆에서 이것저것 거들고 있었다.

얻어먹는 자라면 마땅히 이런 태도를 견지해야 하는 것이 아닌가. 어린애와 소꿉놀이나 하고 있을 것이 아니라 말이다.

그러나 돌아온 백수룡의 대답은 뻔뻔하기 짝이 없었다.

"그래서 네 동생 무공 봐주고 있잖아. 보니까 미아가 재능이 있어. 십 년만 지나면 너보다 세질 것 같은데?"

"헤헤. 그 정도는 아니에요."

"말 같잖은 소리를……."

코웃음을 치던 때, 남궁수는 어디선가 달착지근한 냄새를 맡았다.

순간 남궁수의 표정이 딱딱하게 굳었다.

"너 설마……. 또 미아에게 당과를 먹인 건가?"

"아닌데?"

"아닌데요?"

두 사람이 동시에 부정했으나, 오히려 그 모습이 더 수상해 보였다. 남궁수가 눈매를 좁히며 말했다.

"미아야. 입에 당과 조각이 묻었구나."

"앗!"

남궁미가 허겁지겁 손등으로 입을 닦았다.

그러나 남궁수가 말한 당과 조각은 어디에도 묻어 있지 않았다.

"소, 속았다……."

"거기서 반응하면 어떻게 해?"

함정 수사에 넘어간 남궁미가 울상을 짓고, 백수룡도 난감한 표정을 지었다. 죽이 아주 잘 맞는 한 쌍이었다. 누가 보면 둘이 오누이인 줄 알겠어.

"백수룡……."

남궁수는 국자를 내려놓고 자리에서 일어났다. 그의 두 눈에 스산한 살기가 감돌았다.

"내가 분명히, 미아에게 함부로 간식을 주지 말라고 경고했을 텐데."

"당과 좀 준 거 가지고 왜 호들갑이야? 너 이런 결벽증 병이다, 병. 나중에 장가도 못 갈걸."

"……!!"

오히려 적반하장으로 나오는 반응에, 남궁수의 목에 핏대가 섰다.

다른 사람들 같았으면 벌써 화를 냈을 것이다. 하지만 남궁세가의 삼공자에겐 어려서부터 쌓아 온 교양이 있었다.

"……미아는 한창 영양에 신경 써야 할 나이다. 매끼 균형 잡힌 식단을 챙겨 줘야 하지. 애초에 내가 음식을 만드는 것도, 네놈 때문이 아니라 미아를 위해서라는 걸 알아 두도록."

"나 때는 저 나이에 돌도 씹어 먹었어."

"과연 지금도 씹어 먹을 수 있을지 궁금하군."

"호오. 해 보자고?"

"싸우지 마세요! 저기 미아도 보고 있잖아요!"

살벌하게 눈싸움을 벌이는 백수룡과 남궁수.

그리고 가운데서 어쩔 줄 모르며 싸움을 말리는 제갈소영.

그리고 그런 모습을 며칠째 지켜보는 남궁미는, 다른 사람과 티격태격하는 오라버니가 신기하기만 했다.

'오라버니는 백수룡 선생님을 정말 싫어하나?'

처음에는 그런 생각이 들었다.

하지만 남궁미가 아는 오라버니는 싫어하는 사람이 있으면 그냥 무시하는 성격이었다.

자신을 괴롭히건 말건, 뒤에서 어떤 소문을 수군거리건 말건, 오라버니는 아무 신경도 쓰지 않았다.

저렇게 목에 핏대를 세우고 주먹을 바르르 떠는 오라버니의 모습을 남궁미는 처음 보았다.

"본가의 은인만 아니었으면……."

"말이 나와서 말인데, 가문의 은인이면 좀 더 잘 대접해야 하는 거 아니냐?"

"크……!"

지난 며칠 동안, 백수룡은 남궁수를 놀리는 데 재미가 들린 듯했다. 밥을 먹을 때도 놀림은 계속됐다.

"궁수야. 국이 짜다."

"하……."

이제는 거의 해탈한 남궁수에 반응에, 조용히 눈이 마주친 제갈소영과 남궁미가 입을 가리고 키득키득 웃었다.

'즐거워.'

두 사람은 거의 매일 싸우지만, 사이가 나쁜 것 같지는 않다는 것이 남궁미의 결론이었다.

몸이 고되고, 밤에는 벌레도 많지만, 소녀는 이 여행이 오랫동안 계속되었으면 하고 바랐다.

◆ ◈ ◆

다음 날.

"한바탕 쏟아지겠군."

남궁수가 우중충한 하늘을 올려보며 말했다. 당장이라도 폭우가 쏟아질 것 같은 날씨였다.

툭툭.

한두 방울씩 떨어지기 시작한 빗방울이 일행의 옷을 적시기 시작했다. 백수룡이 말했다.

"일단 비를 피할 곳을 찾자."

다행히 비가 쏟아지기 전에 적당한 동굴을 찾을 수 있었다.

"운이 좋았어. 사냥꾼들이 오가며 쓰는 곳인 모양이야."

동굴 안에는 먼지 쌓인 조리 도구 몇 개, 바닥에는 짐승 가죽으로 만든 깔개도 깔려 있었다.

동굴 벽에 핏자국이 조금 묻어 있긴 했지만, 크게 신경이 쓰일 정도는 아니었다.

"백수룡. 뭐가 신경 쓰이나?"

"……아무것도 아니야. 일단 좀 쉬자고."

일행이 동굴로 들어가자마자, 거짓말처럼 폭우가 쏟아졌다.

쏴아아아아.

여름을 알리는 장대비였다. 숲의 모든 소리가 빗소리에 잠기고, 모습이 흐릿해졌다.

"지랄 맞게 쏟아지네."

"빨리 그칠 비는 아니다."

다행히 동굴은 사람 넷과 말 네 마리가 쉴 수 있을 정도로 충분히 넓었다.

남궁미와 제갈소영은 동굴 안쪽으로 들어가게 하고, 두 남자는 동굴 바깥쪽에 나란히 앉아 쏟아지는 비를 바라봤다.

"빗줄기가 약해질 때까진 꼼짝없이 여기 있어야겠군."

"그래야지. 저 폭우 속에서는 우리도 힘들겠지만, 말들이 못 견딜 테니까."

"기다리는 동안……."

"일 얘기나 좀 할까?"

백수룡과 남궁수.

둘 다 무료하게 시간을 보내는 성격은 아니었다. 오히려 청룡학관에서 알아주는 일중독자들이었다.

"천무제에 대해서 이야기해 봐. 작년엔 어땠어?"

"우선 용봉비무부터 시작하지."

천무제로 시작된 대화 주제는 다양하게 뻗어 나갔다.

다음 학기 수업, 학생 개개인의 평가, 올해 천무제에서의 전략, 각자의 교육론까지.

때로는 두 사람의 의견이 엇갈려 토론이 벌어지기도 했다.
"독고준은 수비에 약점을 가지고 있다. 그 부분을 보완해야 안정적인 성장이 가능해."
"난 그 시간에 장점을 발전시키는 게 낫다고 봐. 독고구검이 괜히 공격일변도의 강검이 아니니까."
"장기적으로 보면 그렇겠지. 하지만 독고준이 올해 용봉비무에 나섰을 때, 예상치 못한 상대의 일격에 허무하게 패배할 수도 있다."
"그거야 상대에 따라 전략을 잘 짜야 할 일이지. 내 생각엔……."
쿠르르릉!
번쩍!
근처에 낙뢰가 떨어져 일순간 세상이 하얗게 물들었다.
잠시 둘의 대화가 끊겼을 때, 남궁미가 뒤에서 고개를 빼꼼 내밀었다.
"오라버니……."
남궁수는 막내 동생을 옆에 앉히고 안색을 살폈다.
"잠자리가 불편해서 깬 것이냐?"
"아니요! 저도 무림세가의 자식인걸요."
남궁미는 씩씩하게 웃으며 고개를 저었다.
하지만 남궁수는 동생의 표정이 평소보다 창백한 것을 한눈에 알아보았다.
그의 시선을 느낀 남궁미가 눈을 피하며 손가락을 꼼지락거렸다.
"그냥 잠이 안 와서……."
"악몽을 꿀까 봐 무서운 것이냐?"
남궁미가 움찔했다.
남궁세가가 혈교의 공격을 받은 날.
그날도 이렇게 폭우가 쏟아졌었다.
최대한 티를 내지 않으려고 했지만, 눈을 감으면 자꾸 그날 본 광경들이 떠올랐다.

남궁미가 시무룩한 목소리로 말했다.

"죄송해요. 오라버니에게 짐이 되고 싶지 않은데……."

"무슨 소리냐. 너는 짐이 아니다."

"히잉."

남궁미가 울먹이며 오라버니의 품으로 파고들었다.

남궁수는 어리광을 부리는 막냇동생의 등을 천천히 쓸어 주었다.

아무리 어른스러운 척해도, 고작해야 열 살이 아닌가.

"이야. 남궁수가 이렇게 다정한 사람이라니. 학생들이 알면 놀라 자빠지겠군."

"……닥쳐라."

"놀리지 마세요! 저희 오라버니는 원래 다정한 사람이라구요!"

기분이 한결 나아진 남궁미도 자기 오라버니 편을 들었다. 핏줄 앞에서는 당과로 맺어진 동맹도 소용이 없었다.

"그런데요."

소녀는 남궁수와 백수룡을 번갈아 바라보았다. 열 살의 어린 나이에 보기에도, 대단히 잘생긴 두 사람이었다.

"오라버니들은 친구예요?"

"아니."

동시에 들려온 대답이었다.

이어진 말은 백수룡이 더 빨랐다.

"친구는 무슨. 그냥 직장 동료지."

그 대답이 썩 마음에 들지 않는 것일까. 남궁수의 눈썹이 꿈틀댔다.

"건방지군. 내가 선배다."

"예예. 선배님."

"……말을 말아야지."

둘이 투닥거리는 동안 남궁미의 웃음소리가 잦아들었다.

남궁수의 품에 안겨 꾸벅꾸벅 졸더니, 어느새 새근새근 잠이 든 것이다.

그때 제갈소영이 졸린 얼굴로 두 사람에게 와서 물었다.

"하암. 오라버니들은 안 주무실 거예요?"

"괜찮아. 하루쯤 안 잔다고 큰일 나는 것도 아니고."

"바깥 상황을 좀 더 지켜볼 생각이다. 미아를 부탁하지."

"알겠어요. 먼저 잘 테니, 불침번이 필요하면 깨워 주세요."

제갈소영이 잠든 남궁미가 안아 들고 동굴 안쪽으로 들어갔다.

우우웅!

백수룡은 기막을 펼쳐 동굴 바깥의 빗소리를 차단했다. 완전히 차단하지는 않고, 지면을 때리는 빗소리가 멀리서 기분 좋게 들려올 정도만.

"……."

"……."

두 사람 사이에 잠시 침묵이 흘렀다.

며칠 동안 함께 움직이긴 했지만, 이렇게 둘만 있기는 처음이었다.

먼저 침묵을 깬 쪽은 백수룡이었다.

"호북에는 왜 가는 거냐? 남궁세가는 안휘성에 있잖아."

"빨리도 묻는군."

퉁명스럽게 대꾸한 남궁수가 이어서 말했다.

"내 무공 때문이다."

"……천뢰검법?"

남궁수의 무공이라면 천뢰검법이었다.

남궁세가에 전해지는 가전무공이지만, 익히기가 극히 까다롭고 고통스러워서 익히는 사람이 거의 없는 무공.

하지만 남궁수는 그런 천뢰검법을 상당히 높은 경지까지 익혔다.

"천뢰검법이 왜?"

"……쉽게 말하면 수련을 위해서다. 최근 다음 단계로 나아갈 실마리를 얻었다."

"호오."

백수룡이 흥미롭다는 듯 눈을 빛냈다.

안 그래도 이 주제를 언제 꺼내야 하나 고민하고 있었는데, 남궁수가 먼저 꺼내 주니 이야기하기가 한결 편해졌다.

"뭐 막히는 거나 궁금한 건 없고? 허심탄회하게 말해 봐. 내가 기꺼이 가르쳐 주지."

"필요 없다. 건방지게 누굴……."

남궁수의 정색에, 백수룡이 코웃음을 쳤다.

"내가 너보다 무공이 강한 건 이제 세상 사람 모두가 다 알아. 하수가 고수에게 질문하는 게 자존심 상할 만한 일인가? 이 상황에서 건방진 게 누구야?"

"……."

남궁수는 화가 났지만, 백수룡의 말 중에 틀린 것은 하나도 없었다.

마음속으로는 이미 인정하고 있었다.

백수룡의 무공이 자신보다 훨씬 강하다는 것, 그리고 무공 분석에 관해서 불가해할 정도로 뛰어난 능력을 갖추고 있다는 것을.

결국, 고민 끝에 남궁수가 입을 열었다.

"혹시……."

"잠깐만."

백수룡도 중간에 말을 끊고 싶지 않았다.

하지만 지금은 어쩔 수 없는 상황이었다.

싸늘하게 표정이 굳은 백수룡이, 폭우 속을 뚫어질 듯 노려봤다.

"무슨 일이지?"

남궁수는 보지 못했지만, 그 순간 백수룡의 눈동자가 은은한 붉은빛을 띠고 있었다.

"저기 뭐가 있어."

잠시 후, 남궁수도 백수룡이 말한 무언가를 느꼈다.

'살기.'

명백한 살기를 품은 자들이, 쏟아지는 폭우를 헤치고 동굴로 접근하고 있었다.

298화

사냥꾼

쏴아아아아아.

지독하게도 쏟아지는 장대비 속에서, 살기를 품고 다가오는 자들의 모습이 점점 가까워졌다.

두 명이었다.

한 명은 덩치가 큰 사내였고, 한 명은 호리호리한 사내이거나 여인으로 보였다.

그들은 짚으로 엮어 만든 도롱이를 어깨에 걸치고, 머리에는 삿갓을 써서 완전한 우장(雨裝)을 갖추고 있었다.

손에는 활을 들었다. 언제라도 쏠 수 있도록 시위를 반 이상 당긴 모습이었다. 허리춤에는 칼을, 등에도 단창을 사선으로 멨다.

'무림인이라기엔 무장이 좀 특이한데?'

그들이 십여 장 정도의 거리까지 접근했을 때, 남궁수가 내공을 담은 목소리로 경고했다.

"멈춰라. 정체를 밝히지 않으면 적으로 간주하겠다."

"너희야말로 누군데 남의 동굴에 멋대로 들어가 있는 거냐!"

둘 중 덩치가 큰 사내가 외쳤다.

내공이 담기지 않은 목소리에는 분노와 경계심이 가득했다.

백수룡은 눈을 가늘게 뜨고 상대의 일거수일투족을 관찰했다.

'일단 혈교 쪽은 아닌 것 같은데.'

하지만 섣불리 확신할 수는 없었다.

백수룡은 일단 저들과 대화를 나눠 보기로 했다.

"방금 당신들 동굴이라고 했소? 우리는 길을 지나가던 무림인이오. 비를 피하려다가 이곳에 오게 되었지."

"무, 무림인이라고? 젠장……."

남자의 목소리에서 당황한 기색이 느껴졌다.

만약 저게 연기라면, 훈련을 받는 살수나 정보원일 것이다.

그때 호리호리한 자가 덩치 큰 사내의 옆구리를 쿡 찔렀다. 내가 말할 테니 너는 가만히 있으라는 의미로 보였다.

"우리는 사냥꾼이에요. 당신들이 서 있는 곳은 우리 동굴이고요."

"이 동굴이 당신들 소유라는 증거가 있습니까?"

"동굴 안쪽에 조리 도구와 짐승 가죽이 깔려 있을 거예요. 당신들이 오늘 밤 깔고 잘 생각이었겠지만, 원래는 우리 거라고요."

목소리는 여자였다. 삿갓에 가려 얼굴이 제대로 보이지 않았지만, 이쪽을 사납게 노려보고 있음이 느껴졌다.

백수룡과 남궁수는 은밀하게 전음을 나눴다.

[백수룡. 어떻게 생각하나.]

[우리가 누군지 알고 온 자들 같지는 않은데.]

[내가 보기에도 수상한 점은 없는 것 같다.]

[……아직까지는 말이지.]

저들이 정말 평범한 사냥꾼이고, 이 동굴이 저들의 쉼터로 사용되는 곳이라면, 오히려 이쪽에서 멋대로 들어온 것이 된다.

'저쪽 입장에서는 낯선 자들이 자기들 안식처를 빼앗은 셈이니, 살기를 품고 다가온 것도 이해는 돼.'

그렇다고 이런 폭우 속에서 다시 밖으로 나갈 수는 없는 노릇이었다. 백수룡이 남궁수에게 일단 뒤로 물러나라는 손짓을 하며 말했다.

"빗줄기가 거세니, 일단 이쪽으로 오셔서 비를 피하시죠."

"지금 남의 동굴을 차지해 놓고 선심 쓰는 건가요?"

"이런 날씨에 밖으로 나갈 수는 없지 않습니까. 그리고 이 동굴, 돈 주고 산 것도 아닐 텐데요?"

"……."

"……."

두 사냥꾼은 잠시 고민하는 눈치였지만, 이대로 돌아가기에는 쏟아지는 빗줄기가 너무 거셌다. 노련한 사냥꾼이라도 길을 잃고 조난 당할 정도의 폭우였다. 체온도 점점 떨어졌다.

결국 백수룡과 남궁수가 동굴 안쪽으로 물러나고, 두 사냥꾼이 천천히 입구로 들어왔다. 여전히 서로를 경계하면서였다.

덩치 큰 남자가 괜히 큰 소리를 쳤다.

"허튼 수작을 부릴 생각은 하지 마시오! 우리도 무공을 익혔거든. 싸우게 되면 좋은 꼴은 못 볼 거요."

두 사냥꾼은 삿갓과 어깨에 두른 도롱이를 풀어 바닥에 내려놓았다. 남자와 여자. 묘하게 닮은 것이 남매 혹은 부부 같았다.

'무공을 익혔지만 대단한 수준은 아니야.'

백수룡은 두 사냥꾼의 실력을 가늠했다.

기껏해야 이류 정도.

사냥꾼치고는 제법 강한 편이지만, 이상하다고 느껴질 정도는 아니었다.

그때 남자 사냥꾼이 물었다.

"두 사람뿐이오?"

"안쪽에 일행 두 명이 더 있습니다."

순간 사냥꾼들의 표정이 긴장으로 굳었다. 상대의 숫자가 두 배나 더 많다는 사실 때문이었다.

'정말 우연인가?'

백수룡은 두 사냥꾼의 표정과 반응을 살피며 고민에 빠졌다.

세작이라기엔 너무 어설프고, 살수라고 하기엔 너무 약하다.

막말로 깊이 잠들어 있는 상태에서 저들에게 기습을 당하더라도, 털끝 하나 다치지 않고 막아 낼 자신이 있었다.

"날씨가 이러니, 오늘밤은 이곳에서 다 같이 보낼 수밖에 없겠군요. 인원이 많으니 돌아가면서 불침번을 서는 건 어떻습니까?"

백수룡은 상대의 반응을 살펴볼 생각으로 그런 제안을 했다.

만약 저들이 순순히 승낙한다면, 상대의 의도를 다시 한번 의심해 볼 생각이었다.

"……우리는 빗줄기가 좀 줄어들면 바로 떠날 거요."

그러나 두 사냥꾼은 제안을 거절하고, 오히려 백수룡을 경계의 시선으로 바라봤다.

'정말 아닌 것 같기도 하고.'

백수룡은 사냥꾼들에 대한 의심을 대부분 내려놓았다.

지난 며칠 동안, 일행은 최대한 다른 사람과 접촉하지 않으며 산길로만 움직였다.

시간을 아끼기 위해서도 있었지만, 더 큰 이유는 혈교 때문이었다.

백수룡과 남궁수, 둘 다 혈교 입장에서는 요주의 인물이었다.

행적이 알려지면 살수를 보내거나 무슨 짓을 꾸미는 것도 충분히 가능한 일.

이런 상황에서 갑자기 만난 사람들이 저 사냥꾼들이니, 의심부터 할 수밖에 없었다.

'혈교였다면 이렇게 어설픈 방법으로 날 노리진 않았겠지. 차라리 다른 조직이라면 몰라도…….'

옷차림이나 무기들도 살펴본 결과, 저들은 사냥꾼이 확실해 보였다.

좋은 사냥꾼이냐 나쁜 사냥꾼이냐는 아직 모르겠지만 말이다.

그때 사냥꾼 여자가 뾰족한 목소리로 말했다.

"동굴 안쪽에 있는 우리 물건들을 챙겨 가겠어요."

딱히 허락을 구하는 것은 아닌 듯, 그녀는 백수룡과 남궁수를 경계하며 동굴 안쪽으로 천천히 움직였다. 한 손은 허리춤에 있는 칼자루에 손을 올린 채였다.

그리고 잠시 후, 그녀는 동굴 안쪽에서 제갈소영과 남궁미를 발견했다. 두 사람도 진작 잠에서 깨 일어나 있었다.

"어린애?"

"……."

여자는 제갈소영의 뒤에서 얼굴만 살짝 내민 남궁미를 보고 멈칫했다. 날카롭던 눈이 동그래졌다.

"몇 살이니?"

"……열 살이요."

그 순간, 백수룡은 칼자루를 쥐고 있던 사냥꾼 여자의 손에서 힘이 스르륵 풀리는 것을 보았다.

여자는 남궁미에게 말을 걸었다. 놀랍도록 부드러워진 목소리였다.

"자는데 깨워서 미안해. 놀라게 할 생각은 없었어."

"……."

"밖에 비가 많이 와서, 우리도 잠깐 여기서 같이 쉬려는 것뿐이야. 그래도 되지?"

여자가 굳어 있던 표정을 풀고 웃자, 평범하고 순박한 얼굴이 되었다. 그녀는 입구 쪽에 있는 남자를 향해 외쳤다.

"여보! 여기 어린애가 있어요! 칼 집어넣어요!"

"……그래? 알았어."

남궁수와 눈싸움을 벌이고 있던 사냥꾼 남자도 천천히 칼을 집어넣었다.

남궁미의 존재가 긴장감이 가득하던 분위기를 한순간에 부드럽게 바꿨다.

어딘가 맞은 곳도, 괴롭힘당한 흔적도 없이 깨끗한 옷을 입은 건강한 아이가 있는 일행.

사냥꾼들 입장에서는, 백수룡 일행이 위험한 자들이 아니라는 것을 확인한 것이나 다름이 없었다.

'순박한 사람들이군. 어린애 하나 있다고 경계를 풀다니.'

백수룡은 씁쓸하게 웃었다.

전생에 온갖 혈교의 쓰레기들을 만나 본 그는, 아이 하나 데리고 다닌다고 긴장을 푸는 사냥꾼들이 순진하게만 보였다.

긴장을 푼 사냥꾼 남자가 어색하게 웃으며 말했다.

"오해해서 미안합니다. 워낙에 흉흉한 세상이라……."

"아닙니다. 저희라도 그랬을 겁니다."

잠시 후, 오해를 푼 그들은 모닥불을 피워 놓고 넓게 둘러앉았다.

백수룡 일행은 사냥꾼들에게 적당히 가명을 둘러댔다. 어차피 두 번 보지 않을 인연이기에 죄책감 따위는 없었다.

"사냥꾼의 쉼터에서 쉬게 해 주셔서 감사합니다."

"아이고, 아닙니다. 여긴 예전부터 사냥꾼들이 비를 피하기 위해 오가던 곳입니다. 저희가 주인이라고 하기에는 솔직히 좀 그렇지요."

처음과 달리, 사냥꾼 부부는 기가 죽어서 대답했다.

가까이서 마주 보니 서로의 얼굴, 옷차림 등을 알아볼 수 있었다.

백수룡 일행은 하나같이 좋은 옷을 입고, 예쁘고 잘생겼으며, 한눈에 보아도 보검임에 분명한 검을 허리에 차고 있었다.

무림에 대해서 잘 모르는 사람들이 보아도, 범상치 않은 신분임을 알 수 있을 정도였다.

대화의 주도권은 자연스럽게 백수룡 일행에게 넘어갔다.

"두 분은 부부십니까?"

"아, 예. 그렇습니다."

사냥꾼 부부는 이 주변에서 오랫동안 함께 짐승을 사냥하면서 살았다고 했다.

그들의 이야기를 듣던 백수룡이 질문했다.

"슬하에 자식은 없으십니까?"

"……."

평범한 질문이었는데, 갑자기 여자의 표정이 딱딱하게 굳었다.

아내의 표정을 살핀 남자가 씁쓸하게 웃으며 말했다.

"딸이 있었습니다만, 태어난 지 얼마 못 가 병에 걸려 죽었습니다."

"……죄송합니다. 제가 괜한 이야기를 꺼냈군요."

"아닙니다. 이제 오래된 일입니다. 살아 있었으면…… 여기 계신 아가씨 정도 나이가 되었겠군요. 하하. 물론 아가씨만큼 예쁘지는 않을 겁니다. 절 닮았었거든요."

사냥꾼 사내는 애써 농담으로 웃어넘겼지만, 감수성이 풍부한 제갈소영과 남궁미는 그것만으로도 눈물을 훌쩍거렸다.

자신 때문에 분위기가 어두워지자 사내가 급히 화제를 돌렸다.

"여러분은 산을 넘으실 거지요? 제가 지름길을 압니다. 사냥꾼들이 다니는 길이라 조금 위험하긴 한데……."

"저희야 알려 주시면 감사하죠."

둘러앉아서 두런두런 이야기를 나누다 보니 시간이 금세 흘렀다.

쏴아아아…….

빗줄기가 서서히 줄어들었다.

여전히 장대비라고 할 만한 수준이었으나, 노련한 사냥꾼이라면 충분히 길을 찾을 만했다.

"젖은 몸도 충분히 말렸으니, 저희는 이만 가 보겠습니다."

눈치를 보던 사냥꾼 부부가 몸을 일으켰다.

내려놓았던 도롱이를 다시 어깨에 두르고, 삿갓을 고쳐 썼다. 젖은 몸도 충분히 말렸다.

"잠시만."

급히 떠나려는 그들에게, 남궁수가 전낭에서 전표를 꺼내 건넸다. 남궁세가의 직인이 찍힌 고액의 전표였다.

"덕분에 편안하게 밤을 보냈습니다. 게다가 지름길까지 알려 주셨으니, 마땅한 사례입니다."

"이, 이렇게 큰돈을……."

사냥꾼 부부의 눈이 휘둥그레졌다. 남궁수가 건넨 전표는, 그들이 몇 달을 벌어도 벌기 힘든 큰돈이었으니까.

하지만 단순히 사례이기만 한 것은 아니었다.

"어디 가서 저희를 만난 이야기는 하지 않으셨으면 합니다. 여러분의 안전을 위해서도 그게 좋습니다."

"……예. 알겠습니다요."

전표를 받아 든 사냥꾼들이 고개를 끄덕였다.

그러니까 이 돈은 입막음용이자, 함부로 입을 열었다간 후환이 생길 수도 있다는 경고였다.

"저……."

모닥불에 앉아 있던 내내 남궁미를 힐긋거리던 사냥꾼 아내가 입을 열었다.

그녀는 무언가 결심한 듯, 목소리를 낮춰서 경고하듯 말했다.

"산신령을 조심하세요."

"여보!"

남자가 깜짝 놀라 소리쳤다. 그러나 여자는 말을 멈추지 않았다.

"천둥벼락이 치는 곳에는 절대 가까이 가지 마세요. 특히 이렇게 비가 많이 오는 날은 더 위험해요. 산신령에게 잡혀가서 돌아오지 않은 사람들이 한둘이 아니에요."

"당신! 그 입 다물지 못해!"

"아이가 있잖아요!"

부인에게 화를 내려던 남자는, 그 외침에 체념한 듯 한숨을 내쉬었다.

백수룡이 의아한 표정으로 물었다.

"산신령이라니요?"

"……비와 바람을 부리고, 벼락을 떨어뜨리는 존재입니다. 경고를 무시하고 산신령을 찾으러 간 무림인들도 여럿 돌아오지 않았습니다. 혹시나 마주치면……. 뒤도 돌아보지 말고 도망치십시오."

사냥꾼 사내는 산신령을 떠올리기만 해도 두려운지 몸을 덜덜덜 떨었다. 입을 함부로 놀려서 천벌을 받을까 봐 두려운 것이다.

사내가 아내의 팔을 잡아당기며 말했다.

"저희는 이만 가 보겠습니다."

"……."

백수룡은 황급히 떠나는 사냥꾼 부부의 뒷모습을 바라봤다. 그들의 모습은 금세 빗속으로 자취를 감췄다.

"착한 사람들 같아요……."

남궁미의 중얼거림에, 남궁수와 제갈소영이 고개를 끄덕였다.

처음에는 정체를 알 수 없어 경계했지만, 알고 보니 정이 많고 순박한 사냥꾼들이었다.

일행에 어린아이가 있다는 이유만으로도, 저렇게 두려워하는 산신령에 대해서 경고를 해 줄 정도로 말이다.

"산신령이라……."

"아마도 은거한 무림인이겠지."

남궁수도 백수룡과 비슷한 생각을 한 모양이었다.

비와 바람을 부리고, 벼락을 뿌리는 존재.

그리고 비오는 날이면 산에서 내려와 사람을 잡아간다고 했다.

'어쩐지 만날 것 같은 기분이 드는데.'

쏴아아아아.

서서히 빗줄기가 줄어들고 있었다. 곧 출발할 수 있을 것 같았다.

299화

산신령

"당신! 대체 어쩌자고 그런 말을 한 거야!"

사냥꾼 사내는 오두막에 돌아오자마자 아내에게 버럭 소리를 질렀다. 화가 많이 났는지 얼굴이 대추처럼 붉었다.

"천벌 받고 싶어서 그래? 함부로 입을 놀린 다른 사냥꾼들이 어떻게 됐는지 알면서……."

"아이가 있었잖아요."

아내는 아까부터 같은 말을 반복했다.

동굴에서 만난 무인들 틈에 있었던 여자아이.

자꾸만 그 아이가 눈에 밟혔다.

젖도 몇 번 물려 보지 못하고 떠나보낸 딸의 모습이 겹쳐 보인 탓이었다.

"당신은 기억 안 나요? 그날도 오늘 같은 날이었잖아요. 폭우가 쏟아져서 앞도 잘 보이지 않는데, 애는 열이 펄펄 끓고, 품에 안고서 겨우 의원을 찾아갔는데……."

어린 딸의 몸은 이미 싸늘하게 식어 있었다.

그 기억을 떠올린 사냥꾼 사내가 이를 악물었다.

"젠장! 알았으니까 그만해!"

차라리 아까 그 동굴에 가지 않았다면.

아무것도 보고 듣지 못했다면 좋았을 텐데…….

갈등하는 사내에게, 아내가 애원했다.

"여보. 우리 오늘 일은 비밀로 해요. 그 사람들한테 큰돈도 받았잖아요."

"당신이 무슨 말을 하고 싶은지 알아. 나도 그러고 싶어. 하지만 그러다 들키기라도 하면……."

사냥꾼 사내는 괴로운 표정으로 한숨을 내쉬었다. 그 역시 아내와 같은 생각이었다.

'그 어린것이 무슨 죄가 있다고…….'

하지만 산신령은 거역하기에는 너무나 두려운 존재였다.

만약 무림인을 만났다는 사실을 고하지 않는다면…….

"무림인을 만났나 보구나."

"……!!"

등 뒤에서 들려온 낯선 목소리에, 두 사람은 동시에 홱 돌아섰다.

새하얀 장포에 수염을 기른, 신선 같은 노인이 뒷짐을 진 채로 서 있었다.

키는 훌쩍 컸고, 얼굴은 선하게 웃고 있었다.

……하지만 저 웃는 얼굴에 속아선 안 된다.

그가 바로 이 산의 사냥꾼들이 가장 두려워하는 존재였다.

"사, 산신령님……. 누추한 곳엔 갑자기 어떻게……."

바닥에 납작 엎드린 사냥꾼 부부의 몸이 덜덜덜 떨렸다.

산신령은 변덕이 아주 심한 존재였다.

기분이 좋은 날에는 커다란 호랑이를 잡아다 오두막에 가져다주기도 하지만, 기분이 나쁜 날에는 말대꾸를 한다는 이유로 사람을 찢어 죽이기도 한다.

'밖에 비가 저렇게 오는데, 한 방울도 젖지 않다니…….'

다행히 오늘은 산신령의 기분이 좋아 보였다.

산신령이 긴 수염을 쓸어내리며 허허 웃었다.

"일부러 들으려고 한 것은 아닌데, 너희 목소리가 크더구나. 그래. 어떤 무림인들을 만났느냐?"

태연하게 묻는 목소리는 산들바람처럼 부드러웠다. 그러나 사냥꾼 부부의 안색은 점점 더 창백해졌다.

"그게……."

"혹시 말하기 싫은 게냐? 내가 너희를 위해 무공도 가르쳐 주었거늘. 은혜를 이런 식으로 갚으면 안 되지."

"……."

"…….

동굴에서는 말하지 않았던 이야기.

사냥꾼 부부는 산신령에게 무공을 배웠다.

물론 제자라고 할 만큼 대단한 수준은 아니었다.

'고작 몇 수를 배운 게 전부지만…….'

하지만 그 몇 수를 배운 것만으로, 전보다 사냥을 하기가 훨씬 쉬워진 것은 물론이고, 산적이나 무림인들 앞에서도 배짱을 부릴 수 있게 되었다.

하지만 그 대가는 만만치 않았다.

산신령은 이름처럼 신령스러운 존재가 아니었으니까.

"무공을 가르쳐 준 대가로, 너희가 보고 들은 모든 것을 내게 알려 주기로 하지 않았더냐?"

"마, 맞습니다……."

일종의 계약이었다.

여기 있는 사냥꾼 부부뿐만이 아니라, 다른 사냥꾼들, 약초꾼들, 나무꾼들 중에도 산신령에게 무공을 배운 자들이 여럿이었다.

계약을 거절한 자들도 있었지만…… 지금은 모두 죽고 없다.

산신령이 그림에 나오는 신선처럼 웃으며 말했다.

"다행히 내가 오늘은 기분이 아주 좋다. 수십 년을 기다려 온 신공의 완성이 거의 가까워졌기 때문이지."

"축하드립니다!"

"추, 축하드립니다."

그때였다.

산신령의 소매에서 어린아이 팔뚝만 한 두께의 금색 거머리가 기어 나왔다.

꾸물꾸물.

금색 거머리는 산신령의 팔을 타고 어깨까지 올라왔다.

"이 녀석. 그새를 못 참고 또 배가 고파진 게냐?"

산신령이 웃으며 손을 내밀자, 거머리는 산신령의 손등에 이빨을 박아 넣고 피를 쪽쪽 빨아먹었다.

"허허. 요즘은 나도 네 먹성이 감당이 안 되는구나."

"……."

몇 번이나 보아 온 광경이지만, 사냥꾼들은 마치 자신들의 몸에서 피가 빠져나가는 기분을 느꼈다.

덜덜덜…….

저 금색 거머리가 피를 빨아 먹는 사람이 산신령뿐만이 아님을 알기 때문이다.

지금껏 산신령의 명령을 거부한 자들, 몰래 도망쳤다가 잡혀 온 자들, 사냥꾼이 직접 잡아 오거나, 겁 없이 도전했다가 죽임을 당한 무인들.

전부 저 금색 거머리에게 피가 빨려서 미라처럼 말라 죽었다.

'처음에는 몸의 절반만 금색이었는데…….'

그동안 얼마나 많은 사람의 피를 빨아 먹었는지, 이제는 꼬리 끝부분을 제외한 대부분이 금색이었다.

예전에 얼핏 듣기로, 저 꼬리까지 완전히 금색으로 물들면 산신령의 비원(悲願)이 이뤄진다고 들었다.

"이제 그만 먹으려무나. 조금 있다가 신선한 피를 잔뜩 먹여 줄 터이니."

"……."

금색 거머리를 쓰다듬는 산신령의 팔에는 화상으로 얼룩진 흉터가 가득했다.

산신령은 태연하게 사냥꾼들을 돌아보며 말했다.

"그래. 아까 어디서 무인들을 보았다고 했지?"

"저, 전부 다 말씀드릴 테니, 부디 노여움을 풀어 주십시오……!"

사냥꾼 사내는 도저히 그 공포를 이길 수 없었다. 그는 동굴에서 있었던 일을 천천히 말하기 시작했다.

"동굴에서 무림인 일행을 만났습니다. 숫자는 넷이고, 남자 둘에 여자 둘이었습니다."

사냥꾼은 백수룡 일행에게 들었던 이름을 말했다. 물론 그것이 전부 가명이라는 것은 알지 못했다.

전부 처음 듣는 이름이었기에, 산신령은 바로 가장 궁금한 것을 물었다.

"무공은 강해 보이더냐?"

"……별로 세 보이지 않았습니다. 숫자는 많았지만, 싸우면 저희가 충분히 이길 수 있을 것 같았습니다."

……거짓말이었다.

동굴에서 본 무림인 일행 중 어린 여자아이를 제외하면, 모두 상당한 고수로 보였다.

하지만 사냥꾼은 일부러 그들이 아주 약해 보였다고 거짓말을 했다.
'산신령은 약한 무인에게는 관심이 없다. 운이 좋으면 그냥 보내 줄 것이다.'
예전에는 닥치는 대로 잡아다가 거머리에게 먹인 것으로 알고 있지만, 요즘 들어서는 먹이를 가려서 먹인다.
사냥꾼 자신보다 약한 무인은 아무런 가치도 없을 것이다.
그러니 제발…….
"제가 보기엔, 산신령님께서 신경 쓰실 만한 자들은 아닌 것 같습니다……."
"제 생각도 같습니다."
사냥꾼 사내와 아내의 눈이 잠시 마주쳤다.
입 밖으로 낼 수는 없었지만, 그 순간 두 사람은 비슷한 생각을 하고 있었다.
'그 어린것한테는 아무런 잘못도 없어.'
'언제까지 이런 짓을 하면서 살 수는 없어요.'
그들이 빨리 이 빌어먹을 산에서 벗어나길.
행여나 재앙 같은 산신령의 변덕이 닥치기 전에…….
"허어. 그래. 그렇구나."
산신령이 순순히 고개를 끄덕였다.
그 말에 사냥꾼 부부가 속으로 안도의 한숨을 내쉬었다.
하지만 그 순간.
산신령이 빙긋 웃으며 말을 이었다.
"무지렁이들은 거짓말도 참 어설프단 말이지."
"사, 살려……!"
눈을 부릅뜬 사냥꾼이 뭐라고 말하기도 전에, 그의 옆에서 새하얀 벼락이 내리쳤다.
"꺄아아아악!"

벼락은 사내가 아닌 그의 아내에게 작렬했다. 새하얀 전류에 휘감긴 사냥꾼의 아내가 찢어져라 비명을 질러 댔다.

대체 언제 움직인 것인지, 산신령이 손으로 사냥꾼의 아내의 목을 움켜쥐고 있었다.

그의 손에 흐르는 뇌기에 감전당해, 아내의 몸이 펄떡펄떡 뛰었다.

"사, 산신령님! 살려 주십시오! 제발 제 아내를 살려 주십시오."

"네가 내게 거짓을 고하고도 살기를 바라느냐?"

산신령은 상대의 미세한 표정 변화, 심장박동마저도 읽을 수 있는 고수였다. 어설픈 사냥꾼의 거짓말은 처음부터 통하지 않았다.

"전부, 전부 사실대로 말하겠습니다!"

결국 사냥꾼 사내는 울면서 모든 사실을 고했다.

몇 년 전에는 하나뿐인 자식을 잃었다. 아내마저 잃을 수는 없었다.

"그곳에 있었던 셋 모두 고수였습니다! 하나같이 비범해 보였습니다! 귀한 집 자식으로 보였고……."

"아까는 넷이라고 하지 않았더냐?"

"한 명은 어린아이였습니다. 주, 죽을죄를 지었습니다. 몇 년 전에 죽은 저희 딸이 생각나서 그만……. 제발 제 아내만은……."

"흥. 이제야 바른대로 말하는군."

코웃음을 친 산신령은 사냥꾼의 아내를 내던지듯 내려놓았다.

털썩.

피부가 검게 탄 사냥꾼의 아내가 의식을 잃고 바닥에 널브러졌다. 사냥꾼이 기어가서 확인하니, 간신히 숨만 쉬고 있었다.

"어리석은 놈. 진작 말했으면 좋았을 것이 아니냐."

"죄송합니다……."

"그래서 놈들은 어디로 갔느냐?"

"……산을 넘을 거라고 하기에, 제가 지름길을 알려 주었습니다. 여보!

여보! 정신 좀 차려 봐!"

사냥꾼은 아내를 끌어안고 오열했다. 산신령은 귀찮다는 듯 사냥꾼을 발로 걷어찼다.

"그곳으로 안내하거라. 너희들 말이 사실이라면, 내 신통력을 발휘해서 너의 아내를 살려 줄 것이다."

"저, 정말입니까?"

"물론이다. 허나 만약 거짓이 있다면, 둘 다 죽지도 살지도 못하는 꼴로 만들 것이다."

"예, 예!"

사냥꾼은 허겁지겁 옷을 챙겨 입고, 아내를 등에 업었다. 다행히 비는 거의 그쳐 있었다.

그사이, 산신령은 사냥꾼이 무림인들에게 받았다는 전표를 확인했다.

"이건……!"

전표를 확인한 순간, 산신령의 눈이 부릅떠졌다.

예상보다 큰 액수 때문이 아니었다.

그 전표에 찍혀 있는 직인, 그것이 문제였다.

"남궁세가의 직인이라니……. 허. 이것 참으로 공교롭구나."

벽력마(霹靂魔) 금천호.

은거하기 전의 산신령을 무림은 그렇게 불렀다.

벽력마는 남궁세가와 오래된 원한을 가지고 있었다. 그의 은거에도 남궁세가가 적지 않은 역할을 했다.

파지직……!

뇌기로 전표를 태워 버린 벽력마의 얼굴이 기괴하게 일그러졌다. 산신령이 아니라 흡사 지옥의 마귀처럼 보였다.

"……신공의 완성을 목전에 둔 상황에서 남궁세가 놈을 만나다니, 이것 또한 하늘의 뜻이 아니겠는가."

산속에 은거한 후, 산신령으로 살아온 지 어느덧 수십 년이 흘렀다.
어느새 벽력마는 자신이 진짜 신이라도 된 것 같은 착각에 빠져 있었다.
꾸물꾸물.
벽력마는 어깨에 올라탄 금색 거머리의 머리를 천천히 쓰다듬었다.
"명성이 제법 있는 놈이었으면 좋겠구나. 신공을 완성한 본좌가 은거를 깨고, 다시 무림에 출도하기 전에 던질 출사표에 어울리도록 말이다."
퍼어어엉!
벽력마는 사냥꾼의 오두막을 일 장에 부숴 버리고, 넋이 반쯤 나간 사냥꾼을 앞세워 사냥감들을 찾아 나섰다.
"안내해라."
"예……."
어둠 속에서 번들거리는 두 눈, 벽력마에 얼굴에 광기가 번져 나갔다.
마침 신공을 완성하기 위한 마지막 제물을 찾고 있던 차였다.
정순한 내공을 가진 무인이 필요했는데, 남궁세가 출신이 이 산을 지나갈 줄이야.
"하늘이 나를 돕는 것이지. 흐흐흐……."
남궁세가의 자식을 마지막 제물로 바쳐 신공을 완성하다니. 이보다 짜릿한 복수의 시작이 어디 있단 말인가.
생각만 해도 즐거워 입이 찢어질 것 같았다.
이제 곧 신공이 완성되면……!
"천하가 본좌의 발아래 무릎을 꿇을 것이다! 크하하하!"
쿠르르릉!
천둥이 마치 벽력마의 웃음처럼 울려 퍼졌다.

300화

생각보다 별것 아니군

백수룡 일행은 사냥꾼 부부가 알려 준 지름길로 움직였다.

폭우는 그쳤지만, 밤새 내린 비로 바닥이 무너지고 질퍽질퍽해진 탓에 말에서 내려 걸어야 했다.

"……사냥꾼들이 말한 산신령의 정체가 뭘까요?"

곰곰이 생각에 잠겨 있던 제갈소영의 말에, 옆에서 걷던 백수룡이 피식 웃었다.

"아까부터 혼자 뭐가 그렇게 심각한가 했더니, 계속 그걸 생각하고 있었던 거야?"

"아무리 생각해도 이상하잖아요."

제갈소영이 눈을 반짝였다.

무림사와 기관진식이 전공인 만큼, 그녀는 무림의 신비로운 소문을 접하면 그냥 넘어가지 못했다.

"비와 바람을 부리고, 벼락을 떨어뜨린다고 했어요. 흔치 않은 뛰어난 술법을 익혔거나, 그렇게 착각할 만큼 무공의 경지가 높다는 뜻이잖아요."

"떠오르는 사람이라도 있어?"

제갈소영이 고개를 끄덕였다. 그러곤 눈을 초롱초롱하게 빛내며 자신의 추리를 설명했다.

"혈기린, 구유마녀, 벽력마. 최근 수십 년 동안 종적을 감춘 고수들 중에서 그만한 능력이 있는 후보를 추려 보면 이 셋 정도예요. 하나같이, 다시 나타나면 무림이 술렁일 악인들이죠."

"전부 사파네?"

"정파의 고수가 이런 숲에 은둔하는 일은 거의 없으니까요."

"하긴……."

백수룡이 고개를 끄덕였다.

정파의 고수들은 보통 금분세수를 하고 문파나 가문의 원로가 되거나, 한적하고 경치 좋은 곳에 정자를 지어 놓고 신선놀음을 하며 여생을 보낸다.

이런 산에 은거하는 자들은 대부분 과거에 지은 죄가 많은 자들이다.

뒤에서 두 사람의 이야기를 듣고 있던 남궁수가 중얼거렸다.

"벽력마라……."

"너도 알아?"

남궁수가 남궁미의 외투를 단단히 여며 주며 고개를 끄덕였다. 아직 빗방울이 조금씩 떨어지고 있었다.

"과거 본가과 충돌했던 사파의 초고수다. 흡성대법으로 다른 무인들의 정기를 갈취하다가 무림공적이 되었지. 마침 놈이 활동하던 지역이 본가와 가까워서……."

남궁수는 잠시 말을 멈췄다. 불편한 이름을 언급해야 하기 때문이었다.

"……창천검왕이 직접 놈을 추살하기 위해 나섰다. 놈은 열흘이 넘게 싸우면서 도망 다녔다고 하더군."

"열흘이나?"

창천검왕과 싸우면서 열흘이나 도망을 다녔다?

웬만한 고수는 꿈도 꾸기 힘든 일이었다.

남궁수가 고개를 끄덕였다.

"당시에는 창천검왕이 무림십존이라 불리기 전이긴 하지만……. 마지막에는 일백 합을 넘게 겨뤘다고 들었다. 결국 큰 상처를 입은 벽력마가 절벽에서 뛰어내렸지."

"그럼 죽은 거 아니야?"

"시체를 못 찾았으니 확신할 수 없다. 가문에서도 살아 있을 거라 추측하고 있고."

남궁수는 과거 창천검왕이 혈족들이 모여 있던 자리에서 해 준 이야기를 떠올렸다.

-벽력마는 죽지 않았을 게다. 지독하기가 거머리 같은 놈이 그렇게 쉽게 죽을 리 없지. 아마 어딘가에 숨어서 무공을 회복하고 있을 것이야.

창천검왕은 종종 벽력마에 대해서 말하곤 했다.

특히 벽력마가 익힌 벽력마공은 무서울 정도로 강력한 무공이었다고.

심지어 이렇게까지 말했다.

-놈의 무공이 완성되어 있었다면, 당하는 것은 나였을지도 모른다. 놈이 뿜어내는 벼락은, 가까이 접근하기도 힘들 정도로 무시무시했지.

-허어…….

-설마 그 정도로…….

창천검왕의 그 충격적인 발언을 계기로, 남궁세가에서는 거의 사장되었던 천뢰검법이 잠시 재조명되기도 했었다.

남궁수의 돌아가신 어머니도, 어디서 그런 말을 듣고서 아들에게 천뢰검법을 익히게 했다.

—천뢰검법을 익히려무나. 이 어미가 들어보니, 조금 아프기는 해도 창궁무애검법보다 성취가 빠르고, 대성에 이르면 뇌신의 경지에 이른다고 하더구나. 그것만이 네 형제들을 압도할 수 있는 길이란다.

—……알겠습니다.

하지만 지금에 와서 천뢰검법을 제대로 익힌 사람은 남궁수뿐이었다. 워낙에 익히기 까다롭고 과정이 고통스럽기 때문이었다.

결과적으로 지금 남궁수는 유력한 소가주 후보가 되긴 했지만, 그건 천뢰검법과는 아무런 상관도 없었다.

오히려,

—아직 늦지 않았다.

신입 강사 연수가 끝나고 남궁세가를 떠나기 전, 남궁세가주가 남궁수를 불러서 권유했다.

—지금이라도 창궁무애검법을 익히는 것이 어떻겠느냐?

천뢰검법은 대성하기가 극히 까다롭고 고통스러운 무공이지만, 그에 비하면 창궁무애검법은 훨씬 더 안정적이고 위력도 결코 부족하지 않은 신공이었다.

—본가에는 천뢰검법에 대해서 네게 조언해 줄 사람이 없다. 하지만 창궁무애검법이라면 다르다.

—…….

그 사실은, 남궁수가 어느 누구보다 잘 알고 있었다.

남궁수는 잠시 고민한 후에 고개를 끄덕였다.

—익히겠습니다.

—그래! 잘 생각했다. 검법이란 것의 본질은 크게 다르지 않으니, 너라면 금방 따라올 수 있을…….

—단, 천뢰검법을 먼저 대성한 후에 익히겠습니다.

—허어! 이런 고집불통 같으니! 대체 누굴 닮아서…….

—아버님. 제가 누굴 닮았겠습니까.

—끄응!

남궁수는 뭐든 시작을 하면 끝장을 보는 성격이었다.

익히기 까다롭고 고통스러운 무공을 익혔다 해도, 중간에 도망치고 싶지 않았다.

굳이 어려운 길을 고집하는 모습을 어리석다고 보는 시선들이 있었지만, 그러한 고집이 지금의 남궁수를 만들었다.

—……천뢰기가 주는 고통에는 익숙합니다. 그리고 조금만 더 하면, 실마리가 보일 것 같습니다.

조금만 더.

그 말이 무인을 얼마나 희망고문하는지 잘 아는 남궁세가주였지만, 아들의 단호한 눈빛 앞에서 결국 고개를 끄덕일 수밖에 없었다.

—……알겠다. 대신 뇌룡검 대협에게 서찰을 써 둘 터이니, 방학 때 찾아뵙고 무공에 조언을 구해 보도록 해라.

—예? 굳이 그러실 필요는…….

—이것까지 거절하면 널 가문에서 내쫓을 생각이다.

—……감사합니다.

이번 방학에 남궁수가 안휘가 아닌 호북으로 가게 된 이유였다.

"너 벽력마에 대해서 굉장히 잘 안다?"

백수룡의 말에, 남궁수는 과거에서 현실로 돌아왔다. 그가 덤덤한 목소리로 대답했다.

"가문과 은원이 얽혀 있는 인물이다. 또한 뇌기를 다루는 무공으로 한정한다면, 벽력마는 지금은 은퇴하신 뇌룡검 대협과 함께 천하제일을 논하던 무인이었다."

"생각보다 훨씬 거물이었군."

백수룡이 조금 놀란 표정으로 중얼거렸다.

대화를 듣고 있던 제갈소영이 신중한 표정으로 말했다.

"만약 그런 악인이 이곳에 숨어 있는 거라면, 찾아서 잡아야 하지 않을까요?"

"이 넓은 산을 뒤지자고? 어느 세월에? 상대는 가만히 기다리고 있겠어?"

백수룡은 수색에 회의적인지 고개를 저었다.

상대는 산속 깊은 곳에 은둔해 있는 무인이다. 그것도 상당한 고수로 추정되는 인물.

무작정 산을 뒤진다고 찾을 수 있을 리가 없었다.

남궁수도 고개를 저었다.

"섣불리 나서는 건 안 하느니만 못하다."

대신, 남궁수는 도시에 도착하면 남궁세가에 전서구를 보낼 생각이었다.

산신령이라는 자가 정말 벽력마라면, 남궁세가가 직접 나서서 과거의 악연을 결자해지하는 것이 마땅하니까.

설령 벽력마가 아니더라도, 악인임이 분명하니 마땅히 잡아들여야 한다고 서찰에 적어서 보낼 생각이었다.

"잡으려면 확실하게 준비를 해서 천라지망을 펼쳐 잡아야 한다. 우리가 놓치면, 놈은 또 어딘가로 도망쳐서 해악을 끼칠 테니까."

"제 생각이 짧았어요. 이 넓은 산에서 적을 추적하는 게 쉬운 일도 아닌데……."

제갈소영은 고개를 끄덕이며 수긍했지만, 백수룡의 생각은 조금 달랐다.

'어제 만난 사냥꾼 부부. 뭔가 이상했어.'

자신들을 탐색하듯 훑던 시선, 오해를 푼 이후에도 그들의 표정에서 느껴지던 알 수 없는 두려움과 죄책감.

처음에는 이해할 수 없었지만, 방금 남궁수에게 들은 정보를 조합하자 어떤 가설이 완성되었다.

'산신령과 직접 관련된 자들이었을지도 몰라.'

전생에서, 백수룡은 마두들의 노예가 된 사람을 여럿 보았다.

사냥꾼 부부의 눈빛은 그들과 닮아 있었다.

물론 억측일 수도 있었다.

'굳이 말할 필요는 없겠지. 그냥 내가 예민하게 생각하는 것일 수도 있으니까.'

하지만, 나쁜 예감이라는 것은 언제나 좋은 예감보다 훨씬 잘 들어맞기 마련이었다.

멈칫.

백수룡이 걸음이 멈추고, 이어서 남궁수와 제갈소영도 걸음을 멈췄다.

남궁미만 어리둥절한 표정으로 일행을 둘러봤다.

"왜요?"

"적이다."

우거진 수풀의 사이사이, 나무 위, 그리고 바위 뒤.

이십여 명 정도 되는 기척이 일행을 포위했다.

"혈교는 아니야. 그렇다기엔 너무 어설퍼."

"산적이라기엔 살기가 너무 옅다. 겁에 질려 떠는 자들도 보이는군."

"무공은 기껏해야 삼류에서 이류. 완전 오합지졸이야."

"당장 우릴 공격할 생각은 아닌 것 같군."

적에게 포위된 상황에서도, 백수룡과 남궁수는 냉정한 눈으로 주변을 살폈다.

"누군가를 기다리는 것 같은데……."

백수룡은 말을 멈췄다. 그가 한숨을 내쉬며 한쪽 방향을 바라봤다.

"어제 그 사냥꾼 부부야."

그 말에 제갈소영과 남궁수의 표정이 딱딱하게 굳었다.

"설마……."

"함정이었나."

사냥꾼 사내가 오르막에서 이쪽을 향해 빠른 속도로 달려 내려오고 있었다.

이제는 일행에서 가장 어린 남궁미마저 함정에 빠졌다는 것을 깨달았다.

"너무해! 착한 사람인 줄 알았는데!"

"……."

백수룡은 씁쓸하게 웃었다. 이런 상황에서 자신의 예측이 맞았다는 사실은 결코 기쁘지 않았다.

그는 곧 나타날 진짜 적에 대비해서 기감을 넓혔다.

"……잠깐. 뭔가 이상한데?"

이쪽으로 달려오는 사냥꾼 사내의 등에 아내가 업혀 있었다.

그런데 아내의 상태가 이상했다. 생기가 전혀 느껴지지 않았던 것이다.

백수룡이 미간을 좁히며 중얼거렸다.

"여자 쪽은 죽었어."

"……뭐?"

"네?"

사냥꾼 사내도 아내의 죽음을 알고 있는 것 같았다. 잔뜩 일그러진 얼굴이 눈물로 범벅되어 있었다.

사내가 달려오면서 필사적으로 외쳤다.

"어서 도망치십시오! 산신령이 곧 이곳에 도착할……!"

사냥꾼 사내는 말을 끝맺지 못했다. 뒤에서 날아온 새하얀 벼락이 그를 휘감았다.

파지지지지직!

"끄아아아악!!"

엄청난 격통에서 사내는 끔찍한 비명도 지르며 넘어졌다. 오르막길에서 달려오던 그대로 넘어져 데굴데굴 굴렀다.

치이이익…….

잠시 후, 새카맣게 탄 두 구의 시체가 천천히 굴러와 일행 앞에 멈췄다.

"쯧쯧. 쓸데없는 말로 명을 재촉하는구나."

"……."

뒷짐을 진 채 다가오는 노인은 일견 신선 같은 모습이었다.

새하얀 도포와 배꼽까지 기른 긴 수염. 허공에 한 치쯤 발이 떠 있는 모습은 신령스럽기까지 했다.

그리고 그가 나타난 순간, 백수룡의 표정이 딱딱하게 굳었다.

'무시무시한 내공이다.'

위압감만으로 보면, 거의 십존에 육박하는 수준이었다.

다른 일행도 비슷한 압박감을 느낀 듯했다.

제갈소영의 얼굴이 창백하게 굳었고, 남궁수는 남궁미를 자신의 등 뒤로 보냈다.

"저 무공…… 설마."

상대의 정체를 짐작한 남궁수가 무거운 목소리로 입을 열었다.

"너는 벽력마인가?"

"호오. 아직 노부를 알아보는 자가 있구나. 혹시 네가 남궁세가의 핏줄이더냐? 남궁제학 그놈의 젊은 시절과 닮은 것도 같은데."

남궁수의 표정이 일그러졌다.

"……함부로 그 이름을 언급하지 마라."

"클클. 핏덩이가 건방지구나. 노부가 속세를 떠나 있었을 동안, 세상이 많이 변하긴 한 모양이야."

클클 웃은 벽력마는 어깨 위에 있는 금색의 거머리를 쓰다듬었다.

"뇌령(雷靈)아. 저 녀석 정도면 최후의 만찬으로 충분하겠구나. 안 그러냐?"

거머리가 꾸물거리는 순간, 벽력마의 온몸에서 새하얀 전류가 들끓기 시작했다.

파직, 파지지직!

몸을 완전히 휘감은 백색의 뇌전. 벽력마가 떠 있는 곳의 주변이 새카맣게 타들어 갔다.

"다들 뒤로 물러서!"

백수룡이 선두로 나서며 일행을 보호했다.

한눈에 봐도 쉽지 않은 상대다. 백수룡은 심각한 표정으로 빠르게 말했다.

"저자는 내가 상대할 테니, 너희는 그동안 멀리……."

"백수룡. 둘을 데리고 물러나라."

남궁수가 백수룡의 어깨를 잡아 뒤로 당겼다. 그러곤 말릴 새도 없이, 성큼성큼 혼자 앞으로 나섰다.

"남궁수?"

백수룡은 놀란 눈으로 남궁수의 뒷모습을 바라봤다.

'이런 상황에서 사리판단을 못 할 녀석은 아닌데…….'

벽력마의 몸 주변에 들끓는 저 새하얀 벼락 줄기들은, 백수룡조차 막을 방법이 쉽게 떠오르지 않을 정도로 강렬했다.

그럼에도 남궁수는 거침없이 앞으로 나섰다.

"크하하하! 친구를 생각하는 마음이 가상하구나!"

"……."

벽력마가 광소를 터트리며 가볍게 손을 뻗자, 그의 손에서 새하얀 벼락이 뿜어져 남궁수를 덮쳤다.

파지지지지직!

눈앞을 새하얗게 물들일 정도의 전류.

남궁수는 미처 피하지 못했다.

아니, 피하지 않았다.

벼락을 그대로 뒤집어썼다.

"안 돼애애!"

"오라버니이!"

제갈소영과 남궁미가 비명을 질렀다. 백수룡은 이를 악물고 눈을 부릅떴다.

그리고, 그들의 비명은 점점 당혹스러운 감탄사로 변했다.

"어……?"

"오, 오라버니!"

"……저 자식."

남궁수는 정면으로 벼락을 맞고도 멀쩡했다.

그저 미간을 평소보다 조금 더 찌푸렸을 뿐이었다.

"생각보다 별것 아니군."

"어떻게……!"

그 경악할 광경에 벽력마가 눈을 부릅떴다.

혼원벽력신공의 6성에 이르는 공격이었다.

죽일 작정은 아니었지만, 내공이 약한 무인 정도는 단숨에 잿더미로 만들 수 있을 만큼 강력한 벼락.

하지만 남궁수는 아무렇지도 않아 보였다.

벽력마가 눈을 크게 떴다. 그는 남궁수의 몸 위로 흐르는 뇌기를 보았다.

"너도…… 뇌기를 다루는 무공을 익혔더냐?"

"네 벼락은 내게 통하지 않는다."

천뢰검법.

남궁세가에 존재하는 유일한 뇌기를 다루는 무공.

어려서부터 오직 그 한 가지만을 익혀 온 남궁수였다.

뇌기에 대한 내성이라면, 그 누구에게도 지지 않을 자신이 있었다.

스릉.

남궁수가 검을 뽑아 들었다. 그의 시선이 잠시 죽은 사냥꾼 부부를 향했다가 다시 벽력마를 향했다.

"가진 재주가 벼락을 뿜는 것뿐이라면, 너는 오늘 내 검에 죽는다."

"건방진 놈! 잿더미로 만들어 주마!"

벽력마가 두 손을 뻗자, 그 전과는 비교도 안 될 강력한 벼락이 뿜어졌다. 마치 한 마리의 백룡이 날아오는 것 같았다.

"……."

그러나 남궁수는 동요하지 않았다. 자신을 가로막는 벼락을 베어 넘기고, 놀라서 눈을 부릅뜬 벽력마를 향해 질주했다.

그의 눈동자는 한없이 무심했다.

301화

딴말하기 없다?

"저, 저, 무식한 놈……."

백수룡은 입을 떡 벌리고 벽력마와 싸우는 남궁수를 바라봤다.

전신에 벼락을 휘감은 채 검을 휘두르는 모습은, 벼락으로 악귀와 요괴를 멸한다는 전설 속 뇌공(雷公)의 강림 같았다.

문제는 저 가공할 벼락이 본인이 만들어 낸 게 아니라는 것이었다.

"갈(喝)!"

벽력마의 쩌렁쩌렁한 고함이 산천초목을 뒤흔들었다.

새하얀 뇌기가 두 사람을 휘감고 있었지만, 은밀히 혈마안을 사용한 백수룡은 당황한 벽력마의 표정을 볼 수 있었다.

"저리 꺼지지 못하겠느냐!"

일갈을 터트린 벽력마는 양손에 벼락을 휘감아 쌍장을 휘둘렀다. 그때마다 벼락 줄기가 뿜어져 남궁수를 휘감았다.

파지지지직!!

그러나 남궁수는 멈추지 않았다. 벼락을 온몸으로 뒤집어쓰고도, 그의 속도는 전혀 줄어들지 않았다.

오히려 더 빨라진 듯한 착각이 들 정도였다.

휘익!

순식간에 벽력마의 지척까지 접근한 남궁수가 싸늘한 목소리로 중얼거렸다.

"말했을 텐데. 네 벼락은 내게 통하지 않는다고."

"……!!"

남궁수가 휘두른 검의 궤적이 벽력마의 목을 노렸다.

서걱!

하얀 수염이 잘려 허공에 흩날렸다.

조금만 몸을 피하는 것이 늦었어도 목이 잘렸을 것이다.

아슬아슬하게 뒤로 물러선 벽력마는 혼원벽력신공을 10성까지 끌어올렸다.

"정녕 죽고 싶은 게로구나!"

파지지지지직!

무시무시한 벼락이 정면에서 폭발했다.

남궁수도 이번 공격은 감히 경시하지 못하겠는지, 마주 천뢰기를 끌어올려 검에 뇌기를 둘러 휘둘렀다.

번쩍! 번쩍!

벼락과 벼락이 충돌할 때마다 일대의 빛이 명멸했다. 뇌신들의 싸움으로 멸망의 날이 도래한 것 같았다.

"도, 도망쳐!"

"으아아아!"

일행을 포위했던 자들이 사방으로 흩어져 도망쳤다.

백수룡은 그들을 내버려 두었다.

저들 모두가 벽력마의 강요에 어쩔 수 없이 나선, 죽은 사냥꾼 부부와 같은 사람들일 것이기 때문이었다.

백수룡의 시선은 오로지 남궁수에게 못 박혀 있었다.

'괜찮은 척하지만 고통이 없을 리 없어. 무리하고 있는 거야.'

아무리 뇌전을 다루는 무공을 익혔다고 한들, 저 정도 벼락을 몸으로 받아 내는 데 충격이 없을 수는 없었다.

하지만 벽력마가 느끼기에는, 남궁수가 아무런 타격도 입지 않는 것처럼 보였다.

"그렇게 벼락을 맞고도…… 어째서 멀쩡한 것이냐!"

벽력마는 경악을 넘어 두려움이 깃든 얼굴로 남궁수를 바라봤다.

수십 줄기의 벼락을 맞았음에도 표정 변화조차 없는 얼굴. 사람이 아니라 귀신으로 보였다.

"사술! 사술을 썼구나!"

사술이라 느껴질 만큼 경이로운 인내심과 참을성.

아무리 뇌기를 다루는 무공을 익혔다 한들, 인간이 어떻게 벼락을 맞고도 눈 하나 깜빡하지 않을 수 있단 말인가.

벽력마는 그만한 인내심을 가진 인간이 있으리라 상상조차 할 수 없었다.

"정파라는 놈이 사술을 쓰다니! 부끄럽지도 않단 말이냐! 남궁제학이 알면 네놈의 사지를 찢어서 죽일 것이다!"

"말이 많군."

상대의 헛소리에도 남궁수는 냉정하게 검을 휘둘렀다. 벽력마의 도포 자락이 잘려 나가고, 몸에 생채기가 늘어났다.

'……강해. 내가 예상했던 것보다 더.'

백수룡은 감탄 어린 표정으로 남궁수가 승기를 잡아 가는 모습을 지켜봤다.

—최근 다음 단계로 나아갈 실마리를 얻었다.

동굴에서 남궁수가 했던 말이 떠올랐다.

검술, 보법, 내공과 외공의 조화까지.

남궁수의 움직임에는 백수룡도 흠잡을 곳이 거의 없었다.

혼자서 벽력마를 상대하겠다고 나선 자신감도 충분히 이해가 되었다.

"필요한 건 계기뿐이었을지도."

그러나 한편으로는 걱정을 하지 않을 수 없었다.

'곧 한계가 온다.'

남궁세가에 있을 때, 백수룡은 남궁세가주의 허락하에 천뢰검법의 비급을 읽은 적이 있었다.

천뢰검법은 무공 자체로는 나무랄 데 없이 뛰어난 신공이었으나, 치명적인 단점이 있었다.

'지나치게 고통스러운 수련법을 강요하는 무공이야.'

보통 뇌기를 다루는 무공들은 통증을 경감시키거나, 감각을 속이는 구결이나 방법을 하나씩은 가지고 있다.

하지만 천뢰검법에는 그런 방법이 전혀 존재하지 않았다.

몸 내부를 뇌기로부터 보호하기 위한 호신구결은 있지만, 말 그대로 보호만 할 뿐, 통증은 시전자가 온전히 감수해야 한다.

그 탓에 입문 과정부터 열에 아홉은 포기하는 무공이라고 했다.

'그런 과정을 겪은 덕분에, 뇌기 무공을 익힌 다른 무인에겐 천적이나 다름없는 내성의 육체를 얻은 것 같지만…….'

결코 무적이라는 뜻은 아니다.

백수룡은 남궁수의 움직임이 아주 조금씩 느려지는 것을 눈치챘다.

근육에 쌓인 피로감, 검을 휘두를 때마다 느껴지는 끔찍한 고통이 움직임을 방해하고 있을 것이다.

아직은 초인 같은 인내력으로 버텨 내고 있지만, 당장 한계가 찾아온다고 해도 이상하지 않은 상태.

"오라버니 혼자서는 위험해요! 도와주세요!"
발을 동동 구르며 지켜보던 남궁미가 백수룡의 소매를 붙잡고 외쳤다. 제갈소영도 함께 싸우자고 말했다.
하지만 백수룡은 고개를 저었다.
"나도 그러고 싶지만, 지금은 그러면 안 되는 순간이야."
"왜요?"
백수룡은 울먹이는 남궁미의 머리를 쓰다듬으며, 진지한 표정으로 남궁수를 바라봤다.
평소와 다름없이 냉정한 얼굴.
그러나, 그 눈빛은 벽력마가 내뿜는 그 어떤 벼락보다 더 뜨거웠다.

조금만, 조금만 더.

남궁수는 본인도 의식하지 못하는 혼잣말을 중얼거리고 있었다.
"조금만 더……."
지금 백수룡이 끼어들면 싸움은 쉽게 정리될 것이다.
하지만 그 순간 남궁수의 집중력은 깨진다.
저 '조금만 더.'가 무슨 의미인지 알기에, 백수룡은 함부로 남궁수의 싸움에 끼어들 수 없었다.

조금만 더 가면, 닿는다.

남궁수는 지금 무아지경에 빠져 있었다.
언제 찾아올지 모르는 깨달음의 순간.
저 순간을 방해받는 걸 원하는 무인은 세상 어디에도 없다.
백수룡은 불안에 떠는 남궁미를 진정시키며 말했다.

"조금만 더 지켜보자. 못 이길 싸움에 도박을 걸 만큼 무모한 녀석은 아니니까."

"……네."

세 사람 모두, 조마조마한 심정으로 남궁수의 싸움을 지켜보았다.

◆ ◈ ◆

'조금만 더.'

고통으로 머릿속이 새하얗게 될 것만 같은 순간, 남궁수는 그렇게 중얼거렸다.

파직! 파지지직!!

벽력마가 쏟아낸 벼락이 끊임없이 몸을 두드린다. 온몸을 찢어발길 것만 같은 통증에 정신이 나갈 것만 같았다.

그러나 겉으로 드러난 남궁수의 표정에는 미묘한 변화조차 없었다.

'아픈 건 익숙하다.'

검을 쥔 손이 덜덜 떨린다.

벼락을 정통으로 맞아도 끄떡하지 않는 몸이지만, 감각은 생생하게 살아 있다.

천뢰검법의 대성에 가까워질수록, 뇌기를 느끼는 감각은 오히려 더 예민해지고 예리해진다.

지금, 남궁수의 감각은 최고조였다.

'조금만 더.'

벽력마의 뇌기와 자신의 뇌기가 명백히 구분된다.

이렇게까지 뇌기에 자극을 받아 본 적이 한 번이라도 있었던가.

적과 살결을 맞댄 것처럼 오감이 활성화된다.

남궁수는 무아지경에 빠져들어 한없이 검을 휘둘렀다.

'조금만 더 가면, 닿는다!'

벽력마는 과거 시대를 풍미했던 고강한 무인이었다.

그런데, 이상하게 조금도 질 기분이 들지 않았다.

적의 모든 공격이 보이고, 느껴진다. 시간이 한없이 감속한다. 빈틈이 보인다.

서걱!

"끄아아아악!"

벽력마의 끊어진 손목에서 피가 뿜어지다가 순식간에 멈췄다. 뇌기로 절단면을 지져 버린 것이다.

적의 손목을 하나 베어냈지만, 남궁수도 무사하진 못했다.

"이 버러지 같은 놈이!"

퍼어어어엉!

복부에 일장에 얻어맞은 남궁수가 허공을 날아 십여 장을 날아갔다.

무아지경이 깨지며, 의식이 아득해진다.

그 순간, 남궁수는 자신을 바라보는 백수룡과 눈이 마주쳤다.

'내가 쓰러지더라도, 저 녀석이 나서겠지.'

안도의 한숨이 새어 나왔다.

백수룡이라면 손목이 하나 날아간 벽력마를 어렵지 않게 처리할 테니까.

그런데 그 순간, 백수룡이 피식 웃더니 입모양만으로 이렇게 말했다.

'벌써 끝이냐?'

남궁수는 오기가 치밀었다. 이렇게 쓰러지면 저 녀석에게 두고두고 놀림당할 것이 뻔했다.

"……아직, 아니다."

남궁수는 아득해지려는 의식을 붙들기 위해 혀를 깨물었다. 정신이 번쩍 들었다.

휘리릭!

허공에서 몸을 비틀어 바닥에 두 발로 내려선 남궁수는 조용히 이를 악물었다. 넘어오려는 핏물을 다시 삼켰다. 흐릿해지던 눈동자에 빛이 돌아왔다.

그 모습을 본 벽력마가 경악했다.

"이놈! 대체 어디서 그런 힘이……!"

벽력마는 남궁수에게 공포를 느꼈다.

산속에 은둔한 수십 년 동안, 사실 그는 제대로 된 싸움을 해 본 적이 없었다.

흡성대법으로 쌓은 내공은 십존에 육박할 정도로 비대해졌지만, 자신보다 한참 약한 상대만 고른 탓에 실전 감각은 오히려 예전보다 퇴보했다.

수십 년 전, 창천검왕에게 당하면서 생긴 두려움 때문이었다.

부상이 다 나은 후에도, 벽력마는 혼원벽력신공의 완성을 핑계로 무림에 다시 출도하지 않았다.

"보, 본좌가 신공만 완성했다면, 너 같은 애송이 따위는!"

상대는 결코 애송이가 아니다.

남궁수의 검술은 젊은 시절의 창천검왕을 떠오르게 할 만큼 예리하고, 절대량은 적지만 뇌기를 다루는 솜씨도 감탄이 나올 수준이다. 지독하기는 살막의 살수들 못지않았다.

마음속 깊이 알고 있었지만, 벽력마는 결코 인정하지 않았다.

"아직 더 할 수 있다."

남궁수가 중얼거리며 다시 달려들었다. 그 눈은 다시 무아지경에 빠져들었다.

"꺼져라! 제발 좀 꺼지란 말이다!"

안색이 창백해진 벽력마는 주춤주춤 뒤로 물러났다. 끊임없이 벽력을 뿌려 댔지만, 여전히 남궁수에게는 먹히지 않았다.

"빌어먹을!"

미련, 그리고 죽음에 대한 두려움.

치미는 공포를 이기지 못한 벽력마는 결국 등을 돌려 도망쳤다.

"……놓칠 것 같나."

남궁수는 남은 내공을 모두 쥐어짜 내 벽력마를 뒤쫓았다.

지쳤다는 것을 믿을 수 없을 정도로, 그의 신형이 한줄기 벼락처럼 빠르게 쏘아졌다.

휘익!

단전이 텅 비었다. 혀를 깨물어 억지로 의식을 차린 탓에 시야가 어지러웠다.

그럼에도 정신은 한없이 맑았다. 손에 든 검이 믿을 수 없을 정도로 가볍게 느껴졌다.

깨달음의 순간, 남궁수는 한없이 상쾌한 기분을 느꼈다. 그가 확신에 찬 음성으로 말했다.

"……닿는다."

순간, 남궁수의 검이 아름다운 궤적을 그렸다. 검에 휘감긴 한줄기 백색 뇌전이 벽력마의 두 다리를 베었다.

촤아아악!

두 다리가 잘린 벽력마가 팔로 몸을 끌며 어딘가로 향했다. 그는 미친 사람처럼 마구 고함을 질러 댔다.

"신공만 완성했으면, 신공만 완성했으면 네놈 따위는 단숨에 죽일 수 있었다! 남궁제학을 죽이고, 천하를 발아래에 둘 수 있었단 말이다! 눈앞에 있었다! 혼원벽력신공을 완성할 준비는 이미 완벽하게 끝나 있었단 말이다! 열흘만, 아니 사흘만 더 있었다면……!"

악인의 절규가 폐허가 된 산등성이에 공허하게 울려 퍼졌다. 남궁수는 그 앞에 걸어가 멈춰 섰다.

푸욱.

더 이상의 말은 필요 없었다. 그는 벽력마의 단전 깊숙이 검을 찔러넣었다.

"커헉……."

벽력마는 수십 년간 쌓아 온 뇌기가 빠르게 흩어지는 것을 느꼈다. 회생 불가의 상처였다. 생사신의가 와도 고치지 못할 것이다.

벽력마는 흔들리는 눈으로 남궁수를 올려봤다.

"……이름과 별호가 무엇이냐. 내가 누구에게 죽는지는 알고 가게 해다오."

남궁수가 지친 얼굴로 대답했다.

"청룡학관 일타강사, 남궁수. 별호는 삼절검이다."

벽력마는 그 대답이 마음에 들지 않는다는 듯 세차게 고개를 저었다.

"날 죽인 무인이, 그런 하찮은 별호로 불리는 것은 용납할 수 없다. 앞으로 네 별호는 뇌룡신검(雷龍神劍)이다. 알겠느냐? 뇌룡신검이란 말이다!"

"무슨 헛소리지?"

"뇌룡신검이 벽력마를 죽였다! 뇌룡신검이……!"

털썩.

벽력마의 몸이 옆으로 기울었다. 억울함에 눈을 부릅뜬 채로, 숨이 끊어진 것이다.

"후우……."

남궁수는 그 앞에 주저앉았다. 울컥 피를 토했다.

처절한 싸움이었다.

온몸에 성한 곳이 하나도 없었고, 내상도 심각했다.

호북에 도착하면, 최소 보름은 정양에 집중해야 할 것 같았다.

"그래도…… 닿았군."

바닥에 대자로 드러누운 남궁수가 피식 웃으며 하늘을 올려다봤다. 그는 자신이 보는 세상이 조금 달라졌음을 느꼈다.

"남궁수!"

의식이 흐릿해지는 와중에 백수룡의 목소리가 들렸다. 고개를 돌리자 백수룡이 보였다.

"괜찮냐?"

가까이에서 말하는데 목소리가 아주 멀리서 들리는 듯했다. 남궁수는 괜찮다는 의미로 고개를 끄덕였다.

우선 남궁수를 응급처치를 한 백수룡은 바닥에서 금색 거머리를 주워 들었다. 벽력마가 가지고 다니던 영물이었다.

'응? 뭐라고 하는 거지?'

백수룡이 뭐라고 뭐라고 말하는 것 같았다. 기연, 까지는 들었는데, 그 이후로는 하나도 알아듣지 못했다.

'도대체 무슨 말인지를 모르겠군.'

상대해 주기엔 너무 피곤하다. 참을 수 없을 정도로 잠이 쏟아졌다. 남궁수는 대충 고개를 끄덕였다.

"네 마음대로 해라……."

그것이 남궁수의 마지막 기억이었다. 그대로 의식을 잃은 남궁수는 스르륵 깊은 잠에 빠져들었다.

"너 분명히 내 마음대로 하라고 했다? 나중에 딴말하기 없다?"

백수룡은 의식을 잃은 남궁수에게 거듭 물었다. 남궁수에게선 아무런 대답도 들을 수 없었다.

302화

부작용

"오라버니!"

남궁미가 달려와 의식을 잃은 남궁수를 살폈다.

시체처럼 창백한 안색과 전신의 수많은 상처들.

벼락에 불타고 찢겨 나간 무복은 성한 곳을 찾아볼 수 없을 지경이었다.

"오, 오라버니이……. 으아아앙!"

남궁미의 눈에 눈물이 그렁그렁 맺혔다. 소녀는 잠든 오라버니의 멱살을 잡아 흔들면서 엉엉 울었다.

"죽지 마세요! 죽으면 안 돼요! 저 혼자만 두고 죽으면 평생 미워할 거예요!"

"……."

그대로 두었다간 남궁수가 동생 손에 목이 졸려 죽을 것 같았기에, 백수룡은 남궁미를 진정시켜야 했다.

"괜찮아. 지쳐서 잠든 것뿐이니까."

"저, 정말요? 우리 오라버니 안 죽어요?"

"음. 계속 그렇게 머리를 흔들면 뇌진탕으로 죽을 수도 있겠지?"

"아앗! 죄송해요!"

"농담이다. 농담."

백수룡은 불안해하는 남궁미의 머리를 쓰다듬으며 안심시켰다.

그사이 제갈소영이 남궁수에게 다가와 부상을 살폈다.

그녀의 표정이 점점 심각해졌다.

"단전이 완전히 고갈됐고, 기혈도 크게 상했어요. 제때 치료하지 않으면……."

제갈소영은 차마 말을 끝맺지 못했다.

다시는 무공을 사용하지 못하는 몸이 될 수도 있다는 것을.

물론 백수룡은 이미 알고 있는 사실이었다.

"이 자식. 기껏 이겨 놓고……."

남궁수는 벽력마와의 생사결을 통해 무공에 깨달음을 얻었다.

추측하기로는, 천뢰검법의 경지가 거의 대성에 이르렀을 터.

하지만 몸 상태가 이래서는 깨달음도 소용이 없었다.

침중한 분위기 속에서, 남궁미가 무언가를 떠올렸는지 외쳤다.

"기를 불어넣어서 치료하면 돼요! 내상을 입으면 그렇게 한다고 가문에서 배웠어요!"

실제로 진기도인으로 내상을 치료하는 것은 가장 흔한 치료 방법이었다.

하지만 제갈소영은 고개를 저었다.

"평범한 내상이라면 가능하지만, 단전과 기혈까지 다친 무인에게는 기를 불어넣는 게 오히려 위험할 수 있어. 그리고……."

남궁수는 뇌기를 다루는 특수한 심법을 익혔다.

뇌기는 다른 종류의 기보다 사납고 거칠기 때문에, 타인이 함부로 진기를 도인하는 것은 몇 배로 위험했다.

"그, 그래도 수룡 오라버니는 고수니까……."

남궁미는 간절한 표정으로 백수룡을 바라봤다.

팔짱을 낀 채 조용히 남궁수를 응시하던 백수룡이 천천히 입을 열었다.

"치료할 방법이 없는 건 아니야."

"역시!"

"단, 부작용이 있을 수도 있어."

부작용이라는 말에 남궁미가 움찔했다.

"어떤 부작용이요? 설마 죽거나 불구가 되는 건……."

백수룡은 고개를 저었다. 그런 종류의 부작용은 아니었다.

"신체에 변화가 생길 수 있어. 나도 이론으로만 알지, 실제로 시도해 본 적이 없는 방법이거든."

딱 들어맞는 조건이 거의 없어서 실제로 해 본 적은 없지만, 성공 가능성은 꽤 클 것이다.

'게다가 지금이라면…….'

백수룡은 손 안에서 꿈틀거리는 금색 거머리를 바라봤다.

이 녀석이 있다면, 치료를 넘어서 남궁수에게 큰 기연까지 가져다줄 수 있을 것이다.

"미야."

"네, 네?"

백수룡은 고개를 돌려 남궁미를 똑바로 바라봤다. 그 눈빛은 더없이 진지했다.

"사실 남궁수한테는 아까 다 설명하고 허락을 받았다."

"……."

당사자는 무슨 말인지 듣지 못했지만, 백수룡은 분명 남궁수가 기절하기 전에 허락을 받았다.

남은 것은 곁에 있는 가족의 동의뿐이었다.

"지금 남궁수 곁에 있는 유일한 가족이 너뿐이다. 날 믿고 오라버니를 맡길 수 있겠어?"

"……네."

남궁미가 작은 주먹을 움켜쥐며 고개를 끄덕였다.

이제 가족의 허락까지 받았겠다.

더 이상 거리낄 것이 없어진 백수룡이 자리에서 일어났다.

"일단 너희는 여기서 기다려."

"오라버니는요?"

"찾아볼 게 있어."

백수룡은 벽력마가 죽기 직전에 외쳤던 말을 떠올렸다.

—신공만 완성했으면, 신공만 완성했으면 네놈 따위는 단숨에 죽일 수 있었다! 남궁제학을 죽이고, 천하를 발아래에 둘 수 있었단 말이다! 눈앞에 있었다! 혼원벽력신공을 완성할 준비는 이미 완벽하게 끝나 있었단 말이다! 열흘만, 아니 사흘만 더 있었다면……!

단순히 죽어 가는 자의 발악으로 치부하기에는 굉장히 구체적인 이야기.

"이 산 어딘가에 벽력마의 은신처가 있을 거야. 그곳에 가면 제대로 된 상비약이나 영약이 있겠지. 그것들이 필요해."

벽력마는 뇌기를 다루는 무공을 익혔던 만큼, 그의 은신처에 지금의 남궁수의 치료에 도움이 될 만한 물건이 있을 확률이 높았다.

제갈소영이 회의적인 표정으로 말했다.

"수십 년 동안 숨어 지낸 자인데, 은신처를 쉽게 찾을 수 있을까요? 저희에겐 시간이 많지 않아요."

"추측이지만, 아마 이쪽 방향에 은신처가 있을 거야."

백수룡은 벽력마가 마지막에 도망치던 방향을 가리켰다.

은신처가 있는 방향히 확실하다면, 수색 범위를 대폭 좁힐 수 있었다.

"반 시진. 그 안에 은신처를 찾으면 신호탄을 하늘로 쏘아 올릴게. 그럼 너희가 남궁수를 데리고 내가 있는 곳으로 와."

"……네."

"알겠어요!"

고개를 끄덕인 백수룡은 곧바로 경공을 펼쳤다.

휘익!

순식간에 주변의 풍경이 바뀌었다. 백수룡은 경공을 펼치며 기감을 최대한 넓게 퍼트렸다.

은신처의 단서는 방향뿐.

아무리 절세고수의 기감이라도 쉽지 않은 일이었다.

하지만 백수룡에겐 믿는 구석이 하나 더 있었다.

"네가 길을 알려 줄 것 같단 말이지."

꾸물꾸물.

벽력마가 키우던 금색 거머리.

흉측하게 생기긴 했어도, 이 녀석은 영물이 틀림없었다.

최소 수십 년을 살아왔을 테니, 보금자리에 가까이 다가간다면 뭔가 반응이 달라질 거라고 예상했다.

백수룡은 손에 든 거머리가 반응을 유심히 관찰하며 산을 수색했다.

그렇게 이각 정도를 돌아다녔을까…….

꿈틀.

백수룡의 예상은 정확히 들어맞았다.

죽은 듯 얌전히 잡혀 있던 거머리가 머리를 움직인 것이다.

그 작은 움직임을 놓치지 않은 백수룡이 자리에서 멈춰 서서 모든 감각을 집중했다.

'어디냐?'

그 순간, 백수룡의 눈동자가 붉게 빛났다. 혈마안을 발동한 것이다.

키이잉!

기의 흐름이 인위적으로 조작된 미세한 흔적이 보였다. 비로소 백수룡의 입가에 미소가 맺혔다.

"찾았다."

퍼엉!

백수룡은 즉시 하늘로 신호탄을 쏘아 올렸다. 그리고 벽력마의 은신처를 향해 다가갔다.

"진법으로 숨겨 놨군."

백수룡이 표정을 찌푸리며 중얼거렸다.

힘으로 파괴할 수도 있지만, 실수로 벽력마의 은신처가 파괴되기라도 하면 큰일이었다.

다행히 잠시 후 제갈소영이 남궁수를 업고 도착했다.

"은신처를 찾긴 찾았는데, 진법이 가로막고 있어."

"저한테 맡기세요."

백수룡에게 남궁수를 맡긴 제갈소영이 진법 가까이 다가가 살폈다.

"삼중으로 겹쳐진 환영진이에요. 벽력마가 진법과 술법에도 제법 조예가 있었나 보네요."

"해제하는 데 오래 걸릴 것 같아?"

그 순간, 제갈소영이 백수룡이 돌아보며 씩 웃었다.

"반각이면 충분해요."

기관진식과 술법에 대해서는 천하제일을 자부하는 제갈세가.

제갈소영은 그런 제갈세가에서도 손에 꼽히는 기재였다.

잠시 후, 수십 년 동안 벽력마를 숨겨 주었던 은신처가 모습을 드러냈다.

스르르륵…….

진법이 해제되며 드러난 은신처의 모습에 백수룡이 혀를 찼다.

"산신령 행세를 했다더니. 아주 도원향을 만들어 놨군."

그림 같은 오두막과, 그 주변으로 흐드러지게 피어난 꽃밭.

한쪽에 있는 작은 연못에는 물고기들이 헤엄치고 있었다.

백수룡은 멍하니 주변을 둘러보는 두 사람에게 말했다.

"구경은 나중에 하고, 일단 들어가자."

"아, 네!"

오두막 안은 더욱 휘황찬란했다.

벽력마가 수십 년 동안 무인들을 습격해 빼앗은 돈, 보석, 병장기들이 벽면 한쪽을 차지하고 있었고.

반대편 벽면에는 수백 년은 족히 묵었을 하수오, 영물의 내단, 벽력마가 직접 만든 환약 등이 보관돼 있었다.

마지막으로 침상 맡에는 '혼원벽력신공'이라고 적힌 비급이 놓여 있었다.

하나같이 무인이라면 눈이 휘둥그레질 보물들.

그러나 백수룡은 눈길조차 주지 않았다.

영약들과 벽력마가 직접 만든 환약만 몇 개 집어 들었다.

"이쪽에 눕히자."

의식을 잃은 남궁수를 침상에 반듯이 눕혔다. 너덜너덜해진 상의는 아예 벗겼다. 벼락에 지져지고 짓무른 상반신의 상처가 고스란히 드러났다.

"오라버니……."

남궁미가 오라버니의 손을 꼭 잡고 울먹였다. 시간이 지날수록 남궁수의 상태는 조금씩 나빠지고 있었다.

"곧 괜찮아질 거다."

백수룡은 남궁수의 혈도를 몇 군데 짚은 다음, 벽력마가 만든 환약들 중 하나를 자신의 입 안에 넣었다.

제갈소영이 깜짝 놀란 얼굴로 백수룡을 바라봤다.

"설마 입으로……?"

"미쳤어? 독성은 없나 먼저 먹어 보는 거야."

"죄, 죄송해요."

백수룡이 직접 먹어 보니 내상을 치료하는 약이 맞았다.

단전이 은은하게 찌릿찌릿한 것이, 희미하게나마 뇌기를 품고 있었다.

"좋아. 먹어도 되겠다."

백수룡이 다른 환약과 영약을 짓이겨 남궁수에 입 안에 넣어 주자, 잠시 후 남궁수가 신음하며 눈을 떴다.

"백수룡……?"

남궁수의 호흡이 전보다 한결 편안해지고 혈색이 돌아왔다. 벽력마의 은신처를 찾아온 보람이 있었다.

"깨어났으니 슬슬 시작해도 되겠다."

"뭘……?"

"아까 다 설명했잖아. 기연이 찾아왔다고."

씩 웃은 백수룡은 한쪽에 있던 금색 거머리를 반으로 갈랐다. 그리고 그 안에서 금색 구슬을 꺼냈다.

뇌령(雷靈).

수십 년 동안 무인의 피를 먹이고, 자연의 벼락을 맞게 해서 길러 온 영물.

벽력마는 이 뇌령을 흡수해 혼원벽력신공을 완성할 계획이었다. 그만큼 막대한 뇌기를 품고 있다는 의미였다.

백수룡은 망설이지 않고 뇌령의 내단을 삼켰다. 제갈소영은 이번에는 가만히 있었다.

"남궁수. 이 악물고 참아라."
"무슨……."
백수룡의 손이 남궁수의 가슴과 아랫배, 즉 중단전과 하단전을 짚었다.
그가 무엇을 하려는지 깨달은 남궁수가 신음하듯 중얼거렸다.
"격체전력……!"
타인에게 자신의 기운을 전가하는 수법.
극도로 섬세한 공력 조절 능력, 어마어마한 체력을 요하는 수법이었다.
달리 말하면 굉장히 위험했다. 격체전력을 하는 사람과 받는 사람 모두에게.
"관둬라. 너까지 위험하……."
"입 닫고 받아들여."
콰콰콰콰콰콰!
몸 안에 들어오는 무지막지한 뇌기에, 남궁수의 몸이 잘게 떨렸다. 그가 눈을 부릅뜨며 백수룡을 노려봤다.
'말하면 안 되는 거 알지? 아무리 고통스러워도 참아라.'
마치 그렇게 말하는 듯했다. 남궁수는 이를 꽉 악물었다. 그의 목에 시뻘건 핏대가 섰다.
백수룡은 몸 안에서 녹아내린 내단의 뇌기를 전부 남궁수의 몸 안으로 흘려 넣었다. 어차피 그의 몸에는 있어 봐야 필요 없는 기운이었다.
'천뢰검법의 구결은 이미 알고 있어.'
천뢰검법의 구결을 따라, 텅 비었던 남구수의 단전에 새로운 뇌기가 차오르기 시작했다.
뿐만 아니라 십이경맥과 전신 세맥, 혈도에도 뇌령의 기운이 스며들어 상처가 회복되었다.

'이제부터 시작이야.'

뇌령은 벽력마가 수십 년을 숙성시킨, 천하에서 가장 강렬한 뇌기의 결정체였다.

본래는 벽력마의 혼원벽력신공을 완성하는 데 사용될 예정이었지만, 고약한 운명은 뇌령의 기운을 남궁수에게 전했다.

가공할 뇌력(雷力)이, 남궁수의 몸속을 벼락같은 속도로 질주하기 시작했다.

'크윽……!'

남궁수의 엄청난 충격에 눈을 부릅떴다.

아무리 뇌기가 통증에 익숙하다지만, 이것은 태어나 처음 느껴 보는 충격이자 통증이었다.

뿌드득!

어금니가 부러져라 이를 악물었다.

여기서 의식을 잃으면 끝장이다. 자신뿐만 아니라, 격체전력을 시전하는 백수룡까지도 위험해진다.

'빌어먹을 놈! 끝나면 가만두지 않겠다!'

남궁수는 아예 눈을 감아 버렸다.

그를 지켜보는 백수룡의 이마에도 식은땀이 송골송골 맺혔다.

'뇌령의 기운에 적응하기 위해, 육체가 스스로 변화한다면…….'

천뢰검법에 대한 남궁수의 깨달음은 이제 충분했다.

남은 것은 육체의 변화뿐.

백수룡은 그 변화를 유도했다.

바로 남궁수의 체질을 통째로 바꾸는 것.

뇌령의 기운을 남궁수의 몸 안에서 끊임없이 순환시키는 이유였다.

비록 엄청난 고통을 유발하는 방법이지만, 남궁수의 인내심이라면 시도해 볼 만한 가치가 있었다.

쩌적, 쩌저적.

이변이 시작된 것은 그때였다.

남궁수의 피부가 마른 논처럼 갈라지기 시작했다. 깜짝 놀란 남궁미가 비명을 질렀다.

"오라버니!"

곤충이 탈피를 하듯 각질이 일어나 툭툭 떨어지고, 그 안에서 도자기처럼 새하얀 피부가 드러났다.

동시에, 남궁수의 전신 모공을 통해 몸 안의 노폐물이 땀이 되어 흘러나왔다.

그 광경을 지켜본 제갈소영이 넋이 나간 얼굴로 중얼거렸다.

"환골탈태(換骨奪胎)……."

신공이라 불리는 무공을 대성하고, 여기에 천운까지 따라야 간신히 얻을 수 있는 기연이 바로 환골탈태였다.

'강제로 환골탈태를 시킨다고?'

제갈소영이 알기로, 이것은 무림에 전례가 없는 사건이었다.

콰콰콰콰…….

오두막 안에 휘몰아치던 기운이 서서히 잦아들었다. 격체전력을 끝낸 백수룡이 손을 떼고 뒤로 물러났다.

"후우. 겨우 성공이군."

그때 남궁수가 천천히 눈을 떴다. 아주 힘겹게 눈꺼풀을 들어 올렸다.

"오라버니!"

남궁미가 환하게 웃으며 반갑게 외쳤다. 그러나 오라버니와 눈이 마주친 순간, 소녀는 그만 돌처럼 굳어 버렸다.

"오, 오라버니. 눈동자가……."

남궁수의 눈은, 벼락을 담은 듯한 샛노란 금안(金眼)으로 변해 있었다.

303화

내가 호랑이 새끼를 키웠구나

"……."

남궁수는 거울에 비친 자신의 모습을 멍하니 바라봤다.

백옥처럼 새하얀 피부에서는 잡티 하나 찾을 수 없었다. 팔다리도 미세하게 길어졌다.

온몸에서 말로 설명할 수 없는 활력이 샘솟았다.

'몸만 변한 것이 아니다.'

세상이 더욱 선명하게 보이고 느껴졌다.

오감이 받아들이는 자극이 전에 없이 예민했다. 온몸이 따끔따끔하게 느껴질 정도. 처음에는 피부에 작은 먼지가 닿는 감촉에도 소스라칠 뻔했다.

"지금은 감각이 극도로 예민해져서 불편할 거야. 적응되면 괜찮아지겠지만."

백수룡이 지친 목소리로 말했다. 남궁수는 고개를 돌려 그를 바라봤다.

눈동자가 정면으로 마주치자, 백수룡이 흥미롭다는 표정으로 웃었다.

"부작용도 그 정도면 나쁘지 않네. 머리가 홀라당 빠져서 다신 안 자라거나, 벙어리가 될 수도 있었는데."

"부작용……."

중얼거리며 눈가를 더듬는 남궁수의 금안(金眼)이 보석처럼 빛났다.

환골탈태의 부작용.

앞으로 평생 황금색 눈동자로 살아야 한다는 의미였다.

백수룡이 물었다.

"왜? 사람들이 수군거릴까 봐 신경 쓰여?"

"……남들 시선에 큰 의미를 둔 적은 없다."

무덤덤하게 대꾸한 남궁수는 손끝에서 천뢰기를 일으켰다.

치지지직!

전과 비교할 수 없을 만큼 강렬한 벼락이 손바닥을 휘감았다.

하지만 남궁수가 놀란 것은 천뢰기의 위력 때문이 아니었다.

"……아프지 않다."

즉, 천뢰검법이 대성을 이루었다는 것을 의미했다.

무공을 대성(大成)했다는 것이 남궁수가 강해질 수 있는 한계에 도달했다는 뜻은 아니었다.

천뢰검법을 창안한 무인이 정해 둔 마지막 단계에 도달했다는 의미.

앞으로 천뢰검법을 더욱 발전시켜 나가는 일은 남궁수의 몫이었다.

누구보다 남궁수의 현재 몸 상태를 잘 알고 있는 백수룡이 씩 웃으며 말했다.

"대공(大功)을 이룬 걸 축하한다. 곧 검강도 만들 수 있을걸?"

"……지금도 가능할 것 같은데."

"지금?"

고개를 끄덕인 남궁수가 손에 맺힌 천뢰기를 압축하기 시작했다.

파지…… 지지직!!!

손에 맺혀 있던 뇌기가 점점 압축되고, 서서히 구체적이고 단단한 형태를 잡아 가기 시작했다.

잠시 후, 남궁수는 검의 형상을 한 벼락을 손으로 움켜쥐었다.

"미친……."

강기를 만들어 낸 당사자보다 오히려 백수룡이 더 놀랐다.

'이게 첫 시도 만에 된다고?'

앞으로 수련하면 강기를 만들 수 있을 거라는 말이었지, 지금 당장 만들 수 있을 거라는 말이 아니었다.

그런데 남궁수는 단 한 번의 시도로 강기를 만드는 것에 성공했다.

심지어 남궁수가 만든 강기는, 일반적인 강기와 성질이 달랐다.

백수룡은 남궁수가 만든 강기를 자세히 관찰하며 말했다.

"이건 검강(劍强)이 아니라 뇌강(雷强)이라고 불러야 할 것 같군. 호신강기를 온몸에 두르지 않으면 막는 게 힘들겠어. 너보다 강한 고수에게도 굉장히 까다로울 무기야."

"……."

현 무림에서 백대고수라고 불리는 무인들 중에서도 뇌강을 감당할 수 있는 무인은 많지 않을 것이다. 백수룡은 확신할 수 있었다.

치지직…….

아직 뇌강을 오래 유지하는 건 쉽지 않은지, 뇌강은 금방 허공에 흩어졌다. 시간이 자연스럽게 해결해 줄 문제였다.

"환골탈태에 이어 강기까지 다루게 되다니! 무림사를 뒤져봐도 드물 기연이에요! 축하드려요!"

"축하해요, 오라버니!"

제갈소영과 남궁미도 자기 일처럼 기뻐하며 남궁수를 축하해 주었다.

오라버니가 죽는 줄로만 알았던 남궁미는 아예 남궁수의 허리에 매달려서 눈물 콧물을 훌쩍였다.

“……걱정하게 해서 미안하구나.”
남궁수는 여전히 다소 멍한 표정으로 품에 안긴 동생을 안아 주었다.
그러다 백수룡과 다시 눈이 마주쳤다.
“너…….”
“왜?”
격체전력이 끝나면 백수룡을 가만두지 않겠다고 다짐했었다.
하지만 저 얼굴을 본 순간, 남궁수는 도저히 그럴 수 없게 되었다.
격체전력을 시전하느라 무척 지치고 피곤해 보이는 얼굴.
그럼에도 백수룡은 기분 좋게 웃고 있었다.
마치 자기가 기연이라도 얻은 것처럼 말이다.
저 얼굴을 보고 어떻게 화를 낸단 말인가.
남궁수는 입술을 꽉 깨물었다. 이글이글 타오르는 금안으로 백수룡을 노려봤다.
그 시선에 백수룡은 속으로 당황했다.
‘격체전력이 너무 아파서 화 났나?’
하긴, 몸을 찢는 고통이었을 테니 충분히 화가 날 법도 했다.
극한의 인내심을 지닌 남궁수니까 환골탈태가 가능했지, 다른 사람이었다면 시도조차 불가능한 방법이었다.
‘어쨌든 결과가 잘됐으면 됐지, 뭐.’
백수룡은 매섭게 노려보는 남궁수의 시선을 은근슬쩍 피했다. 그리고 피곤이 뚝뚝 묻어나는 목소리로 모두에게 말했다.
“오늘은 이곳에서 쉬자. 다들 지쳤으니 말이야.”
“……그러지.”
남궁수가 입술을 잘근잘근 깨물며 대답했다.
고맙다는 말을 하려고 했는데, 이상하게 목구멍 밖으로 말이 나오지 않았다. 말로는 다 표현할 수 있는 감정이 아니기 때문이었다.

'백수룡. 너란 놈은…….'

이미 가문이 입은 은혜만으로도 평생 다 갚기 힘들 만큼 큰 빚을 졌다.

그런데 여기서 더 큰 빚을 지게 하다니, 대체 이 은혜를 다 어떻게 갚으란 말인가.

꽈악…….

주먹을 꽉 쥔 남궁수의 표정이 일그러졌다. 본인은 인식하지 못했지만, 무시무시하게 번뜩이는 안광으로 백수룡을 노려봤다.

'뭐, 뭔데?'

백수룡의 이마에 식은땀이 맺혔다.

눈깔이 금색이 되더니, 그냥 노려보는 것만으로도 압박감이 장난이 아니다.

'……지금 싸워도 내가 이기겠지?'

남궁수는 환골탈태를 한 지 얼마 안 돼서 쌩쌩한 반면, 백수룡은 격체전력을 해 주느라고 죽을 맛이었다.

백수룡의 뇌리에 방금 전에 본 뇌강이 어른거렸다.

'내가 호랑이 새끼를 키웠구나…….'

꿀꺽.

괜한 오해로 쓸데없는 긴장감이 높아질 때였다.

"두 사람은 이제 가만히 있어요. 정리는 저희가 할 테니까. 아무것도 하지 말고 여기서 쉬고 계세요!"

"맞아요. 아무것도 하지 말고 쉬세요!"

제갈소영과 남궁미가 호들갑을 떨며 움직이기 시작했다.

제갈소영은 해제했던 진법을 복구해 오두막을 외부의 시선에서 숨겼고, 남궁미는 어지러워진 오두막을 청소했다.

오두막 안에는 식량도 넉넉히 있었다.

"요리도 저희가 할게요!"

두 사람이 합심해 솜씨를 발휘하려고 했으나, 곧 정체불명의 냄새를 맡은 남궁수가 그들에게서 조리 도구를 빼앗았다.

"내가 하지."

환골탈태를 한 남궁수는 무공뿐 아니라 요리도 더 잘하게 되었다. 오감이 전보다 발달한 덕분이었다.

"마, 맛있어……!"

"오라버니가 해 준 요리 중에 최고예요!"

두 소녀는 남궁수가 해 준 요리를 먹으며 감탄사를 연발했다.

백수룡도 한입 먹더니 눈을 동그랗게 뜨고 남궁수를 바라봤다.

"맛있는데?"

"……재료가 좋았을 뿐이다."

분위기가 한결 부드러워졌다.

다 함께 저녁 식사를 마친 후, 일행은 제대로 된 휴식을 취했다.

남궁수는 환골탈태한 몸에 적응하기 위해 오두막 앞에서 검을 휘둘렀고, 남궁미는 마당 한쪽에 쪼그려 앉아 오라버니를 구경했다.

제갈소영은 오두막 주변에서 희귀한 약초를 찾았다며 눈을 빛냈다.

백수룡은 홀로 오두막 안에서 휴식을 취하며, 벽력마가 남긴 '혼원벽력신공'의 비급을 읽었다.

"과연……."

과거 창천검왕도 탐을 냈던 무공이었다.

여기에 벽력마가 수십 년 동안 은둔하며 무공을 보완했으니, 신공이라고 부르기에 부족함이 없었다.

직접 익힐 생각은 없었지만, 비급을 살펴보는 것만으로도 백수룡에게 큰 공부가 되었다.

"흡성대법 부분은 지우고, 이 부분은 보강하면 더 나아지겠어. 천뢰검법에 있던 구결하고 겹치는 부분도 있으니……."

백수룡은 한참 동안 흥미롭게 비급을 탐독했다. 새로운 무공을 분석하는 그의 눈이 별처럼 반짝였다. 괜히 무공 사부가 천직이 아니었다.

금방 밤이 되었다.

네 사람은 오두막 안에 이부자리를 펴고 누웠다. 다행히 오두막은 네 사람이 나란히 누울 수 있을 정도로 충분히 넓었다.

"오늘은 정말, 정말정말로 긴 하루였어요……."

한참을 재잘대던 남궁미는 스르륵 잠이 들었다. 그 옆에 누운 제갈소영도 졸린지 눈을 깜빡거렸다.

"안녕히 주무세요……."

"하암. 잘 자라."

백수룡도 피곤했는지 하품을 하며 몸을 뒤척이다 곧 조용해졌다.

쿠울…….

쿠울…….

"……."

다들 피곤했는지 금세 대화가 끊기고 조용해졌지만, 남궁수는 좀처럼 잠을 이루지 못했다.

환골탈태를 이룬 몸은 너무나 쌩쌩했던 것이다.

스르륵.

결국 자리에서 일어난 남궁수는 오두막 밖으로 나왔다. 밖으로 나가기 전에, 그는 백수룡을 한번 힐긋 쳐다봤다.

'백수룡. 지금은 내가 너한테 도움을 받기만 하지만…….'

밖으로 나온 남궁수는 밤하늘을 올려보며 맹세했다.

더 이상 녀석에게 도움을 받기만 하지는 않을 것이라고.

언젠가 이 은혜를 전부 갚고야 말겠다고.

남궁수는 주먹을 꽉 쥐며, 특유의 서늘한 목소리로 중얼거렸다.

"……이 빚은 꼭 갚아 주마. 평생이 걸리더라도 반드시……."

그 순간, 오두막 안에서 자고 있는 줄 알았던 백수룡이 움찔 몸을 떨었다.

'젠장. 내가 호랑이 새끼를 키웠구나!'

오해가 깊어지는 밤이었다.

◆ ◈ ◆

다음 날.

오두막에서 하루 휴식을 취한 일행은 마당 앞에 모였다.

두 개의 작은 봉분.

그들은 벽력마에게 죽은 사냥꾼 부부의 무덤 앞에 일렬로 섰다.

"아저씨 아줌마. 부디 극락왕생하세요."

사냥꾼 부부의 무덤을 이곳에 만들어 주자는 것은 남궁미의 의견이었다.

의견만으로 끝내지 않았다.

남궁미는 직접 땅을 파서 어설프게나마 무덤을 만들었다.

비록 사냥꾼 부부의 시체는 벽력마와 남궁수의 싸움으로 흔적도 없이 잿더미가 돼 버렸지만, 그 재를 수습해서 묻고, 흙을 덮어 작은 봉분을 만들었다.

무덤에 인사한 남궁미가 어른들을 돌아보며 물었다.

"사냥꾼 아줌마 아저씨는 착한 사람들이었죠?"

"……평범하고 소박한 사람들이었지."

남궁수가 어린 동생의 손을 잡아 주며 말했다.

그 역시 사냥꾼이 달려오며 도망치라고 외치던 모습을 기억하고 있었다.

조금만 빨리 눈치채고 행동했다면, 그들을 살릴 수 있었을지도 모른다.

"세상에는 나쁜 사람이 왜 이렇게 많을까요? 혈교도 그렇고, 벽력마도 그렇고……."

남궁미의 눈가에 눈물이 그렁그렁하게 맺혔다.

동굴 안에서 순박하게 웃으며 자신을 바라보던 사냥꾼 아줌마의 얼굴이 자꾸만 떠올라서였다.

남궁미가 새빨개진 눈가를 소매로 훔치며 말했다.

"자꾸 울어서 죄송해요……."

"괜찮다."

"이제 안 울도록 강해질 거예요. 오라버니들만큼이요."

남궁미는 훌쩍이면서 소매로 눈물을 닦아 냈다. 커다란 눈망울에 굳은 각오가 어렸다.

고작 열 살. 아무리 무림세가의 자식이라고 해도, 놀라울 정도로 씩씩한 아이였다.

"열심히 수련해서, 나중에 꼭 청룡학관에 수석으로 입학할 거라구요!"

"당연히 그래야지."

"오 년 후를 기대할게."

남궁수와 제갈소영의 입가에도 작은 웃음이 피어났다.

백수룡은 말없이 남궁미의 머리를 쓰다듬어 주었다.

'사냥꾼들이 벽력마의 첩자였을 거라는 말은 할 필요 없겠지.'

때론 그냥 오해하게 내버려 두는 것이 나은 경우도 있다.

사냥꾼들의 복잡한 사정을 설명하기엔, 남궁미는 아직 어렸으니까.

백수룡은 일행에게 말했다.

"가자."

며칠 후, 일행은 호북 무한에 도착했다.

그곳은 무림맹의 본부, 그리고 천무학관이 있는 도시였다.

304화

뇌룡신검 대협!

호북 무한.

이곳 사람들에게는 나름의 자부심이 있었다.

'우리가 있는 곳이 무림의 중심이다!'

단순히 무림맹 본단과 천무학관이 이 도시에 있다는 이유로 이런 주장을 하는 것은 아니었다.

소림사가 있는 하남, 화산파와 종남파가 있는 섬서, 남궁세가가 있는 안휘, 사천당문과 청성, 아미, 점창파가 있는 사천까지 모두 호북과 맞닿아 있었다.

구파일방과 그 속가문파들은 오래전부터 호북을 오가며 교류했다.

무한은 그런 호북의 중심도시였다. 무림맹 본단과 천무학관이 이곳에 세워진 이유도 그래서였다.

"사, 사람이 엄청나게 많아요……."

남궁미가 놀라 휘둥그레진 눈으로 주위를 둘러봤다.

도시의 초입부터 북적이는 인파, 노점상에서 파는 신기한 물건들, 호객하는 상인들의 목소리, 달콤하고 맛있는 냄새.

열 살에 불과한 소녀는 눈이 빙글빙글 돌아갈 지경이었다.

"미는 무한이 처음이지?"

"네……."

제갈소영이 빙긋 웃으며 소녀의 머리를 쓸어 주었다.

"무한에는 볼거리도 먹을거리도 굉장히 많아. 하지만 멍하니 넋을 놓고 있다가는 일행을 놓칠 수도 있으니 조심해야 해."

제갈소영에게 이곳은 고향이었다.

호북 무한의 제갈세가.

오대세가의 하나로, 신기제갈(神機諸葛)이라 불릴 만큼 여러 분야에서 뛰어난 인물을 배출한 명문가였다.

무력으로는 오대세가 중에서 다소 처진다는 평가를 듣지만, 기관진식과 진법, 술법에 대해서는 능히 천하제일을 논할 수 있는 가문.

평소에는 전혀 그런 티를 내지 않지만, 제갈소영은 그 제갈세가의 금지옥엽이었다.

"그러니 제갈세가에 도착할 때까지는 오라버니 옆에 딱 달라붙어 있어야 해. 도시 구경은 나중에 언니가 제대로 시켜 줄게."

"네! 고마워요, 언니!"

활짝 웃으며 대답한 남궁미는 폴짝 뛰어서 남궁수의 등에 업혔다.

갑작스러운 동생의 행동에 남궁수가 미간을 찌푸리며 한숨을 쉬었다.

"……등에 업힐 필요까지는 없다고 생각하는데."

"이러면 오라버니를 절대 안 잃어버리잖아요!"

"……."

남궁미가 오라버니의 목을 꽉 끌어안으며 애교를 부렸다.

남궁수는 고개를 절레절레 젓기만 할 뿐, 내려오라고 하지는 않았다. 그동안의 고생을 생각하면, 이 정도 투정은 충분히 받아 줄 수 있었다.

"그나저나……."

백수룡이 주위를 둘러보며 미간을 좁혔다.

그와 눈이 마주친 여인들이 화들짝 놀라서 고개를 돌렸다.

백수룡이 고개를 갸웃거리며 말했다.

"너무들 쳐다보는데?"

이곳 무한 사람들에게 무림인은 익숙한 존재였다.

사지 중 하나가 없거나, 기형적인 병기를 들고 다니는 무림인도 이곳 무한에는 흔하게 볼 수 있었다.

천하에서 가장 무림인이 많이 모이는 도시답게, 그보다 더한 괴짜들도 얼마든지 있었으니까.

그래서 백수룡은 더 이해할 수가 없었다.

도시로 들어오자마자 이렇게 많은 사람들의 이목을 끌다니? 왜?

"이상하단 말이지. 무한에선 무림인이 지나가건 말건 신경도 쓰지 않는다고 들었는데……."

"설마 무인이라서 쳐다보는 거라고 생각하는 거예요?"

제갈소영이 어처구니가 없다는 표정으로 되물었다.

이제 막 무한에 들어선 백수룡 일행으로 인해, 무한이 조금씩 술렁이고 있었다.

백수룡이 고개를 갸웃거리며 물었다.

"그게 아니면 뭐야? 우리가 누군지 알아본 것 같진 않은데……."

"잘 들어 보세요."

그 이유는 일행이 낯선 무림인이라서가 아니었다.

"저기, 저기 좀 봐……."

"어머머……."

"내가 잘못 보고 있는거 아니지?"

탄성을 터트리는 것은 대부분 여인들이었다.

화등잔만 해진 눈, 마치 전설 속의 봉황이라도 발견한 표정들.

"난 옥기린이 천하에서 가장 잘생긴 줄 알았는데, 저 둘에 비하면……."

"누구야 대체? 이름 아는 사람 없어?"

"저 정도로 잘생긴 사내들이 별호가 없을 리가 없는데……."

"백의무복 입으신 분. 전설 속의 화안금정(火眼金睛)을 갖고 계셔……. 하아……."

백수룡과 남궁수.

청의무복과 백의무복을 입고 나란히 걷는 두 사내는 한 폭의 그림이었다.

휘이잉~

바람이 불어와 그들의 무복과 머리카락을 흩날리게 했고, 돌개바람에 휘말린 꽃잎이 두 사람을 휘감으며 날아올랐다.

"세상에……."

"아……."

순간 여인들이 입을 틀어막았다.

그 반응을 본 제갈소영이 두 사내를 돌아보며 말했다.

"오라버니들이 무인이라서가 아니에요. 잘생겨서 쳐다보는 거라고요."

"……거참."

……잊고 있었다. 이 몸의 아버지가 전설의 옥면공자라는 사실을 말이다.

'죽립이라도 쓰고 들어오고 싶었는데…….'

무인들이 많이 오가는 도시답게, 무한은 입구에서부터 치안이 엄격했다.

죽립, 복면 등 얼굴을 가리는 일체의 수단은 모두 금지.

인피면구를 썼는지도 꼼꼼하게 얼굴을 만져 가며 확인했다.

만약 추후에라도 신분을 위조한 것이 발각되면, 무림맹에 의해 엄중한 처벌을 받게 돼 있었다.

'마음만 먹으면 속이는 거야, 일도 아니지만…….'

죄를 지은 것도 아니고, 백수룡도 그렇게까지 하고 싶지는 않았다. 결국 그는 신분을 밝히고 도시에 입성했다.

그러면서 한 가지 알게 된 사실이 있었다.

'아직은 내가 이곳에 도착한 게 알려지지 않은 모양이군.'

아무리 무림인이 많은 도시라고 해도, 도시의 치안을 담당하는 것은 결국 관의 병사들이다.

그들이 청룡신협에 대한 용모파기를 가지고 있을 리 없었다.

게다가 백수룡의 명성은 다른 십존과 비교하면 아직 많이 부족한 편.

특색이라고는 잘생긴 얼굴뿐이니, 바로 알아보지 못하는 것도 당연했다.

'이것도 얼마 못 가겠지만.'

무한에는 개방과 하오문, 그 외에 여러 문파의 정보원이 있었다.

반 시진도 지나기 전에 청룡신협 백수룡이 무한에 도착한 사실이 알려질 것이 뻔했다.

'시끄러워지기 전에 볼일만 빨리 마치고 가야겠어.'

그런데 일부 여인들의 눈빛이 심상치 않았다.

몇몇은 용기를 내서 이쪽으로 다가오고 있었다.

"저어……."

"혹시……."

그 순간, 백수룡은 청룡학관을 떠나기 전에 매극렴이 해 준 조언을 떠올렸다.

-네 얼굴이 애비를 닮아 무림의 큰 우환이 될 법하다. 여인들 앞에서 특히 언행을 조심해야 하느니라.

저들에게 포위된다면, 절세고수에 달하는 무공으로도 쉽사리 뿌리치고 나올 수 없을 것이다.

왜냐하면 저 중에 무공을 익히지 않은 여인들도 있기 때문이다.

백수룡은 남궁수의 귀에 대고 빠르게 속삭였다.

“남궁수. 눈깔에 힘 좀 팍 줘 봐.”

“……무슨 소리지?”

“네 눈깔 엄청 무섭거든. 힘줘서 노려보면 웬만하면 도망갈 거야.”

“…….”

한숨을 내쉰 남궁수는 눈에 힘을 줬다.

그놈의 은혜가 뭔지. 웬만한 부탁은 거절할 수가 없었다.

치직!

황금 같은 눈동자에서 벼락이 쳤다.

환골탈태의 부작용으로 얻은 남궁수의 금안은, 다가가기 힘든 위압감과 동시에 신비로운 분위기를 풍겼다.

“히익!”

용기를 내서 다가오던 여인들이 놀라서 멈춰 섰다. 마치 맹수 앞에 선 초식동물이 된 기분이었다. 그들은 감히 더 이상 다가오지 못하고 뒤로 물러났다.

“금안에 이런 효능이 있었나?”

남궁수 본인조차 놀랄 정도였다.

어쨌든 순식간에 좁았던 길이 뻥 뚫렸다. 백수룡이 히죽 웃으며 일행을 이끌었다.

“가자.”

하지만 군중들의 집중된 이목은 흩어지지 않았다.

오히려 더 많은 사람들의 시선이 일행에게 쏟아졌다.

“저 사람들. 무공도 고강해 보이는데…….”
“함께 있는 여인은 어디서 본 것 같지 않아? 얼굴이 익숙한데…….”
“업혀 있는 아이도 귀티가 흐르는 것이, 평범한 신분은 아닌 듯해요.”
“……아!”
제갈소영을 보면서 고개를 갸웃거리던 사람이 소리쳤다.
“기억났어! 제갈세가의 둘째 여식이 아닌가!”
“뭐? 혹시 올해 청룡학관에 신입강사로 들어갔다는…….”
“확실한가?”
“잠깐만. 그렇다면…….”
제갈소영의 정체를 알아낸 사람들은 자연스럽게 그녀와 함께 있는 두 사내의 정체도 추리하기 시작했다.
“옆에 있는 사내들은 혹시…….”
“……청룡학관?”
“처, 청룡신협?!”
최근 청룡신협과 청룡학관에 대한 믿을 수 없는 소문은 무한까지 진동할 정도였다.
군중들은 설마 하는 눈으로 백수룡과 남궁수를 바라봤다.
청룡신협의 용모파기는 아직 이곳까지 퍼지지 않아서, 둘 중 누가 청룡신협인지는 알 수 없었다.
“설마……?”
“정말이라면?”
“둘 중 누구지?”
어마어마한 관심이 쏟아지는 가운데, 남궁수가 백수룡을 바라보며 속삭이듯 말했다.
“곧 정체가 밝혀지겠군.”
“어쩔 수 없지. 각오하고 들어온 거니까.”

"제갈세가에는 들르지 않고 바로 섬서로 갈 건가?"

주변의 이목이 집중돼 있었기에, 남궁수는 괜히 백수룡의 이름을 불러 소란을 키우지는 않았다.

백수룡은 고개를 끄덕였다.

"어. 잠깐 어디 좀 들렀다가 바로 갈 거야."

그 말에 제갈소영과 남궁미가 아쉬운 표정을 지었다.

"오라버니도 본가에 들렀다 가면 좋을 텐데."

"벌써 헤어진다니 아쉬워요……."

"여기서 헤어지는 게 맞아. 제갈세가에서 괜히 부담 주기도 싫고. 일정에 맞추려면 시간이 빠듯하거든."

백수룡은 웃으며 고개를 저었다. 방학은 그리 길지 않았다. 생각해 둔 계획을 다 실천하려면 최대한 시간을 효율적으로 써야 했다.

제갈소영이 잠시 생각하더니 고개를 끄덕였다.

"하긴, 저희 아버지라면 오라버니를 며칠이나 붙잡아 두실 게 뻔해요. 게다가 이것저것 불편하게 캐물으실 테니……."

"캐물으신다니?"

"그, 저희 아버지가 상당한 팔불출이라……."

제갈소영의 말이 다 끝나기도 전이었다.

"소영아!"

쩌렁쩌렁한 사자후가 들려온 순간, 제갈소영은 두 손으로 얼굴을 가렸다. 심히 부끄러워하는 모습이었다.

"아빠……."

"내 딸! 내 딸이 왔구나! 하하하하!"

멀리서부터 호쾌한 웃음을 터트리며 경공을 펼쳐 달려오는 중년의 사내.

그가 바로 제갈세가주 제갈선이었다.

별호는 뇌룡검.

남궁수가 부친에게 소개를 받아 뇌전 무공의 조언을 얻기로 한 뇌전 무공의 고수이기도 했다.

'이제는 조언이 필요없겠지만 말이지.'

백수룡은 물론이고 남궁수도 그렇게 생각하고 있었지만, 그렇다고 인사조차 안 하고 돌아갈 수는 없었다.

백수룡이 일행을 둘러보며 말했다.

"여기서 헤어져야겠네. 원래는 제갈세가 앞에서 헤어지려고 했는데……."

그 순간, 백수룡의 머릿속에 좋은 생각이 떠올랐다.

안 그래도 이걸 어디서 말해야 가장 효과적일지 계속 고민하고 있었다.

씨익.

웃은 백수룡이 갑자기 돌아서서 남궁수에게 포권을 취했다.

남궁수는 불안한 표정으로 그런 백수룡을 바라봤다.

"너, 또 무슨 짓을 하려고……?"

그 순간, 내공을 담은 백수룡의 목소리가 쩌렁쩌렁하게 울려 퍼졌다.

"그럼 개학 후에 뵙겠소! 뇌룡신검 대협!"

"너, 내가 그거 싫다고 분명……!"

이미 늦었다.

수많은 사람이 백수룡이 하는 말을 들었다.

뇌룡신검(雷龍神劍).

공교롭게도 저기서 달려오는 제갈세가주 제갈선의 별호가 뇌룡검(雷龍劍)이었다.

하지만 백수룡은 방금 제갈세가주가 아닌 남궁수에게 뇌룡신검이라고 말했다.

"뇌룡신검?"

"무슨 말이지?"

모두의 얼굴에 의문부호가 떠오를 때,

백수룡은 남궁수가 절대 빠져나가지 못하도록 쐐기를 박았다.

"벽력마를 단칼에 베어 넘긴 그대의 검에, 그 악인조차 경의를 표하던 모습을 잊을 수 없소이다. 비록 놈이 사악한 악인이었다고 하지만, 죽어가면서 유언으로 남긴 뇌룡신검이라는 별호를 잇기에 그대는 결코 부족함이 없는 무인이오!"

남궁수가 이를 갈며 중얼거렸다.

"죽여 버리겠……!"

"하하하하! 저는 그럼 이만."

할말은 마친 백수룡은 뒤도 돌아보지 않고 경공을 펼쳤다.

휘이익!

백수룡의 신형이 죽 늘어나는 듯한 착각을 일으키며 순식간에 멀어졌다.

잠시 후, 그 자리에 도착한 제갈세가주가 감탄을 터트렸다.

"허어! 놀라운 경공이로군."

"……제갈세가주님을 뵙습니다."

"어릴 때 보고 오랜만일세. 헌데 방금 사라진 자는 누구인가?"

원수 같은 은인 놈입니다.

……차마 그렇게 말할 수는 없어서, 남궁수는 솔직하게 말했다.

"……청룡신협 백수룡입니다."

"허어! 어쩐지!"

제갈세가주뿐만 아니라 군중들 모두가 놀라서 감탄사를 터트렸다.

청룡신협!

소문으로 무성한 새로운 십존의 말석이 방금 전 그들의 눈앞에 있었던 것이다.

속에서는 열불이 터졌지만, 남궁수는 갑자기 사라진 백수룡을 위해 변명까지 해 줘야 했다.

"……급한 일이 있어서 먼저 떠났습니다."

"허어. 아쉽군. 헌데…… 방금 뇌룡신검이라는 말은 무엇인가? 벽력마를 죽였다는 건 또 무슨 말이고? 혹시 자네가?"

"그게……."

웅성웅성.

뇌룡신검?

뇌룡신검이라고?

벽력마를 죽였다던데?

'백수룡 이 망할 놈!'

남궁수는 그 자리에서 뇌룡신검과 벽력마에 대해서 설명하느라 진땀을 뺐고,

결국 그날 그의 새로운 별호는 뇌룡신검이 되었다.

305화

쥐를 잡으려면(1)

웅성웅성.

"뇌룡신검에 대한 소문 들었소?"

"무림에 신성이 등장했다는군!"

"청룡신협이 그를 호적수로 인정하고, 제갈세가주가 버선발로 마중을 나왔다고 하더이다!"

"실제로 얼굴을 봤는데, 외모가 사람의 것이 아니었어요……."

거리마다, 객잔마다, 사람이 모이는 곳마다.

소문이 들불처럼 번져 나갔다.

뇌룡신검에 관한 이야기로 도시가 들썩이기 시작했다고 해도 과언이 아니었다.

뿐만이 아니었다.

"뇌룡신검이 그리 강하단 말이오?"

"내 눈으로 보기 전까지는 믿지 못하겠다!"

"허허. 노부가 직접 뇌룡신검의 검이 얼마나 따가운지 견식해 보도록 하지."

무한은 하루에도 수많은 무림인들이 오가는 도시다.

그중에는 명성에 목마른 자, 고수와의 대결을 통한 깨달음을 원하는 자, 혹은 그냥 무공에 미친 자들이 수두룩했다.

뇌룡신검이라는 신성의 출현은 그런 무인들의 호승심을 자극하기에 충분했다.

숱한 고수들이 뇌룡신검에게 도전하기 위해 분연히 자리를 떨치고 일어났다.

"뇌룡신검에게 도전하겠소!"

……그리고 이 모든 일의 원흉.

백수룡은 새어 나오려는 웃음을 꾹 참으며 길을 걷고 있었다.

'너도 한번 똑같이 당해 봐라.'

이제부터 남궁수는 뇌룡신검이라는 별호를 증명하기 위해, 수많은 도전을 받을 것이다.

백수룡이 백룡장에서 그랬던 것처럼 말이다.

'이 기회에 비무로 본인 실력도 제대로 파악하고 말이지.'

백수룡은 절대로 남궁수를 갈구거나 괴롭히려는 의도는 없었다.

다 청룡학관을 위해서다.

남궁수가 유명해지면 청룡학관의 위상도 높아질 것이 아닌가?

이게 바로 꿩도 먹고 알도 먹고, 도랑 치고 가재도 잡을 수 있는 계획이다.

자꾸만 콧노래가 절로 나오는 건, 그저 날씨가 좋아서일 뿐이다.

"흐흥흥~."

백수룡은 태연하게 거리를 걷고 있었지만, 아무도 그를 알아보지 못했다.

그가 역골공으로 얼굴을 평범하게 바꿨기 때문이었다.

도시에 들어올 때야 일행과 함께 들어와서 어쩔 수 없었다지만, 혼자가 된 지금은 그럴 필요가 없었다.

'볼일만 보고 바로 떠날 거니까.'

무한에는 무림맹도 있고 천무학관도 있지만, 백수룡은 두 곳 다 들를 마음이 없었다.

천무학관은 청룡학관과 마찬가지로 방학을 해서 가 봤자 볼 게 별로 없을 것이고, 무림맹도 현재 맹주가 부재중이었다.

'맹주 대리로 오단의 단주들 중 누군가가 자리를 지키고 있겠지만…….'

백수룡은 저 멀리 보이는 무림맹 본단을 바라봤다.

그의 직위는 무림맹 총사범.

오단의 단주와 동급인 고위직이지만, 지금 무림맹에서 가면 환대를 받기는 힘들 것이다.

'단주들 눈에는 내가 갑자기 굴러 들어온 돌로 보일 테지.'

눈엣가시로 여길 것이 뻔한데, 백수룡도 굳이 불편하게 인사를 나눌 생각은 없었다.

'괜히 문제라도 일으켰다간 나중에 맹주의 입장이 곤란하게 될 수도 있고.'

자신을 엿먹이고 떠난 맹주를 떠올리면 그것도 나쁘지 않지만……. 어쨌든 지금은 가고 싶은 생각이 없었다.

백수룡은 도시의 외곽으로 빠졌다.

아무리 크고 발전한 도시라도 빈민촌이 있기 마련이고, 무한도 다르지 않았다.

다 무너져 가는 폐가 주변에 거지들이 우글거렸다. 얼굴에 땟국물이 줄줄 흐르고, 지독한 체취는 바람을 타고 십 리 밖까지 퍼질 정도였다.

백수룡은 코를 틀어쥐며 중얼거렸다.

"……제대로 찾아온 모양이군."

낡아서 곧 떨어질 것 같은 현판이지만, 글씨만큼은 용사비등하게 적혀 있었다.

백수룡은 아예 후각을 차단하고 거지들에게 다가갔다.

"뉘슈?"

거지 하나가 어슬렁거리며 다가왔다. 백수룡은 상대가 무공을 익혔음을 알아보았다.

개방이 구파일방에 포함되는 이유는 단순히 숫자가 많아서가 아니다.

무공만 익힐 수 있으면 거지가 돼도 상관없을 정도로 무공에 미친 놈들. 그게 바로 개방의 고수들이다.

그들의 무공이 결코 구파에 못지않기에, 개방이 구파'일방'으로 함께 언급되는 것이다.

백수룡은 정중하게 포권을 취하며 말했다.

"분타주를 뵈러 왔습니다."

"……뉘신데요?"

거지는 백수룡의 얼굴을 살피며 물었다. 모르는 얼굴이었다.

분타주를 쉽게 언급할 정도의 사람 얼굴이 낯설다?

주위를 둘러보니 다른 거지들도 고개를 젓는다. 모른다는 뜻이다.

이 사내가 외지인이거나 저 평범한 얼굴이 가짜라는 의미였다.

거지가 미간을 좁히며 물었다.

"인피면구를 쓰셨소?"

벌써 알아본다고?

백수룡은 과연 개방이라고 생각하며 순순히 고개를 끄덕였다.

"역골공을 사용했습니다. 얼굴이 알려지면 귀찮아질 것 같아서요. 아는 분의 소개를 받아서 왔으니 신분은 걱정하지 않으셔도 됩니다."

"……."

그러나 경계의 눈빛은 더욱 심해졌다. 조금 의아할 정도였다.

"미리 약속은 하셨습니까?"

"약속은 안 했지만, 이걸 보여 드리면 흔쾌히 만나 주실 거라고 하셨습니다."

백수룡은 품에서 무언가를 꺼내 거지에게 건넸다.

낡은 종이였다.

종이 자체는 중요한 것이 아니었지만, 거기에 적힌 수결을 본 거지가 눈을 동그랗게 떴다.

"왕손 분타주?"

개방 강서분타주 왕손의 소개장.

그 내용을 쭉 읽어 내려가는 개방도의 얼굴이 점점 놀라움으로 물들었다.

고개를 든 거지가 백수룡을 보며 입을 떡 벌렸다.

"처, 청룡……."

"제가 왜 역골공을 사용했는지 이해하시겠습니까?"

거지는 침을 꿀꺽 삼키며 고개를 끄덕였다.

이 사내가 정말 청룡신협이라면, 역골공을 사용하고 이곳을 찾아온 것도 충분히 이해가 되었다.

과장을 좀 보태면, 지금 온 도시가 눈에 불을 켜고 청룡신협을 찾고 있으니 말이다.

"……잠시 기다려 주십시오. 안에 보고하고 오겠습니다."

바로 말투가 달라진다. 이래서 무인에게 명성이 필요한 것이다.

백수룡은 기다리며 주위를 살폈다.

아까부터 한 가지 의문이 드는 것이 있었다.

'개방이 원래 이렇게 경계가 심한가?'

주변의 거지들.

대충 아무렇게나 앉거나 누워 있는 것처럼 보이지만, 백수룡은 이것이 일종의 진(陣)이라는 것을 눈치챘다.

'내가 누군지 대충 눈치챘을 텐데.'

그럼에도 경계의 시선은 줄어들지 않았다.

오히려 허튼짓을 하면 당장 손을 쓰겠다는 듯, 타구봉을 쥔 거지들의 손에 힘이 들어가 있었다.

우웅!

같은 심법을 익힌 거지들의 기운이 공조하고 있었다. 상승의 합격진이다. 제대로 발동한다면 빠져나가기가 결코 쉽지 않을 것이다.

마치 전쟁터 한복판처럼 삼엄하기 짝이 없는 분위기에 백수룡도 내심 놀랐다.

'최근에 무슨 일이라도 있었나?'

그때, 폐가에서 한 사내가 걸어 나왔다.

백수룡은 그를 보자마자 왕손 분타주를 떠올렸다.

쌍둥이라고 해도 믿을 정도로 얼굴이 닮았다. 작은 눈에 큰 콧구멍, 다소 흐릿한 인상까지.

하지만 결정적으로 다른 점이 하나 있었다.

'이쪽은 손이 아니라 발이 엄청나게 크군.'

걸어오는 분타주는 맨발이었는데, 발이 남들보다 두 배는 크고 두툼했다. 발등에 털도 수북했다.

저 녀석, 혹시 이름이…….

"개봉 분타주 왕발입니다."

왕발이 포권을 취하며 말했다. 너무나 예상했던 그대로의 이름인지라, 백수룡은 저도 모르게 헛기침을 했다.

"흠흠. 백수룡입니다."

백수룡은 역골공을 풀어서 원래 얼굴로 돌아왔다. 이미 정체까지 밝혔는데, 계속 얼굴을 감추는 것은 상대에 대한 예의가 아니기 때문이다.

왕발이 흐리게 웃으며 말했다.

"소문으로만 들었던 청룡신협을 뵙게 돼 영광입니다."

"감사합니다."

빈말로도 아닙니다, 라거나 과찬이십니다, 라고는 안 하는 백수룡이었다.

왕발은 그런 백수룡을 유심히 바라보았다. 백수룡도 마찬가지였다. 잠시 묘한 긴장감이 흘렀다.

"헌데 저희 분타엔 무슨 일로……."

"정보를 얻고자 왔습니다."

백수룡은 이곳에서 빙궁에 대한 최근의 동향에 대해서 정보를 얻을 생각이었다.

물론 섬서에 가서도 개방을 이용할 수 있겠지만, 호북 무한 분타는 천하에서 가장 많은 정보가 모이는 곳이었다. 이곳이라면 조금 더 양질의 정보가 있을지도 모른다는 판단에서였다.

그런데 왕발 분타주의 표정이 묘했다.

"……죄송하지만 본 방은 지금 손님을 맞이할 여유가 없습니다. 그냥 이 자리에서 말씀을 나눠도 되겠습니까?"

예상치 못했던 말이었지만, 백수룡은 순순히 고개를 끄덕였다.

그도 굳이 거지소굴에 들어가고 싶은 마음은 없었다.

"괜찮습니다."

"예. 구체적으로 어떤 정보를 원하시는 건지?"

"우선 빙궁에 대한 최근 동향과……."

대화는 빠르게 끝났다. 용건만 간단히. 왕발은 대화를 길게 이어 가고 싶어하지 않는 눈치였다.

백수룡은 그의 눈이 조금 충혈돼 있는 것을 보았다.

'잠을 제대로 못 잔 모양이군.'

뿐만 아니라 눈빛이 초조하고 불안해 보였다. 나름대로 숨기는 모양이지만, 백수룡의 눈을 속일 수는 없었다.

"알겠습니다. 숙소를 알려 주시면, 오늘 안에 정보를 정리해서 인편으로 보내 드리겠습니다."

"감사합니다."

개방 내부에 뭔가 문제가 생긴 모양이지만, 백수룡은 정보만 제대로 얻을 수 있다면 참견할 생각이 없었다. 그래서 모른 척했다.

"그럼 이만."

포권을 취한 백수룡은 돌아섰다.

왕발이 그를 다시 불러 세운 것은, 백수룡이 정확히 다섯 걸음을 걸었을 때였다.

"혹시…… 독공에 대해서도 잘 아십니까?"

"독공이요?"

백수룡이 돌아본 순간, 합격진의 축을 이루고 있던 늙은 거지 중 하나가 소리를 질렀다.

"후개!"

후개(後丐)라고 했다.

방주의 제자들 중에서도, 다음 방주가 될 제자를 일컫는 호칭이었다.

백수룡의 눈이 이채를 발했다.

'어쩐지 강해 보이더라니.'

왕발은 다음 대 개방주로 내정된 인물이었다.

무슨 일로 백수룡을 불러 세웠는지는 아직 모르지만, 그에게 은혜를 입힐 수 있다면 절대 손해 보는 장사는 아니었다.

그렇다고 거짓말을 할 생각은 없었다.

"전문가라고 할 수는 없지만, 웬만한 독이나 독공에는 대처할 지식은 있습니다."

백수룡은 솔직하게 대답했다.

오히려 그 대답이 마음에 들었는지, 후개의 입가에 미소가 맺혔다.

"솔직하시군요."

"괜히 기대하게 만들면 안 되니까요."

잠시 고민하던 왕발이 어렵사리 입을 열었다.

"……환자가 있는데, 한번 봐주실 수 있겠습니까?"

"어려운 일은 아니지만……."

"후개! 이게 무슨 짓이오!"

아까 후개라고 외쳤던 늙은 거지가 다시 끼어들었다.

"저자가 진짜 청룡신협이라는 증거도 없는데, 어찌 이리 경거망동하는가!"

"못 믿겠으면 장로님이 확인해 보십시오."

"뭐라?"

왕발은 사사건건 방해를 하는 장로를 한심하다는 표정으로 바라봤다.

"직접 싸워 보면 알 것 아닙니까. 청룡신협이 비록 십존의 말석이라 하나, 입만 산 개방의 장로쯤은 십초지적일 겁니다."

"네, 네가 감히……!"

"제가 친동생의 필적과 수결도 알아보지 못할 것 같습니까?"

왕발은 백수룡이 가져온 왕손의 서찰을 보여 주며 말했다.

닮았다 했더니, 왕손의 형이었구나.

백수룡은 고개를 끄덕이며 왕발이 장로를 갈구는 모습을 지켜보았다.

"위조의 가능성도 있소! 이런 상황에서 함부로 외인을 들이는 것은 방주께서도……."

"적당히 하십시오."

화아악!

후개의 몸에서 가공할 기세가 끼쳤다. 가느다란 눈에서 무시무시한 살기가 흘러나오자, 장로가 이를 꽉 악물었다.

"스승님이 안 계신 상황에선 모든 결정은 내가 합니다. 한 번만 더 내 말에 딴지를 걸면, 하극상으로 다스려 다리를 부러뜨릴 것이니 그리 아시오."

"……."

장로는 후개의 폭언에 이를 악물 뿐, 더 이상 따지지 못했다. 불만이 있어 보이는 다른 거지들도 마찬가지였다.

'성질머리가 보통이 아니군.'

백수룡은 왕발이 마음에 들었다. 호쾌한 성격도 그렇고, 과감한 판단과 결정도 마음에 들었다.

저런 녀석은 한번 은혜를 입으면 몇 배로 갚는다.

은혜도 모르고 호시탐탐 복수할 기회만 노리는 남궁가의 어떤 놈과는 다르게 말이다.

"식구들의 못난 모습을 보여 드려 죄송합니다."

왕발은 민망한 표정으로 백수룡을 바라봤다.

끝까지 반대하던 장로는 왕발을 한번 노려본 후 거지들 속으로 사라졌다.

잠시 그 뒷모습을 바라본 백수룡은 고개를 돌려 왕발에게 물었다.

"환자는 어디 있습니까?"

"……저를 따라오십시오."

합격진을 이루고 있던 거지들이 좌우로 비켜서고, 백수룡은 왕발을 따라 폐가로 들어갔다.

이곳의 분위기와 저들의 대화를 들으며, 백수룡은 개방에서 무슨 일이 일어났는지 대충 짐작할 수 있었다.

"개방의 중요한 인물이 독공에 당한 모양이군요."

"……맞습니다."

왕발은 고개를 끄덕이며 청룡신협과 관련된 믿기 힘든 이야기들을 떠올렸다.

남궁세가에서 가장 먼저 이변을 알아낸 사람은 청룡신협이었다. 그가 아니었다면 남궁세가는 무림에서 사라졌을 것이다.

어린 학생들만 데리고 악인곡에 잠입한 일도 있었다. 그곳에서 혈수귀옹을 죽이고 악인곡을 함락시켜, 청룡신협이라는 별호를 얻었다.

청룡학관을 복속시키러 간 무림맹주를 되려 설득해 동맹을 맺었다. 일방적으로 청룡학관이 유리한 조건이었다고 들었다.

'무공이 전부였다면 불가능한 일이다. 청룡신협에게 그 이상의 무언가가 있어. 어쩌면 이번에도…….'

왕발은 그만큼 간절했다.

지푸라기라도 잡고 싶은 심정이었다.

그래서 다소 억지를 부려 가며 외인을 이곳까지 데려왔다.

"이곳입니다."

약냄새가 진동하는 방 안에는, 시체처럼 창백한 안색의 노인이 누워 있었다.

"저의 스승님이십니다."

백수룡은 깜짝 놀란 얼굴로 노인을 바라봤다.

후개의 사부라면, 개방의 방주라는 소리였다.

'이렇게 다 죽어 가는 노인이?'

방주의 온몸에는 금침이 꽂혀 있었는데, 가슴 부분이 시커멓게 변해 피부가 괴사하고 있었다.

왕발이 말한 독공의 흔적이었다.

"며칠 전, 괴한의 습격을 받으셨습니다. 범인은……."

더 이상 말하지 않아도 누군지 알 것 같았다.

방주의 상처를 살핀 백수룡이 표정을 굳히며 말했다.

"혈교로군요."

306화

쥐를 잡으려면(2)

"그걸 어떻게……!"

왕발이 놀라서 눈을 부릅떴다.

저 상처만 보고 어떻게 흉수가 혈교임을 알아낼 수 있단 말인가?

천하제일의 정보단체라 자부하는 개방의 정보력으로도, 스승님이 당한 독공의 정체를 알아내는 데 하루가 넘게 걸렸는데.

'설마 이자가?'

불길한 생각이 든 즉시 왕발은 백수룡의 앞을 막아서며 방주를 가렸다. 찰나에 이루어진 판단. 그의 커다란 발등에 핏줄이 잔뜩 돋았다.

"……흉수가 혈교라고 단정하시는 근거가 무엇입니까?"

추궁하듯 묻는 왕발의 가느다란 눈이 서늘한 빛을 뿌렸다.

제대로 대답하지 않으면 당장이라도 출수할 것처럼 매서운 기파를 뿜어내고 있었지만, 백수룡은 태연한 표정으로 되물었다.

"남궁가묘의 지하에 뭐가 있었는지 아십니까?"

"말 돌리지 말고 질문에 대답하시오!"

쿵!

한 번의 발 구름에, 지진이라도 일어난 듯한 엄청난 진동이 바닥을 울렸다.

그러나 개방주가 누워 있는 침상은 미동도 하지 않았다.

방금 보여 준 한 수만으로도, 왕발의 실력이 범상치 않다는 것을 알 수 있었다.

백수룡은 내심 적지 않게 감탄했다.

'역시 강해.'

왕발뿐만이 아니다.

어느새 방 바깥을 포위한 개방의 고수들이 내뿜는 살기가 살을 저밀 듯 예리했다. 조금 전 왕발의 진각을 느끼고 몰려온 것이다.

밖에 있는 한 명 한 명이 무시할 수 없는 고수였다.

후개의 명령이 떨어진다면, 저들은 언제든지 이곳에 들이닥칠 것이다.

'괜히 구파일방이 아니로군.'

만약 이곳에서 개방의 정예와 부딪친다면, 백수룡도 큰 각오를 해야 할 것이다.

물론 그는 싸울 생각이 전혀 없었다.

"지금 대답하고 있잖습니까. 남궁가묘의 지하, 그곳에 뭐가 있었는지 아십니까?"

왕발은 잠시 백수룡을 노려보다가 대답했다.

"……알고 있습니다."

혈교의 생존자들.

창천검왕에게 철저히 이용당하고 버려진 그들의 시체가 있었다고 들었다.

남궁세가주는 무림의 수뇌부에게 그 사실을 솔직하게 알렸다. 왕발도 스승에게 이야기를 들었다.

역시 알고 있었군.

백수룡이 고개를 끄덕이며 말했다.

"알고 계신다면 설명이 쉽겠군요."

"그것이 내 스승님과 무슨 상관이……. 설마?"

수더분하게 생긴 것과 달리, 왕발은 눈치가 빠르고 영리한 사내였다.

그는 백수룡이 하려는 말을 짐작했다.

"남궁세가의 가묘 지하를 가장 처음 발견한 것이 저였습니다. 그곳에서 혈교 무공들을 발견했고, 혈교도들이 남긴 수많은 기록을 읽었습니다."

"허어……."

백수룡은 일전에 무림맹주에게 했던 이야기에 살을 붙였다. 왕발의 경계심이 조금 누그러졌다.

"그곳에서 방주님이 당하신 것과 같은 증상을 보이는 독공에 대해서 알게 됐습니다."

백수룡은 왕발의 어깨너머로 시선을 주며 말을 이었다. 시체처럼 창백한 방주의 얼굴이 보였다.

"가슴 정중앙에 독공에 당해 검게 변한 상처. 자세히 보면 다섯 손가락이 파고들었던 자국이 검녹색으로 흐릿하게 남아 있더군요."

그 짧은 시간에 거기까지 살폈단 말인가?

왕발은 청룡신협의 눈썰미에 감탄할 수밖에 없었다.

심지어 그는 방주가 당한 독공의 정체도 알고 있었다.

"과거 혈교의 장로였던 독마의 독문무공인 생사독(生死毒). 조법으로 그 독공을 펼치면 저것과 같은 흔적이 남습니다. 혹시 제 진단이 틀렸습니까?"

"……!!"

전부 맞다.

개방이 수십 년 전 혈교와의 전쟁 당시 남긴 기록을 다 뒤져서 알아낸 정보였다.

하지만 백수룡은 한 번 스치듯 본 것만으로도 답을 맞혔다.

'아무리 혈교가 남긴 기록을 읽었다고 해도…….'

그게 가능한 일인가?

백수룡이 하는 말을 곧이곧대로 믿어야 하나?

왕발은 혼란스러운 표정을 애써 감추며 입을 열었다.

"……남궁가묘의 지하에 그런 기록이 있었다는 것. 저는 오늘 처음 듣는 정보입니다."

"제가 아무에게도 알리지 않고 전부 없애 버렸으니까요."

백수룡은 당당하게 대답했다. 왕발은 이해할 수 없다는 표정으로 물었다.

"혈교와 관련된 정보를 공유하지 않고 지금까지 숨겼단 말입니까? 어째서요?"

"맹주님도 똑같이 말씀하시더군요."

백수룡의 한쪽 입꼬리가 올라갔다. 그것은 싸늘한 조소였다.

"정파무림의 기둥 중 하나였던 남궁세가에서 혈교의 흔적이 나왔는데, 대체 누굴 믿으란 말입니까? 무림맹? 개방? 후개는 개방에 혈교의 세작이 없다고 확신할 수 있습니까?"

"……."

왕발은 차마 없다고 말할 수 없었다.

개방 같은 조직은 세작의 잠입에 굉장히 취약하다.

거지들 대부분이 고아이고 신분이 불분명하기 때문이다.

그만큼 지위가 올라갈수록 여러 가지 검증을 거치긴 하지만……. 그런 말로 백수룡을 납득시키긴 어려울 것이다.

하지만.

"혈교가 언제 발호할지 모르는 상황에서, 그토록 중요한 정보를 독점하는 것은 옳은 행동이라고 할 수 없습니다."

"예. 그래서 맹주님에게 얼마 전에 직접 말씀드렸습니다."

"……."

왕발은 백수룡의 이야기를 들으며 한 가지 사실을 추론할 수 있었다. 그의 눈이 가늘어졌다.

'독점하고 있던 혈교의 정보를 이용해서 무림맹과 유리한 동맹을 맺었나 보군. 갑자기 무림맹 총사범이 된 것도 이제 이해가 된다.'

개방에서 파악하기로, 청룡신협 백수룡은 무공은 물론이고 머리도 아주 영리한 사내다.

일신의 무공만 뛰어났다면, 결코 청룡학관을 지금과 같은 모습으로 변화시키지 못했을 것이다.

'의(義)나 협(俠)보다는 실리를 챙길 줄 알고, 대의보다는 자신과 주변을 더 아끼는 성격.'

고지식한 정파의 무인들은 싫어하는 성격이지만, 왕발은 오히려 이런 성격이 마음에 들었다.

'이런 자가 혈교와 관련돼 있을 리 없다.'

만약 백수룡이 혈교와 관련된 자라면, 이 상황에서 굳이 자신의 정체가 드러날 만한 위험을 감수하지 않았을 것이다.

지금도 백수룡은 아쉬울 것 없다는 듯 뒤로 물러나고 있었다.

"아직도 저를 의심하신다면, 그냥 물러나 보겠습니다."

"자, 잠시만!"

왕발은 백수룡에 대한 의심을 완전히 거둬들였다.

아무리 생각해도 백수룡이 스승님을 해친 범인, 혹은 혈교와 관련된 인물일 리는 없었다.

왕발은 고개를 숙여 정중하게 사과했다.

"죄송합니다. 상황이 상황인지라 예민하게 굴 수밖에 없었음을 이해해 주십시오."

그 순간, 백수룡의 입꼬리가 씰룩이며 위로 올라갔지만, 왕발은 고개를 숙이느라 그 미소를 보지 못했다.

왕발이 다시 고개를 들었을 때, 백수룡은 진지한 눈으로 그를 바라보고 있었다.

"이해합니다. 그럼 환자를 더 살펴봐도 되겠습니까?"

"물론입니다."

왕발이 옆으로 비켜서고, 백수룡은 개방주의 몸에 남은 독공의 흔적을 유심히 살폈다.

"……."

의식을 잃은 개방주는 당장 며칠을 넘기는 것도 힘들어 보였다.

전신에 퍼진 독이 얼마나 지독한지, 강건했던 육신은 만지면 부스러질 것처럼 약해져 있었다.

가슴 정중앙 외에도, 중독의 흔적이 검버섯처럼 몸 곳곳에 피어나 있었다.

'독뿐만 아니라 마기에도 심하게 중독됐어.'

독공의 고수가 마공까지 익히면, 두 기운이 뒤섞여 해독이 몇 배로 힘들어진다.

독마의 생사독은 혈교의 그런 독공 중에서도 가장 지독하고 악랄한 독이었다.

백수룡이 어두운 표정으로 물었다.

"언제, 어떻게 당하셨습니까?"

"……정확히는 모릅니다. 개봉 총타에 계셔야 할 스승님이 왜 이곳에 계신 건지, 감히 어떤 놈이 스승님을 이렇게 만든 건지……."

왕발은 이를 악물며 자신이 아는 것을 이야기했다.

"나흘 전, 스승님은 독에 중독된 몸으로 저를 찾아오셨습니다."

"……직접 말입니까?"

왕발이 고개를 끄덕였다. 그날의 끔찍했던 기억이 떠오르는지 이를 꽉 악물었다.

"늦은 밤이었습니다. 스승님은 격전을 치르고 오신 모습으로 이곳에 찾아오셨습니다. 그때까지만 해도 이렇게 큰 상처인 줄은 몰랐습니다. 별것 아니라는 듯 덤덤한 표정이셨거든요. 하지만 다른 방도들을 물리고 저와 독대한 순간, 갑자기 입에서 검은 피를 쏟으며 쓰러지셨습니다."

"……."

왕발은 의식이 없는 스승의 몸을 조심스럽게 주물렀다. 그의 눈에 핏발이 서고, 눈물이 그렁그렁하게 맺혔다.

"멍청한 저는 그때야 눈치챘습니다. 스승님이 지독한 독공에 당하셨고, 겨우 도망쳐서 저를 찾아오셨다는 것을 말입니다. 괜찮은 척하셨던 것은 방도들에게 자신의 부상을 알리고 싶지 않아서였을 뿐, 사실은 끔찍한 고통에 시달리고 계셨던 겁니다."

—……내, 부상을, 알리지 마라…….

"무언가 더 말을 하려고 하셨습니다만, 거기까지가 한계이셨던 건지, 스승님은 그대로 의식을 잃으셨습니다. 그리고 지금까지 계속……."

백수룡은 침착하게 이야기를 들었다.

정황만 보면 혈교가 방주를 습격했고, 개방주는 간신히 도망쳐 제자를 찾아온 것으로 보였다.

'외부에 알리지 말라는 건, 혈교를 견제하기 위해서겠지.'

개방의 방주가 사경을 헤매고 있다는 사실이 외부에 알려진다?

개방은 물론이고, 무림 전체에 커다란 혼란이 생길 것이다.

'혈교는 그 혼란을 틈타 무언가를 노릴 거야.'

방주는 자신의 죽음으로 인해 그런 혼란이 생기는 것을 원하지 않는다.

최소한 제자가 상황을 파악하고, 사태를 수습할 시간을 벌어 주어야 한다.

그가 필사적으로 도망친 이유이자, 자신의 부상을 외부에 알리지 말라고 말한 이유일 것이다.

그래야 혈교도 함부로 경거망동하지 못할 테니까.

왕발도 스승의 뜻을 알고 있었다.

"아직 이 사실을 아는 것은 저와 바깥에 있는 일부의 장로들뿐입니다. 다른 방도들은 스승님이 부상을 당했다는 정도만 알고 있습니다."

왕발의 눈에서 굵은 눈물이 뚝뚝 떨어지고 있었다.

그 모습을 본 백수룡은 마음이 짠해지는 것을 느꼈다.

'스승에 대한 마음이 무척 큰가 보군.'

왕발은 친부가 누군지 모른다.

기억이 있는 시절부터 고아이자 거지였고, 그를 거둬 준 사람이 지금의 방주였다.

즉, 왕발에겐 방주가 아버지나 다름이 없었다.

겨우 버티고 계시지만……. 앞으로 열흘을 넘기지 못하실 겁니다.

죄송하지만 제 의술로는…….

생사신의께서 오신다면 모를까, 그 외에도 누구도 치료하지 못할 겁니다.

이미 무한에서 최고라 꼽히는 의원들이 몇 명이나 다녀갔다.

그들은 이 사실을 외부에 절대 발설하지 않겠다는 맹세를 하고, 가진 모든 수단을 사용해 방주를 치료했다.

하지만 누구도 방주의 의식이 돌아오게 하는 것조차 성공하지 못했다.

"……흉수를 찾아 주십시오."

인정하기 너무나 싫지만, 왕발은 스승의 죽음을 각오하고 있었다.

청룡신협을 부른 이유도 치료를 부탁하기 위해서가 아니었다.

"아주 작은 단서라도 좋습니다."

청룡신협은 십존이라 불릴 만큼 고강한 무인이고, 또한 최근에 혈교와 싸운 경험도 있었다.

그라면 자신이 보지 못한 단서를 찾을 수 있을지도 모른다고 생각했다.

"흉수를 찾는 데 도움을 주신다면, 개방은 결코 이 은혜를 잊지 않을 것입니다."

하지만 왕발이 한 가지 모르는 것이 있었다.

눈앞에 있는 사내는 누구보다 혈교의 마공에 대해 박식하고, 이와 비슷한 경험을 몇 번이나 해 봤다는 것을 말이다.

"복수도 복수인데……."

개방주의 상처를 꼼꼼히 살핀 백수룡이 왕발을 돌아보며 씩 웃었다.

"이거 제가 치료할 수 있을 것 같은데요?"

"……예?"

왕발은 울고 있던 표정 그대로 멍청하게 대답했다.

밖에서 두 사람의 대화를 듣고 있던 개방의 장로들도 "헉!" 소리를 냈다.

몇 명은 체면도 잊고 방문을 열고 우당탕탕 들이닥쳤다.

"그, 그게 정말이오?"

"무한에서 이름난 명의들도 고칠 수 없다고 했는데?"

"네 이놈! 만약 거짓부렁이라면……!"

"부탁하겠네! 우리 사형 좀 살려 주시게!"

늙은 거지들이 백수룡을 둘러싸고 부탁, 협박, 애원했다.

분명히 후각을 차단했는데도 불구하고, 지독한 냄새가 스멀스멀 올라오는 것 같았다.

웬만해선 당황하지 않는 백수룡도 말을 더듬었다.

"다, 당장 완치는 어렵겠지만, 어느 정도 호전시키는 것은 가능합니다."

독마의 독공에는 독과 마공의 마기가 뒤섞여 있다.

그중 독은 해약이 있어야겠지만, 마공으로 더해진 마기라면 백수룡이 충분히 뽑아낼 수 있었다.

방주는 고절한 경지에 이른 무인이니, 그것만으로도 지금보다 상태가 훨씬 좋아질 것이 분명했다.

"부탁드립니다!"

"부탁하네!"

"부탁드리오!"

거지들이 백수룡의 옷자락을 붙들고 부탁했다.

아예 무릎을 꿇고 두 손을 모아 부탁하는 사람도 있었다.

동냥질에 도가 튼 거지들에겐 무인의 자존심도 없는 모양.

'뭐 이런 거지들이…….'

그 간절한 표정들을 보니 차마 밀어내지는 못하고, 백수룡은 미간만 못마땅하게 찌푸렸다.

307화

쥐를 잡으려면(3)

백수룡은 바짓가랑이를 붙잡고 매달리는 거지들, 그리고 그들이 내뿜는 악취 때문에 정신이 혼미해질 지경이었다.

“아, 알겠습니다. 알았다니까요. 이러지 않아도 치료해 줄 생각이니, 일단 옷 좀 놓고 얘기하면 안 됩니까?”

그러나 개방의 장로들은 백수룡이 하늘에서 내려온 동아줄이라도 되는 것처럼 붙들고 놓아 주지 않았다. 그 숫자가 무려 여섯이었다.

“부탁이네! 제발 우리 사형 좀 살려 주시게!”

“우리 사형 목숨만 붙여 주면, 삼십 년 동안 쓴 내 밥그릇이라도 주겠네!”

“내 하나뿐인 가죽신을 주겠네. 아껴서 이십 년밖에 안 신었어!”

금이 잔뜩 간 밥그릇.

구멍이 숭숭 뚫린 가죽신.

그 외에 용도를 짐작할 수 없는 자질구레한 물건들.

개방의 여섯 장로들이 우리 방주님 좀 살려 달라며 주섬주섬 꺼낸 물건들이, 백수룡 앞에 쓰레기더미처럼 쌓였다.

'하나같이 쓸모없는 것들뿐이잖아!'

처음에는 그중 하나쯤은 개방의 보물이라든가 비전의 영약(개방에서 준 영약을 직접 먹을 생각은 추호도 없었지만), 혹은 보물이 숨겨진 위치를 표시한 지도라도 있지 않을까 은근한 기대를 품었다.

하지만 이 쓰레기더미에서 가장 비싼 물건은 사용한 지 십 년밖에 안 됐다는 놋쇠 젓가락이었다. 그마저도 각각 길이가 달랐다.

'누굴 거지로 아나!'

거지 왕초를 향한 늙은 거지들의 의리는 그야말로 눈물겨웠지만, 그들의 손에 붙잡힌 백수룡은 실시간으로 거지 같은 기분을 느끼는 중이었다.

심지어 이 거지들은 하나같이 상당한 고수여서 떼어내는 것도 쉽지가 않았다. 작정하고 공격하지 않는 한 말이다.

'이 거지새끼들이 진짜…….'

뿌드득…….

일설에 의하면, 개방의 타구봉법(打狗棒法)은 사실 개가 아니라 방도들을 개처럼 패던 개방의 초대 방주가 돌연 깨달음을 얻어 만들었다고 한다.

백수룡은 지금 그 속설을 진지하게 믿어야 하나 고민할 때였다.

"장로님들!"

다행히 백수룡이 스스로 타구봉법의 오의를 깨닫기 전에 왕발이 장로들을 말리고 나섰다.

"이러면 백 대협이 곤란해하지 않습니까. 다들 방에서 나가십시오!"

다행히 개 같은 거지새끼들, 아니 개방의 장로들도 후개의 말은 들었다. 다들 뭐 마려운 강아지 같은 모습으로 방에서 쫓겨났다.

"죄송합니다. 스승님이 쓰러지신 후로, 뜬눈으로 밤을 지새우신 분들이라……."

"그렇습니까……."

방금 나간 여섯 명은 개방의 장로들 중에서도 수십 년간 방주와 형제처럼 지내 온 사람들이라고 했다.

과거에는 지금의 방주와 함께 풍운칠개(風雲七丐)라고 불렸다던가.

'일곱 마리의 미친개가 아니고?'

백수룡은 옷매무새를 정리하며 한숨을 내쉬었다. 장로들 손에 잡혔던 부분이 누렇게 변해 있었다…….

저 거지들과는 오늘 이후로 다시는 상종하고 싶지 않았다.

"헌데…… 정말 치료하실 수 있는 겁니까?"

"물론입니다."

긴장한 표정으로 묻는 왕발에게 백수룡은 고개를 끄덕였다.

불가능한 일이었으면 애초에 말도 꺼내지 않았을 것이다.

"단, 이곳에 저 말고는 아무도 없어야 합니다."

"예? 어째서……."

불안한 표정으로 묻는 왕발에게, 백수룡은 단호하고 솔직하게 말했다.

"개방의 눈이 지켜보는 앞에서, 제 밑천을 드러내고 싶지 않습니다."

"그건…… 알겠습니다."

잠시 고민하던 왕발은 결국 고개를 끄덕였다.

스승을 혼자 두고 나가려니 불안한 마음이 드는 것은 어쩔 수 없었지만, 지푸라기라도 잡고 싶은 심정으로 청룡신협을 이곳에 데려온 사람은 그였다.

"믿겠습니다."

왕발까지 밖으로 나간 후, 백수룡은 방 안에 기막을 둘러쳤다.

이 안에서 무슨 짓을 하더라도, 밖에서 알아채지 못하도록 소리와 기를 차단한 것이다.

"실패하면 밖에 있는 미친개들한테 물려 죽을지도 모르겠군."

고개를 절레절레 저은 백수룡은 역천신공을 끌어올렸다. 그의 머리카락과 눈동자가 순식간에 붉게 물들었다.

그러곤 의식을 잃은 방주의 혈도 몇 곳을 짚은 후, 그의 몸 안에 역천신공의 기운을 불어넣었다.

독마의 생사독(生死毒).

예상했던 대로 방주의 몸 안에는 지독한 독기와 마기가 뒤섞여 생명을 갉아먹고 있었다.

'이래서 독마의 독이 까다롭지.'

약으로 독을 치료하고자 약을 쓰면, 마기가 약기를 오염시킨다.

내가고수가 공력으로 마기를 씻어 내려 하면, 독 기운이 독사처럼 달려들어 시전자마저 중독시키려 든다.

뛰어난 의원인 동시에, 절세의 경지에 도달한 고수가 아닌 한 해독이 불가능한 것이다.

'애초에 생사신의를 상대하겠다며 만든 독공이었으니까.'

독마가 자신의 독공 이름을 '생사독'이라 지은 것은, 생사신의마저 해독할 수 없는 독을 만들겠다는 의지의 표현이었다.

'결국은 불가능했지만.'

혈교의 장로였던 독마는 강했지만, 그 시대에도 신선으로 불리던 생사신의와 비교하기에는 부족했다.

그러나 달리 말하면, 생사신의가 아니면 독마의 독을 해독하기가 거의 불가능하다는 뜻이었다.

백수룡도 생사독을 '완전히' 해독하는 것은 불가능했다.

하지만 독기와 마기를 분리한 후, 마기만 뽑아내는 것이라면 어렵지 않았다.

방주의 몸속을 관조하던 백수룡의 두 눈이 붉은 보석처럼 빛났다.

'마공 주제에. 건방지게 대들지 마라.'

역천신공은 모든 마공의 정점에 있다.

천하에서 가장 패도적인 기운은 마공을 굴복시키고, 복종하게 만든다.

콰콰콰콰콰!

역천신공의 기운에 굴복한 생사독의 마기가 얌전해졌다. 마기가 저항하지 않으니, 독기도 덤비지 않고 얌전히 방주의 몸 안에 웅크렸다.

백수룡은 뽑아낸 생사독의 마기를 자신의 몸 안으로 흡수했다.

뽑아서 태워 버려도 되지만, 그랬다간 치료가 끝난 후 마공의 흔적이 방 안에 남을 수도 있었다.

'개방의 거지들이 그걸 보여 줄 수는 없지.'

생사독의 마기는 순조롭게 흡수됐고, 그럴수록 방주의 몸에 남은 독공의 흔적이 옅어졌다.

무언가 이상을 느낀 것은 마기를 절반쯤 흡수했을 때였다.

'음?'

독과 완전히 분리했다고 생각했던 생사독의 마기에, 극미량의 독 기운이 묻어 있었던 것이다.

치익…….

방주의 단전에 닿은 백수룡이 손끝이 검게 물들기 시작했다.

그러나 백수룡은 당황하지 않았다. 오히려 눈을 부릅뜨고 입술을 꽉 깨물었다.

'이 정도는 충분히 감당할 수 있어.'

생사독이 무서운 점은 두 기운이 뒤섞여서 해독이 어렵다는 것이다.

물론 독마의 독은 그 자체로도 끔찍한 맹독이지만, 백수룡은 지금이라면 이 정도 미량의 독은 충분히 감당할 수 있다고 판단했다.

'중간에 멈추면 이도 저도 아니게 돼.'

백수룡은 멈추지 않고 방주의 몸 안에 있는 마기를 모조리 빨아들였다.

털썩.

그러곤, 방주의 몸에서 모든 마기를 흡수하자마자 즉시 가부좌를 틀고 바닥에 앉았다. 몸 안에 들어온 미량의 독기를 해독하기 위해서였다.

치이익……!

백수룡의 이마에 땀이 송골송골 맺히고, 머리에서 하얀 김이 피어올랐다.

역천신공으로 몸 안에 들어온 생사독의 마기는 모조리 태워 버리고, 독만 남겼다.

독마가 남긴 독과 역천신공이 싸우기 시작했다.

"끄윽……."

꽉 다문 잇새로 신음이 새어 나왔다.

미량인데도 불구하고 독마의 독은 지독하고 끈질겼다. 몸 안에 거대한 불덩이가 타오르는 기분이었다.

그렇게 얼마나 시간이 흘렀을까.

길어도 한 시진은 넘지 않았을 것이다.

"후우……."

백수룡은 천천히 눈을 떴다. 자신의 몸 안에 생긴 어떤 변화를 느끼면서.

"이건…… 예상 못 했는데……."

생사독의 독 기운이 역천신공에 굴복해, 몸 안에 흡수됐다.

마음만 먹으면 독을 아예 없애 버릴 수도 있었지만, 백수룡은 굳이 그럴 필요를 느끼지 못했다.

독 기운이 더 이상 그에게 해를 끼치지 않았기 때문이었다.

해가 되기는커녕.

'독공으로 쓸 수는 없겠지만…….'

독에 대한 저항력이 크게 높아졌다.

전설로 내려오는 만독불침은 아니겠지만, 천독불침 정도는 충분히 될 것 같았다.

게다가 혈교의 독으로 한정한다면, 효과는 훨씬 더 뛰어날 것이다.

독마는 혈교에서 수많은 독을 개발한 독의 절대자였고, 생사독은 그가 만든 독공의 정수였으니까.

지금도 독마가 만든 독이 사용되고 있다면, 백수룡은 혈교의 독에 대해서는 거의 완벽한 내성을 지니게 된 것과 다름이 없었다.

"……기연이군."

백수룡은 피식 웃으며 자리에서 일어났다.

그전의 기연들처럼 무공의 경지가 깊어진 것은 아니지만, 이것 또한 굉장한 기연이었다.

앞으로 독에 대해서는 걱정할 일이 없어진 것과 다름이 없었으니까.

'방주는?'

방주의 모습을 살피니, 가슴 정중앙에 검은 얼룩이 매우 옅어져 있었다. 안색도 훨씬 편안해 보였다.

백수룡은 기막을 해제하고 바깥에서 대기 중인 왕발을 불렀다.

"들어오십시오. ……후개만!"

문을 벌컥 열고 서로 들어오려던 여섯 장로가 백수룡의 서슬 퍼런 눈빛을 보고 움찔해서 물러섰다.

왕발이 그 틈을 비집고 들어왔다.

"스, 스승님……!"

왕발은 혈색이 돌아온 스승의 얼굴을 보았다.

여전히 눈은 뜨지 못하고 있었지만, 방주의 상태가 나아졌음은 누가 봐도 한눈에 알 수 있었다.

그가 눈물이 그렁그렁한 눈으로 백수룡을 돌아봤다.

"이, 이 은혜를 다 어떻게……."

두고두고 오래오래 갚아라.

……라고 말하는 대신, 백수룡은 가식적인 미소를 지으며 말했다.

"독 기운은 아직 남았지만 마기는 모조리 제거했습니다. 독을 완전히 몰아내려면 해약이 있어야겠지만, 적어도 더 이상 몸 상태가 악화되지는 않을 겁니다."

"사형!"

"으헝헝헝!"

어느새 풍운육개도 들어와 방주를 둘러싸고 있었다.

며칠을 넘기지 못할 거라고 했던 방주가 차도를 보이기 시작했으니, 참았던 감정이 폭발한 것이다.

'방주는 복 받은 사람이군.'

백수룡은 그 모습을 부럽다는 듯이 바라봤다.

문득 그런 생각이 들었다.

전생에 자신이 죽었을 때도 저렇게 울어 준 사람이 있었을까.

특히 그가 가르쳤던 제자들은…….

'그 녀석들은 어떤 얼굴로 내 마지막을 지켜봤을까.'

"스, 스승님!"

왕발의 외침에 백수룡은 상념을 털어 냈다.

방주가 의식을 되찾았다. 힘겹게 눈꺼풀을 들어 올리고 있었다.

"사형!"

반쯤 눈을 뜬 방주는 무언가를 말하고 싶은 듯 입술을 달싹였지만, 목소리가 나오지 않는 듯했다.

"다들 조용히 하십시오!"

왕발의 일갈에 풍운육개가 입을 다물었다.

그 모습을 본 방주가 희미하게 미소를 지었다. 그의 시선을 느낀 왕발이 다가가 스승의 손을 잡아 주었다.

"……."

방주는 왕발의 손바닥에 손가락으로 무언가를 적었다.

그 안에 고수 아닌 사람이 없었으니, 모두가 방주가 쓴 글자를 읽을 수 있었다.

"맹(盟)……!"

단 한 글자를 쓰는 데 모든 힘을 다 쏟은 듯, 방주는 다시 의식을 잃고 잠들었다. 숨소리는 안정적이었다.

"……."

"……."

방주가 잠든 후에도, 한동안 모두가 침묵했다.

맹(盟).

방주가 후개의 손바닥에 쓴 글자가 뭘 의미하는지 모를 사람은 없었다.

뻔하지 않은가.

"무림맹……."

왕발이 핏발선 눈으로 중얼거렸다. 장로들의 표정도 그와 크게 다르지 않았다.

"스승님을 공격한 흉수가 무림맹에 있거나, 최소한 이 일에 무림맹이 관련돼 있다는 뜻이겠지요."

"……생사독은 혈교의 무공입니다."

백수룡의 말에도 왕발의 표정은 전혀 흔들리지 않았다.

"그렇다면 무림맹에 혈교의 세작이 숨어 있다는 뜻일 겁니다. 아니면, 무림맹의 누군가가 혈교와 내통한 사실을 스승님에게 들켰을 수도 있지요."

"……."

"개방은 총력을 기울여 흉수를 찾을 것입니다."

백수룡이 보기에도 그렇게 생각하는 것이 타당했다.

하지만 한 가지 찜찜한 것이 있었다.

'혈교가 이 상황까지 의도한 것이라면?'

자칫하면 무림맹과 개방의 관계가 틀어지거나, 최악의 경우에는 충돌할 수도 있었다.

눈이 뒤집힌 개방은 무림맹을 뒤집어서라도 흉수를 찾으려 할 것이고, 혈교를 찾는다고는 하나 개방의 들쑤심에 무림맹이 가만히 당해 줄 리도 없으니까.

'무림맹이라…….'

그 안에 혈교의 쥐새끼가, 그것도 생사독을 익힌 놈이 숨어 있다면, 백수룡도 그냥 지나칠 수 없었다.

혹 무림맹에 없더라도, 쥐새끼는 분명 그 근처에서 기웃거리고 있을 테니까.

생각을 정리한 백수룡이 말했다.

"이번 일. 저한테 맡겨 주시지 않겠습니까?"

"예?"

그 순간, 왕발은 잠시 잊고 있던 사실을 떠올렸다.

백수룡은 무림맹 총사범이었다.

오단의 단주들과 동등한 지위이자, 무림맹 내에서 누구든 만날 수 있고 어디든 갈 수 있는 신분.

"제가 직접 흉수를 찾아보겠습니다. 그러니 개방은 아직 나서지 마십시오. 도움이 필요하면 따로 말씀드리겠습니다."

"……어쩌시려고요?"

백수룡이 서늘하게 눈을 빛내며 말했다.

"쥐를 잡으려면 덫을 놔야죠."

308화

쥐를 잡으려면(4)

쿵!

두꺼운 서책이 탁자 위로 떨어지며 둔탁한 소리를 냈다. 왕발이 서책에 쌓인 먼지를 손으로 툭툭 털어내며 말했다.

"무림맹 인명록입니다."

"……생각보다 양이 많군요."

인명록(人名錄)이라고 해서 단순히 이름만 적혀 있는 것은 아니다.

백수룡은 벽돌처럼 두꺼운 서책의 표지를 넘겼다.

서책의 첫 장에는 무림맹주 야율황의 이름이 적혀 있었다.

"무림맹에 소속된 모든 무인의 이름과 사는 곳, 사용하는 무공, 주변 인물 등의 신상정보가 정리돼 있습니다."

"과연……."

십존의 일원이자 무림맹의 맹주답게, 야율황에 관한 내용은 굉장히 많고 상세했다.

흥미로운 표정으로 인명록에 적힌 내용을 살피는 백수룡에게, 왕발이 낮은 목소리로 말했다.

"이곳에서 보고 들으신 내용은, 일이 끝난 후엔 모두 잊어 주셔야 합니다."

"물론입니다."

인명록은 결코 외인에게 보여서는 안 될 개방의 일급 기밀이다.

지금껏 알아낸 사항을 모두 기록해 둔, 정보를 취급하는 방의 보물.

그러나 방주를 공격한 범인이 무림맹과 관련돼 있음을 알게 된 이상, 왕발은 청룡신협에게 적극적으로 협조하기로 결심했다.

'그래도 찝찝하긴 한가 보군.'

백수룡은 왕발의 표정에 드러난 불안감을 조금 덜어 주기로 했다.

"맹도 짐작은 하고 있을 겁니다. 개방이 인명록을 가지고 있다는 것을요. 무림맹에도 분명 비슷한 게 있을 거고요."

"……직접 보신 겁니까?"

"꼭 봐야 아나요? 구파일방이라면 모두 다 이런 게 있을 겁니다. 물론 정보의 질은 개방이 가장 높겠지만요. 후개도 이미 파악하고 있는 사실 아닙니까?"

"……."

과거 혈교에도 무림의 주요 인사들에 대한 인명록이 있었다.

적을 알아야 전쟁에서 효율적으로 싸울 수 있으니까.

비록 구파일방이 서로 적은 아니지만, 무림의 패권을 두고 다투는 경쟁자인 것은 틀림없었다.

그중에서도 개방은 정파 최대의 정보조직.

백수룡이 왕발에게 가장 먼저 무림맹 인명록을 요구한 이유였다.

'그래도 이건 상상 이상이군.'

지금 읽고 있는 인명록.

사용하기에 따라서는 상대의 약점을 잡거나 매장하는 데 사용할 수도 있을 듯했다.

물론 개방이 그런 의도로 만든 것은 아니겠지만…….

'다 쓰기 나름이지.'

백수룡은 씩 웃으며 서책을 빠르게 넘겼다.

지위 순으로 정리한 듯, 맹주 다음에는 오단의 단주들에 관한 신상 정보가 적혀 있었다.

그들에 대한 정보도 맹주만큼은 아니나, 분명 쉽게 알아내지 못할 것들이었다.

탁.

백수룡이 서책을 덮어 왕발에게 돌려주었다.

"잘 읽었습니다."

"……벌써 다 읽으셨습니까?"

"전부 다 읽을 필요는 없으니까요. 오단의 단주들, 그 밑에 있는 대주들, 그 외에 맹의 간부들의 정보만 파악했습니다."

독마의 생사독이 쓰였다.

무림맹 내부에 혈교가 심어 둔 쥐새끼, 혹은 끄나풀이 있다면, 최소한 대주급 이상의 지위일 것이다.

그 이하는 굳이 지금 확인할 필요가 없었다.

'가장 의심되는 사람은…….'

맹주가 부재 시 가장 큰 권력을 휘두를 수 있는 자. 혹은 그 주변인.

"오단의 단주들 중, 지금 무림맹에 머무르는 자는 누구입니까?"

"……멸사단주, 그리고 의천단주입니다."

왕발이 표정을 굳히며 대답했다.

◆◈◆

무림맹주의 집무실.

그곳에는 현재 공석인 맹주를 대신해, 오단의 단주 중 한 명이 맹주의 업무를 처리하고 있었다.

"흐아암……. 대체 내가 왜 맹주 대리를 해야 하는 거야?"

멸사단주는 길게 하품을 하며 기지개를 켰다.

두 발은 탁자 위에 방만하게 올려놓은 채였고, 눈은 졸음 탓에 반쯤 풀려 있었다.

좀이 쑤시는지 몸을 계속 이리저리 비틀었는데, 유연하기가 고양이 같았다.

새카만 흑의는 불편하지 않을 정도로 몸에 딱 맞게 제작돼 있었고, 허리춤에는 날렵한 흑도 두 자루가 매달려 있었다.

멸사단주 류설.

사파의 무인들은 그녀를 독안마도(獨眼魔刀)라 부르며 두려워했다.

"……왜냐고? 그야 네가 단주들 중에 유일하게 맹주 자리에 쥐똥만큼도 관심이 없는 놈이니까."

류설의 건너편에 앉아 쌓인 서류를 읽고 있던 사내가 고개를 들어 빈정거렸다.

"그리고 정작 일은 내가 다 하는데, 하는 일도 없는 네가 피곤할 게 뭐가 있어?"

단주에게 거침없이 반말을 일삼는 그는 멸사단의 부단주, 모용준이었다.

류설과 모용준은 둘 다 겉으로 보기에는 이십 대 중반에서 삼십 대 초반의 외형을 지녔으나, 실제 나이는 그보다 열 살 이상 많았다.

부단주의 잔소리에 류설이 귀를 후비며 투덜거렸다.

"하는 일이 없다니. 너 이 자리가 얼마나 무거운지 모르지? 하긴, 하찮은 부단주 따위가 알 리가 없지."

"……단주라는 녀석이 이 모양이니 우리 멸사단이 오단 중에서 가장 무식하고 교양 없다는 소리를 듣지.”

의천(義天). 철혈(鐵血). 정의(正義). 신검(神劍). 멸사(滅死).

무림맹이 자랑하는 오단.

오단의 단주들은 무림의 큰 행사에서 구파일방의 장문인들과 어깨를 나란히 하는 대우를 받는다.

물론 그들이 실제로 구파일방의 장문인과 동등한 위치인 건 아니다.

단주들 한 명 한 명이 구파일방이나 오대세가 출신의 고수로, 실제로도 높은 배분을 가지고 있기 때문이다.

하지만 멸사단은 다르다.

멸사단에는 구파일방과 오대세가 출신이 거의 없고, 있다고 해도 내놓은 자식이 대부분이었다.

심지어 낭인 출신, 무림맹에 투항한 전직 사파 출신까지 포함되어 있다.

그런 이유 탓에, 오단 내에서도 멸사단을 바라보는 시선은 썩 곱지 않았다.

한마디로 천덕꾸러기 집단.

류설은 그런 말 많고 문제 많은 멸사단의 단주이자, 실력으로 멸사단의 존재 이유를 몇 번이나 증명한 여인이었다.

하지만 그것은 전장에서의 이야기일 뿐, 맹주 대리를 맡은 류설은 게으른 고양이처럼 탁자에 축 늘어져 있었다.

“지루하고 귀찮아. 맹주 그 늙은이는 이 지겨운 짓거리를 어떻게 매일 하는 거지? 나보다 못 견딜 성격인데…….”

“한량 같은 소리 그만하고, 여기 있는 서류에 결재나 해!”

모용준은 단주의 엉덩이를 냅다 걷어찼다.

그러곤 자신이 우선 검토한 서류를 류설에게 내밀었다.

류설은 흐느적거리며 품에서 무림맹주의 직인을 꺼냈다.

맹주가 오대학관 순방을 떠나기 전, 잃어버리거나 함부로 사용하면 대가리를 깨 주겠다고 단단히 경고하고 맡긴 물건이었다.

"하여튼 그 영감탱이는 내가 제일 만만하지."

류설은 모용준이 건넨 서류를 대충 훑어보더니 도장을 쾅쾅 찍어댔다.

그 모습을 본 모용준이 기겁을 했다.

"미친것아! 제대로 읽어 보고 찍으랬지!"

"유능한 우리 부단주가 어련히 잘 확인하셨을까."

"너란 녀석은 진짜……."

그 무책임한 대답에 모용준은 고개를 절레절레 저으며 한숨을 쉬었다.

"마음대로 해. 어차피 맹주한테 대가리 깨지는 건 내가 아니라 너니까."

"흐흐. 내 대가리가 깨지면, 네 대가리는 무사할 것 같아?"

"아오! 진짜 단주만 아니었어도……!"

매일 티격태격하지만, 두 사람은 십 년 넘게 한솥밥을 먹은 사이였다.

함께 사선을 넘은 적도 여러 번. 수많은 전장을 함께한 전우였다.

"대충 끝내고 오늘은 술이나 진탕……."

그 순간, 멸사단주의 하나뿐인 눈동자에서 사나운 투기가 튀었다.

어느새 자세를 바로 한 류설은 멋대로 문을 열고 들어오는 사내를 노려보며 말했다.

"어떤 호로자식이 예의도 없이 맹주실 문을 함부로 열고 들어와?"

"나더러 자네의 허락이라도 받으란 말인가?"

건장한 체격의 중년인이었다.

걸음마다 절도가 있었고, 기세를 드러내지 않음에도 묵직하고 단단한 분위기가 흘렀다.

그는 류설이 피워 내는 살기에도 전혀 개의치 않았다.

"멸사단주. 그 누구도 아닌 자네가 예의를 논하는 것이 우습군."

의천단주 진광.

그는 소림의 속가제자 출신으로, 특출한 재능을 아쉬워한 장문인이 직접 본산의 절기를 사사한 기재였다.

또한 진광은 천하십대상단 중 하나인 천하상단의 아들로, 장남이 아니어서 상단을 잇진 못했지만, 무림맹과 천하상단이 긴밀한 관계를 유지하는 데 큰 역할을 하고 있었다.

"맹주 대리. 자네가 능력에 부친다면 내가 대신 업무를 맡아 줄 수도 있네."

"됐어. 우리 부단주가 일을 아주 잘하거든."

의천단주는 공공연히 다음 대 무림맹주를 노리고 있는 인물이기도 했다.

또한 다음 맹주에 가장 가깝다고 평가받는 사람이기도 했다.

"맹주 자리는 이만 포기하는 게 좋을걸. 맹주 그 영감, 요즘 혈교가 나타나서 기운이 펄펄 날잖아. 앞으로 백 년은 더 해 먹으려고 할걸."

"……."

탁자 위에 두 다리를 턱 하니 올린 류설이 낄낄 웃었다.

의천단주는 한심하다는 표정으로 그녀를 바라봤다.

"자네는 나이가 마흔이 가깝도록 철이 안 드는군."

"그쪽은 쉰이 가깝도록 권력욕을 못 버렸잖아? 소림의 제자가 그래도 돼? 공수래공수거. 스님들이 그런 거 안 가르쳤어?"

"……관두지. 자네와 말싸움이나 하자고 온 게 아니니."

"그럼 뭐하러 왔는데?"

의천단주가 괜히 이곳을 찾아올 리 없다는 것은 류설도 알고 있었다.

"청룡신협에 대한 이야기, 들었나?"

"당연히 들었지."

바로 어제였다.

청룡신협이 이곳 무한에 나타났고, 일행을 남겨 둔 채 홀연히 사라졌다는 이야기.

호사가들은 뇌룡신검 남궁수에 대한 소문을 떠들기에 바빴지만, 무림맹은 청룡신협 때문에 비상 아닌 비상이 걸렸다.

그가 무림맹의 무공 총사범이기 때문이었다.

"얼마나 강한지 한번 보고 싶긴 해."

류설이 눈을 초롱초롱하게 빛냈다.

그녀는 청룡신협에게 딱히 악감정은 없었다.

아니, 아무런 감정이 없었다.

충분한 실력이 있다면 신임 총사범으로 인정할 것이고, 아니라면 무시할 생각이었다.

능력이 모자란 자에게 멸사단의 훈련을 맡기고 싶은 생각은 없으니까.

'맹주가 인정한 놈이니, 약할 리는 없겠지만…….'

창천검왕 남궁제학이 죽고 빈 한 자리.

맹주는 그 한 자리가 청룡신협에게 어울린다고 선언했다.

류설은 피식 웃으며 중얼거렸다.

"십존의 말석이라……."

"말장난에 불과하다. 애초에 십존은 맹주 한 명이 인정한다고 되는 게 아니다."

의천단주는 단호하게 말했다.

류설도 그 말에 동의했다.

세상에는 맹주의 말을 인정하지 못하는 고수들이 많았다.

당장 오단의 단주들만 해도, 다들 비어 있는 십존의 한 자리를 노려볼 만한 강자들이었다.

류설이 어깨를 으쓱하며 말했다.

"비무로 조천상을 꺾었다던데. 그 정도면 아주 자격이 없진 않잖아?"

"천무대주를 우리와 비교할 수 있다고 생각하나?"

"아직은 어림도 없지."

류설이 씩 웃으며 말했다.

화산검호 조천상은 그 연배에서 적수가 없을 정도로 강하지만, 오단의 단주들은 그보다 연배도 실력도 윗줄이었다.

의천단주가 고개를 끄덕이며 말했다.

"청룡신협의 무공의 고하와 상관없이, 나는 그를 무림맹 총사범으로 인정할 수 없다는 입장이다."

"왜?"

"그는 의천단을 모르기 때문이다."

의천단주의 두 눈에서 정광이 번뜩였다.

"의천단에는 의천단만의 색깔이 있다. 이제 와서 다른 누군가에게 훈련을 맡길 생각은 없다. 멸사단도 마찬가지 아닌가?"

"맞는 말이긴 한데……."

훈련시키는 것만 따진다면, 멸사단이 훨씬 더 힘들 것이다.

멸사단은 그 기질이 무척 사납다.

무림맹주, 멸사단주를 제외하면 다른 상관들의 말도 거의 들어먹지 않는다.

류설이 미간을 찌푸리며 물었다.

"그래서 용건이 뭐야? 청룡신협이 맹에 방문하면 쫓아내기라도 하자는 건가?"

"정중하게 손님으로 받아 줘야겠지. 하지만 손님에서 선을 그어야 한다. 이미 철혈, 정의, 신검단에도 동의를 얻었다."

"……."

류설은 이 일에 대해서는 유보적인 입장이었다.

"오지 않을 가능성도 있잖아? 애초에 올 거였으면 어제 왔겠지."

"……분명 올 거다."

의천단주는 확신을 담아 말했지만, 류설은 그 말이 잘 이해되지 않았다.

하지만 잠시 후, 의천단주의 말이 사실이 되었다.

콰아아앙!

대기가 진동할 정도의 폭음.

두 사람의 고개가 동시에 같은 방향으로 돌아갔다.

"침입자다!"

무인들의 고함과 함께 부산스러운 움직임이 느껴졌다.

두 단주의 표정이 딱딱하게 굳었다.

"침입자라고?"

"무림맹에?"

빛살처럼 쏘아져 나간 두 사람은 순식간에 폭음이 터진 장소에 도착했다.

"누구냐!"

"멈춰라!"

무림맹 정문에서 조금 안쪽.

백 명이 넘는 무인들이 양쪽에서 한 사내를 양쪽에서 포위하고 있었다.

통일된 백의무복을 입은 자들이 의천단, 흑의무복으로 색깔만 같고 복장은 각양각색인 무인들이 멸사단이었다.

부서진 정문을 뒤로하고, 그들에게 포위된 청년이 씩 웃었다.

"반갑다."

감탄이 나올 정도로 잘생긴 얼굴.

여유롭게 뒷짐을 진 모습과 그림처럼 잘 어울리는 푸른 무복.

허리춤에는 멋들어진 보검.

따로 소개를 하지 않았음에도, 모두가 그의 정체를 짐작할 수 있었다.

"새로 부임하게 된 총사범 백수룡이다. 놀라게 했다면 미안하군."

"……."

그 뻔뻔한 자기소개에, 아무도 말을 하지 못했다.

백수룡은 주위를 둘러보며 고개를 끄덕였다.

“적의 침입에 대비한 훈련이 나름 잘돼 있는 것 같군. 몇 가지 문제가 있기는 한데…… 앞으로 하나씩 고쳐 나가면 될 거고.”

그는 자신을 둘러싼 무인들을 평가하며 걸어오고 있었다.

상대가 적이 아니라 상관이라는 사실에, 무림맹 무인들은 어쩔 줄을 모르고 주춤주춤 물러났다.

“저 녀석 맞지? 청룡신협.”

“……그래 보이는군.”

류설이 황당하다는 표정으로 묻자, 의천단주가 무섭게 굳은 표정으로 고개를 끄덕였다.

“지금 우리 애들 훈련 상태를 점검하는 거야? 그러려고 정문을 부순 거야?”

“…….”

신임 무림맹 총사범은, 그들이 상상했던 것 이상으로 미친놈이었다.

“아하…… 아하하하!”

그 모습을 지켜보던 무림맹주 대리가 박장대소를 터트렸다.

309화

쥐를 잡으려면(5)

백수룡이 무림맹 정문을 부수고 들어간 이유.

언뜻 무모하고 무식하기 짝이 없는 행동 같았지만, 여기에는 두 가지 목적이 있었다.

'내가 맹주도 아닌데, 무작정 쳐들어가서 힘으로 해결할 수는 없어. 무림맹이 그렇게 만만한 조직도 아니고.'

하지만 당황하게 할 수는 있다.

정문에서 신원을 밝히고 절차를 밟으면, 일 각도 안 돼서 무림맹 전체에 청룡신협이 방문했다는 사실이 알려질 것이다.

즉, 범인이 충분히 대비할 시간을 주게 된다.

하지만 예고도 없이 갑자기 쳐들어간다면?

'예상치 못한 상황에서는 누구든 실수를 하기 마련이지.'

무림맹에 숨어 있는 쥐새끼가 당황하도록 유도하는 것. 그리하여 실수를 유발하게 하는 것.

그것이 두 가지 목적 중 첫 번째였다.

"정지! 신분을 밝히시오!"

"저 얼굴은……. 서, 설마?"

무림맹 정문을 지키던 위사들은 당당하게 걸어오는 사내를 보고 눈을 동그랗게 떴다.

백수룡이 반갑게 손을 들어 올리며 말했다.

"자랑스러운 무림맹의 형제들. 오늘도 수고가 많다."

바로 오늘 아침 청룡신협의 용모파기가 무림맹 전체에 배부됐고, 정문의 위사들은 누구보다 저 얼굴을 열심히 외웠다.

"청룡신협!"

자신만만하게 웃으며 이쪽으로 걸어오는 청년은 신임 무림맹 총사범, 청룡신협이 틀림없었다.

위사들이 허둥지둥대며 말했다.

"자, 잠시만 기다려 주십시오. 안에 연락을 드릴 테니……."

"괜찮으니 잠깐만 옆으로 비켜 보도록 하겠나?"

"예? 아, 네……."

백수룡은 친근하게 웃으며 위사들에게 잠깐 옆으로 비켜 달라 말했고, 위사들은 얼떨떨해하면서도 상관의 명령이기에 순순히 옆으로 비켜 섰다.

그 직후, 백수룡은 무림맹 정문을 주먹으로 날려 버렸다.

퍼어어엉!!

그래도 나름대로 배려해서, 나중에 고치기 쉽도록 검으로 베지 않고 통째로 뜯어냈다.

무림맹에 그걸 배려라고 생각하는 사람은 이 안에 아무도 없었지만 말이다.

"누구냐!"

"멈춰라!"

"어떤 미친 새끼야!"

성큼성큼 안으로 걸어 들어간 백수룡은 자신을 둘러싼 무인들을 살펴봤다.

백 명에 이르는 무인들이 그를 포위하는 데 걸린 시간은 반의반 각도 되지 않았다.

'반응이 꽤 빠르군.'

무인들의 기도가 하나같이 날카로웠다. 평소에도 훈련이 잘돼 있다는 이야기였다.

'왼쪽이 의천단, 오른쪽에 난잡하게 서 있는 녀석들이 멸사단인가.'

한눈에 알아볼 만큼 두 집단은 특징이 달랐다.

의천단은 평소에도 합격진을 연마한 듯 움직임이 질서정연했고, 반대로 멸사단 쪽은 복장이며 무기며 통일성이라곤 찾아볼 수 없었다.

그렇다고 멸사단이 의천단보다 약해 보이지는 않았다. 한 명 한 명 따지면 오히려 멸사단이 강해 보였다. 그들은 무림맹 소속이라고는 믿을 수 없을 정도로 살기가 짙었다.

'재들은 악인곡, 갱생문 애들이랑 잘 어울리겠는데.'

백수룡은 속으로 생각하며 입을 열었다.

"새로 부임하게 된 총사범 백수룡이다. 놀라게 했다면 미안하군."

지금 이 행동은 어디까지나 신임 총사범의 기선제압, 혹은 성격이 모난 초고수의 기행으로 보여야 했다.

"적의 침입에 대비한 훈련이 나름 잘돼 있는 것 같군. 몇 가지 문제가 있기는 한데…… 앞으로 하나씩 고쳐 나가면 될 거고."

"……."

다들 말은 하지 않았지만, '뭐 이런 미친놈이 다 있지?'라는 황당한 표정으로 백수룡을 바라봤다.

백수룡은 자신을 바라보는 수많은 표정들 중에서 이질적인 표정이 있는지 찾았다.

'필요 이상으로 겁을 먹었다거나, 혹은 분노에 차서 이를 갈고 있다거나.'

동시에 자신을 포위한 무인들의 자세도 유심히 살폈다.

당황하면 스스로도 모르게 가장 익숙한 자세를 취하기 마련이었다.

예를 들면, 무림맹에 잠입하기 전에 익힌 혈교의 무공이라든가.

잠시 후, 백수룡은 결론을 내렸다.

'혈교 무공을 익힌 놈은 없군.'

어차피 큰 기대는 하지 않았다.

여기 모인 무인들 대부분이 일반 무인들이었다.

방주를 중독시킨 범인은 독마의 생사독을 익혔다.

무림맹 안에 범인 혹은 공범이 있다면, 저들 중에서 찾는 것은 급이 맞지 않았다.

적어도 방주에게 접촉할 수준은 되어야 할 테니까.

'진짜는 저기 오는군.'

백수룡이 노리는 대어는 따로 있었다.

격이 다른 두 개의 기가 무서운 속도로 가까워졌다.

"이게 대체 뭐 하는 짓인가!!"

쩌렁쩌렁한 사자후가 터져 나온 직후, 하늘에서 두 사람이 뚝 떨어져 백수룡 앞에 내려섰다.

건장한 체구의 중년인과 흑의무복을 입은 호리호리한 체구의 여인.

바로 의천단주와 멸사단주였다.

"단주님을 뵙습니다!"

의천단의 무인들은 뒤로 물러나며 약식으로나마 예의를 취하는 반면, 멸사단의 무인들은 히죽 웃으며 단주를 반겼다.

"단주!"

"웬 미친놈이 쳐들어왔소!"

두 조직의 분위기가 얼마나 다른지를 보여 주는 장면이었다.

의천단주가 한 걸음 앞으로 나섰다.

"감히 무림맹에 무단으로 침입하다니! 즉결처형해도 할 말이 없는 중죄임을 알고 있으렷다!"

호랑이처럼 눈을 부리부리하게 치켜뜬 의천단주의 몸에서 무시무시한 기파가 터져 나왔다.

그가 디딘 발밑의 땅이 저절로 으스러졌다.

콰지직…….

가공할 내공. 의천단주의 분노에 주변을 포위한 무인들이 표정이 창백해졌다.

그러나 백수룡은 태연하게 그 기세를 받아넘겼다.

"……죄송한데 누구신지?"

백수룡은 의천단주에 대해서 알고 있었지만, 일부러 모르는 척하며 물었다.

예상대로, 의천단주의 표정이 무섭게 일그러졌다.

"본인은 의천단주 진광이다. 청룡신협. 너를 무림맹 무단침입죄로 포박하겠다. 불응할 시에는……."

"침입이라니요?"

백수룡이 의천단주의 말을 잘랐다. 그가 의아한 표정으로 말을 이었다.

"무림맹 총사범이 무림맹에 들어온 것이 어째서 무단침입입니까?"

그 뻰뻰한 질문에 의천단주는 잠시 말문을 잃었다.

"……말장난을 즐긴다더니 사실이었군. 너는 무림맹의 위사들을 위협하고, 정문을 부수고 들이닥쳤다. 이것이 무단침입이 아니란 말인가?"

"밖에 있던 위사들은 스스로 길을 비켜 줬습니다."

"헛소리를!"

"못 믿겠으면 직접 물어보죠."

백수룡은 고개를 돌려 정문을 지키던 위사들을 불렀다.

"이봐. 내가 너희의 신체에 위해를 가하거나 협박을 했나?"

"아, 아닙니다. 저희에게 옆으로 비켜 달라고 하셔서……."

위사들은 눈치를 보면서도 사실대로 말했다.

실제로 그들의 몸에는 위협을 당한 흔적을 찾을 수 없었다.

백수룡은 가슴을 당당히 펴고 말했다.

"들으셨습니까? 저는 위사들을 위협한 적 없습니다."

"……설령 그렇다고 해도 정문을 부순 것은 틀림없는 사실."

"뭐, 그건 저도 인정하겠습니다."

백수룡은 호쾌할 정도로 당당하게 고개를 끄덕였다.

그 얄미운 말투에, 의천단주는 속에서 열불이 치솟는 것을 느꼈다.

"제가 무림맹 정문을 부순 것은 맞습니다. 하지만 다 그럴 만한 이유가 있습니다. 지금부터 설명드릴 테니……."

"이자를 당장 포박해라!"

"거참, 꽉 막힌 양반이네."

백수룡은 다가오는 의천단 소속 무인들을 보며 한숨을 쉬었다. 멸사단 무인들은 단주가 온 이후로 강 건너 불구경하듯 히죽거리고 있었다.

그 순간.

백수룡의 입가에 맺힌 미소가 거짓말처럼 사라졌다.

"경고하지. 더 이상 다가오면 상관모욕죄로 처벌하겠다."

"……!!"

백수룡에게 다가가던 의천단 소속 무인들이 몸을 부르르 떨며 멈춰 섰다.

백수룡이 내뿜은 오싹한 살기에 몸이 저절로 굳은 것이다.

하지만 의천단주는 코웃음을 치며 한 걸음 더 가까이 다가왔다.

"상관모욕죄라고?"

"……."

이제는 손을 뻗으면 닿을 만큼 가까운 거리.

둘 사이의 긴장감이 점점 높아졌다.

의천단주가 경멸을 담은 시선으로 백수룡을 바라봤다.

"청룡신협. 너는 무림맹의 그 누구에게도 상관이라고 자처할 자격이 없다. 망신을 당하기 전에 순순히 포박에 응하는 것이 좋을 것이야."

"흐음. 아까부터 꼬박꼬박 존대를 해 주니 뭔가 착각을 하는 모양인데."

피식.

백수룡은 자신을 못 잡아먹어 안달인 의천단주를 바라보며 한쪽 입꼬리를 말아 올렸다.

"총사범은 단주와 동급의 지위야. 그런데 당신이 무슨 자격으로 날 포박한다는 거지?"

"감히……."

의천단주의 표정이 무섭게 일그러졌다.

맹주의 총애를 얻어 총사범 자리를 얻은 주제에, 감히 누구와 동등하다고 주장하는 것인가.

뿌드득……. 의천단주가 이를 갈며 백수룡을 노려봤다.

"가만히 듣자 하니 같잖은 소리를 하는구나. 내가 언제까지 네 궤변을 들어 줄 것 같은가?"

의천단주의 무복이 부풀어 오르며 미친 듯이 펄럭이기 시작했다.

뿐만 아니라 그가 디딘 발밑에 실금이 가기 시작했다.

쩌저적……!

경악스러울 만큼 무시무시한 공력.

하지만 그 모습을 바라보는 백수룡의 눈은 차분하게 가라앉았다.

'왜 이렇게까지 화를 내지?'

상대의 반응을 떠보기 위해, 일부러 약을 올리고 도발한 것은 사실이었다.

하지만 의천단주는 필요 이상으로 백수룡을 경계하고 있었다.

이 정도면 싫어하는 수준을 넘어, 증오에 가까워 보였다.

마치 한시라도 빨리 뇌옥에 가둬 버리고 싶어 하는 것 같았다.

'설마 이자가?'

의천단주 진광.

소림의 속가 제자 출신이자, 천하십대상단 중 하나인 천하상단 출신.

공공연하게 다음 대 맹주를 노릴 만큼 권력욕이 많은 인물이라고, 개방에서 보여 준 인명록에서 읽었다.

진광이 스산한 목소리로 말했다.

"내, 후배에게 충고 하나 하지. 젊은 나이에 분에 넘치는 명성을 얻었다고 오만하게 굴다가는 단명을 면치 못할 것이야. 부디 겸손을 배우도록 하게."

누가 봐도 충고가 아니라 빈정거림이었다.

당연히 그 말을 못 알아들을 백수룡이 아니었다.

"겸손이라……."

저런 도발에 별로 화가 나지는 않았다.

하지만 이런 생각이 들었다.

만약 의천단주가 혈교의 무공을 조금이라도 익혔다면?

직접 싸워 보는 것만큼 확실하게 알 수 있는 방법도 없다.

'쥐새끼가 맞다면 여기서 증거를 밝혀 잡아 죽이고, 아니면 뭐…… 아닌 거지.'

우득. 우드득. 백수룡은 목을 좌우로 꺾으며 웃었다.

"의천단주께서 나한테 겸손을 가르쳐 주고 싶어 하는 것 같은데?"

"자네가 원한다면 기꺼이."

피식 웃은 백수룡은 창룡검의 검파에 손을 올렸다.

긴장감이 터질 듯 팽배해졌다.

"괜찮겠어? 가르치는 건 내가 그쪽보다 전문인데?"

"모두 뒤로 물러나라!"

무인들이 뒤로 물러나고 두 사람을 위한 공간이 만들어졌다.

두 초고수가 본격적으로 내공을 끌어올리자, 그들의 발밑에서 시작된 돌개바람이 두 사람을 휘감으며 하늘로 솟구쳤다.

콰콰콰콰콰!

무색의 충격파가 사방으로 번지며 대기를 일그러뜨렸다. 보이지 않은 공력의 충돌. 아직 본격적인 싸움은 시작도 않았지만, 초고수들이 내뿜는 기파는 이미 서로를 물어뜯으며 싸우고 있었다.

"크윽……."

"허억……."

내공이 약한 무인들은 창백하게 질렸다. 주춤거리며 뒤로 물러나거나, 일부는 코피를 흘렸다.

백수룡과 진광은 말없이 서로의 실력을 가늠했다.

'쉽지 않겠는걸.'

'저 나이대에 가능한 경지란 말인가!'

백수룡은 검파를 꽉 쥐었고, 의천단주는 주먹을 단단히 말아쥐었다. 따로 기수식은 취하지 않았다. 괜한 움직임은 상대에게 다음 동작을 추측하게 할 뿐이었다.

"……."

"……."

언제 화약이 터져도 이상하지 않은 일촉즉발의 상황.

"아하하하! 이거 완전히 꼴통이잖아! 어디까지 하나 보려고 지켜봤더니, 진심으로 의천단주랑 붙으려고 들어?"

분위기에 어울리지 않는 명랑한 목소리.

어느새 두 사람 사이에 나타난 멸사단주가 배를 잡고 웃고 있었다.

어찌나 즐겁게 웃는지, 그녀의 하나뿐인 눈에 눈물이 그렁그렁했다.

그러나 그녀는 곧 아쉬운 얼굴로 한숨을 쉬었다.

"하아. 나도 둘이 싸우는 거 진심으로 보고 싶거든? 진짜 보고 싶은데……."

멸사단주 류설의 시선이 부서진 무림맹의 정문 밖으로 향했다.

웅성웅성.

적지 않은 인파가 문밖에서 기웃거리며 이쪽을 염탐하고 있었다.

만약 이 소란이 커져서 밖으로 새어나간다면, 무림맹의 위신은 땅에 떨어질 것이다.

"이 싸움을 말리지 않으면, 맹주 그 늙은이가 내 대가리를 깨려고 할 거야."

류설은 이 싸움을 보지 못하는 것이 진심으로 아쉬웠다.

하지만 나중에 돌아온 맹주에게 대가리가 깨지기는 싫었으므로, 그녀는 맹주 대리의 책무를 다했다.

"의천단주. 그만하고 물러나. 총사범 얘기는 내가 직접 들어 보고 처벌을 결정할 테니까."

그 말에 의천단주가 발끈했다.

"더 이상 무슨 이야기를 듣는단 말인가. 저 오만방자한 녀석을 당장 포박해서 뇌옥에 가둬야 하네!"

"내가 알아서 한다고 했잖아. 이 이상 짜증 나게 하면 월권으로 판단하겠어."

"뭐라? 월권?"

의천단주는 버럭 화를 내려다가, 멸사단주의 하나뿐인 눈동자에 살기가 일렁이는 것을 보고 입을 다물었다.

"지금 맹주 대리가 누구지? 이렇게 공식적인 자리에서 내 말을 무시하는 게 월권이 아니면 뭐야?"

"그건……."

의천단주는 순간 말문이 막혔다.

멸사단주는 부재한 무림맹주의 권위를 대신하고 있었다.

즉, 멸사단주의 지시를 따르지 않는 것은 월권이자 맹주의 권위에 대한 도전이었다.

"맹주 영감이 이 일을 알면, 돌아와서 당신 대가리부터 깨려고 할걸? 감당할 수 있겠어?"

"……."

의천단주는 주먹을 꽉 쥐었다.

그는 눈앞의 멸사단주도, 청룡신협도 두렵지 않았다.

하지만 야율황은 두렵다.

소림의 권위도, 천하상단의 재력도 권왕의 주먹을 막아 주지는 못하기 때문이다.

'빌어먹을…….'

결국 의천단주는 이를 악물며 뒤로 물러날 수밖에 없었다.

"……처벌은 확실하게 해야 하네."

"물론. 내가 맹주 대리로서 최선을 다하고 있는 거 알잖아?"

"일은 제가 다 하……."

"조용히 해. 너도 월권할래?"

뒤쪽에 있던 모용준이 분에 겨운 듯 입을 다물었다. 어느새 단주를 따라온 그였다.

'건방진 년!'

의천단주는 류설을 한번 쏘아본 후 몸을 홱 돌려 자리를 떠났다. 류설은 그 모습을 잠시 지켜보다가 고개를 돌려 백수룡을 바라봤다.

방금 전까지 살기가 가득하던 그녀의 눈이 초롱초롱하게 변했다.

"방금 들었겠지만, 나는 맹주 대리야. 그러니까 의천단주와 다르게 얼마든지 널 처벌할 수 있단다. 잘생긴 신임 총사범 동생."

류설은 마치 재밌는 장난감을 발견한 아이처럼 즐거워 보였다.

그녀는 자신의 허리춤에 매달린 두 자루 쌍도를 툭툭 두드리며 웃었다.

"얌전히 따라올래? 아니면 나랑 한판 붙을래?"

"……."

말만 들으면 의천단주 대신에 자기가 싸워 보고 싶어서 나선 게 아닐까 의심스러웠다.

'이쯤 해야겠군.'

백수룡은 검을 집어넣었다.

의천단주와 싸우는 건 어느 정도 명분이 있었지만, 맹주 대리인 멸사단주와 싸우는 건 정말 미친 짓밖에 되지 않는다.

"얌전히 따라가겠습니다."

"……뭐야. 이러면 하나도 재미없는데?"

"같은 단주도 아니고, 맹주 대리한테 덤빌 생각은 없습니다. 저도 상식이 있는 사람이거든요."

"딱히 그래 보이진 않지만……. 알았어. 일단 맹주실로 가자."

류설이 먼저 몸을 돌리고, 백수룡은 그녀를 뒤따랐다.

'자세히 보니 확실하군.'

백수룡은 류설의 뒷모습을 바라보며, 그녀에게서 느껴지는 위화감의 정체를 깨달았다.

'멸사단주는 마공을 익혔다.'

이건 개방에서 본 무림맹 인명록에도 적혀 있지 않던 정보였다.

"……."

의천단주와 멸사단주.

현재로선 둘 다 수상하기 짝이 없었다.

310화

신원보증인?

무림맹주 집무실.

자리에 앉자마자 추궁을 당할 것이란 백수룡의 예상과 달리, 맞은편의 멸사단주는 느긋한 표정이었다.

"차라도 한 잔 줄까? 아니면 술?"

"차 마시겠습니다."

고개를 끄덕인 류설은 뒤따라 들어온 모용준을 바라봤다.

"들었지? 접객당에 가서 술 좀 받아 와."

"제가 방금 차라고……."

"이왕이면 비싼 거로."

백수룡의 말은 깨끗이 무시당했다.

멸사단주 류설은 무림맹에서 알아주는 주당이었다. 그녀는 업무를 핑계 삼아 대낮부터 한잔할 생각에 입맛을 다셨다.

"맹주 영감이 귀한 손님 왔을 때만 꺼내는 거 있잖아. 삼백 년 묵은 하수오로 담근 거. 꼭 그걸로 달라고 해."

"……나중에 맹주님이 돌아오셔서 확인해 보실 텐데요?"

모용준은 놀랍지도 않다는 얼굴로 한숨을 쉬었다.

둘만 있을 때는 이 새끼 저 새끼 하는 사이였지만, 지금은 손님이 있기에 류설에게 존대를 했다.

"누가 나 혼자 마신대? 손님이 왔잖아. 이건 접대라고. 맹주 대리 업무의 연장."

"그딴 궤변을 늘어놓기엔, 총사범은 무림맹 소속입니다만……."

"그럼 신임 총사범 축하주로 하자."

"무림맹 정문을 부숴서 잡혀 온 사람한테 축하주는 조금……."

쾅!

탁자를 내리친 류설이 하나뿐인 눈으로 부단주를 죽일 듯 노려봤다.

"자꾸 쫑알거릴래? 나보고 이 천금 같은 기회를 날리라고?"

"……알겠습니다."

결국 모용준은 술을 가지러 밖으로 나갔다. 백수룡은 그가 "아오. 저 주정뱅이 X."이라고 욕하는 것을 들었지만, 류설은 아무것도 못 들은 것처럼 생긋 웃었다.

백수룡을 바라보는 그녀의 눈이 개구쟁이처럼 빛났다.

"접객당에 맹주 영감이 꿍쳐 둔 귀한 술이 있거든. 이럴 때 아니면 언제 마셔 보겠어?"

"그럼 처음부터 그냥 술을 시키지, 저한테는 왜 물어본 겁니까?"

"난 동생이 풍류공자처럼 생겨서 술을 좋아하는 줄 알았지."

"참나……."

그때, 류설이 백수룡을 향해 몸을 기울이며 목소리를 낮췄다.

"있잖아, 나중에 맹주 영감이 물어보면 동생이 술을 먹겠다고 한 거로 하자. 그럼 나도 오늘 네가 사고 친 거 조금은 참작해 줄 테니까. 내 말 무슨 뜻인지 알지?"

그렇게 말하곤, 류설은 이 얘기는 둘만의 비밀이라며 하나밖에 없는 눈을 찡긋했다.

'괴짜로군.'

특출난 고수들 중에 괴짜가 아닌 사람을 찾기가 더 힘들다지만, 멸사단주는 규율을 중시하는 무림맹에는 특히 어울리지 않는 성격으로 보였다.

그리고 이렇게 가까이에서 마주하니, 백수룡은 더욱 선명하게 느낄 수 있었다.

'확실히 마공을 익혔어.'

아주 희미하지만, 백수룡은 멸사단주에게서 불길하고 끈적끈적한 기운을 느꼈다.

'어떤 마공인지는 모르겠지만…….'

멸사단주에게 느껴지는 마공의 기운은 아주 희미했다.

전생에 수많은 마공을 섭렵한 백수룡도 이렇게 가까이서 마주하지 않았다면, 그리고 역천신공을 익히지 않았다면 눈치채기 힘들었을 것이다.

즉, 마음먹고 숨기면 오단의 단주들도 속일 수 있었다는 뜻.

이 사실만으로도 멸사단주는 유력한 용의자였다.

'하지만……. 맹주를 속일 수 있을까?'

백수룡은 단순히 감만으로 자신과 혈교의 관계를 의심하던 맹주를 떠올렸다.

'하루 이틀이라면 모를까. 십 년이 넘도록 속이는 건 불가능해.'

백수룡이 가까이에서 관찰하는 만큼, 류설도 하나뿐인 눈으로 백수룡을 들여다보고 있었다.

그녀가 하얀 이를 드러내며 웃었다.

"뭘 그렇게 빤히 봐? 아직 술 한 잔도 안 했는데, 벌써 내 미모에 취했니?"

단순한 농담에 불과했지만, 실제로도 멸사단주 류설은 아름다웠다.

왼쪽 눈을 가린 안대마저도 이색적인 매력으로 느껴질 정도였다.

하지만 백수룡은 그녀에게서 이성으로서의 호감을 느끼지 못했다.

오히려 굉장히 위험한 짐승처럼 느껴졌다.

'장난기 가득한 이 모습이 과연 진짜일까, 아니면…….'

백수룡은 그녀의 말투, 행동, 지금까지 나눈 대화 내용을 모두 머릿속에서 다시금 떠올렸다.

아직 아무것도 확신할 수 없다.

하지만 분명하게 알 수 있는 것은, 멸사단주 류설은 지금 백수룡이 어떤 인간인지 가늠하고 있다는 사실이었다.

"그럴 리가요."

그렇기에 백수룡도 속내를 드러내지 않으며 가식적으로 웃었다.

대답이 못마땅한지 류설의 표정이 일그러졌다.

"그 대답은 뭐야. 내 외모가 별로라는 얘긴가?"

"나쁘진 않은데. 제 취향은 아닙니다."

"후배 주제에 되바라진 것 봐라? 너 사회생활 그렇게 하면 앞으로 힘들어진다?"

"선배도 딱히 사회생활을 잘했을 것 같진 않은데요?"

피식.

"너, 재밌다."

피식.

"그런 말, 종종 듣습니다."

두 사람은 닮은 미소로 서로를 바라보며 웃었다.

백수룡은 의천단주와 대치하던 순간보다, 멸사단주와 편하게 마주 앉은 지금 이 순간에 훨씬 더 큰 긴장감을 느꼈다.

"멸사단주님."

"그냥 선배라고 불러."

“선배. 뭐 하나만 물어봐도 됩니까?”

류설은 의자에 몸을 편하게 기대며 고개를 끄덕였다.

“좋아. 술이 올 때까진 사담이나 나누지. 밖에서 있었던 일을 추궁하는 건, 어차피 부단주한테 시킬 생각이었거든.”

본인에게 허락도 받았겠다. 백수룡은 과감하게 선수를 쳤다.

“마공은 어쩌다 익혔습니까?”

“……!!”

류설은 소스라치며 자리에서 벌떡 일어났지만, 갑자기 백수룡을 공격하거나 살기를 드러내지는 않았다.

그 반응에 백수룡은 확신했다.

‘역시. 맹주는 알고 있었군.’

다른 사람이라면 모를까.

혈교를 그토록 증오하는 맹주가 사파의 무공을 못 알아볼 리 없었다.

즉, 멸사단주는 맹주의 용인하에 마공을 익혔다는 말인데……. 그것도 이상하긴 마찬가지였다.

류설이 멍한 표정으로 물었다.

“……설마 맹주 영감이 나에 대해서 말했어?”

“아니요. 그냥 제 기감이 남들보다 예민한 편입니다.”

“말도 안 돼. 소림 무공을 익혔다는 의천단주도 지금까지 못 알아봤는데…….”

백수룡은 개방의 인명록에 적혀 있던 멸사단주 류설에 대한 정보를 떠올렸다.

멸사단주 류설.

약 이십 년 전, 변방에서 패악을 부리던 사파의 마라(魔羅)문을 멸문시키고 구해 낸 아이.

당시 함께 구출한 아이들은 모두 부모를 찾아 주었으나, 류설과 일부

아이들은 마라문에 의해 부모가 살해당해서 오갈 데가 없어진 상황이었다.

맹주는 그 아이들을 모두 무림맹으로 데려와 입맹시켰다.

류설은 그중에서도 군계일학의 재능을 발휘했다.

무공을 익힌 지 고작 삼 년 만에 멸사단 소속이 되었고, 십 년 후에는 멸사단주가 되었다.

'하지만 어디에도 멸사단주가 마공을 익혔다는 말은 없었어.'

엄청난 비밀을 들켰는데도 불구하고, 류설은 잠시 허탈한 표정을 짓더니, 이내 피식피식 웃기 시작했다.

"맞아. 난 마공을 익혔어. 그것도 아주 지독하고 무시무시한 마공을 익혔지."

마침 방으로 돌아온 모용준이 그 말을 들었다.

"류설!"

문을 부술 듯이 열고 들어온 모용준의 표정은 무섭게 일그러져 있었다. 그를 본 류설이 어깨를 으쓱했다.

"화내지 마. 이 녀석이 먼저 눈치챘다고."

"……정말입니까?"

백수룡이 고개를 끄덕이자, 모용준은 길게 한숨을 내쉬었다. 그가 백수룡에게 애원 조로 말했다.

"이 사실은 맹주님과 저 외에는 아무도 모르는 비밀입니다. 만약 알려지면……."

"나는 물론이고 맹주 영감까지 아주 많이 곤란해질걸?"

"멍청아! 남의 일처럼 말하지 마!"

"들킨 건 난데 왜 네가 더 지랄이야?"

류설은 모용준이 가져온 술을 병째로 들고 꿀꺽꿀꺽 마셨다. 해탈한 것 같기도 했다.

그 대신 모용준이 백수룡의 눈치를 보며 조심스럽게 물었다.

"……총사범님. 멸사단이 무림맹에서 어떤 위치인지는 알고 계십니까?"

"어느 정도는."

멸사단은 무림맹 내에서도 천덕꾸러기 집단이었다.

출신부터 그랬다.

멸사단에는 중소문파, 낭인, 심지어 전직 사파였다가 투항한 무인들도 뒤섞여 있었다.

하지만 단주가 마공을 익힌 것은 차원이 다른 문제였다.

'맹주가 이 사실을 알고도 묵과한 게 알려진다면, 무림맹주 자리도 위험하겠군.'

백수룡은 본의 아니게 맹주의 약점을 하나 알게 된 셈이었다.

하지만 궁금증이 다 해결된 것은 아니었다.

"어떻게 할지는 더 들어 보고 결정하겠습니다. 멸사단주. 왜 마공을 익힌 겁니까?"

한순간에 심문을 하는 사람과 받는 사람의 입장이 바뀌었다.

"이게 뭔……."

류설은 황당함에 머리를 긁적이다가 이내 한숨을 푹 내쉬었다.

"간단히 말하면, 마라문주가 친부였어."

"……."

"이십 년 전에 맹주가 내 친부를 죽였고, 그 과정에서 내 한쪽 눈도 이렇게 됐지."

류설은 왼쪽 눈의 안대를 손가락으로 만지작거렸다. 그러곤, 술병으로 입술을 축이면서 말을 이었다.

"맹주 영감이 나보고 선택하라고 하더라고. 여기서 아비랑 같이 죽든가, 아니면 자신을 따라 무림맹에 가든가. 별 수 있어? 살려면 시키는 대로 해야지."

그 이야기를 들은 백수룡의 감상은 간단했다.

'둘 다 미쳤군.'

자기가 죽인 악인의 딸을 무림맹으로 데려온 맹주나, 친부를 죽인 원수를 따라온 류설이나. 둘 다 정상은 아니었다.

"마공을 폐기할 수는 없었습니까?"

"이미 몸 안에 자리 잡은 후였어. 없애려면 단전을 박살 내야 하는데, 그럴 바엔 차라리 죽는 게 나아. 어쩔 수 없이 다른 무공과 함께 조심조심 꾸준히 연마했지. 아, 후배가 생각하는 그런 마공은 아니야. 사람 피를 마시거나 생살을 뜯진 않거든."

옆에서 조마조마한 표정으로 듣고 있던 모용준이 단주의 머리를 쥐어박았다.

"넌 이 상황에서 그걸 농담이라고 하냐?"

"그럼 잘못했다고 싹싹 빌까?"

류설은 코웃음을 치더니, 백수룡을 향해 눈을 찡긋해 보였다.

"이렇게까지 말했는데. 비밀 지켜 줄 거지?"

"……일단은 알겠습니다."

백수룡은 마지 못해 고개를 끄덕였다.

하지만 멸사단주에 대한 의심이 완전히 사라진 것은 아니었다.

그녀에게 맹주에 대한 오래된 증오가 마음속 깊이 남아 있다면?

'무림맹을 배신할 동기는 차고 넘쳐.'

멸사단주가 익힌 마공에 대한 의문은 해결됐다. 하지만 이건 혈교와 관련된 증거는 아니었다.

결국 유력한 용의자인 것은 변함이 없었다.

"주절주절 내 얘기만 했네. 이제 후배 얘기도 좀 해 봐."

술병을 내려놓은 류설이 자세를 바로 하고 앉으며 물었다.

"대체 출근 첫날부터 거하게 일을 저지른 이유가 뭐야? 정문은 왜 부쉈어?"

무림맹에 숨어 있는 혈교의 쥐새끼를 찾기 위해서라고 솔직하게 말할 수는 없는 노릇이었다.

백수룡은 미리 생각해 둔 이유를 말했다.

"오랜 평화에 익숙해진 무림맹에 경각심을 일깨우기 위해서였습니다. 겸사겸사 무인들의 훈련 상태를 파악하고, 문제점을 파악하기 위해서였죠.

"문제점?"

"문제가 꽤 많더군요."

류설이 표정을 찌푸려졌다. 모용준도 인정할 수 없다는 듯 눈썹을 꿈틀거렸다.

"뭐가 문제였는데? 난 우리 애들 대처가 꽤 좋았다고 생각하는데?"

류설은 멸사단을 엄격하게 훈련시키기로 유명했다.

그건 의천단을 비롯한 다른 오단도 마찬가지였다.

서로 경쟁하듯 훈련한 덕분에, 지금의 무림맹은 최강의 힘을 보유하고 있다고 해도 과언이 아니었다.

그런데 문제가 있다고?

"대응이 빠르긴 했지만, 우르르 몰려오는 모습이 좋지만은 않았습니다. 그곳에 독이라도 살포했다면, 그대로 수십 명은 중독됐을걸요."

백수룡은 일부러 '독'이라는 말을 사용했다.

그러나 그가 기대했던 반응은 돌아오지 않았다.

오히려 류설은 고개를 주억거리며 생각에 잠겼다.

"독이라……. 하긴, 그럴 수도 있었겠네."

"뿐만 아니라, 의천단과 멸사단이 완전히 따로 놀았습니다."

"그야 우린 공동훈련을 안 하니까."

"총사범이 해야 할 일이 많겠군요."

백수룡의 낮은 한숨에, 류설이 킥킥 웃었다.

"어쨌든 의도는 좋았다고 해도, 네 행동은 분명한 잘못이야. 미안하지만 이대로 그냥 넘어갈 수는 없어. 그러니까……. 얘 어떻게 해야 돼?"

류설이 돌아보며 묻자, 모용준이 한숨을 푹 내쉬었다.

"일단 좀 알아보긴 했는데……."

모용준은 백수룡의 눈치를 봤다.

류설의 비밀을 들킨 이상, 대하기가 전보다 더 조심스러울 수밖에 없었던 것이다.

하지만 언제까지 말하지 않을 수는 없었다.

"……단주급 이상의 지위를 가진 자가 문제를 일으킨 경우, 정식으로 징벌위원회를 소집해 그 처벌을 결정합니다."

"그렇다는데?"

징벌위원회가 열리면 출석이 가능한 무림맹 간부들이 모두 소집되는데, 적어도 사나흘은 소요된다.

"사나흘? 그 전까지는 어쩌고?"

"원칙적으로는 숙소에 억류해 못 나오게 해야 하는데……."

과연 가능할까?

모용준은 회의적인 입장이었고, 류설도 거기에 동의했다.

그런데 그때, 백수룡이 기다렸다는 듯 말했다.

"신원보증인이 있으면, 신체 일부를 구속한다는 조건 하에 자유롭게 돌아다닐 수 있다는 조항이 있습니다."

"……신원보증인? 그런 건 또 어떻게 알아?"

어떻게 알긴.

무림맹 정문을 부수기 전부터 미리 다 알아봤으니까 알지.

백수룡은 어깨를 으쓱하며 말했다.

"오기 전에 공부 좀 했습니다."

"신원보증인이라……. 동생한테 신원을 보증해 줄 사람이 있을까?"

웬만한 신분으로는 안 된다.

청룡신협이 도망갔을 때 책임질 수 있는 사람이어야, 지금쯤 자기 집무실에서 이를 갈고 있을 의천단주도 납득할 것이다.

류설의 머릿속에는 마땅히 떠오르는 사람이 없었다.

'내가 해 줄 수도 없는 노릇이고…….'

류설은 굳이 이런 고민할 필요가 없었다.

백수룡에겐 이미 점찍어 둔 사람이 있었으니까.

"남궁세가의 직계 정도면 어떻습니까?"

"……남궁세가?"

"뇌룡신검이라고. 가주의 셋째 아들이고, 최근 명성이 치솟고 있는 녀석인데. 마침 가까운 곳에 있거든요."

백수룡이 무림맹 정문을 부수고 들어온 두 번째 이유.

바로 유능한 조수를 무림맹으로 불러들이기 위해서였다.

그 시각, 남궁수는 알 수 없는 오한에 몸을 떨었다.

311화

대어가 낚이길

"백수룡……. 너란 놈은 대체……. 어디까지……."

남궁수는 말문이 막히는지 중간중간 심호흡을 했다. 피가 안 통할 정도로 꽉 움켜쥔 주먹이 부들부들 떨리고 있었다.

도시 한복판에서 백수룡과 헤어진 후, 남궁수는 제갈세가에 도착하기 전까지 수많은 도전자들을 물리쳐야만 했다.

—뇌룡신검! 비무를 신청하오!

—어디 청룡신협이 인정한 실력 한번 봅시다!

—노부가 자네의 무공을 견식하고자 하는데.

중재에 나서야 할 제갈세가주는 오히려 판을 깔았다.

그도 '뇌룡신검'이라 불리는 남궁수의 실력이 궁금하기는 마찬가지였던 것이다.

—자자! 줄을 서시오! 딱 열 명하고만 비무를 하겠소! 양심껏 절정고수

이하는 뒤로 빠지시고!

—제갈가주님?

—허면 이 상황에서 도망치듯 내뺄 생각인가? 그랬다간 자네는 물론이고 가문의 명예에도 누가 될 걸세.

—…….

결국 엄선된 열 명의 도전자들을 모두 물리치고 나서야, 남궁수는 제갈세가에 도착해 겨우 쉴 수 있었다.

하지만 그건 시작에 불과했다.

비무에서 십 연승을 한 뇌룡신검의 실력과 신비로운 외모에 대한 소문은 밤새 더욱 부풀었고,

—뇌룡신검은 나오시오!

—밤새 기다렸소이다!

—내 도전을 받아 주시오!

—당신을 사모해요!

아침부터 제갈세가 앞은 남궁수에게 도전하러 온 호승심 넘치는 무인들, 그리고 구경하러 온 이들로 장사진을 이뤘다.

제갈세가여서 그 정도였지, 웬만한 문파나 가문이었으면 새벽부터 시끄러웠을 것이다.

'백수룡. 이 개…….'

남궁수가 이를 까드득 갈고 있을 때였다.

제갈세가의 앞에 자리 잡은 수많은 인파를 헤치고, 무림맹의 전령이 도착했다.

—무림맹이 무슨 일로?

—여기선 말씀드리기 어렵습니다. 청룡신협과 관련된 일이라…….

무림맹에서 갑자기 백수룡 때문에 연락이 왔을 때만 해도, 놀라긴 했지만 그럴 수 했다고 생각했다.

녀석이 무림맹 총사범이라는 것은 알고 있었으니까.

그런데 뭐?

"무림맹 정문을 부숴?"

"……."

"징계위원회가 열릴 때까지 신원보증인이 필요해?"

"……."

"그 신원보증인으로 나를 지목했다고? 사람들 앞에서 그런 짓을 하고 도망친 주제에?"

"하하……."

파직, 파지직.

걸어오는 남궁수의 몸에서 새하얀 전류가 튀었다. 백수룡은 어색하게 웃으며 손을 들어 보였다.

"오랜만……은 아니구나. 근데 이상하게 오랜만인 것처럼 반갑네? 그치?"

그 뻔뻔한 대답을 듣는 순간, 남궁수는 더 이상 참지 못했다.

"오랜만은 무슨. 얼마나 지났다고 또 사고를 친 거냐!"

"다 사정이 있다고! 자세한 설명은 나중에 따로 해 줄 테니까, 그 뇌강은 좀 치워 주지 않겠어?"

"제대로 된 설명이 아니면 각오해야 할 거다……."

"내가 호랑이 새끼를 키웠지. 호랑이 새끼를 키웠어."

그때, 두 사람 사이로 류설이 끼어들었다.

"잘생긴 동생들. 회포는 나중에 풀고. 잠깐 나한테 집중 좀 해 줄래?"

두 사람의 시선이 동시에 류설에게로 향했다. 순간 류설은 움찔했다.

'청룡학관은 강사를 얼굴로 뽑나?'

오래 보고 있으면 심마에 들 것 같은 얼굴이 둘이나 있다니. 수양이 조금만 낮았어도 맹주 대리로서 체통을 지키지 못하고 입꼬리가 멋대로 움직일 뻔했다.

큼큼. 헛기침을 한 류설이 눈에 힘을 주며 남궁수를 바라봤다.

"설명은 오면서 들었겠지? 총사범이 사고를 쳐서 신원보증인이 필요해."

"들었습니다."

남궁수는 고개를 끄덕였다. 류설은 모용준을 돌아봤다. 나머지 설명은 네가 하라는 의미였다.

"규정대로라면 징벌위원회가 열릴 때까지 총사범님을 숙소에 억류해야 하지만, 신원보증인이 붙어서 감시한다면 신병을 구속하지 않아도 됩니다."

류설이 말을 받았다.

"단, 혹시 모를 불상사에 대비해서 여기 있는 수갑을 차야 해."

류설이 짙은 묵빛이 흐르는 수갑을 손가락에 걸고 빙글빙글 돌렸다. 그러곤 씩 웃으며 백수룡을 바라봤다.

"이건 현철로 만든 수갑이야. 아무리 동생이라도 끊어 내려면 고생 좀 할걸. 혹시라도 그럴 기미가 느껴지면 즉시 맹의 고수들이 나설 거니까 조심해."

"……알겠습니다."

백수룡은 한숨을 푹 내쉬며 마지 못해 두 팔을 앞으로 내밀었다. 하지만 그 속내는 달랐다.

'슬슬 미끼를 던져 볼까.'

지금쯤 개방 방주를 공격한 범인 혹은 공범은, 갑자기 무림맹에 나타난 백수룡 때문에 신경이 매우 예민해졌을 것이다.

백수룡이 무슨 목적으로 왔는지, 뭘 얼마나 알고 있는지 전혀 모르기 때문이다.

'내가 개방에 들렀다 온 사실은 놈들도 알고 있어. 일부러 흔적을 남겼으니까.'

놈들 입장에서 백수룡은 그야말로 입안의 가시 같은 존재.

더구나 십존으로 이름이 오르내릴 정도의 고수라서 섣불리 건드릴 수도 없었다.

하지만 그가 손목에 현철로 만든 수갑을 찬 상황이라면?

'어떤 식으로든 반응이 있겠지.'

예를 들면,

"이의 있네."

싸늘하게 울려 퍼지는 목소리의 주인은 의천단주였다.

입회인의 자격으로 자리에 참석한 그는, 못마땅한 표정으로 모두를 둘러봤다.

"여기 있는 두 사람은 같은 학관 출신이지. 진심으로 제대로 된 감시가 될 거라고 생각하는 건가?"

"그건……."

류설이 뭐라고 입을 열기도 전에, 남궁수가 정색을 하고 나섰다.

"물론입니다."

단호한 말투와 이어진 행동.

휘익!

남궁수는 류설의 손에서 수갑을 낚아채듯이 가져갔다. 그리고 백수룡의 양팔을 등 뒤로 모아서 수갑을 채웠다.

철컥!

일말의 자비도 없는 그의 손속에, 모용준이 당황한 표정으로 말했다.

"그, 팔을 앞쪽으로 해서 수갑을 채우는 것이 일반적입니다만……."

"야! 뒤로 묶으면 밥은 어떻게 먹으라고?"

남궁수는 모용준의 말과 백수룡의 항의를 가볍게 무시했다.

그리고 형형한 눈빛으로 의천단주를 바라봤다.

"제 명예를 걸고, 징벌위원회가 열릴 때까지 백수룡이 도망치지 못하도록 철저하게 감시할 것을 약속드립니다."

"……."

찔러도 피 한 방울 안 흘러나올 것 같은 표정과 냉기가 묻어나는 싸늘한 목소리.

하지만 의천단주는 여전히 납득하지 못한 표정이었다.

"만약 청룡신협이 도주한다면?"

"남궁세가의 명예를 걸고, 지옥 끝까지라도 쫓아가서 잡아 오겠습니다."

"……."

남궁세가의 명예까지 건 이상, 의천단주도 계속 반대만 하기는 힘들었다.

"……좋네. 양보해서 자네를 신원보증인으로 두는 것은 인정하지."

"뭘 더 어쩌려고?"

류설이 눈살을 찌푸리며 물었다. 그녀는 살짝 짜증이 난 것처럼 보였지만, 의천단주는 개의치 않았다.

"징벌위원회가 열리기 전까지, 청룡신협이 내공을 쓰지 못하도록 산공독을 먹이는 것이 적절하다고 보는데."

"미친……. 의천단주 당신 제정신이야?"

무인의 내공을 금제한다는 것.

과장을 좀 보태면, 손발을 묶고 눈을 가리는 것보다 더 심한 처사였다.

게다가 많은 내공을 가진 고수일수록 내공의 금제는 치명적인 법.

'청룡신협 정도의 고수라면, 내공을 잃었을 때 생기는 무기력이 어마어마할 텐데.'

그리고 만약 무림맹 내에 청룡신협에게 원한을 가진 자가 있다면 어쩔 것인가?

"그건 좀……."

"불가합니다."

모용준이 절레절레 고개를 저었고, 남궁수도 단호히 거절했다. 류설은 폭발하기 일보직전처럼 보였다.

"좋아."

그런데 정작 당사자인 백수룡은 흔쾌히 고개를 끄덕였다. 스스로 산공독을 먹겠다고 한 것이다.

"백수룡! 너 대체 무슨 생각으로……."

백수룡은 화난 표정으로 자신을 노려보는 남궁수에게 씩 웃어 주었다.

"뇌룡신검이 계속 옆에 있을 텐데. 뭐가 걱정이야?"

"……날 감시가 아니라 호위로 써먹겠다는 거냐?"

"겸사겸사."

몸을 돌린 백수룡은 의천단주를 향해 가까이 다가갔다. 한순간 그의 눈이 서늘하게 빛났다.

"그 대신, 징벌위원회가 열릴 때까지 내가 뭘 하든 그쪽은 신경 꺼. 오늘처럼 이래라저래라 내 앞에서 쫑알대지 말고 꺼지란 말이야. 알겠어?"

"건방진……."

백수룡이 정말로 산공독을 먹겠다고 할 거라곤 생각 못 했는지, 아니면 다른 꿍꿍이가 있는 건지, 의천단주의 대답이 잠시 늦었다.

"……좋다. 그 정도야 어렵지 않지."

의천단주는 품에서 종이에 쌓인 환을 꺼냈다.

“무림맹에서 제조한 고수용 산공독이다. 해약이 없으면 어떠한 고수라도 닷새는 내공을 제대로 쓸 수 없는 몸이 되지.”

“아주 작정하고 왔잖아?”

의천단주는 옆에서 들려오는 류설의 빈정거림을 무시하고 백수룡을 빤히 바라봤다.

그의 입가에 싸늘한 조소가 맺혔다.

“지금이라도 없던 일로 할 텐가?”

백수룡은 아 하고 입을 벌렸다.

직접 먹여 달라는 의미였다.

“보시다시피 지금 손이 뒤로 묶여 있어서.”

“감히……!”

의천단주는 붉으락푸르락해진 얼굴로 백수룡을 노려보다가, 억지로 웃으며 백수룡의 입안에 환약을 넣어 주었다.

“좋다. 내 손으로 직접 먹여 주지.”

백수룡은 산공독을 꿀꺽 삼킨 후 다시 “아” 하고 입을 벌려 확인시켜 주었다.

“자, 됐지? 이제 눈앞에서 사라져 주면 고맙겠는데.”

“……멀리서 지켜보도록 하지.”

백수룡을 한 차례 사납게 노려본 의천단주는 집무실 문을 강하게 닫고 나갔다.

쾅앙!

“동생. 대체 무슨 생각으로 그런 거야?”

류설이 한숨을 길게 내쉬며 물었다.

그녀가 보기에 방금 백수룡의 행동은 무척이나 무모하고 어리석었다.

‘고작 의천단주와의 기싸움에서 이기려고 산공독을 주는 대로 냉큼 먹어?’

그 옆에서 모용준도 근심 어린 표정으로 한숨을 쉬었다.

"이러시면 곤란합니다. 만약 총사범에게 무슨 일이라도 생기면, 그 책임은 전부 저희가 져야 한단 말입니다."

그래서 책임지지 않아도 되도록, 너희가 보는 앞에서 산공독을 먹어 줬잖아?

백수룡은 그렇게 말하는 대신 장난스럽게 씩 웃었다.

"뭐 어때? 내공 좀 못 쓴다고 실력이 어디 가나?"

"……."

"……."

자신의 실력에 절대적인 확신을 가진 초고수의 치기 어린 기행.

정문을 부수고 들어온 순간부터, 백수룡은 무림맹의 모두에게 자신의 인상이 그렇게 보이도록 유도했다.

"……."

남궁수는 백수룡의 행동과 말투에서 무언가를 느꼈는지, 아까부터 아무런 말이 없었다.

세상에 알려진 것과 달리, 백수룡은 결코 아무런 생각 없이 무모한 행동을 벌이지 않는다.

백수룡이 산공독을 기꺼이 삼킨 것은, 믿을 만한 구석이 있기 때문일 것이다.

남궁수의 추측은 정확했다.

'오히려 잘됐어. 독마의 독을 먹어 둔 게 이렇게 도움이 될 줄이야.'

산공독도 결국에는 독이다.

독마가 만든 생사독에 비하면 그야말로 조잡하기 짝이 없는 독.

방금 몸 안에 들어온 산공독은, 백수룡의 몸에 아무런 영향도 줄 수 없었다.

하지만 여기 있는 누구도 그 사실을 알 리 없었다.

'미끼는 던졌으니, 이제 기다리는 일만 남았군.'
백수룡은 부디 대어가 낚이길 기대했다.

◆◈◆

무림맹이 한눈에 내려다보이는 객잔의 삼 층.
"……."
흑의인은 홀로 앉아 술잔을 기울이며 무림맹을 바라봤다. 객잔의 한 층을 통째로 빌린 덕에, 주변은 아주 조용했다.
"꼭 이런 곳으로 불러내야 하나?"
지금 막 반대편에 앉은 자가 불만스러운 목소리로 말했다. 그러나 흑의인은 손님 쪽으로 고개조차 돌리지 않았다.
그는 여전히 크고 웅장한 무림맹 건물을 바라보며 물었다.
"준비는 어떻지?"
"한 가지 문제가 생겼다. 청룡신협. 놈이 무림맹을 들쑤시고 있어."
손님은 흑의인에게 무림맹에서 있었던 일을 모두 이야기했다.
청룡신협이 무림맹의 정문을 부쉈고, 이에 징벌위원회가 열릴 것이며, 청룡신협의 손목에 현철로 된 수갑이 채워지고, 스스로 산공독을 삼켰다는 것까지.
그중 몇 가지는 무림맹의 고위직이 아니면 알 수 없는 정보였다.
"청룡신협이라……. 팔장로를 죽인 그놈이군."
팔장로 혈령자는 한심한 놈이었다.
죽은 사부의 지위를 그대로 이었을 뿐, 장로라고 하기엔 자격이 심히 부족했다.
하지만 그런 놈이라도 교의 장로였던 것은 사실.
흑의인은 찾아온 복수의 기회를 마다할 생각이 없었다.

"방해꾼은 내가 치워 주지."

그는 이미 냄새를 맡고 기웃거리던 거지 하나를 치운 적이 있었다.

312화

어떤 지도를 받길 원하나?

무림맹에서 내어준 백수룡의 방.

소리가 밖으로 새어 나가지 않도록 기막을 펼친 방 안에서, 두 사람이 비밀스러운 대화를 나누는 중이었다.

"……혈교가 개방의 방주를 공격했고, 그 범인이 무림맹과 관련이 있다고?"

남궁수는 사뭇 심각한 표정으로 되물었다.

방금 전 백수룡에게 들은 이야기가 그만큼 믿기 힘든 탓이었다.

"잠깐 의식을 차린 방주가 손가락으로 맹(盟)이라고 적었어. 범인이 무림맹에 숨어 있다는 건지, 혈교와 손잡은 배신자를 경고한 건지는 몰라. 나는 거의 후자라고 확신하지만."

"……."

"이제 알겠지? 내가 왜 무림맹 정문을 부수고 들어와서 이 난리를 쳤는지?"

"과연……."

남궁수는 두 팔이 뒤로 묶이고 내공까지 쓸 수 없게 된 백수룡을 빤히 바라보며, 낮게 한숨을 쉬었다.

"그래서 그렇게 무모하고 멍청하게 굴었던 거였군."

백수룡은 미간을 좁히고 남궁수를 노려봤다.

"무모하고 멍청한 게 아니라 다 작전이었지, 작전."

"그래서 흉수는 찾았나?"

"아직."

백수룡은 오늘 만났던 사람들, 나눴던 대화를 떠올리며 고개를 저었다.

"적어도 무림맹 안에 혈교 무공을 익힌 놈은 없었어."

"……그렇게 잠입이 쉬웠으면, 무림맹은 진작 혈교에 의해 무너졌을 거다."

지금의 무림맹은 그 어느 때보다 혈교를 증오하는 맹주가 권력을 잡고 있다. 세작에 대한 대비를 소홀하게 했을 리 없었다.

백수룡도 그쪽은 크게 기대하지 않았다. 그러니, 의심이 가는 건 역시 고위직의 배신이었다.

"일단 의천단주와 멸사단주가 가장 의심스럽긴 해. 맹주가 없을 때 뭔가 일을 벌일 수 있는 자들이니까."

"……멸사단주는 왜?"

남궁수는 고개를 갸웃거렸다.

그가 본 멸사단주는 백수룡에게 굉장히 호의적이었던 데다, 의심할 만한 구석이라곤 전혀 없었다.

오히려 의천단주라면, 남궁수가 보기에도 백수룡에게 강한 적의를 품고 있었다.

물론 백수룡도 도발을 하긴 했지만, 의천단주의 언행은 무림의 까마득한 후배에게 하기엔 지나치게 감정적이었다.

"멸사단주가 마공을 익혔어."

"……뭐?"

백수룡은 멸사단주가 마공을 익히고 있었다는 사실을 전했다.

류설이 비밀로 해 달라고 부탁하긴 했지만, 그건 무림맹에 알리지 말라는 것이었지, 남궁수에게까지 비밀로 할 이유는 없었다. 남궁수가 어디 가서 함부로 떠들 위인도 아니고.

"마공이라니……. 알려지면 무림맹이 뒤집어지겠군."

"너 오기 전에 잠깐 대화를 나눠 봤는데, 만만히 볼 상대가 아니야."

자기 친부를 죽인 사내를 따라서 무림맹에 투신한 여자였다. 겉보기와 달리 마음 깊은 곳에 독심이 가득할 것이 분명했다.

게다가 류설이 마공을 숨기고 있다는 말은, 마공을 사용하지 않고도 오단의 단주 자리에 오를 만한 실력자라는 뜻이었다.

만약 마공까지 사용한다면……. 백수룡은 류설의 진짜 실력이 어느 정도일지 정확히 가늠할 수 없었다.

'역천신공을 못 쓰는 건 나도 마찬가지지만.'

그때, 남궁수가 말했다.

"뒤에서 계략을 꾸밀 성격처럼 보이진 않던데. 그 모습이 전부 연기일 수도 있다는 건가?"

"우리가 본 모습이 원래 성격일 수도 있고, 아닐 수도 있지. 어쩌면 인격이 여럿이거나."

"……."

마공을 익혔다고 반드시 마인이 되는 것은 아니다. 하지만 모든 마공에는 반드시 '부작용'이 존재한다.

멸사단주가 보여 준 모습은 진짜일 수도 있고, 감쪽같은 연기일 수도 있다. 또는 마공의 부작용으로 그녀에게 여러 개의 인격이 존재할 수도 있다.

남궁세가에서 마주했던 만박자 역시 금제를 걸어, 전혀 다른 사람으로 살아왔으니까.

백수룡은 모든 가능성을 열어 두었다.

"둘 외에는?"

"다른 오단의 단주와 부단주들, 넓게 보면 대주들도 용의자가 될 수 있겠지만……."

말은 그렇게 했지만, 백수룡은 용의자를 거의 셋으로 좁힌 상태였다.

의천단주 진광.

멸사단주 류설.

그리고 멸사단의 부단주 모용준.

다른 오단의 단주들은 무림맹을 비운 지 최소 몇 주는 넘었다. 방주가 공격당한 일과 연관 짓기엔 물리적인 거리가 너무 멀었다.

"독마의 생사독이 사용됐어. 혈교에서는 장로급이 움직였다고 봐야 해. 공범 없이 혼자서 이런 일을 저질렀다? 말이 안 돼. 배신자는 분명 무림맹 내부에 있어."

따라서 유력한 용의자는 의천단주 진광, 멸사단주 류설, 멸사단 부단주 모용준이었다.

"모용준은…… 속을 알 수 없는 사람 같더군."

남궁수는 낮에 본 모용준의 모습을 떠올리며 말했다.

오단의 부단주라면 분명 뛰어난 고수일 텐데도 불구하고, 모용준은 인상이 뚜렷하지 않고 흐릿한 느낌이었다.

워낙 개성이 강한 단주 옆에 있어서 그럴 수도 있지만, 모용준 본인의 실력과 존재감을 능숙하게 감추고 있다는 의미이기도 했다.

"내 생각엔."

백수룡은 자신이 지금까지 추측한 내용을 남궁수에게 공유했다.

"배신자는 맹주가 없는 틈에 혈교와 손을 잡고 뭔가를 꾸미고 있었을 거야. 그런데 개방 방주가 냄새를 맡은 거지."

남궁수가 말을 받았다.

"배신자는 그 사실을 눈치챘고, 정체가 들키기 전에 혈교에 방주를 죽여 달라고 요청했겠군."

"그런데 일이 틀어졌어. 방주가 살아서 도망친 거야. 생사독에 중독당했으니 거의 죽었을 거라 생각하고 있겠지만……."

"확신할 수는 없었겠지. 그 상황에서 네가 무림맹에 나타난 거로군. 청룡신협. 이미 한번 혈교의 음모를 막아 낸……."

두 사람은 주거니 받거니 추리를 이어 나갔다.

입가에 서늘한 미소를 머금고 대화를 나누는 모습은, 마치 거대한 음모를 꾸미는 흑막 같았다.

"놈들은 지금 내가 굉장히 거슬리겠지?"

"당장이라도 죽이고 싶을 거다. 무슨 수를 써서라도."

"그런데 마침 내가 두 손이 묶이고, 산공독까지 먹었다는 걸 안다면? 그 기간이 사나흘뿐이라면?"

씨익.

남궁수는 오싹할 정도로 싸늘한 미소를 지으며 말했다.

"그 안에 반드시 죽여야겠군."

"……."

'사실은 이 자식이 가장 위험한 거 아닐까?'라는 생각에 백수룡이 움찔했다.

물론 그럴 리는 없었다. 남궁수에게 백수룡은 평생 은혜를 갚아야 할 죽일 놈의 은인이었으니까.

"흠흠. 아무튼, 우리는 놈들이 무슨 짓을 꾸미고 있는지 알아내야 해. 최악의 경우엔, 남궁세가에서 있었던 일이 반복될지도 몰라."

"……있어선 안 될 일이지."

남궁세가가 겪은 일을 떠올린 남궁수가 비장한 표정으로 고개를 끄덕였다.

해야 할 이야기는 이제 다 했다. 백수룡은 피곤한 표정으로 말했다.

"일단 미끼는 던졌으니까, 내일 함께 돌아다니면서 반응을 보자고. 오늘은 이만 쉬고."

"……알겠다."

남궁수가 자리에서 일어났다.

모든 사실을 알고 나니, 팔 뒤로 수갑을 채운 것이 조금 미안했다.

'숨어 있는 적을 끌어내기 위해 스스로 미끼가 되는 위험을 감수하다니.'

자신의 역할은 이 녀석을 위험으로부터 지키는 것. 지금껏 받은 은혜를 일부나마 갚을 절호의 기회였다.

'이번에는 꼭.'

남궁수는 조용히 주먹을 쥐며 속으로 각오를 다졌다.

"옆방에 있을 테니, 무슨 일이 생기면 바로 기척을 내도록."

"부르면 바로 튀어와. 알다시피 팔도 뒤로 묶이고 내공도 못 쓰는 몸이거든."

"……그러지."

백수룡은 사실은 산공독에 당하지 않았다는 걸 남궁수에게 말하지 않았다.

'병법에도 적을 속이려면 아군부터 속이라고 했잖아?'

절대로, 남궁수를 고생시킬 목적으로 말하지 않은 것은 아니었다. …… 절대로.

주변 경계는 남궁수에게 맡기고, 백수룡은 오랜만에 숙면을 취했다.

다음 날.

백수룡은 남궁수와 함께 무림맹 이곳저곳을 돌아다녔다. 명목은 무인들의 훈련 상태 점검이었다.

등 뒤로 수갑이 채워진 총사범의 모습은 무림맹의 무인들에게도 진기한 구경거리였다.

"정문을 부순 죄로 수갑을 찼다면서?"

"사흘 뒤에 징벌위원회가 열린다던데."

"산공독도 스스로 삼켰다더군."

"허! 십존의 말석이라더니, 간도 범인과 비교할 수 없이 큰가 보군."

"원래 절세고수들은 하나같이 오만이 하늘을 찌르지 않나."

지나는 길마다 수군거리는 소리가 들려왔지만, 백수룡은 신경 쓰지 않았다.

두 사람은 우선 의천단이 훈련하는 모습을 살펴보러 갔다.

"하아압!"

동시에 기합을 내지르며 일사불란하게 몸을 움직이는 의천단 소속의 무인들. 바닥을 딛는 발은 단단했고, 바람을 찢는 무기에 실린 힘은 호쾌했다.

"한 명 한 명의 훈련 상태가 상당히 좋네."

백수룡은 순수하게 감탄했다.

하나로 움직이는 진형의 위력이 상당했다.

청룡학관 학생들과 비교하기에는 미안할 만큼 수준이 높았다.

단상 위에서 직접 훈련을 지도하는 의천단주의 모습도 보였다. 그는 백수룡과 눈이 마주쳤으나, 전날 약속한 대로 백수룡이 훈련을 구경하건 말건 신경 쓰지 않고 무시했다.

"딱히 수상한 점은 안 보이지?"

"전혀."

남궁수도 고개를 저었다. 기감을 활짝 열고 주변을 살피고 있었으나, 별달리 이상하게 느껴지는 것은 없었다.

그때, 커다란 짐 마차 수십 대가 정문을 통과해 의천단 건물이 있는 쪽으로 다가왔다.

"천하상단?"

선두의 마차에 천하상단(天下商團)의 깃발이 나부끼고 있었다.

천하상단은 천하십대상단 중 하나로, 의천단주 진광은 현 천하상단주의 동생이기도 했다.

백수룡은 천하상단의 마차와 그 곁을 지키는 표사들, 뒤따르는 쟁자수들까지 면밀히 살폈다.

잠시 후, 그의 눈에 이채가 어렸다.

"요즘은 쟁자수들에게도 무공을 가르치나?"

혼잣말이었는데, 옆에서 대답이 들려왔다.

"천하상단의 쟁자수들은 다른 곳에 가면 표사로 대우받을 만큼 뛰어나지."

언제 왔는지, 의천단주가 옆에서 잘난 척 으스대며 말했다.

"뭐지? 나한테 신경 끄라고 했을 텐데?"

"병장기를 실은 마차는 이쪽으로 가져오게!"

의천단주는 백수룡을 지나쳐 짐 마차를 향해 걸어갔다. 뭐야? 백수룡은 황당하다는 표정으로 의천단주의 뒤통수를 바라봤다.

"어이가 없네."

마음 같아선 저 짐 마차 안까지 뒤져 보고 싶었지만, 보는 눈이 이렇게 많아서야 그럴 수 없었다.

훈련 구경도 충분히 했다. 백수룡이 남궁수를 돌아보며 말했다.

"다 봤으니 가자. 멸사단 훈련하는 것도 살펴봐야……."

"총사범님! 한 수 지도를 부탁드려도 되겠습니까?"

두 사람은 우렁찬 목소리가 들려온 곳으로 동시에 고개를 돌렸다.

삼십 대 초반쯤 되었을 법한 청년이 백수룡에게 포권을 취하고 있었다.

“평소 청룡신협의 명성을 흠모해 왔습니다. 한 수 지도해 주신다면 큰 영광으로 삼겠습니다.”

청년 주변의 무인들이 피식피식 웃었다.

의천단주도 말리지 않았다. 말리기는커녕, 백수룡의 곤란한 모습을 보고 싶은지 입꼬리를 슬며시 올렸다.

청년의 태도는 몹시 정중했다.

하지만 지금 백수룡은 팔이 뒤로 묶여 있었고, 내공조차 쓰지 못하는 상황이었다.

과연 이런 상황에서 총사범은 화를 낼까? 아니면 이런저런 핑계를 대고 거절할까?

모두가 흥미로운 표정으로 지켜볼 때였다.

“그럴까?”

백수룡이 씩 웃더니 상대를 향해 걸어갔다.

남궁수가 짙은 한숨을 내쉬며 그 뒤를 따라갔다.

어느새 청년 앞에 선 백수룡이 물었다.

“소속과 이름.”

“……의천단 제오대 대주, 장곤입니다.”

장곤은 떨떠름한 표정으로 대답했다.

“그래. 본 총사범에게 어떤 지도를 받길 원하지?”

“아, 그게 음…….”

장곤은 단순히 총사범을 곤란하게 할 생각이었지, 실제로 무공을 지도받고 싶은 마음은 없었다.

“잘 모르겠으면 일단 대련을 하지. 나도 자네의 수준을 알아야 맞춤 지도를 할 수 있을 테니까.”

“……하.”

대련?

장곤은 황당하다는 표정으로 백수룡을 바라봤다.

'그 꼴로 날 이기겠다고?'

팔은 뒤로 묶여서 수갑이 채워졌고, 산공독 때문에 내공도 전혀 쓰지 못한다고 들었다.

아무리 청룡신협이 뛰어난 고수라 해도, 저런 상태라면 실력의 일 할도 발휘하지 못할 것이 뻔했다.

"진심이십니까?"

"자네에게 너무 불리하다고 생각하나? 그럼 내 옷깃만 베어도 이긴 것으로 해 주지. 이 정도면 충분하지?"

"……."

장곤의 얼굴이 분노로 일그러졌다.

그는 의천단에서 가장 최근에 대주가 된 혈기 넘치는 무인이었다.

실력에 커다란 자부심이 있었고, 자신의 성공가도를 믿어 의심치 않았다.

굳이 청룡신협을 도발한 이유는 선배 대주들의 부추김이 절반, 의천단주에게 잘 보이고 싶은 마음이 절반이었다.

하지만 진짜로 싸울 생각은 없었다.

"장난도 적당히 하시는 게……."

그 순간, 백수룡이 정색했다.

"내게 지도를 부탁한다고 한 말이 장난이었다고? 그렇다면 상관모욕죄를 적용할 수 있겠군."

"……아닙니다."

장곤은 청룡신협에게 단단히 망신을 주기로 결심했다. 저 곱상한 얼굴을 흙바닥에 처박고야 말리라.

백수룡이 피식 웃으며 말했다.

"준비됐으면 시작해."

그 순간, 장곤은 벼락처럼 칼을 뽑아 휘둘렀다.

휘익!

백수룡은 상체를 뒤로 젖히는 철판교의 수법으로 몸을 눕혀 칼을 피했다. 뒷짐을 진 채였음에도 그의 몸은 유연하고 탄력이 넘쳤다.

"하압!"

장곤은 도중에 칼의 궤도를 꺾어 사선으로 내리그었다. 그러나 그의 칼은 이번에도 허공을 베었다.

휘리릭!

백수룡은 뒤로 반쯤 누운 상태에서 몸을 회전시켜 칼을 피했다. 기예와 같은 회피 동작 이후 땅을 박찼다.

그의 신형이 휙 떠올라 허공에서 한 바퀴 돌아선 후, 사뿐히 내려섰다.

툭.

정확히 상대의 칼끝 위에.

"무, 무슨……."

백수룡은 여전히 뒷짐을 진 채였다.

허리를 꼿꼿이 세우고, 오연한 시선으로 아래를 내려다봤다.

장곤이 귀신이라도 본 듯 놀란 표정으로 그를 올려보고 있었다.

"지금부터 가르침을 내리지."

무림맹 총사범의 지도대련이 시작되었다.

313화

내가 너희를 더 강하게 만들겠다

"지금부터 가르침을 내리지."

짓궂은 기대감으로 들썩이던 의천단이 순식간에 얼어붙었다.

백수룡이 장곤에게 지도대련을 해 주겠노라 했을 때, 그들은 신임 총사범이 자존심 때문에 객기를 부린다고 생각했다.

두 팔이 묶이고, 내공까지 봉인된 상황이었다. 아무리 절세고수라도 평소 실력의 일 할이라도 발휘할 수 있으면 다행이었다.

때문에, 모두가 백수룡이 크게 망신을 당하고 물러날 것이라 예상했다.

크나큰 오산이었다.

벌써 반 각에 가까운 시간이 흐르는 동안, 백수룡은 장곤의 칼 위에서 단 한 번도 내려오지 않았다.

"이익……!"

수치심으로 얼굴이 벌게진 장곤이 이를 악물며 칼을 이리저리 휘둘렀지만, 칼 끝에 올라탄 총사범은 쇠에 달라붙은 자철석처럼 떨어지지 않았다.

심지어 그 상태에서 백수룡은 조언을 아끼지 않았다.

"칼에 담긴 힘과 속도는 제법 쓸 만하지만, 초식이 뻔히 읽히는군. 좀 더 변초를 써서 본 사범을 당황시켜 보도록."

"으아아!"

뒷짐을 진 자세는 여전했고, 상대를 내려보는 표정은 오연하다 못해 무심했다. 이 상황이 당연하다는 태도였다.

오히려 백수룡이 발을 한 번씩 바꿀 때마다 장곤은 중심을 잃고 넘어질 듯 휘청였다.

"이…… 무슨……."

"저토록 경탄스러운 균형감각이라니."

"오대주가 숫제 농락을 당할 줄이야……."

두 무인이 미리 합을 짜더라도 쉽게 보여 줄 수 없는 움직임.

몇몇은 신임 총사범이 보여 주는 신기(神技)에 가까운 움직임에 의혹을 품었다.

"총사범. 정말 산공독에 당한 것 맞나?"

"은밀하게 내공을 쓴 것일지도……."

"근육의 움직임만으로 저런 일이 가능하면, 누가 고생해서 내공을 익히겠습니까?"

시기와 질투.

일부 무인들에게서 시작된 음해가 의천단 전체로 스멀스멀 번져 나갔다.

"한심하긴……."

미간을 찌푸린 남궁수가 나서서 한마디 쏘아붙이려 할 때였다.

"멍청한 소리!"

의천단주였다. 그는 백수룡이 내공을 쓴 것일지도 모른다며 수군대는 수하들을 향해 호통쳤다.

"저 움직임을 보고도 그런 말이 나온단 말이냐! 스스로의 수준이 낮음을 드러내지 말고, 조금이라도 보고 배우도록 해라!"

"죄, 죄송합니다!"

의천단주의 단호한 말에, 총사범을 음해하려던 무인들이 입을 꾹 다물었다.

쯧, 하고 혀를 찬 의천단주는 다시 백수룡을 바라봤다.

'의외로군.'

백수룡도 의천단주가 하는 말을 들었다. 그만큼 지금 장곤을 상대하는데 여유가 있다는 의미이기도 했다.

백수룡은 여전히 패배를 인정하지 않고 칼을 미친 듯이 휘둘러대는 장곤을 내려다보며 피식 웃었다.

'내공을 못 쓰면 뭐?'

전생에서는 내공을 쓸 수 있었던 시간보다 쓰지 못했던 시간이 길었다. 그럼에도 그는 혈교 최고의 교관이라 불렸다.

녹림십팔식을 익힌 지금은 그때보다 훨씬 사정이 좋았다. 내공을 쓰지 '않아도' 이런 애송이는 가볍게 상대할 수 있었다.

"아직 본인의 부족함을 모르겠나? 본 사범이 보기엔 충분한 것 같은데. 학습능력이 원숭이 이하라면 모를까……."

"아직, 아직 안 끝났다!"

"안 끝났다? 그건 반말인데."

그 순간, 장곤의 칼이 우우웅 진동했다. 칼날에 검기를 피워 내려는 것이었다.

'발목을 잘라 주마!'

백수룡이 칼 끝에 올라가서 내려오지 않으니, 검기를 일으켜서 아예 발을 통째로 베어 버리겠다는 의도.

장곤의 생각은 거기서 그치지 않았다.

'죽여 주마!'

명백한 악의로 가득한 살초.

아무리 대련이라 해도 상대가 내공을 쓰지 못한다는 사실을 아는 이상, 검기까지 사용하는 것은 지탄을 받아 마땅한 행위였다.

"장곤!"

"뭐 하는 짓이냐!"

의천단주와 남궁수가 동시에 몸을 날리려 했다.

하지만, 두 사람은 백수룡의 서늘한 목소리에 멈춰 설 수밖에 없었다.

"내 일이다. 나서지 마."

백수룡은 발끝으로 장곤의 칼을 내리누르며 위로 솟구쳤다. 내공을 담은 천근추의 수법이 아닌, 상대의 균형감각을 역으로 이용한 절묘한 수법이었다.

몸의 중심이 앞으로 쏠린 장곤이 휘청였다. 뒤늦게 검기가 맺힌 칼은 허무하게 빈 공간을 베었다.

어느새 장곤의 등 뒤에 내려선 백수룡은 낭패한 표정으로 자신을 돌아보는 장곤을 향해 걸어갔다.

"우선 총사범에게 반말을 지껄였으니 한 대."

"무슨……."

일순간 백수룡의 발이 흐릿해지더니, 발바닥으로 장곤의 안면을 내리찍었다.

"커헉!"

코피를 줄줄 흘리며 물러나는 장곤에게, 백수룡은 다가가며 속삭였다.

"주제도 모른 채 상관을 조롱하고 도발했으니 또 한 대."

채찍처럼 휘어진 발이 장곤의 옆구리를 후려쳤다. 숨이 턱 막힌 장곤이 옆구리를 붙잡으며 상체를 숙였다.

"그냥 마음에 안 드니까 한 대."

쩌억! 차올린 무릎이 장곤의 안면을 찍었다. 의식이 끊어질 듯한 충격에 장곤이 칼을 놓쳤다.

그의 얼굴에서 분노가 사라지고 극심한 두려움이 번졌다.

"그, 그만……."

고개를 든 장곤은 백수룡의 서늘한 눈동자와 마주쳤다. 살면서 한 번도 본 적 없는 깊고 어두운 눈이었다.

"아까 기회를 줬을 때 그만했어야지."

"……!!"

백수룡은 멈추지 않았다.

그는 내공이 실리지 않은 순수한 외공만으로, 그것도 두 발만 써서 장곤을 압도했다.

수많은 발의 잔상이 장곤의 전신을 난타했다.

"총사범이 우습나? 팔이 묶여 있으니 얼마든지 죽일 수 있다고 생각했나?"

"오, 오해입니다. 순간 너무 화가 나서……."

"감정이 조절이 잘 안 됐다?"

"예, 예! 그렇습니다!"

잠시 공격을 멈춘 백수룡이 이해한다며 고개를 끄덕였다.

"분노조절장애가 있다는 말이군. 자칫 내버려 뒀다간 주화입마에 걸릴 뻔했어. 어쩐지, 의천단 소속의 대주가 같은 맹원에게 살심을 피울 리가 없지."

"그, 그게 아니라……."

"아니야? 그럼 날 진심으로 죽이려고 했다는 건가?"

"감정 조절이 잘 안 됩니다……."

울며 겨자 먹기로 대답하는 장곤에게, 백수룡이 다가가며 씩 웃었다.

"걱정 마. 내가 또 주화입마 치료 전문이거든."

"도, 도와……."

장곤은 고개를 돌려 주변에 도움을 청하려 했지만, 그 즉시 백수룡이 휘두른 발이 그의 고개를 다시 원래 방향으로 돌려놨다.

"잘 들어. 내가 지금 이 자리에서 널 죽여도 아무도 따지지 못해. 모두가 봤거든. 네가 먼저 날 죽이려 한 것을."

"그, 그건 실수……."

"걱정 마. 난 실수 안 해."

방금 전 장곤의 행동은 명백한 하극상이었다.

검기를 피워 올린 것은 상관없었다. 애초에 하지 말라고 한 적도 없으니까.

하지만 장곤은 백수룡을 향해 살기를 드러냈다.

어설픈 적의 따위가 아닌 '죽여 버리겠다.'라는 확실한 의지가 담긴 칼질.

혈기왕성한 젊은 무인의 실수라고 넘어갈 수준이 아니었다.

'네가 스스로 한 행동인지, 아니면 누가 부추겨서 한 건지는 모르겠지만.'

그건 중요하지 않았다.

전생에서도, 백수룡은 자신에게 기어오르는 훈련생을 단 한 번도 용서한 적이 없었다. 오늘도 마찬가지였다.

장곤의 온몸이 멍투성이가 될 때까지, 백수룡은 발을 멈추지 않았다.

"죄, 죄송합니다. 한 번만 용서를……."

바닥에 쓰러지듯 주저앉은 장곤은 몸을 웅크리고 엎드려 빌었다. 더 이상 자존심이고 뭐고 없었다.

그는 자신이 얕봤던 신임 총사범에게 완전히 굴복했다.

그제서야 백수룡이 발을 멈추고 말했다.

"당장 자리에서 일어난다. 실시."

"시, 실시……."

장곤이 허겁지겁 몸을 일으킨 순간, 백수룡은 마지막으로 그의 턱을 발로 힘껏 올려 찼다.

빠아악!

허공에 떠오른 장곤의 몸이 붕 떴다가 바닥에 떨어졌다. 부러진 이빨 몇 개가 핏물과 함께 뿜어져 나왔다.

털썩.

바닥에 널브러진 장곤은 그대로 의식을 잃었다. 간신히 숨만 붙어 있었다.

"좋아. 오늘은 여기까지."

백수룡은 몸을 돌려 의천단 소속 무인들을 돌아봤다.

내공을 쓰지 않고 격렬히 움직인 탓에 백수룡도 숨이 다소 거칠어 보였지만, 감히 누구도 그 모습을 우습게 보지 못했다.

"또 지도받고 싶은 사람 있나?"

"……."

무거운 적막이 흘렀다.

총사범이 보여 준 압도적인 힘 앞에, 아무도 입을 열지 못했다.

백수룡이 의천단을 둘러보며 피식 웃었다.

"이제야 표정들이 총사범을 대하는 것 같네."

백수룡은 자신을 바라보는 무인들의 눈빛이 확실히 달라졌음을 느꼈다.

무시와 조롱이 가득하던 눈빛에서, 항거할 수 없는 고수에 대한 공포와 경외심이 가득한 눈빛이 되었다.

'무인이란 놈들은 꼭 실력을 보여 줘야 말을 듣는다니까.'

무림맹이든 혈교든 본질은 똑같다.

결국 더 강해지고 싶어서 무공을 익힌 인간들이 모인 곳.

압도적인 강자를 동경하는 것은 그들의 본능이었다.

"누구든 가르침을 받고 싶으면 언제든지 본 총사범을 찾아와도 좋다. 단, 예의를 갖추지 않으면 나도 너희에게 예의를 갖추지 않을 생각이다.

방금 너희가 본 것처럼."

"……."

장곤은 그 본보기였다.

하지만 백수룡은 채찍만 휘두를 생각은 없었다.

가혹하다 싶을 정도로 채찍을 휘둘렀으니, 이제 당근을 던져 줄 차례였다.

"하지만 너희가 내게 예의를 갖춘다면, 나도 너희를 성심성의껏 지도하겠다. 내 이름을 걸고 약속하지. 내가 너희를 더 강하게 만들겠다."

"……!!"

"……!!"

대답은 없었다. 하지만 백수룡은 의천단 소속 무인들 사이에 퍼져 나가는 열기를 느낄 수 있었다.

소문으로만 무성했던 청룡신협의 실력을 눈으로 직접 보았다.

두 손이 묶이고 내공도 쓰지 못하는 상황에서 의천단의 대주 중 하나를 압도한 무공.

'십존이라는 말이 과장이 아니었어.'

'단주님이라도 청룡신협처럼 할 수 있을까?'

'저런 고수에게 개인지도를 받을 수만 있다면…….'

총사범이 능력을 증명했고, 그가 누구든지 오면 지도해 주겠다고 약속한 이상, 보다 강해지고 싶은 무인이라면 혹할 수밖에 없었다.

다만 아까부터 무시무시한 눈으로 백수룡을 노려보는 의천단주 때문에 티를 내지 못할 뿐이었다.

"거, 얼굴 뚫리겠네."

백수룡도 의천단주의 시선을 느꼈다. 그가 의천단주를 돌아보며 말했다.

"애들 관리 똑바로 하지. 하마터면 누가 시킨 줄 오해할 뻔했으니까."

"……방금 일은 사과하지. 비록 오대주 개인의 돌발행동이긴 했지만 말이야."

명확히 선을 긋는 말에, 백수룡은 피식 웃었다.

"물론 그렇겠지. 아니, 그래야 할 거야."

"……."

만약 백수룡이 장곤의 행동을 정식으로 항의한다면, 아무리 의천단주라도 책임을 완전히 피할 수는 없었다.

'재미있네.'

하지만 백수룡은 더 이상 의천단주를 추궁하지 않았다.

그저 한번 웃어 준 후, 몸을 돌리며 혼잣말처럼 중얼거렸다.

모두에게 들으라는 듯이.

"지원자가 너무 많으면 다 가르칠 수 없으니……. 선착순으로 하루에 다섯 명까지만 무공을 봐줘야겠다."

선착순 다섯 명!

그 말이 나온 순간, 몇 명은 들썩이는 몸을 주체하지 못하고 뛰쳐나갈 뻔했다.

백수룡은 몸을 돌리며 남궁수에게 말했다.

"그만 가자. 멸사단 훈련하는 것도 봐야지."

저 중에 몇 명은 분명 오늘 안에 찾아올 것이고, 어쩌면 쓸 만한 정보를 가지고 있는 녀석이 있을지도 모른다.

옆으로 따라붙은 남궁수가 묘한 눈빛으로 백수룡을 바라봤다.

"……종종 하는 생각이지만, 넌 정파에서 태어나길 다행이다."

"나도 그렇게 생각해."

백수룡의 뻔뻔한 대답에 남궁수는 고개를 절레절레 저었다.

314화

너희가 무림맹 소속만 아니었어도

방으로 돌아온 백수룡은 자리에 앉자마자 말했다.

"일단 의천단주는 아니야."

생각보다 의천단에서 시간을 많이 허비했다.

뒤늦게 멸사단의 훈련장이 찾아갔을 땐, 어느새 점심시간이 되어 훈련장이 텅 비어 있었다.

그래서 두 사람도 일단 숙소로 돌아온 참이었다.

"아니라고 확신하는 근거는?"

남궁수가 백수룡의 맞은편에 앉으며 물었다.

동시에 방 안에 기막을 펼쳐 소리가 밖으로 새어 나가지 않도록 막았다.

"만약 의천단주가 우리가 찾는 배신자였다면, 장곤이라는 놈이 날뛰었을 때 그런 식으로 행동했을 리 없어."

백수룡은 아까 있었던 일을 떠올리며 말했다.

그는 정확히 기억하고 있었다.

흥분한 장곤이 칼날에 검기를 둘렀을 때, 남궁수와 의천단주가 동시에 움직여서 장곤을 막으려 했던 모습을.

남궁수가 미간을 좁히며 물었다.

"의천단주가 범인이라면, 위험에 빠진 널 구하려 했을 리 없다는 건가?"

"당연하지."

"그조차 연기였다면? 자존심 강한 네가 끼어들지 말라고 할 것을 예상하고, 구하는 척만 했던 거라면?"

남궁수가 팔짱을 끼며 반대의견을 제시했다.

하지만 백수룡은 피식 웃으며 고개를 저었다.

"그렇다면 더더욱 범인이 아니지."

"어째서?"

"그 순간이야말로 날 죽일 수 있는 절호의 기회였으니까."

"……설마."

어떤 가정을 떠올린 남궁수의 표정이 딱딱하게 굳었다.

백수룡이 한쪽 입꼬리를 올리며 고개를 끄덕였다.

"아까 의천단주는 얼마든지 싸움에 끼어들 수 있었어. 장곤은 자기 수하니까. 싸움을 말릴 명분은 그거면 충분해. 자, 여기서 문제."

백수룡이 긴 다리를 탁자 위에 올리며 남궁수에게 물었다.

"만약 의천단주가 날 죽이고 싶었다면 어떻게 했을까?"

남궁수가 굳은 표정으로 말을 받았다.

"……싸움을 말리는 척하면서 장곤과 네가 뒤엉키게 한 후 암경을 날릴 수도 있고, 근거리에서 허공섭물을 사용해 장곤의 칼을 움직일 수도 있겠지. 의천단주 정도면 충분히 그게 가능한 고수일 테니."

대련 중에 칼날을 한 치만 옆으로 움직이면, 가벼운 찰과상을 죽음에 이르는 치명상으로 만들 수 있었다.

그리고 그렇게 됐을 때, 범행은 장곤이 전부 뒤집어썼을 것이다.

백수룡이 씩 웃으며 고개를 끄덕였다.

"과연 모범생. 정답이야."

"하, 아무리 그래도, 설마 그렇게까지……."

백수룡이 말해 주기 전까지, 남궁수는 그런 생각 자체를 하지 못했다.

머리가 영리하고 말고의 문제가 아니었다.

평화로운 정파에서 태어나고 자란 무인의 상상력의 한계.

반면, 전생에서 혈교의 약육강식을 경험한 백수룡에게 이 정도는 당연한 생각이었다.

"상대는 혈교에 붙은 배신자야. 독심이 그보다 더했으면 더했지, 절대 덜하지 않을걸."

남궁수도 납득한 듯 고개를 끄덕였다.

그런데 백수룡을 바라보는 남궁수의 표정이 묘하게 싸늘했다.

"……그럼 의천단주가 남의 칼을 빌려서 널 죽일지도 모르는 상황에, 넌 그걸 확인해 보려고 가만히 있었다는 건가."

"티 안 났지?"

백수룡이 뿌듯하게 웃으며 물었다.

하지만 돌아온 반응은 예상과 달리 싸늘하기만 했다.

"백수룡. 너는 왜 항상 그런 식이지?"

"……또 뭐가?"

자리에서 벌떡 일어난 남궁수가 무시무시한 눈으로 백수룡을 노려봤다. 그의 샛노란 금안에서 벼락이 뿜어질 듯했다.

"그런 계획이 있다면 내게 미리 귀띔 정도는 해 줬어야지. 만약 의천단주가 정말로 널 죽이려고 했다면 어쩔 뻔했나? 그대로 죽을 생각이었나?"

"죽긴 누가 죽는다고……."

"목숨이 두 개라도 되는 모양이군."

파지지직!

뇌기까지 피어 올리며 노려보는 남궁수의 눈빛에 백수룡이 움찔했다.

하지만 백수룡도 할 말이 없는 것은 아니었다.

"아니, 나도 처음부터 그런 생각을 한 건 아니었거든? 중간부터 이렇게 될 수도 있겠다, 라는 생각이 들었던 거지."

"그때라도 신호를 보냈어야지. 최소한 날 한번 쳐다보기만 했어도 더 경계했을 거다."

만약 백수룡이 죽거나 다치기라도 했다면, 남궁수는 스스로를 용서할 수 없었을 것이다.

"……음, 그건 미안하다."

백수룡이 순순히 사과하자, 남궁수도 낮게 한숨을 내쉬며 고개를 끄덕였다.

"다음부턴 옆에 있는 사람도 신경 쓰도록."

잠시 멈췄던 추리가 이어졌다.

"어쨌든 의천단주는 용의자에서 제외. 그렇다면 멸사단주와 부단주. 둘 중 하나라는 건데."

"둘 다일 가능성은? 멸사단주와 부단주는 오래전부터 막역한 사이라고 들었다."

물론 그럴 가능성도 아주 없지는 않지만, 백수룡은 고개를 저었다.

"아마 한 명일 거야."

숫자가 적을수록 얻는 보상도 크다.

그리고 비밀이 새어 나갈 걱정도 적다.

백수룡은 배신자는 한 명일 가능성이 매우 크다고 생각했다.

"확률은 반반. 둘 다 같은 멸사단에 소속된 단주와 부단주라……."

백수룡이 곰곰이 고민하던 때, 남궁수가 말을 꺼냈다.

"두 사람은 거의 이십 년 지기라고 했지?"

"그렇다더라."

류설과 모용준은 무림맹에 입맹했을 때부터 알고 지냈다고 했다.

"그 정도면 서로에 대해서 모르는 게 없다고 봐도 되겠군."

"류설이 마공을 익힌 걸 모용준이 알고 있을 정도니까. 그게 왜?"

남궁수는 팔짱을 끼고 고개를 들어 천장을 바라봤다. 그의 황금색 눈동자가 서늘하게 빛났다.

"그런 친구에게 뭔가 변한 것이 있다면, 서로가 가장 먼저 알지 않았을까?"

"……배신을 눈치채고 있을 거란 얘기야?"

"배신까지는 모르더라도."

남궁수는 천장을 향하던 시선을 내려 백수룡을 똑바로 바라봤다.

"뭔가 달라졌다는 사실은 느끼고 있을 거라고 생각한다. 예를 들면, 평소에 안 하던 짓을 한다든가."

백수룡이 무림맹 정문을 부수고 난장을 피웠다고 했을 때, 남궁수는 그것이 백수룡답지 않다고 생각했다.

의천단주를 도발하고 스스로 산공독을 삼켰을 때도 마찬가지였다.

이십 년 지기라면 그보다 훨씬 더 서로를 잘 알지 않을까?

"과연……. 일리가 있는 말이네."

백수룡도 고개를 끄덕였다.

이십 년 지기라면, 친구의 변화를 어느 정도는 눈치챘을 가능성이 컸다.

배신까지는 미처 떠올리지 못하더라도, 의구심은 어느 정도 가지고 있을 터.

"우리가 그 의심에 확신을 준다면?"

"뭔가 반응이 있겠지. 친구를 지켜 주려고 하든, 진실을 확인해 보려고 하든, 아니면……."

백수룡과 남궁수의 입매가 비슷하게 뒤틀렸다.

"자신의 죄를 덮어씌우려고 할 수도 있겠지."

"확인해 보자고. 둘 중 누구의 우정이 가짜인지."

“웬 서찰이래?”

멸사단주 류설은 하인이 가져다준 서찰을 보고 고개를 갸웃거렸다.

그녀는 퇴근 후 목욕재계를 하고 이제 막 나온 참이었다.

이미 꽤 늦은 밤. 반쯤 열어 둔 창문으로 선선한 바람이 불어왔다.

“공문서는 아니고. 이 시간에 내게 보내는 개인적인 서찰이라……. 혹시 연서?”

예전에는 제법 자주 연서를 받았다.

하지만 멸사단주가 된 이후로는 받아 본 적이 없었다.

아니, 함부로 들이대다가 대가리가 깨진 사내의 숫자가 백 명이 넘어간 이후부터였던가?

“누군지 몰라도 귀엽네.”

류설은 봉투를 뜯고 서찰을 꺼내 읽었다.

첫 문장을 읽자마자 그녀의 눈동자가 커졌다.

“백수룡? 그 녀석이 왜……. 이거 설마 진짜 연서야?”

류설은 흥미롭게 서찰을 읽어 내려갔다.

그리고, 그녀의 표정은 점점 무섭게 굳어 갔다.

서찰을 다 읽었을 때, 류설의 표정은 흉신악살처럼 일그러져 있었다.

“이런 미친 새끼가!”

촤악, 촤아악!

서찰을 갈가리 찢어 버린 류설의 눈에서 무시무시한 살기가 피어올랐다.

하인들이 깜짝 놀라 방으로 들어왔다.

“단주님? 무슨 일이십니까?”

“……아무것도 아니야.”

류설은 애써 흥분을 가라앉혔다.

순간적으로 고함을 지르긴 했지만, 서찰에 적힌 내용은 어디에 함부로 말할 수 없는 종류의 것이었다.

그녀는 겉옷을 챙겨서 자리에서 일어났다.

"나 잠깐 나갔다 올게."

"예? 이 시간에 어디를……."

"늦을 수도 있어. 기다리지 마."

휘이익!

경공을 펼친 류설의 몸이 순식간에 하인들을 지나 담을 넘었다.

그녀는 무한의 밤거리를 질주하며 혼잣말을 중얼거렸다.

"뭐? 배신자?"

모용준이 무림맹을 배신하고 혈교와 손을 잡은 것 같습니다.

그것 외에도 이런저런 내용이 적혀 있었지만, 류설에 뇌리에 제대로 박힌 것은 그 몇 줄이었다.

조용히 이야기를 나누고 싶습니다. 오늘 밤, 아래에 적힌 주소로 혼자 와 주시길.

류설은 그 서찰이 자신을 꾀어내기 위한 함정일 거라는 생각은 하지 않았다.

'내 마공에 대해서 언급했어. 백수룡이 보낸 건 확실해.'

설사 함정이라도 상관없었다. 전부 박살 내면 그만이니까.

류설은 이를 꽉 악물었다.

감히 이딴 내용을 적어 보내다니?

눈앞에 백수룡이 있다면 갈기갈기 찢어 죽이고 싶은 기분이었다.

하지만 동시에, 이십 년 지기에 대한 몇 가지 의구심이 스멀스멀 올라왔다.

꽤 오랫동안 정체돼 있다가 최근 몇 년 동안 갑자기 크게 진보한 무공.

자신에게 말하지 않고 종종 이유 없이 자리를 비우던 순간들.

알게 모르게, 낯설게 느껴지던 표정들.

'설마, 설마…….'

"하! 말도 안 되는 소리."

류설은 세차게 고개를 저었다.

그깟 서찰 하나에 친구를 의심하는 스스로가 한심했다.

모용준이 무림맹을 배신했다고? 대체 뭐가 아쉬워서?

오단의 부단주는 충분히 부와 명예를 누릴 수 있는 지위다.

모용준이 원한다면, 그녀는 단주 자리도 양보할 수 있었다.

비록 맹주 그 영감이 허락하지 않겠지만…….

확실한 증거를 찾기 위해서 단주님의 도움이 필요합니다.

백수룡이 보낸 서찰에 적힌 내용은 모두 개소리에 불과하다.

남궁세가에서 혈교를 때려잡더니 헛바람이 든 것이 분명했다.

"……그딴 개소리를 한 대가를 치르게 해 주겠어."

류설의 하나뿐인 눈에서 안광이 번뜩였다. 그녀의 신형이 한 줄기 바람이 되었다.

잠시 후, 그녀는 도시 외곽의 무너져 가는 폐가에 도착했다.

콰앙!

벽을 부수고 들어가자, 백수룡이 자리에서 일어났다.

"오셨군요."

"일단 한 대 맞자."

류설의 허리춤에 있던 한 자루 흑도가 도집째로 뽑혀 나왔다. 검은 궤적이 백수룡의 어깨를 노렸다.

쩌어엉!

어느새 검을 뽑아 든 남궁수가 백수룡을 앞을 가로막았다. 그가 차분한 표정으로 말했다.

"이 녀석을 해치려면, 저를 먼저 베어야 할 겁니다."

"그래. 너도 한패였니?"

"선배님. 우선 진정하시고……."

"닥쳐! 누가 네 선배야!"

류설은 사자후를 터트렸다. 그러자 폐가의 벽에 난 실금이 깊어지고, 지붕이 들썩였다. 류설이 내공을 끌어올린 여파였다.

콰콰콰콰!

류설의 머리카락이 하늘로 솟구쳤다. 하나뿐인 눈에서는 살기가 폭사했다. 무지막지한 공력의 경파가 폐가 안을 휩쓸었다. 흡사 폭풍이 몰아친 듯했다.

'마공을 안 써도 이 정도라고?'

백수룡은 눈을 부릅떴다.

강할 거라고 예상은 했지만, 류설의 존재감은 그 이상이었다.

두 자루 흑도를 아래로 늘어뜨린 그녀가 두 사람을 향해 다가왔다.

"너희가 무림맹 소속만 아니었어도 이 자리에서 죽여 버렸을 거야."

그 말을 듣는 순간, 남궁수와 백수룡은 확신했다.

류설은 배신자가 아니다.

"지금도 반쯤 죽여 놓을 생각이긴 하지만."

문제는, 그녀를 설득하는 것이었다.

315화

그럴 필요 없습니다

쿠르르르……!

폭음과 함께 낡은 폐가가 무너져 내렸다.

건물이 완전히 주저앉기 직전, 두 사람의 신형이 지붕을 부수고 허공으로 솟구쳤다.

휘익!

백수룡의 뒷덜미를 잡고 뛰어오른 남궁수였다.

"괴물이로군. 무슨 공력이……."

"야! 목, 목 막힌다고!"

바둥대는 백수룡을 뒤로 휙 던져 버린 후, 남궁수는 바닥에 사뿐히 착지했다. 그는 신중한 표정으로 무너진 폐가를 응시했다.

아무리 오래된 폐가였다고 해도, 기파만으로 건물을 무너뜨리다니. 멸사단주 류설은 상상 이상의 고수였다.

'온다.'

저벅, 저벅.

느릿한 걸음으로 다가온다. 그녀는 서두르지 않았다. 먹이를 덮치기 직전

맹수의 움직임이 저러할까. 착 가라앉은 눈빛이 실로 소름 끼쳤다.

류설이 싸늘한 음성으로 뇌까렸다.

“모용준이 배신자라고?”

남궁수는 온몸의 솜털이 곤두서는 것을 느꼈다. 류설의 눈에 담긴 분노가 세상 모든 것을 불태울 것만 같았다.

“이십 년 동안 무림맹에 충성한 사람에게, 그게 얼마나 큰 모욕인 줄 알아?”

우악스럽고 흉포한 존재감이 공간을 짓누른다. 그녀의 등 뒤로 형체가 불분명한 시커먼 마귀가 일렁이는 것 같았다.

까가각…….

자연스럽게 아래로 늘어뜨린 쌍도. 두 칼날이 서로 긁히며 불쾌한 소리를 냈다. 피에 굶주린 마귀가 주인을 보채는 듯했다.

“선배님. 일단 저희 이야기를 먼저…….”

문제는, 그녀가 두 사람과 대화를 나눌 생각이 없어 보인다는 것이었다.

후우웅!

순식간에 짓쳐든 류설이 쌍도를 휘둘렀다. 두 줄기의 검은 선이 환영처럼 십여 개로 불어났다. 하나하나가 감당하기 어려운 힘을 담고 있었다.

류설의 눈동자에 살기가 번들거렸다.

“개소리로 날 여기까지 불러냈으면, 그만한 각오도 돼 있겠지?”

“……!!”

대답할 여력조차 없었다. 남궁수는 이를 악물고 검을 휘둘렀다. 뇌강을 두른 검이 새하얗게 백열했다.

쩌어엉!

충돌의 순간, 명백한 우위가 드러났다.

남궁수가 대여섯 걸음을 뒤로 물러나며 충격을 해소한 반면, 류설은 오히려 앞으로 전진했다.

"뇌룡신검?"

"……."

그녀의 입가에 맺힌 얇은 비웃음에, 남궁수의 눈썹이 꿈틀댔다.

사람들이 뇌룡신검이라고 치켜세울 때도 그는 자만하지 않았다.

……오히려 부끄럽다고 생각했다.

자신은 별호에 '신검(神劍)'이라는 단어가 들어갈 만큼 무공이 강하지도 않고, 명성을 떨치지도 못했다.

그저 벽력마라는 옛 악인을 하나 죽였고, 놈이 죽어 가며 내뱉은 헛소리를 백수룡이 멋대로 떠들어서 생긴 별호일 뿐이다.

'결국 백수룡이 지어 준 거나 마찬가지지.'

남궁수는 자신의 뒤편에 있는 백수룡의 기척을 느꼈다.

녀석은 지금 내공을 쓰지 못한다.

아무리 녀석이라도, 저 상태로 분노한 류설의 손에서 무사하기는 힘들 터.

'은혜를 갚을 기회로군.'

파지지직!

남궁수의 검에 흐르는 뇌기가 한층 더 짙어졌다. 그가 특유의 싸늘한 목소리로 말했다.

"흥분을 가라앉히실 때까지, 제가 상대해 드리겠습니다."

"하? 같잖네, 진짜."

헛웃음을 흘린 류설이 다시 남궁수에게 쇄도했다. 그녀의 쌍도 위로 묵빛 기류가 휘감겼다. 남궁수도 그에 맞서 뇌강을 일으켰다.

쩌저저정!

어둠을 휘감은 도와 벼락을 두른 검이 부딪칠 때마다 빛이 명멸했다. 눈 한 번 깜빡할 사이에, 두 사람의 잔상이 십여 차례 교차했다.

류설의 멸사도(滅死刀)는 무림맹에서 손꼽히는 파괴적인 무공이었고, 남궁수의 천뢰검법도 남궁세가에서 손에 꼽히는 파괴력 강한 무공이었다.

부딪치는 일격 일격이 능히 바위를 부술 만했다. 은연중에 살초는 서로 자제하고 있음에도, 충돌의 여파만으로 대지에 깊게 파인 흉터를 새겼다.

두 고수는 맹렬히 부딪쳤으나, 시간이 지날수록 멸사단주 쪽으로 승기가 기울었다.

"쿨럭!"

뒤로 크게 밀려난 남궁수가 왈칵 피를 토하며 한쪽 무릎을 꿇었다.

'강하다. 의천단주보다 훨씬.'

성정이 질투심이 많고 탐욕스러운 것과 별개로, 의천단주는 무공으로는 나무랄 데가 없을 만큼 거의 완성된 무인이었다.

하지만 눈앞에 있는 멸사단주, 류설에게는 미치지 못했다.

무공의 수위를 떠나, 류설은 타고난 기질부터가 달랐다.

남궁수는 저런 무인들을 뭐라고 부르는지 잘 알고 있었다.

'괴물.'

맹주가 왜 위험을 감수하면서까지 그녀를 무림맹으로 데려왔는지 이제는 알 것 같았다.

류설은 무림맹이 지닌 가장 날카로운 칼이었다.

"이제 좀 비키지?"

류설이 무기를 거두며 한숨을 쉬었다.

실컷 칼을 휘두른 덕분인지, 처음보다는 화가 많이 가라앉은 표정이었다.

그녀는 남궁수 뒤편에 있는 백수룡을 노려봤다.

"내가 진짜 패 주고 싶은 건, 네가 아니라 저 뒤에 있는 녀석이니까."

"……."

남궁수가 대답 대신 비틀거리며 일어나 검을 겨눴다.

류설은 짜증이 가득 담긴 눈으로 그를 바라봤다.

"거참, 눈물 나는 우정이네. 누가 죽이기라도 한데?"

"……아닙니다."

"뭐가 아니야?"

"친구가 아닙니다. 제가 선배입니다."

"하?"

남궁수는 검을 들지 않은 손등으로 입가의 핏물을 닦아 냈다.

생각보다 내상은 깊지 않았다. 그 이유가 류설이 전력을 다하지 않았기 때문이라는 건 알고 있었다.

하지만 남궁수는 여전히 비켜서지 않았다.

류설이 퉁명스러운 표정으로 물었다.

"친구도 아닌데 왜 이렇게까지 나서?"

"……징벌위원회가 열릴 때까지, 제게는 저 녀석을 감시하고 보호할 의무가 있습니다."

"미친."

류설은 황당하다는 듯 피식피식 웃었다.

되지도 않는 말장난을, 저런 고집스러운 얼굴로 하다니.

어처구니가 없어서 화가 다 식어 버렸다.

한숨을 내쉰 류설은 쌍도를 도집에 넣었다.

"……좋아. 일단 너희가 뭔 소리를 하는지 들어 보고 판단하겠어."

"배려해 주셔서 감사합니다."

남궁수도 검을 집어넣고 류설에게 포권을 취했다. 류설이 퉁명스레 대꾸했다.

"감사할 것 없어. 개소리인 게 판명되는 순간, 방금 전에 하다가 만 걸 계속할 테니까."

류설은 그대로 남궁수를 지나쳐 백수룡을 향해 걸어갔다.

남궁수는 더 이상 그녀를 붙잡지 않았다. 그는 잠시 서서 생각에 잠겼다.

'아직 뇌강을 다루는 것이 미숙해.'

멸사단주 같은 초고수와의 비무는 그 자체로 기연이나 다름없다.

비록 이기진 못했지만 얻은 것이 많았다.

대성을 이룬 천뢰검법을 어떻게 더 발전시킬 수 있을지, 자신보다 고수를 상대로 어떻게 뇌기를 다뤄야 할지, 실마리가 조금씩 잡혔다.

'나머지는 백수룡이 매듭짓겠지.'

언젠가는 뇌룡신검이라는 별호가 부끄럽지 않을 수 있도록, 남궁수는 류설과의 싸움을 복기하는 데 집중했다.

◆ ◈ ◆

"화풀이는 충분히 했습니까?"

"……까불지 마."

류설은 이를 갈며 백수룡을 쏘아봤다.

일단 저 얄미운 얼굴을 한 대 패고 시작하고 싶은데, 남궁수와 한 약속 때문에 간신히 참는 중이었다.

하지만 목소리에 날이 서는 것까지는 어쩔 수 없었다.

"어디 지껄여 봐. 모용준이 배신자라고?"

류설은 백수룡이 어떤 말을 해도 조목조목 반박해 줄 생각이었다.

하지만 백수룡은 그녀가 상상도 못 한 이야기를 꺼냈다.

"개방 방주께서 독에 당했습니다. 그 범인으로 무림맹을 지목했고요."

"……뭐? 무슨 소리야 그게?"

갑작스러운 개방 방주의 이야기에 류설이 눈을 동그랗게 떴다.

백수룡은 무한 분타에서 후개를 만난 것부터 방주를 치료한 것, 방주를 중독시킨 독의 정체, 잠시 의식을 차린 방주가 손가락으로 맹(盟)이라 쓴 것까지 전부 이야기했다.

여기에 자신의 추리를 더해, 어째서 모용준을 배신자로 의심하는지도 설명했다.

백수룡의 이야기가 끝난 후, 류설은 떨떠름한 표정으로 말했다.

"……전부 심증뿐이네. 그것만으로 모용준이 배신자라고 말하는 거야?"

"……."

백수룡은 물끄러미 류설을 바라봤다. 일단 그녀가 하고 싶은 말을 하도록 내버려 뒀다.

"그렇잖아? 누구든 범인이 될 수 있어. 밖에 나가 있는 단주들은? 잘 모르나 본데, 오단의 대주 중 한 명 이상은 늘 맹에서 대기해. 그게 심복이라면 충분히 일을 도모할 수 있어. 의천단주 그 인간도 수상해. 돌아가면 자세히 한번 조사해 봐야겠어. 그리고 또……."

모용준을 변호하는 류설의 목소리가 점점 빨라졌다.

그럴수록 백수룡의 표정은 싸늘해졌다.

"믿지 않는 게 아니라 믿기 싫은 거겠지."

"……닥쳐."

백수룡은 닥치지 않았다.

"한 가지만 묻지. 지금도 모용준을 전혀 의심하지 않나?"

"물론이지. 모용준보다 다른 놈들이 훨씬 더 수상해."

류설은 망설이지 않고 대답했다.

하지만 백수룡은 그녀의 눈동자가 흔들리는 것을 놓치지 않았다.

류설 정도의 고수라면, 마음만 먹으면 얼마든지 표정을 숨길 수 있었다.

그조차 못한다는 건, 마음이 그만큼 크게 동요하고 있다는 의미였다.

"멸사단주 류설."

류설은 아까부터 백수룡의 말투가 변했다는 사실도 깨닫지 못하고 있었다.

"억지 부리지 마라. 못 보는 게 아니라 안 보려는 거잖아."

"닥쳐……."

"아니면, 눈이 하나뿐이라 반밖에 못 보는 건가?"

"이 새끼가!"

벼락처럼 뽑혀 나온 흑도가 백수룡의 목 앞에서 멈췄다.

그녀는 뒤도 돌아보지 않고 남궁수에게 경고했다.

"움직이지 마. 확 그어 버리기 전에."

"……."

남궁수를 저지한 류설은 섬뜩한 안광을 쏟아내며 백수룡을 노려봤다.

"네가 뭘 안다고 지껄여?"

"당신이 지금 거짓말을 한다는 건 알지. 누구보다 모용준에 대해서 잘 알면서, 진실을 외면하고 있잖아?"

"닥쳐! 닥치라고. 한마디만 더 지껄이면……!"

"정신 차려. 날 벤다고 해도, 아무것도 바뀌지 않아."

백수룡은 그녀의 눈을 똑바로 마주 봤다. 칼날이 목에 닿아 있는데도 전혀 주눅 든 모습이 아니었다.

오히려 당황한 사람은 류설이었다.

'이 녀석. 분명 내공도 못 쓸 텐데 무슨 자신감으로 이러는 거야?'

백수룡에게 십존이라는 말은 이르다고 생각하지만, 간덩이의 크기라면 충분히 그 안에 들어가고도 남을 것 같았다.

지금도 백수룡은 입을 멈추지 않았다.

"당신 정도의 고수가 아무것도 눈치채지 못했을 리 없어. 내 말을 듣고 뭔가 떠오르는 게 있을 거야. 그동안 모용준의 수상한 행동, 행적들. 떠올려봐."

"……."

류설은 피가 나도록 이를 악물며, 이십 년 가까이 알고 지낸 친우에 대해서 생각했다.

전장에서 서로 등을 맡긴 것도 셀 수도 없었고, 함께 수많은 사선을 넘었다. 서로 못 볼 꼴까지 다 본 사이였다.

……지금도 모용준의 몸에는, 류설과 함께 싸우다 생긴 흉터가 남아 있다.

그 흉터의 위치와 형태까지, 류설은 모두 기억하고 있었다.

'정말로 네가?'

최근 들어서 종종 낯설게 느껴질 때가 있긴 했지만, 아무리 친구라고 해도 사생활까지 전부 다 알 필요는 없다고 생각했다.

함께해 온 시간을 믿었으니까.

하지만 지금, 류설은 믿었던 친우를 의심할 수밖에 없었다.

맹주 대리로 무심코 처리했던 서류 중 일부는 두 번 다시 보지 못했다.

종종 휴가를 얻어 어딘가를 다녀올 때마다, 어디를 다녀왔는지 물어도 대충 얼버무렸다.

멸사단의 회식에도 잘 나타나지 않았다. 새로운 무공을 익힌다는 이유였는데, 그 무공의 정체는 아무도 알지 못했다.

"어째서……."

대수롭지 않게 넘겼던 것들이, 조금 섭섭하다고 여겼던 일들이, 하나하나 새로운 시선으로 보였다.

"배신자라고 해서 꼭 죽일 필요는 없어. 혈교에 협박을 당했을 수도 있고, 어쩔 수 없는 사정이 있었을 수도 있으니."

그녀의 흔들리는 눈동자를 본 백수룡은 타협안을 제시했다.

"그런……가?"

한 줄기 가능성이 류설의 마음을 움직였다.

배신이 아닐 수도 있다. 협박을 받아서 어쩔 수 없이 혈교에 협력 중인 거라면, 그래도 참작의 여지가 있었다.

"……그 녀석. 뭔가를 숨기고 있는 것 같긴 해."

류설이 힘없이 중얼거리며 칼을 내린 순간, 백수룡은 모용준이 배신자임을 확신했다.

'이걸로 확실해졌군.'

사실 그전까지는 확신은 아니었다.

의천단주, 멸사단주, 모용준.

이 셋 이외의 다른 누군가가 범인일 가능성도 적지만 있었으니까.

그래서 일부러 더 류설을 더 압박했다.

그녀의 판단력을 흐리게 하는 '친구'라는 울타리를 치우고, 모용준을 의심하게 만들기 위해서였다.

그렇게 나온 결론이 '뭔가를 숨기고 있다는 같다.'라는 말.

백수룡은 그 판단을 신뢰했다.

"하지만 배신은 아닐 거야. 아무리 생각해도 말이 안 되잖아. 왜? 그 자식이 뭐가 아쉬워서 배신을 하겠어?"

"그건 직접 물어보면 알겠지. 도와줄 거지? 조용히 해결하려면 당신 도움이 필요해."

류설은 힘없이 고개를 끄덕였다. 선택의 여지가 없었다.

백수룡이 이후의 계획을 설명했다.

"내일 밤, 모용준에게 당신에게 보낸 것과 똑같은 서찰을 보낼 거야. 당신은 모용준이 집을 비우면……."

그때였다.

"굳이 그럴 필요 없습니다."

낯선 목소리에 모두의 고개가 같은 방향으로 홱 돌아갔다.

'이렇게 가까이 접근하는데 몰랐다고?'

다들 바짝 경계하며 목소리가 들려온 방향을 바라봤다.

어둠 속에서 천천히, 한 사내가 모습을 드러냈다.

입가에 띤 가벼운 미소.

흐릿한 존재감.

검은 무복의 왼쪽 가슴에는 멸사(滅死)라는 글씨가 선명하게 새겨져 있었다.

"모용준……."

"궁금한 게 있다면 제가 직접 대답해 드릴 테니까요."

모용준이 빙긋 웃으며 말했다.

그의 모습이 어딘가 이상하다는 것은 모두가 느낄 수 있었다.

316화

일단 이 새끼들부터

사위가 고요해졌다.

멀리서 들려오던 풀벌레 소리도 더 이상 들리지 않았고, 바람도 그대로 멈춰 버린 것만 같았다.

"그 녀석은 때려 부술 줄만 알지, 연기나 잠입 같은 건 전혀 못 하거든요."

모용준은 시간이 멈춰 버린 공간에 찾아든 불청객처럼 입을 열었다. 지극히 평온한 어조였다.

"안 그래?"

그는 옅은 미소를 띤 얼굴로 류설을 바라보며 웃었다.

"너……."

류설은 갑자기 나타난 모용준을 당혹스러운 얼굴로 바라봤다.

모용준은 여느 때와 다름없어 보였다.

……그런데 모든 것이 낯설었다.

행동, 말투, 표정. 걸어오는 모습까지.

껍데기는 그대로인데, 저 안에 있는 것도 정말 내가 아는 모용준일까?

"이거 봐."

모용준은 표정 관리를 전혀 못 하는 류설을 바라보며 한숨을 쉬었다.

"다 큰 처자가 부끄러운 줄도 모르고."

"……뭐 이 자식아?"

"옷이 그게 뭐냐?"

류설은 헐렁한 잠옷 위에 외투를 대충 걸치고 있었다.

백수룡이 보낸 서찰을 보자마자 보이는 대로 외투를 걸치고 뛰쳐나온 탓이었다.

노출이 심한 차림은 아니었다. 외투 안쪽으로, 헐렁한 잠옷 사이로 쇄골이 드러난 정도였다.

전장에서는 이보다 더한 꼴도 수없이 보았는데, 모용준은 그럴 때마다 잔소리를 해댔다.

"남자라도 꼬시게? 아서라. 네 옆에 있는 미남들이 열 살 가까이 어린 건 알지?"

"……뒈질래 진짜?"

평소와 다름없는 대화.

모용준은 구박하고 류설은 짜증을 낸다.

이 익숙한 상황에, 류설은 다소간의 안도감을 느꼈다.

모용준이 피식 웃으며 말했다.

"가서 갈아입고 와."

그는 챙겨온 무복을 류설에게 던지며 무너진 폐가 뒤편을 턱으로 가리켰다. 몸을 가릴 정도의 벽은 남겨져 있었다.

옷을 받아 든 류설은 잠시 망설였다.

"너……."

"옷부터 갈아입고 오라고. 어디 안 도망갈 테니까."

"……그래."

류설이 옷을 갈아입으러 간 사이, 모용준은 자신을 묘한 표정으로 바라보는 백수룡과 시선을 맞췄다.

"궁금한 게 많아 보이는 얼굴이군요."

"우리를 감시하고 있었나?"

모용준은 순순히 고개를 끄덕였다.

"왜?"

"기회를 봐서 처리할 생각이었습니다."

휘이잉.

그들 사이로 차가운 밤바람이 스치고 지나갔다.

모용준이 흐릿하게 웃으며 말을 이었다.

"설마 이렇게 빨리 저를 찾아낼 줄 알았으면, 무리해서라도 더 빨리 움직일 걸 그랬군요."

"역시……."

"모용준! 지금 한 말 무슨 뜻이야?"

빠르게 옷을 갈아입고 나온 류설이 성큼성큼 걸어왔다. 모용준이 그녀를 돌아보며 웃었다.

"무슨 말인지 알잖아."

자백이나 다름없는 말.

모용준은 자신이 배신자라는 사실을 부정하지도, 어떠한 변명도 하지 않았다.

그렇다고 체념한 것 같지도 않았다.

그저 생각보다 빨리 들켜서 아쉽다고 말하고 있었다.

"……협박당한 거지?"

이를 악문 류설이 힘겹게 말을 내뱉었다.

"그렇지? 약점을 잡힌 거잖아. 어휴 병신아. 쪽팔리게. 솔직하게 말해봐. 누나가 해결해 줄 테니까. 어떤 새끼들이야?"

"……."

"맹주 영감이 무서워서 말 못 했냐? 걱정 마. 씨발 죽이기야 하겠어? 지랄하면 내가 옆에서 같이 개겨 줄게."

"……."

"그, 뭐냐. 이중 첩자 작전이라고 하면 되잖아? 내가 시킨 거로 하고……."

"……."

"뭐라고 말을 해 봐, 이 개새끼야. 말을 하라고."

류설의 표정이 점점 일그러졌다.

말없이 흐릿하게 웃는 모용준을 보며, 그녀는 스스로 깨닫고 있었다.

그녀의 이십 년 지기는, 혈교에 협박을 당하거나 약점을 잡혀서 배신한 것이 아니라는 것을.

"내 의지였다."

"미친 새끼가 진짜!"

순식간에 달려든 류설이 모용준의 멱살을 움켜쥐었다. 그녀의 눈에서 거센 분노가 타올랐다.

"대체 왜? 네가 뭐가 아쉬워서?"

류설의 몸에서 일어난 사나운 기파가 살갗을 저밀 듯했다.

웬만한 무인도 정신을 잃거나 다리가 풀릴 만한 살기.

그러나 모용준은 그녀의 흉포한 기세를 덤덤히 받아넘겼다.

오히려 류설의 손을 떼어내며 피식 웃었다.

"강해지고 싶었거든."

"……뭐?"

"강해지고 싶었다고. 누구보다 더. 특히 너보다 더."

거짓말이 아니었다.

무인으로서 가장 순수한 욕망.

류설은 모용준의 눈에 한 치의 거짓도 없음을 알 수 있었다.

"미친 새끼."

그녀는 멱살을 쥔 손에 힘을 주며 모용준을 노려봤다.

"고작 그딴 이유로 배신을 해? 안 되겠다. 일단 처맞아야 정신을……."

"손 치워."

화아악!

피부를 자극하는 섬뜩한 감각에, 류설은 본능적으로 훌쩍 뒤로 물러났다.

'베일 뻔했어.'

조금만 늦었으면, 손목이 날아갔을 것이다.

류설의 표정이 딱딱하게 굳었다.

모용준은 그녀의 당황한 얼굴을 보며 킥킥 웃었다.

"넌 몰라. 아무리 발버둥 쳐도 넘을 수 없는 벽을 매일 마주하는 게 얼마나 비참한 일인지."

"무슨 말이야……."

반드시 뛰어넘겠다며 이를 악물고 노력하던 때도 있었다.

하지만, 시간이 갈수록 격차는 점점 더 벌어지기만 했다.

그 세월이 이십 년이었다.

"항상 위에서 내려다보기만 하니 몰랐겠지."

열등감을 드러내지 않으려고 실없이 웃었다.

끓어오르는 승부욕을 외면하며 장난을 치고 웃었다.

차원이 다른 괴물이라고, 가장 친한 친우라고, 불필요한 감정이라고, 애써 변명하고 위안삼아 체념하며 웃었다.

웃는 것 말곤 할 수 있는 게 없었으니까.

"하지만 이젠 아니야."

모용준의 흐릿한 미소가 뒤틀린 조소로 변하는 순간.

존재감이 희미하던 사내의 몸에서, 살이 베일 듯한 날카로운 기파가 폭발했다.

좌좌좌좌좌!

무형의 칼날이 사방을 할퀴었다.

모용준이 서 있는 곳을 중심으로, 바닥에 수십, 수백이 넘는 검흔이 새겨졌다.

"무슨……!"

류설은 경악한 표정으로 모용준은 바라봤다.

지난 이십 년간, 그녀는 모용준이 저런 무공을 펼치는 것은 단 한 번도 본 적이 없었다.

"류설. 이게 내가 널 배신하고 얻은 힘이야."

"……!!"

그때, 두 사람을 지켜보고 있던 백수룡은 모용준에게서 알 수 없는 위화감을 느꼈다.

'저 녀석이 익힌 무공. 설마…….'

익숙하면서도 불쾌한 감각.

표정을 굳힌 백수룡이 앞으로 나서며 물었다.

"혈교에서 건네준 마공을 익힌 건가?"

백수룡은 저것이 마공이 아니라는 것을 짐작하면서도 물었다.

혈교에 저런 마공은 존재하지 않는다.

저건, 마공이 아니라…….

"훨씬 더 좋은 걸 받았소."

모용준이 웃으며 허리춤의 검을 툭툭 두드렸다.

"검의 선택을 받았지."

"……."

그 말을 듣는 순간, 백수룡은 익숙한 위화감의 정체를 깨달았다.

'무극검이다.'

검존이 창안한 무극검에서 상당 부분 변형되긴 했지만, 자세히 살필수록 무극검 특유의 기파가 느껴졌다.

'왜 그 생각을 못 했지?'

검존 모용혼.

멸사단부단주 모용준.

두 사람은 같은 모용세가 출신이었다.

무공의 창안자와 같은 핏줄인 만큼, 모용준은 무극검을 익히기에 적합한 체질을 타고났을 확률이 높았다.

그 이유 하나만으로도 혈교가 모용준에게 접근할 이유는 충분했다.

'천이가 익혔던 것보다 훨씬 안정적이야.'

모용준의 체질 때문일 수도 있고, 그동안 수많은 실험이 자행되어 부작용을 줄였을 수도 있다.

백수룡은 아마 둘 다일 거라고 생각했다.

"……그래 봤자 가짜지만."

"지금 뭐라고 했지?"

아무리 무극검을 익혔다고 해도, 백수룡은 모용준의 저런 여유가 이해되지 않았다.

"설마 너 혼자서 우리 모두를 상대할 생각인가?"

멸사단주 류설은 극강의 고수다. 맹주를 제외하면 무림맹에서도 아마 당해낼 사람이 없을 것이다.

여기에 남궁수도 있고, 비록 내공과 두 팔을 못 쓰지만 백수룡도 있었다.

혼자서 세 사람을 동시에 상대할 수 있다면, 모용준의 무위는 십존에 버금간다는 의미였다.

'강해 보이긴 해도 그 정도는 아니야. 뭔가 숨겨 둔 패가 더 있는 건가.'

아니나 다를까.

모용준이 어깨를 으쓱이며 웃었다.

"내가 언제 혼자 왔다고 말했던가?"

딱!

모용준이 손가락을 부딪치자, 어둠 속에서 흑의인들이 나타나 세 사람을 포위했다.

'저쪽이 방주를 습격한 놈이겠군.'

백수룡은 유독 강한 존재감을 내뿜는 중년인을 바라봤다.

멀리서도 지독하리만치 강한 독기가 느껴졌다. 직감적으로 알 수 있었다.

'저자가 당대의 독마.'

다른 자들도 비슷하지만 약한 독기가 느껴지는 것을 보면, 독마의 제자이거나 사제들인 모양이었다. 그들 또한 한 명 한 명이 강자였다.

어느새 모용준 곁으로 다가온 독마가 말했다.

"회포는 다 풀었나?"

모용준은 백수룡과 남궁수를 가리켰다.

"약속대로 당신은 저 녀석들을 죽여. 류설은 내가 상대한다."

"난 독을 쓴다. 그리고 난전 중에는 어떤 일이 벌어질지 알 수 없지."

모용준도 그것은 잘 알기에 하는 말이었다.

"……오랫동안 기다려온 날이야. 누구에게도 방해받고 싶지 않아. 난 이곳에서 떨어진 곳으로 가서 류설과 싸울 거다."

"혼자서 죽일 자신은 있고?"

독마는 영 못마땅한 표정으로 모용준을 바라봤다.

그 순간,

"류설은 내가 제일 잘 알아. 나밖에 못 죽여."

오싹.

모용준의 눈에서 느껴지는 광기에, 독마는 큭큭 웃었다.

"알겠다. 다만 너무 오래 걸리면 우리가 나설 수밖에 없다는 걸 알아두도록."

"그럴 일은 없어."

독마와 대화를 끝낸 모용준은 류설을 불렀다.

"따라와라, 류설. 저쪽에 서로 죽이기 좋은 장소가 있어."

"……미친놈. 싸울 거면 여기서 싸워."

류설은 고집을 부렸지만, 모용준은 누구보다 류설에 대해 잘 알고 있었다.

"네가 날 따라오지 않으면, 난 일단 의천단주를 찾아가 죽인 후에, 맹주실로 가서 불을 지를 거다. 그리고 닥치는 대로 전부 죽일 거야."

"미친 자식이……!"

"선택은 네 몫이다."

할 말을 끝낸 모용준은 뒷걸음질을 치더니 몸을 돌려 경공을 펼쳤다.

백수룡이 어깨로 류설의 등을 떠밀었다.

"빨리 쫓아가. 말한 대로 하고도 남을 미친놈이니까."

"둘이서 버틸 수 있겠어? 특히 넌……."

류설은 백수룡의 등 뒤로 채워진 수갑을 바라봤다.

게다가 그는 내공도 쓰지 못한다.

외공만으로도 웬만한 무인보다 뛰어난 고수지만, 지금 같은 상황에서는…….

"당연하지. 여긴 우리 둘이면 충분해."

태연하게 고개를 끄덕이는 백수룡의 모습에, 류설은 알 수 없는 믿음이 생기는 것을 느꼈다.

그래. 이 녀석이라면.

"금방 올 테니 버티고 있어."

모용준을 막지 못하면 끔찍한 참사가 발생한다. 류설의 눈에 단호한 결심이 어렸다.

휘이익!

전력으로 경공을 펼친 류설이 모용준을 따라 어둠 속으로 사라졌다. 독마는 그녀를 막지 않았다.

남궁수가 그녀의 뒷모습을 바라보며 딱딱하게 굳은 얼굴로 물었다.

"……백수룡. 정말 방법이 있는 건가?"

"당연하지."

이제 자리에는 백수룡과 남궁수, 그들을 포위한 독마와 그가 데려온 흑의인들만이 남았다.

"청룡신협. 본교의 팔장로를 죽였다고 하기에, 그 얼굴을 한번 보고 싶었다."

느긋하게 말하는 독마의 표정에는 여유가 가득했다.

등 뒤로 수갑이 채워졌고, 내공조차 쓰지 못하는 상대.

벌레를 밟아 죽이듯 간단히 죽일 자신이 있었다.

저기서 금안을 번뜩이는 뇌룡신검이라는 녀석이 꽤 강해 보이긴 하지만, 그래봤자 한 명이었다.

"직접 보니까 어때? 소문보다 낫지?"

……그런데 뭔가 이상했다.

자신이 얼마나 불리한지 알 텐데도, 백수룡은 전혀 겁먹은 기색이 없었다.

오히려 피식 웃고 있었다.

"……뭐가 그리 여유롭지?"

독마는 조금씩 불안해지기 시작했다.

백수룡이 대답 대신, 몸을 옆으로 돌려서 현철로 된 수갑을 보여 주었다.

"내가 이걸 차고 있었던 며칠 동안, 밥을 어떻게 먹었을까?"

"……옆에 있는 뇌룡신검이 먹여 주기라도 했나?"

"미쳤나?"
"미쳤어?"
남궁수와 백수룡이 동시에 발끈했다. 백수룡은 말보다 행동으로 보여주기로 했다.
철컥.
수갑이 풀리는 소리가 나더니, 아래로 뚝 떨어졌다.
백수룡이 손목을 돌렸다. 그의 오른손에는 얇은 철사 하나가 들려 있었다.
"열쇠가 왜 필요해? 철사 하나만 있으면 언제든지 풀 수 있는데."
"고작 두 팔이 자유로워졌다고 달라질 건……."
"아, 그리고 내가 먹은 산공독 말인데."
백수룡은 스스로 봉인해 두었던 내공을 단숨에 끌어올리며 씩 웃었다.
"상했는지 효과가 없더라고."
콰콰콰콰콰콰!
푸른 무복이 미친 듯이 펄럭이고, 머리카락이 하늘로 솟구쳤다. 막대한 기파가 사방으로 질주했다.
"이 자식, 내공을 쓸 수 있었으면서……!"
며칠 동안 속았다는 사실을 깨달은 남궁수의 표정이 일그러졌다.
"속여서 미안한데, 나중에 얘기하자고."
"만독진(萬毒陣)을 펼쳐라!"
백수룡은 당황한 기색이 역력한 독마와 그 패거리를 바라보며 씩 웃었다.
"일단 이 새끼들부터 다 때려잡은 후에 말이야."

317화

쫓아가라

독마는 경계심이 많은 성격이었다.

백수룡이 내공을 끌어올리는 모습을 본 순간, 그는 지체 없이 제자들에게 명령을 내렸다.

"만독진(萬毒陣)을 펼쳐라!"

"존명."

평소 독마의 지독한 훈련에 적응한 제자들다웠다. 예상치 못한 상황에서도 당황하지 않고, 즉각 뒤로 물러나며 거리를 벌렸다.

거리를 벌린 독마와 그의 일곱 제자가 팔방(八方)을 점하며 동시에 공력을 일으키자, 그들의 무복 소매가 펄럭이며 녹빛 기류가 양팔을 휘감았다.

우웅!

진법(陣法)은 여러 무인의 힘을 하나로 모아서 싸우는 무학이다.

무림의 긴 역사 속에서 수많은 방파와 가문이 생겨나고 사라지는 동안, 진법 또한 수많은 발전을 거듭했다.

역사가 유구한 대방파나 가문은 그들을 대표하는 진법을 보유하고 있다. 소림사의 백팔나한진(百八羅漢陣), 화산파의 매화검진(梅花劍陣)은 무공을 모르는 자들에게도 널리 알려져 있었다.

한 시대를 풍미한 천하제일인이 홀로 대방파의 진법에 도전했다가 무릎을 꿇은 일도 적지 않았다. 뛰어난 진법은 구파일방이 오랫동안 무림의 지배세력으로 군림할 수 있는 이유 중 하나이기도 했다.

'본교의 만독진도 그에 못지않다.'

독마는 자신했다.

오십여 년 전, 혈교와 무림맹의 전쟁에서 전대의 독마는 제자들과 함께 펼친 만독진으로 무림맹의 정예 수백을 시체로 만들었다.

당대의 독마인 자신도 만독진을 전수받았다.

아니, 오히려 과거보다 더 뛰어나게 발전시켰다고 자부했다.

'오늘이 본좌의 능력을 시험하는 무대가 될 터! 청룡신협, 네놈을 죽여 증명하리라!'

우우우웅!

독마와 제자들의 몸에서 흘러나오는 녹빛의 기류가 점점 넓게 퍼졌다.

동류의 내공심법과 독을 십 년 이상 함께 연마한 여덟 명이 기운을 내뿜자, 그것들이 서로 공명하며 점점 강해졌다.

츠츠츠츳…….

이제는 숫제 안개였다. 녹색의 연무가 일대를 완전히 뒤덮었다.

백수룡과 남궁수의 모습이 안개에 휩싸여 흐릿해질 지경이었다.

"오히려 재미있어졌구나."

만독진의 중심에서, 독마는 녹색 안광을 폭사하며 청룡신협을 바라봤다.

뛰어난 진법은 단순히 공력을 더하는 것에서 그치지 않는다. 시전자의 기운을 공명시켜 전신의 활력과 무공의 위력을 한층 증가시킨다.

콰콰콰콰!

몸 안에서 용솟음치는 힘이 무엇이라도 할 수 있다는 전능감을 주었다.

독마가 킬킬 웃으며 손을 뻗었다.

"어디, 전력으로 발악해 보거라."

진법에 의해 생성된 녹색의 운무가 독마의 의지대로 휘몰아치며 백수룡과 남궁수를 향해 나아갔다.

'바로 죽이지는 않으마. 끔찍한 고통 속에서 서서히 녹아내리게 될 것이다.'

불경한 생각이긴 했지만, 독마는 지금의 자신이라면 상대가 교의 사도라 해도 능히 상대할 수 있으리라 여겼다.

이제 막 명성을 날리기 시작한 청룡신협 따위가 만독진의 상대가 될리 없었다.

그런데.

"어떻게 너희는 나아진 게 하나도 없냐?"

백수룡의 중얼거림과 함께, 만독진을 이루는 팔방의 한 곳이 창룡검에 의해 갈라졌다.

서걱!

팔방 중 곤방(坤方)의 위치를 맡고 있던 제자의 머리가 날아갔다. 순식간에 벌어진 일이라 독마는 미처 제때 대응하지 못했다.

"아니, 오히려 퇴보한 것 같네."

"……!!"

방금 전까지 자신의 제자가 있던 자리에 검을 들고 서 있는 백수룡을 본 순간, 독마는 경악으로 눈을 부릅떴다.

'생문(生門)을 어찌 알고!'

진법은 정교하게 맞물린 톱니바퀴다.

톱니의 한 축이 무너지면 전체가 삐걱거릴 수밖에 없다.

방금 전 청룡신협은 만독진에서 가장 취약한 부분을 파고들었고, 축 하나를 무너뜨리는 데 성공했다.

만독진에 대한 완벽한 이해가 없으면 불가능한 일.

그러나 놀라운 것은 그뿐만이 아니었다.

"어떻게……."

청룡신협은 만독진 안에서 멀쩡히 움직이고, 호흡하고, 말하고 있었다.

만독진으로 만들어 낸 이 안개는 천하에서 가장 지독한 독공인 생사독으로 만들어 낸 안개.

이 안에서는 숨을 쉬는 것조차 자살행위나 마찬가지인데.

"……설마 만독불침이라도 된단 말이냐?"

"그 정도는 아닌 것 같은데."

백수룡은 태연하게 대꾸하며 검을 고쳐 쥐었다. 치이익……. 그의 청의무복 일부가 독기에 닿아 녹아내리고 있었다.

"이딴 독에 피부가 좀 따끔따끔한 걸 보면 말이야."

"감히……!"

평생을 익혀 온 독공에 대한 모욕에, 독마는 몸을 부르르 떨었다. 그는 만독진의 기운을 하나로 모아 백수룡에게로 밀어 보냈다.

콰콰콰! 유형화된 녹색의 안개가 파도처럼 청룡신협에게 밀려들었다.

그러나 독마가 신경 써야 할 상대는 청룡신협 한 명이 아니었다.

"……네 녀석과 함께 다니면 별일을 다 겪는군."

서늘한 목소리와 함께, 독마가 미처 신경 쓰지 못했던 곳에서 새하얀 벼락이 내리쳤다.

"크아악!"

팔방 중 진방(震方)을 담당하던 두 번째 제자가 새카맣게 탄 시체로 변해 바닥을 나뒹굴었다.

백수룡은 씩 웃으며 남궁수에게 한쪽 눈을 찡긋했다.
그가 독마의 시선을 끄는 동안 남궁수가 다른 곳을 기습한다는 작전. 성공이었다.
'잘했어.'
남궁수는 본 척도 하지 않았다. 곧바로 가장 가까운 적을 향해 쇄도했다.
만독진의 취약한 부분은 백수룡에게서 전음으로 전해 들었다.
대체 어떻게 혈교의 진법을 아는지 의문이지만, 지금 상황에서 중요한 것은 그게 아니었다.
'은혜를 갚을 기회!'
남궁수는 온몸에 뇌기를 두르고 독기를 태워 버리며 전진했다.
백수룡도 동시에 움직였다. 두 사내는 반대 방향으로 움직여 적들의 시선에 혼란을 주었다.
진법이 흐트러지자 독마가 소리쳤다.
"막아라!"
객관적으로 보았을 때, 독마의 제자들은 강했다.
한 명 한 명이 절정 이상의 무공에, 사천당가에 비견될 만큼 강력한 독공을 익혔다.
하지만 청룡신협과 뇌룡신검을 막기엔 역부족이었다.
콰아악! 푸우욱!
독마의 세 번째와 네 번째 제자가 피를 뿜으며 쓰러졌다.
스스스슷…….
독 안개가 옅어졌다. 여덟 명이 이루는 진법에서 네 명이 죽었으니, 더 이상 만독진을 유지하는 것 자체가 불가능했다.
"물러서라!"
독마는 상황이 어렵게 흘러간다는 것을 인정해야만 했다. 더 이상 진을 조종하며 뒤에서 구경만 하고 있을 수는 없었다.

그는 죽은 제자들의 시체를 보며 혀를 찼다.

"멍청한 놈들."

제자들의 목숨 따위는 아깝지 않았다.

혈교에 돌아가면 대체할 소모품은 얼마든지 있으니까.

"……너희를 죽이려면, 나도 목숨을 걸어야겠구나."

다행히 청룡신협과 뇌룡신검도 아무런 피해가 없는 것은 아니었다.

청룡신협의 무복 곳곳이 독기에 닿아 부식됐고, 피부도 붉게 부어올랐다.

'고작 저게 전부라는 사실이 믿기지 않지만.'

뇌룡신검은 그보다 상태가 더 안 좋았다. 창백한 얼굴에 식은땀이 흐르고, 팔이 떨리는 것이 육안으로도 보일 지경이었다. 독을 가까스로 억누르고 있음이 분명했다.

독마가 앞으로 나서며 제자들에게 명령했다.

"약식의 만독진을 내게 집중해라."

"……존명."

넓게 퍼져 있던 안개가 옅어지는 대신, 살아남은 제자들의 기운이 독마에게 집중되었다.

츠츠츠츳…….

유형화된 암녹색 독강이 독마의 두 손에 휘감겼다.

두 눈에서는 녹색 광망이 흘러넘칠 듯 넘실거렸다.

그가 성큼 앞으로 나서며 누런 이를 드러냈다.

"듣던 대로 제법이구나. 지금부터는 본좌가 직접 상대해 주마."

백수룡도 그 모습에는 경계했다. 진의 형태가 바뀌기 전에 조금 더 죽이지 못한 것이 아쉬웠다.

'이제부터는 쉽지 않겠어.'

혈교의 장로쯤 되면, 독을 제외하더라도 지닌 바 무공의 수위가 능히 초고수에 이른다.

독마가 제자들을 물리고 직접 나선 이상, 쉽지 않은 싸움이 될 것이 분명했다.

'역천신공을 쓸 수 있다면 좋겠지만…….'

지금은 쓸 수 없다.

옆에 있는 남궁수에게 변명할 것도 걱정이고, 만약 저 중에 한 놈이라도 놓치면 골치가 아파진다.

따라서 역천신공은 마지막까지 남겨 두어야 한다.

'일단은 다른 무공으로 싸워 보는 수밖에.'

백수룡은 무서운 기세로 달려드는 독마에 맞서 창룡검을 휘둘렀다. 은빛 궤적이 어둠을 갈랐다.

쩌어어엉!!

막대한 충격파에 독마와 백수룡을 제외한 모두가 뒤로 밀려났다. 검강이 사방을 할퀼 때마다 노면에 깊은 상흔을 남겼고, 독강이 폭발할 때마다 닿은 것이 모두 녹아내렸다.

백수룡과 독마가 일대일로 맞붙는 동안, 남궁수는 독마의 제자들을 견제했다.

[……백수룡.]

남궁수가 새파랗게 질린 입술을 달싹여 전음을 보냈다.

[길어야 반 각. 난 이 독기에서 그 이상 버티지 못한다.]

이만큼이나 버티고 있는 것도, 최근 육체가 환골탈태를 했기에 독에 대한 내성이 크게 오른 덕분이었다.

백수룡도 고개를 미세하게 끄덕이며 전음을 보냈다. 그도 남궁수의 상태가 걱정되던 참이었다.

[넌 무림맹으로 가서 이 사실을 알려. 여긴 내가 어떻게든 할 테니까.]

[……안 된다. 자칫 상관없는 사람들이 휘말릴 수도 있다.]

남궁수가 도망친다면 독마의 제자들이 추격할 것이고, 그 과정에서 무공을 익히지 않은 민간인들에게까지 피해가 갈 수도 있었다.

적들이 독공의 고수이기에 그 피해는 짐작할 수조차 없었다. 자칫 잘못하면 대형 참사가 일어날 것이다.

또한, 남궁수의 자존심이 여기서 등을 돌리는 것을 용납하지 않았다.

'은혜를 갚아도 모자랄 판에, 네놈에게 또 빚을 질 수는 없다.'

무작정 같이 싸우겠다고 떼를 쓰려는 것이 아니다. 남궁수의 머릿속에 떠오른 계획이 있었다.

[……내게 작전이 있다.]

[무슨 작전?]

남궁수가 천천히 계획을 설명했다. 들어 보니 나쁘지 않은 생각이었다.

잠시 전음을 나눈 두 사람은 그 계획을 실행하기로 했다.

"좋아. 해 보자고."

그 말이 신호였다. 백수룡은 독마를 강하게 밀어내고 왼손을 하늘로 치켜들었다.

휘이이이잉!

손목의 빙백환이 하얗게 백열하며, 주변의 수분을 모조리 끌어당겼다.

하지만 백수룡은 그것을 얼음으로 바꾸지 않았다. 빙공을 펼치기 전의 단계, 작은 물방울의 상태에서 멈췄다.

얼음이 되지 못한 물방울이 후두둑 바닥에 떨어졌다.

"무슨 짓을……."

백수룡이 빙공을 사용할 줄 알고 경계하고 있던 독마가 미간을 구겼다.

왜 무공을 펼치려다 마는 것이지?

그 순간, 백수룡이 몸을 위로 솟구치며 소리쳤다.

"지금!"

남궁수가 검을 바닥에 꽂으며 전력으로 뇌기를 분출했다. 남은 내공의 대부분을 이 일격에 쏟아부었다.

파지지지지지직!

뇌기가 젖은 땅을 타고 사방으로 질주했다.

평소보다 더욱 빠르게, 예측할 수 없는 방향으로 굴절하면서.

무시무시한 전류가 사방으로 튀었다. 그 길에는 독마와 그의 제자들도 있었다.

"피해라!"

독마는 훌쩍 뛰어올라서 피했지만, 만독진에 집중하고 있던 그의 제자들은 그만큼 눈치가 빠르지도, 움직임이 민첩하지도 못했다.

"꺼헉!"

"끅……!"

"아아악!"

전류에 감전된 독마의 제자들이 일순간 마비되었다.

백수룡과 남궁수는 그 틈을 놓치지 않았다.

서걱! 퍼억!

백수룡은 남은 넷 중 하나를 검으로 베고, 하나는 빙백신장으로 심장을 터트렸다.

좌악! 푸욱!

남궁수도 검으로 한 명의 목을 베고, 그 즉시 검을 던져 한 명의 심장을 꿰뚫었다.

'남은 건 독마 하나!'

그 순간, 독마는 이미 시체가 된 제자를 허공섭물로 끌어당겨 방패로 삼았다.

푸욱!

창룡검이 시체를 꿰뚫었으나 독마에게는 닿지 않았다.

독마는 시체를 옆으로 던져 버리곤 미련 없이 몸을 돌려 도주했다.

"쿨럭!"

"남궁수. 괜찮냐?"

남궁수가 한쪽 무릎을 꿇으며 피를 토했다.

그가 고개를 들어 백수룡에게 말했다.

"……빨리 놈을 쫓아가라."

"너, 상태는?"

남궁수는 고개를 저었다. 아까 연무를 조금 들이마시긴 했지만, 극히 미량에 불과했다. 독공에 직접 당한 적은 없었다.

"이 정도는 운기조식으로 몰아낼 수 있다."

백수룡은 빠르게 죽은 시체들을 뒤져 해약을 찾아냈다.

"먹고 운기조식해."

"시간 낭비를……. 더 멀어지기 전에 빨리 쫓아가라."

백수룡은 고개를 끄덕였다. 남궁수와 길게 이야기할 시간이 없었다.

터엉!

땅을 박찬 백수룡의 신형이 순식간에 점으로 작아질 만큼 멀어졌다.

"……."

멀어지는 백수룡의 머리카락이 끝에서부터 서서히 붉게 물들었지만, 이미 눈을 감고 운기조식을 시작한 남궁수는 그것을 보지 못했다.

318화

당신이 아니면 누가

'계산 착오다. 그것도 치명적인.'

독마는 이를 악물며 경공을 펼쳤다. 귓가에 바람 찢어지는 소리가 스치고, 땅을 박찰 때마다 주변 배경이 휙휙 바뀌었다.

"청룡신협……!"

독마는 분노를 짓씹으며 원수의 별호를 한 자 한 자 내뱉었다.

놈에게 당한 상처가 화끈거렸다.

쓸모없는 제자를 방패 삼아 막긴 했지만, 예리한 검날이 시체를 꿰뚫고 독마의 가슴에 반 치가량 들어왔다.

……검이 조금만 더 깊었어도 심장을 파고들었을 터.

독마는 분노와 동시에 등골이 오싹한 두려움을 느꼈다.

'대체 어떻게?'

혈교의 육장로인 자신이 제자들과 함께 만독진을 펼쳤다.

아무리 청룡신협의 두 팔이 자유롭고 내공의 금제가 없었다곤 해도, 결코 져서는 안 되는 싸움이었다.

하지만 결과는 정반대였다.

'놈은 만독진을 알고 있었다. 단순히 아는 정도가 아니라, 직접 펼치라고 해도 할 수 있을 정도로 이해도가 높았어.'

청룡신협은 진법의 약한 부분을 알고 있었다. 최소의 힘으로 맞물린 톱니바퀴를 하나씩 제거했다.

독마가 미처 대응하기 전에 진법을 와르르 무너뜨렸다.

'진법만 파훼당한 것이 아니다.'

청룡신협과 일대일로 맞붙었을 때 느낀 것이 있었다.

사실 이게 더 큰 문제일 수도 있었다.

독마가 이마에서 식은땀을 흘리며 혼잣말을 중얼거렸다.

"내 초식을 미리 읽고 대응했지. 마치 예전에 상대해 본 것처럼……."

제자들이 보태 준 공력으로도 청룡신협을 압도하지 못한 이유.

독이 거의 안 통하기 때문이기도 했지만, 청룡신협이 초식을 대부분 미리 읽고 대응했기 때문이었다.

뇌룡신검의 방해로 제자들이 몰살당한 순간, 독마는 미련 없이 도주를 선택할 수밖에 없었다.

거기서 더 싸웠다간 일각도 못 버티고 목이 날아갔을 것이다.

터엉!

독마는 발바닥의 용천혈에서 내공을 폭발시키며 땅을 박찼다. 전속력으로 경공을 펼쳤다.

'반드시 알려야 한다!'

모든 것이 의문투성이지만, 한 가지는 확신할 수 있었다.

놈은, 청룡신협 백수룡은 독마가 아는 어떤 독보다 위험하다.

'알려진 것보다 훨씬 더 위험한 인물이다. 본교가 대계를 이루는 데 가장 큰 방해물이 될 것이 틀림없을 터.'

독마는 싸우다 죽는 것은 두렵지 않았다.

하지만, 아무것도 이루지 못하고 개죽음을 당하는 것은 두려웠다.

이런 곳에서 허무하게 죽는다면, 혈교의 영광을 위해 수십 년을 인내해 온 자신의 인생에는 아무런 의미가 없었다.

'아직 쫓아오는 기척은 없다.'

독마는 뒤쫓는 기척이 없다는 사실에 조금 안도했다.

뇌룡신검 때문일 것이다.

생사독에도 끄떡없는 청룡신협과 달리, 뇌룡신검은 확실히 중독 증상을 보였으니까.

둘의 관계가 밀접해 보였으니, 해독을 우선시할 터.

'얼마나 시간을 벌어 줄지는 모르지만…….'

서둘러 무한을 벗어나야 한다.

무림맹에서의 계획을 모두 폐기하더라도 교로 돌아갈 생각이었다.

가서 청룡신협의 위험성에 대해 경고하고, 무림맹주보다 더 높은 일순위 척살 대상으로 지정해 죽여야 한다.

어느새 도심에서 멀리 벗어났다. 야산에 들어선 독마가 안도의 한숨을 내쉴 때였다.

"주변이 한적하니, 이쯤에서 멈추면 될 것 같은데."

"……!!"

뒤에서 목소리가 들려온 순간, 독마는 몸을 홱 돌리며 독장을 넓게 뿌렸다. 암녹색의 기류가 허공을 물들였다.

퍼버버벙!

독장이 넓은 범위로 폭발하며 사방으로 맹독이 튀었다.

상대를 죽이기보다는 시간을 벌기 위한 수법.

하지만 백수룡은 독장을 맨몸으로 뚫고 나왔다. 무식하지만 확실한 방법이었다.

"독이 안 통한다는 건 이미 알고 있을 텐데?"

독장을 뚫고 나온 백수룡을 본 순간, 독마는 도망치는 것도 잊고 제자리에 멈춰 섰다. 그의 눈이 경악으로 부릅떠졌다.

"헉……!"

"다른 놈은 더 없나 보네. 혹시 함정인가 싶어서 주변을 살피면서 왔는데."

피를 뒤집어쓴 것처럼 새빨간 눈동자와 선연한 적발.

저토록 패도적인 기운을 뿜어내는 무공은 천하에 오직 하나뿐이었다.

독마는 믿을 수 없다는 표정으로 부르짖었다.

"역천신공!"

저토록 완성도가 높은 역천신공이라니!

독마는 지금까지와는 다른 의미의 두려움으로 몸이 떨려오는 것을 주체할 수 없었다.

백수룡은 그 모습을 보며 생각했다.

'만나는 놈마다 똑같은 반응이군. 이번에도 한번 속여 볼까?'

남궁세가에서 백수룡에게 죽은 혈령자는 백수룡을 혈마라고 오해했고.

백수룡은 그 오해를 이용해 혈령자에게 여러 가지 정보를 캐낸 적이 있었다.

그 당시를 떠올린 백수룡은 또 한 번 연기를 하기로 마음먹었다.

푸화아악!

적발이 하늘로 솟구치며 무시무시한 기세가 사방으로 뻗쳐 나갔다. 혈마안은 지옥의 업화를 담아낸 것처럼 타올랐다.

쿵!

백수룡이 강하게 발을 구르며 위엄을 드러내자, 독마가 반사적으로 무릎을 반쯤 꿇었다.

"건방지구나. 본좌 앞에서 언제까지 무릎을 펴고 있을 셈이냐?"

"……당신께서, 교주님이란, 말입니까?"

“허면, 본좌가 아닌 다른 자가 역천신공을 익히기라도 한단 말이냐?”
그 순간, 독마가 갑자기 실성한 것처럼 웃음을 흘렸다.
“크흐흐, 크흐흐흐…….”
“뭐가 웃기지?”
콰직! 독마는 혀를 깨물고 핏물을 삼키며 역천신공의 기운에 저항했다.
본능적으로 굽혀진 무릎을 억지로 펴고, 청룡신협을 똑바로 노려보며 일어났다.
그의 눈에 스산한 살기가 맴돌았다.
“놀랍군. 본교 출신이 아닌 자가 역천신공을 익혔을 줄이야.”
“……들켰네.”
중간에 뭔가 말실수가 있었던 모양인지, 독마는 백수룡이 혈마가 아니라는 사실을 눈치챘다.
그러나 백수룡은 오히려 눈을 빛냈다.
“눈치를 보니, 너는 혈령자보다 아는 게 많은 모양인데.”
“장로라는 허울만 가진 놈과 나를 비교하다니. 불쾌하구나.”
그러다 불현듯, 무언가를 떠올린 독마가 입을 열었다.
“……그렇군. 오장로의 말이 사실이었어.”
“오장로?”
“남궁세가에서 만나 보지 않았나. 흑야마제 말이다.”
“…….”
백수룡은 미간을 찌푸렸다.
그는 창천검왕의 배에 검을 쑤셔 넣던 흑야마제의 광기 어린 얼굴을 떠올렸다.

—……이건 말이 안 돼. 이럴 수가 없는데……. 내가 모르는 후보가 있

다고?

지금까지 그가 직접 만나 본 고수 중에서도 가장 끔찍했던 존재.

두 번 다시 만나고 싶지 않은 종류의 인간이었다.

'그래. 놈이 있었지.'

혈교 본단으로 돌아간 흑야마제가 자신에 대해서 알린 모양이었다.

"……흑야마제가 그러더군. 자신을 방해한 복면인이 역천신공을 익히고 있었다고, 그때는 자신의 책임을 면피하기 위해 한 헛소리인 줄 알았거늘……. 설마 그게 청룡신협이었을 줄이야."

"처음부터 그럴 생각이었지만, 넌 살려 보내면 안 되겠다."

"피차 당연한 이야기를."

괴소를 흘린 독마가 수십 년간 몸 안의 쌓아 둔 생사독을 마지막 한 방울까지 끌어냈다.

그것도 부족해 생명력의 근원인 진원진기까지 불태웠다.

콰콰콰콰콰콰!

독마의 몸에서 암녹색을 넘어, 찐득하고 시커먼 독이 흘러나와 기파에 뒤섞였다.

'목숨을 걸었군.'

역천신공에 대항하기 위해서는 다른 방도가 없었을 것이다.

모든 혈교 무공의 정점이 바로 역천신공이니까.

독마의 각오를 확인한 백수룡도 방심하지 않았다. 그 역시 전력을 끌어올렸다.

콰콰콰콰콰콰!

커다란 소용돌이가 백수룡과 독마를 둘러쌌다.

폭풍과 폭풍이 부딪쳤다. 짙은 암녹색의 기류와, 피처럼 붉은 기류가 만나 용오름이 되어 하늘로 치솟았다.

콰아아아아!

맹렬한 바람에 일대의 흙이며 돌, 잎사귀와 나뭇가지들이 모두 휩쓸려 사방으로 솟구쳤다. 바위가 흔들리고, 수백 년 묵은 고목마저 위태롭게 휘청였다.

쩌어어어엉! 쩌어엉!

용오름의 안에서 연신 천둥이 울렸다. 검강과 독강이 맹렬하게 부딪쳤다. 충격의 여파가 대기를 찢어발기고, 땅에 끔찍한 흉터를 남겼다.

치이이익…….

일대의 풀이 모조리 썩어 문드러졌다. 지독한 독기에 벌레 한 마리도 살아남지 못했다. 푸르렀던 땅은 순식간에 그 어떤 것도 자랄 수 없는 불모지로 변했다.

두 사람이 펼쳐 낸 공격이 수십, 수백 줄기로 얽혔다. 찰나에 수십 가지의 초식을 교환하는 수준이었다.

그렇게 양쪽 다 전력을 다한 만큼, 승패를 가리는 데는 오랜 시간이 걸리지 않았다.

콰콰콰콰……!

용권풍이 서서히 가라앉더니, 두 사람의 모습이 드러났다.

그 일대는 벽력탄이라도 맞은 듯 초토화되어 있었다.

"……놀랍군."

털썩.

배에 주먹만 한 구멍이 뚫린 독마가 무릎을 꿇었다.

그는 힘겹게 고개를 들어 백수룡을 올려다봤다.

"……이 정도로 완성된 역천신공이라니. 내 많은 후보들을 봤지만, 본 적이 없는 경지야."

백수룡의 적발적안이 서서히 원래대로 돌아왔다.

스스슷…….

그는 이젠 거의 넝마나 다름없는 무복에 묻은 독기를 털어 내고, 입가의 피를 손등으로 대충 슥슥 닦아 냈다.

백수룡이 굳은 표정으로 물었다.

"전에도 후보라는 말을 들어 본 적이 있다. 너희들 설마, 여러 교주 후보들에게 역천신공을 익히게 하고 경쟁시키는 중인가?"

독마는 선선히 고개를 끄덕였다. 백수룡을 살피는 그의 표정에 경탄이 어렸다.

"짐작하는 바가 맞소. 하지만 그중에 누구도 당신 같은 수준에는 이르지 못했지요. 대부분은 신공을 감당하지 못하고 죽어 버렸습니다."

독마의 눈에서 생기가 빠르게 옅어지고 있었다.

그런데 그의 표정과 말투가 묘했다.

백수룡은 그게 죽음을 앞둔 탓이라고 여겼다.

"청룡신협. 혈마가 되어 주십시오."

"……무슨 개소리지?"

"자격은 충분합니다."

독마는, 죽기 전에 평생을 혈교도로 살아온 자신의 인생에 의미를 부여하고 싶었다.

'개죽음이 아니다. 이것은 순교(殉教)다. 이 목숨 하나로 혈마지존께 간언할 수 있다면…….'

다 죽어가는 독마의 눈에 광기가 차올랐다.

회광반조 현상이었다. 그의 목소리에 힘이 실렸다.

"당신이 아니라면 누가 혈마의 자격이 있단 말입니까? 그 강함, 적을 농락하는 두뇌, 간사한 혀, 단호함까지. 내가 본 후보들 중에 가장 혈마에 어울리는 인물이 당신입니다."

백수룡은 고개를 절레절레 저었다.

"미쳤군. 내 손에 죽은 장로만 너까지 둘이야."

"어째서 본교를 적대하는지는 모르겠으나, 사도들도 당신을 보면 생각이 바뀔 것입니다. 이토록 뛰어난 자질을 지닌 후보라니! 그대라면 본교의 숙원을……."

퍼억!

백수룡은 독마의 가슴을 걷어찼다. 독마가 피를 뿜으며 뒤로 쓰러졌다.

"닥치고 혈교 본단의 위치나 말해. 어디에 있는지 알지?"

"……알려 드릴 수 없습니다. 당신의 마음엔 아직 본교에 대한 증오가 가득하니……. 대신 이것을 드리지요."

독마는 몸 안에 남아 있는 독과 진원진기를 모조리 끌어올렸다.

가장 마지막까지 남아 있었던 만큼, 가장 순수한 기운이었다. 그것을 뭉쳐 내단으로 빚었다.

파아앗!

잠시 후, 독마의 손바닥 위에 손가락 한 마디만 한 크기의 구슬이 생겨났다.

"……사용하기에 따라 만 명을 죽일 독이 될 수도 있고, 독공을 익히는 자에게는 절세의 영약이 될 수도 있을 것입니다."

"뭐 하자는 건데?"

"운명이 당신을 찾아올 것입니다."

독마의 입가에 흐릿한 미소가 맺혔다.

"……혈마지존이여. 저를 기억해 주십시오."

그의 눈에는 백수룡이 무림을 정복한 혈마의 모습으로 보였다. 그의 옆이 자신의 자리였다.

'되었다. 이것으로 되었어…….'

독마가 눈을 감자, 그의 몸이 스스로 녹아내려 흔적도 없이 사라졌다.

"제대로 된 광신도였군."

백수룡은 독마가 남긴 독정을 주워들었다.

완벽하게 정제된 것인지, 들고 있어도 독기를 내뿜거나 하지는 않았다. 어떻게 사용할지는 아직 생각하지 않았다. 일단 품속에 넣었다.

"후우……."

백수룡은 길게 한숨을 쉬었다.

진원진기까지 끌어올린 혈교의 장로와 사투를 벌였다.

그 역시 멀쩡할 리가 없었다. 온몸이 삐걱거렸다. 내상도 적지 않았다.

하지만 쉬고 있을 시간이 없었다.

"류설은 저쪽인가."

백수룡은 거센 기파가 충돌하는 곳으로 시선을 돌렸다. 이곳에서 그리 멀지 않은 곳이었다.

319화

서로 숨기고 있었던 것

"대체 어디까지 갈 셈이야?"

류설은 날카로운 목소리로 모용준을 불렀다.

마음 같아서는 쫓아가서 뒤통수를 후려치고 싶은데, 모용준의 경공이 그녀가 알던 것보다 훨씬 빨라서 그럴 수도 없었다. 지금도 간신히 뒤를 쫓는 중이었다.

'저 자식이 이렇게 빨랐다고?'

이십 년을 알고 지낸 친우의 뒷모습이 처음 보는 사람처럼 낯설었다. 류설은 입술을 꽉 깨물었다.

"……조금만 더 따라와. 다 왔으니까."

잠시 후, 어느 야산의 중턱에 멈춰선 모용준이 돌아섰다. 그는 긴장한 표정의 류설에게 빙긋 웃으며 말했다.

"여기 기억나?"

"……."

"매복은 없으니 그런 눈으로 둘러보지 마. 진짜 기억이 안 나는 모양이네."

모용준은 이러면 조금 섭섭한데, 라고 중얼거리며 뺨을 긁적였다.

류설은 그 태연한 표정을 도저히 참을 수 없었다. 그녀가 눈을 부라리며 쏘아붙였다.

“개자식아. 너 뭐가 그렇게 당당해? 혈교에 붙어먹은 더러운 배신자 주제에…….”

모용준이 짓궂게 웃으며 그녀의 말을 끊었다.

“옛날에 말이야. 너 맹주한테 깨지면 여기로 달려와서 울었던 거 기억나냐?”

“뭐, 뭔 개소리야!”

류설이 당황한 얼굴로 빽 소리를 질렀다.

십 년도 훨씬 더 된 이야기였다. 멸사단에 들어오고 처음 일이 년뿐이었고, 그 후로는 절대로 울지 않았다.

하지만 모용준은 그 시절의 류설을 기억하고 있었다. 둘은 입맹 동기였으니까.

“저기 바위 보이지?”

“…….”

어둠이 짙게 내린 밤이었지만, 두 사람의 눈은 작은 벌레의 움직임마저 포착할 만큼 밝았다.

모용준이 손가락으로 가리킨 방향에 집채만 한 크기의 바위가 있었다.

바위의 표면에 수많은 금이 가 있었는데, 류설은 그것이 과거에 자신이 남긴 것들임을 알아보았다.

“이래도 기억 안 나냐?”

“……씨발. 어딘가 했네.”

부끄러운 기억들이 밀려든다.

맹주에게 대들다가 처맞고 달려와 엉엉 울었던 기억.

억울하고 분해 죽겠어서 저 바위에 마구 칼질을 해대고, 술을 왕창 마시고 와서 눈물 콧물을 줄줄 흘리며 주사를 부려대던 기억.

빌어먹게도, 그 대부분의 기억에 모용준이 옆에 있었다.

“하여간 넌 술만 처마시면 저 바위에다 칼질을 해댔지. 넙데데한 게 맹주 얼굴처럼 생겼다면서, 나중에 강해지면 꼭 반으로 쪼개 버리겠다고 했는데…….”

“안 닥쳐 진짜?”

모용준이 킥킥킥 웃었다. 그의 눈에 장난기가 가득했다.

“그 울보 계집애가 멸사단주가 될 줄, 그땐 상상도 못 했는데.”

“뭐래, 병신이…….”

지금은 아무도 믿지 않겠지만, 처음 무림맹에 왔을 때까지만 해도 류설은 무척 약했다.

멸사단은 한쪽 눈에 안대를 한 깡마른 소녀를 배려해 줄 만큼 물렁한 조직이 아니었다.

대부분은 그녀를 탐탁잖아 하거나, 아예 무관심했다.

–모용준. 류설이 적응하도록 도와줘라.

–예? 제가 왜요?

–까라면 까, 이 새끼야.

당시 멸사단주는 모용준에게 류설을 떠넘기다시피 했다. 둘은 나이가 비슷했고, 가문에서 뛰쳐나온 모용준과 하루아침에 집을 잃고 고아가 된 류설의 처지가 비슷하다고 여긴 것이다.

모용준은 류설과 묶이는 것이 싫었지만, 명령은 명령이기에 어쩔 수 없었다.

……당시에는 모용준도 상당히 거친 성격이었다.

—야. 애꾸. 밥 먹으러 가자. 뭐라도 처먹어야 오후 수련도 버틸 거 아니야.

—한 번만 더 그렇게 부르면 죽여 버린다.

—기껏 챙겨 줬더니 싸가지 보게. 처맞고 따라올래?

—넌 처맞아야 꺼질래?

모용준과 류설의 인연은 그렇게 시작되었다.

이십 년간 함께 밥을 먹고, 전장에서 서로의 등을 지키고, 사선을 넘나들었다.

그렇게 쌓아 온 신뢰가 오늘, 하루아침에 무너진 것이다.

"……대체 왜 배신한 거야?"

"말했잖아. 너보다 강해지고 싶었다고."

모용준이 피식 웃으며 허리춤의 검을 천천히 뽑았다.

스르릉.

칼날에 반사된 달빛이 영롱했다. 천천히 기수식을 취하는 모용준의 모습은, 의식을 치르는 것처럼 경건해 보이기까지 했다.

류설에게 검을 겨눈 모용준이 조용히 웃었다. 그러나 눈에는 섬뜩한 살기가 감돌았다.

"나름대로 추억의 장소를 골랐어. 여기라면, 네 무덤으로 잘 어울릴 것 같아서."

"미친 새끼가……."

류설은 모용준을 이해할 수 없었다. 저 개자식은 완전히 미쳐 버린 게 틀림없었다.

그녀는 양손의 쌍도를 움켜쥐며 공력을 끌어올렸다. 막대한 기파에 그녀의 무복이 돌풍을 만난 것처럼 펄럭였다.

"그만 떠들고 덤벼! 당장 널 박살 내야 속이 후련해질 것 같으니까!"
일단 죽기 직전까지 두들겨 팰 것이다. 당장은 그 생각뿐이었다.
모용준이 그런 류설을 물끄러미 바라보며 물었다.
"류설. 너 진심으로 날 죽일 수 있겠냐?"
"하! 이제 좀 겁이 나나 보네!"
콰앙!
진각을 밟은 류설이 포탄처럼 앞으로 쏘아졌다. 두 자루 흑도가 교차하며 어둠을 갈랐다. 그녀의 몸 위로 묵빛의 기류가 불꽃처럼 일렁였다.
모용준도 피하지 않고 마주 검을 뻗었다. 그 자태가 몹시 고아했다. 극도로 정제된 투명한 기파가 검신을 얇게 둘렀다.
콰가가가각!
마치 불꽃과 얼음의 대결 같았다. 류설은 쌍도에 묵빛 도강을 씌워 맹렬하게 휘둘렀고, 모용준의 검은 고요하게 움직여 상대의 공격을 무위로 만들었다.
쩌엉! 쩌엉! 쩌저정!
세 자루의 검과 도가 충돌할 때마다 터져 나온 충격파에 풍경이 일그러졌다. 두 사람의 추억이 깃든 야산이 파괴되기 시작했다.
마치 파국을 맞은 그들의 관계를 보여 주는 것 같았다.
"잘난 척하더니 막기만 하네. 맹을 배신하고 익힌 게 겨우 수비용 검법이냐!"
류설의 비아냥에도 모용준은 평정심을 잃지 않았다. 오히려 입가에 섬뜩한 미소를 지으며 말했다.
"류설. 언제쯤 진심으로 할래?"
"뭐라고 지껄이는……."
그 순간, 모용준의 신형이 흐릿해지더니 류설의 앞에서 나타났다.
순식간에 좁혀진 간격에 류설의 눈이 부릅떠졌다. 찰나에 상대를 놓친 것이다.

사악!

류설은 아슬아슬하게 고개를 뒤로 젖혔다. 그녀의 목에 옅은 실선이 생겼다. 희미한 상처에 핏방울이 맺혔다.

"……!!"

뒷머리가 쭈뼛해지는 일검이었다. 제때 피하지 못했다면 목을 베였을 것이다.

피를 본 모용준이 키득키득 웃었다. 두 눈이 섬뜩하리만치 차갑게 빛났다.

"나는 널 죽일 작정으로 배신했어. 그러니 날 모욕하지 마. 끝까지 이런 식으로 나온다면……."

모용준의 기세가 변하기 시작했다. 고고하게 흐르던 무극검의 검세가 들끓었다.

광기(狂氣).

류설은 모용준의 눈동자에 비친 것을 그렇게밖에 표현할 수 없었다.

모용준이 속삭이듯 말했다.

"너, 아주 아프게 죽을 거야."

"미친……!"

검귀로 변한 모용준이 공격을 퍼붓기 시작했다. 조금 전과 같은 사람이 맞나 싶을 정도의 살기가 짙은 검이었다.

까가가가강!

류설은 몰아치는 검격을 막아 내며 이를 악물었다.

'대체 무슨 무공이야?'

무림맹에서 가장 뛰어난 검객, 신검단주에게서도 느껴 본 적 없었던 압박감을 모용준에게서 느끼고 있었다.

마공은 아니다. 그랬다면 자신이 느끼지 못했을 리 없으니까.

그렇다고 제대로 된 무공으로 보이지도 않았다.

'무림맹을 배신한 기간이라고 해 봤자, 기껏해야 일이 년일 텐데.'

그 짧은 기간 동안 모용준은 기이할 정도로 강해졌다.

영약? 신공?

단순히 그렇게 설명할 수 있는 수준이 아니었다.

류설은 누구보다 모용준을 잘 알았다.

때문에 지금 상황이 비정상적이라는 것을 깨닫는 것도 어렵지 않았다.

꼭 마공만 무인을 망치는 것은 아니다.

"……너, 그거 주화입마야. 그 무공에 잡아먹힌 거라고."

그러자 모용준이 광소를 터트렸다.

"크하하하! 그렇게 믿고 싶겠지. 너보다 강해진 날 보니까 그렇게라도 매도하고 싶겠지만!"

쩌어엉!

류설을 멀리 튕겨 낸 모용준이 검 끝을 하늘을 향해 치켜들었다. 그가 홀린 듯한 표정으로 자신의 검을 바라봤다.

"……난 검의 선택을 받았어."

생애의 절반을 경애해 온 무인을 압도하고 있었다. 모용준은 말로 설명할 수 없는 쾌감과 고양감을 느꼈다. 지금이라면 그 무엇이라도 할 수 있을 것 같았다.

콰콰콰콰……!

모용준의 검에서 광풍이 몰아치기 시작했다.

심상치 않음을 느낀 류설이 곧바로 달려들었지만.

"……늦었어."

무극광풍(無極狂風)

검존이 창안한 무극검의 절초 중 하나가, 그 후손의 손에서 재현되었다.

촤촤촤촤촤!

광풍이 휩쓸고 지나간 자리에는 아무것도 남아나지 않았다. 야산의 일부가 그대로 찢겨나간 듯했다.

"끄으윽……."

류설은 쌍도를 교차해 무극광풍을 겨우 버텨 냈다. 하지만 그녀의 온몸에는 난도질당한 상처가 가득했다.

"하하! 아직도 안 죽었네? 그래. 그래야 독안마도 류설이지."

모용준은 성큼성큼 류설을 향해 걸어갔다.

승부는 결정 났다. 류설은 서 있는 것이 고작이었다.

"……난 너에 대해서 전부 다 알아. 도를 쥘 때의 습관, 어깨의 움직임, 허초를 줄 때의 시선 처리, 어떤 상황에서 어떤 초식을 즐겨 쓰는지."

"변태새끼냐?"

"이 정도는 당연하지 않겠어? 인생의 절반을 너와 함께 보냈는데."

"징그러운 새끼……."

모용준은 키득키득 웃었다.

"내가 이길 수밖에 없는 싸움이라는 걸 말해 주고 싶었을 뿐이야. ……류설. 잘 가라."

모용준은 검을 들어 류설의 심장을 겨눴다.

그 순간, 이상하게 머리가 지끈거렸다.

토할 것처럼 속이 메스꺼웠다. 심장이 미친 듯이 두근댔다. 검을 쥔 손이 덜덜 떨렸다.

마치 몸이 류설을 죽이는 것을 거부하는 것 같았다.

'내가 왜…….'

모용준은 불현듯 검을 쥐고 있는 자신이 낯설게 느껴졌다. 광기로 흐려졌던 눈에 잠시 다른 감정이 나타났다.

하지만 이내 고개를 홱홱 저었다.

"키키킥."

피를 보면 괜찮아질 것이다. 천하제일의 검으로 류설을 죽이면, 이 떨림도 금방 가라앉을 것이다.

그때였다.

"착각도 유분수지. 네가 나에 대해 전부 안다고?"

"……뭐?"

"너 혼자만 대단한 비밀을 숨기고 있는 줄 아냐고."

류설은 무기를 바닥에 떨어뜨렸다.

쩔그렁, 소리를 내며 바닥에 떨어지는 두 자루 흑도.

모용준이 피식 웃으며 말했다.

"이제 와서 항복한다고 살려 줄 거였으면……."

"병신. 넌 무슨 짓을 해도 날 못 이겨."

류설은 싸움을 포기한 것이 아니었다.

그녀는 오른손을 왼눈의 안대에 가져다 댔다.

"이건 진짜 하기 싫었는데……. 모용준. 너 오늘 뒈졌다고 복창해라."

훈련 중에도, 전장에서도, 심지어 잘 때조차 단 한 번도 벗지 않았던 안대.

질기기로 유명한 천잠사로 만들어 그동안 한 번도 끊어지거나 바꾸지도 않았기에, 그래서 이십 년 지기인 모용준조차 단 한 번도 안대 속을 보지 못했다.

류설은 이십 년 만에 처음으로 다른 사람 앞에서 안대를 벗었다.

"너, 눈이……!"

텅 비어 있어야 할 그녀의 왼쪽 눈에, 불길한 기운을 내뿜는 보랏빛 마안(魔眼)이 보석처럼 빛나고 있었다.

"이게 내 진짜 마공이야."

류설의 마안과 마주한 모용준의 몸이 굳었다. 찰나의 순간이었지만,

류설에겐 그 정도면 충분했다.

빠악!

류설이 휘두른 주먹이 모용준의 턱을 후려쳤다. 휘청이며 물러나는 그에게 류설이 득달같이 달려들었다.

빠악! 빠악! 빠악!

주먹이 연달아 꽂혔다. 얼굴, 복부, 몸통. 가리지 않았다. 무쇠 같은 주먹이 모용준의 전신을 두들겼다.

"맞아야 정신을 차리지? 어? 어디서 부하가 대장한테 하극상을 하고 지랄이야!"

"컥! 커헉……!"

모용준은 검을 휘둘러 류설을 떼어내려고 했다.

그러나 그때마다 류설의 마안이 번뜩였다.

보랏빛 눈동자가 요사스러운 빛을 뿜어낼 때마다 모용준은 몸이 굳고, 정신이 아득해지는 것을 느꼈다.

'환술? 사술?'

단순히 그런 종류가 아니었다.

어느새 류설의 몸 전체가 짙은 보랏빛 기류에 휩싸여 있었는데, 모용준이 알던 그 어떤 때보다 빠르고 강력했다.

"자, 잠깐……!"

그 순간, 류설이 휘두른 일장이 모용준의 왼쪽 뺨에 작렬했다.

달리 말하면 귀싸대기를 후려쳤다.

짜아아악!

피를 뿜으며 날아간 모용준이 바위에 반쯤 처박혔다.

오래전 류설이 맹주에게 이를 갈며 칼질을 해댄, 바로 그 바위였다.

"그 바위 오늘 쪼개 줄게. 너랑 같이."

류설은 주먹에 묻은 피를 옷에 슥슥 닦았다.

320화

마지막까지 숨긴 것

"……그만 때리면 안 되냐? 슬슬 죽을 것 같은데."

모용준이 퉁퉁 부은 얼굴로 말했다.

힘없이 주저앉은 그의 등 뒤로, 산산조각이 난 바위 파편들이 흩어져 있었다.

"정신 차렸으니까 이제 그만……."

퍼억!

류설은 기어이 한 대를 더 때린 후에야 주먹질을 멈췄다. 그녀가 가쁜 숨을 몰아쉬며 물었다.

"후우. 이제야 제정신으로 돌아왔냐?"

"……빌어먹을. 어떻게 끝까지 한 번을 못 이기네."

모용준이 툴툴대며 한숨을 쉬었다.

광기에 물들었던 눈빛이 침착하게 가라앉은 모습을 확인한 후, 류설은 비로소 완전히 주먹을 거뒀다.

하지만 모용준을 사납게 노려보는 눈빛은 여전했다.

"아오, 이 개새끼를 그냥!"

“……그냥 죽이지. 왜 쓸데없는 짓을 하고 그래?”

모용준은 안색이 파리한 류설을 바라보며 낮은 한숨을 쉬었다.

무리하게 공력을 끌어쓰고 마안(魔眼)까지 사용한 여파였다.

그뿐만이 아니었다.

모용준은 피투성이가 된 자신의 몸이 묘하게 가뿐한 이유를 알고 있었다.

“추궁과혈을 이렇게 과격하게 하는 자식은 너밖에 없을 거다.”

“뭐래. 병신이. 열 받아서 화가 풀릴 때까지 팬 거거든?”

분에 넘치는 무공을 펼친 대가로, 모용준의 육체는 완전히 망가졌다. 기혈이 뒤틀리고 오장육부가 상했다.

‘지금 내 수준으로 무극광풍(無極狂風)을 펼치다니. 죽으려고 환장했던 거지.’

방금 전까지, 모용준은 정신은 주화입마에 완전히 잠식돼 있었다.

자신의 의지로 검을 휘두른 게 아니라, 검에게 휘둘렸다. 검에 영혼을 빼앗긴 광인이나 다름이 없었다.

모용준이 허탈하게 웃으며 류설을 올려봤다.

“고맙다. 미친놈으로 죽지 않게 해 줘서.”

“지랄…….”

류설이 구타를 가장한 추궁과혈로 전신의 기혈을 조금이나마 풀어주지 않았다면, 모용준은 이미 시체가 되었을 것이다.

하지만 그것도 약간의 시간을 벌어주는 것이 한계였다.

류설이 퉁명스럽게 물었다.

“얼마나 버틸 수 있겠냐?”

“글쎄. 이 각쯤?”

모용준은 자신에게 남은 시간이 많지 않음을 알고 있었다. 그에게 직접 추궁과혈을 해 준 류설도 모를 리 없었다.

모용준은 곧 죽는다. 무리해서 익힌 신공의 기운이 멋대로 날뛰며 몸을 파괴하고 있었다. 피할 수 없는 운명이었다.

"……."

"……."

짧은 침묵이 흐른 후, 류설은 모용준 앞에 털썩 퍼져 앉으며 한숨을 쉬었다.

"나한테 뭐 할 말 없냐?"

"그 눈은 뭐야?"

"환영마안(幻影魔眼). 너 때문에 지금 대가리가 쪼개지는 기분이거든."

류설은 머리가 지끈거리는지 왼쪽 관자놀이를 꾹꾹 눌렀다.

모용준은 그녀의 보석 같은 눈동자를 홀린 듯 바라봤다.

이런 얼굴이었구나. 안대를 푼 류설은.

"뭘 봐? 눈 안 깔아?"

"혹시 부끄럽냐?"

"이십 년 동안 한 번도 벗은 적 없는 속옷을 벗어재꼈다고 생각해 봐. 어떨 것 같냐?"

"냄새나겠지……."

따악!

괜히 헛소리를 했다가 두들겨 맞은 모용준이 정수리를 감싸 쥐었다.

"뒈질 때가 되니까 무서운 게 없지?"

"끄응……. 맹주님은 네 눈에 대해서 알고?"

"어. 그 영감이 무조건 숨기라고 했어. 보다시피 그냥 마공도 아니고, 사술이 섞여 있거든."

보랏빛으로 물든 류설의 눈동자는 보는 것만으로도 사람을 홀리게 만드는 기운을 내뿜고 있었다.

정파에서 이런 요사스러운 마안을 용납할 리 없었다.

"적어도 십존 정도는 되어야 당당하게 눈깔을 뜨고 다닐 수 있을 거라고 하더라."

"……별로 안 멀지 않냐? 너라면……."

모용준은 류설이 십존의 자리를 위협할 수 있는 고수라고 생각했다.

아니, 안대를 푼 류설이라면 지금도 충분히…….

그의 생각을 읽었는지 류설이 코웃음을 쳤다.

"등신아. 십존이 만만해 보여? 맹주는 그중에서도 괴물이야. 내가 지금까지 개겼다가 대가리 깨진 게 몇 번인데."

"……전부터 궁금했는데, 너랑 청룡신협이 싸우면 누가 이길까?"

"다 죽어가는 새끼가 별게 다 궁금하네. 그거야 붙어 봐야 알지."

두 사람은 시답잖은 이야기를 나누며, 모용준에게 남은 시간의 절반을 보냈다.

평소와 다를 바 없이 평범하게.

멸사단이 전장에서 동료를 보내 주는 방식이었다.

하지만.

"이제 말해."

류설은 무림맹주 대리이자 멸사단주로서, 부단주의 배신을 이대로 덮을 수 없었다.

"왜 그랬어?"

"아까 다 말했잖아. 너한테 이기고 싶어서……."

"내 눈 똑바로 봐."

류설이 모용준의 멱살을 잡아 확 끌어당겼다.

숨결이 닿을 듯 가까운 거리에서, 보랏빛 마안이 불타올랐다.

"사실대로 말해. 왜 맹을 배신했는지, 같이 온 놈 말고 혈교 잔당이 더 있는지, 나 모르게 무슨 짓을 했는지, 전부 다 말하라고."

"……."

모용준은 생각을 정리하는 듯 입술을 몇 번 달싹였다.
이윽고, 그가 입을 열었다.
"이 년 전 어느 날, 내 방에 서찰 하나가 놓여 있었어."
서찰에는 아주 짧은 내용이 적혀 있었다.

모용준. 너는 네가 가진 검의 재능을 썩히고 있다.

처음에는 멸사단원 중 누군가의 장난이라고 생각하고 대수롭지 않게 여겼다.
그런데 다음 날, 같은 필적의 서찰이 또 놓여 있었다.

천하에서 가장 뛰어난 검법을 익힐 기회를 주마.

비로소 뭔가 수상하다고 느낀 모용준은 서찰을 두고 간 자가 누군지 은밀히 조사했다.
류설에게는 굳이 알리지 않았다. 여전히 누군가의 장난일 가능성도 있었으니까.
조사에 별다른 성과는 없었다. 그리고 세 번째 서찰이 미완성된 비급과 함께 도착했다.

이것은 너의 선조가 만든 천하제일의 검법이다.

'무극검(無極劍)'이라 적힌 비급.
앞장을 가볍게 몇 장 넘긴 후, 모용준은 깨달았다.
이건 자신을 위해 만들어진 무공이라는 걸.
정신없이 비급을 탐독하고 나니, 어느새 마지막 장을 읽고 있었다.

다음 장을 읽고 싶다면 내일 아침, 창문을 열어 두도록.

다음 날 아침, 모용준은 창문을 열어 둔 채 무림맹으로 출근했다.

그렇게 조금씩, 조금씩.

짐승에게 먹이를 주어 길들이듯, 혈교는 모용준에게 무극검의 구결을 조금씩 알려 주며 길들였다.

"엄청난 기연이라고 생각했어. 무림의 어느 고인이 내 뛰어난 자질을 보고 제자로 삼고 싶었을 수도 있잖아?"

"너 그렇게 순진한 놈 아니잖아."

"그냥 그렇게 믿고 싶었던 거지."

모용준의 표정이 점점 어두워졌다.

"……그자들이 혈교라는 걸 알았을 땐, 이미 돌이킬 수 없는 상황이었어. 무극검 외엔 아무것도 눈에 들어오지 않았거든."

"넌 진짜 병신이야."

"그래. 할 말 없다."

모용준은 씁쓸하게 웃으며 고개를 끄덕였다.

무인으로서 류설에게 열등감을 느낀 것은 사실이었다.

더 강해지고 싶었고, 뛰어넘고 싶었고, 인정받고 싶었다.

무극검을 익히면서 그런 감정들이 걷잡을 수 없이 커졌다.

주화입마의 징조.

그 사실을 알면서도 모용준은 멈출 수 없었다.

"내가 아는 내통자는 독마와 그 제자들뿐이야. 놈들을 처리하면, 더 솎아낼 자들은 없을 거야."

"……."

"무림맹의 기밀 정보를 혈교에 넘겼어. 특히 최근에는 꽤 많이 넘겼지. 그리고……."

다 말해 주고 싶었지만 시간이 부족했다.

모용준은 류설이 간신히 진정시켜 놓았던 기혈이 다시 뒤틀리는 것을 느꼈다.

"크윽……."

내장이 꼬이는 듯한 고통에, 모용준의 얼굴이 일그러지고 핏줄이 툭툭 불거졌다. 그가 힘겹게 말을 이었다.

"……내 집 마당에 있는 계수나무. 예전에 그 밑에 술 묻었던 거 기억나냐?"

"무슨 술?"

"넌 뭐 하나 제대로 기억하는 게 없냐."

모용준이 허탈하게 웃었다. 이제는 편하게 호흡하는 것조차 힘들어 보였다.

"나중에 우리 둘 중 누구라도 혼인하게 되면, 그때 꺼내서 축하주로 마시기로 했잖아."

"아……."

류설도 기억을 떠올렸다.

십수 년 전, 술에 취해서 반쯤은 장난으로 했던 행동.

–류설! 남의 집 마당에서 이게 뭐 하는 짓이야!

–흐히히히! 이 술은 우리 둘 중에 운 좋게 먼저 혼인하는 놈이 있으면, 그때 꺼내서 마시는 거다. 알아써어~?

–하아. 그래. 마음대로 해라.

–그런데 둘 다 혼인 못 하면 어쩌지? 술만 아까운데…….

–……그럼 우리 둘이 하면 어때? 너 같은 망아지를 데리고 살 놈도 없을 것 같고……. 한 마흔쯤까지 혼인 못 하면, 까짓거 내가 데리고 살아 줄 수도 있는데…….

-뭐래 이 병신이?

-노, 농담도 못 하냐?

그 시절을 떠올린 모용준은 어깨를 들썩이며 웃었다. 고통이 조금은 가시는 기분이었다.

"돌아가면 거길 파 봐. 술 옆에 일지를 묻어 놨으니까, 읽어 두면 상황을 수습하는 데 도움이 될 거다."

모용준은 손등으로 눈을 비볐다. 시야가 점점 흐려지고 있었다. 류설의 얼굴이 잘 안 보였다.

"……이제 와서 하는 말인데, 차라리 이렇게 네 손에 죽게 되는 걸 원했는지도 몰라. 나 스스로는 멈출 수가 없었거든."

"끝까지 병신같은 소리만 하고 앉았네."

이를 악문 류설은 평생의 친구였던 녀석을 똑바로 바라봤다.

눈물은 흘리지 않았다. 두 눈 똑바로 뜨고 끝까지 가는 길을 지켜볼 생각이었다.

"류설."

"왜."

"그냥 한번 불러봤다."

"병신."

"잘 있어라."

"……그래."

모용준은 편안한 표정으로 눈을 감았다.

잘못된 선택의 대가를 치르는 순간이 오자 오히려 마음이 차분해졌다. 입가에 희미한 미소가 맺혔다.

'연모하는 여인이 지켜봐 주는 죽음이라니. 이만하면 나쁘지 않지.'

그가 마지막까지 숨긴 것은 무공이 아니라 마음이었다.

모용준은 덤덤히 죽음을 받아들였다. 깊은 잠에 빠지듯 의식이 꺼졌다.

"누구 마음대로 죽어?"

백수룡이 나타난 것은 그때였다.

류설은 황급히 마안을 가리며 돌아섰다. 백수룡이 그들을 향해 성큼성큼 걸어오고 있었다.

"이미 봤으니까 유난 떨지 마. 별것도 아닌 거로."

"너……!"

류설은 백수룡의 모습을 보고 깜짝 놀랐다.

얼마나 지독한 싸움을 했는지 옷은 넝마나 다름이 없었고, 얼굴은 시체보다 더 창백했다. 한눈에 봐도 내상이 심각해 보였다.

그러나 다른 무엇보다, 한 번도 본 적 없었던 백수룡의 심각한 표정에 류설은 쉽게 입을 열지 못했다.

"……."

주변에 남은 싸움의 흔적을 살피는 백수룡의 표정이 딱딱하게 굳었다.

'무극광풍(無極狂風)을 사용했어.'

무극검의 초식 중에서도 사납기로는 손에 꼽는 초식.

웬만한 공력과 무공에 대한 이해로는 흉내조차 낼 수 없는 기술이었다.

'달라. 검에 담긴 진짜 오의는 사라지고, 오로지 파괴력만 높이도록 변형됐어.'

백수룡은 모용준에게 다가와 상세를 살폈다.

옆에서 류설이 우울한 얼굴로 고개를 저었다.

"이미 늦었어. 어떻게 할 수 있는 상태가 아니야."

"그건 내가 여기 오지 않았을 때 이야기고."

살릴 것이다.

백수룡은 당장이라도 호흡이 끊길 듯 희미한 모용준에게서, 옛 제자의 얼굴이 겹쳐 보였다.

―교관님! 잘 부탁드리겠습니다!

눈망울이 선한 녀석이었다. 지금의 위지천만큼이나 찬란한 재능으로 빛나던 아이.

하지만 백수룡은 그 아이의 감정을 말살하고, 마뇌의 지시대로 살인병기로 만들었다.

그 선한 눈망울에서 점점 감정이 사라지고, 검에만 몰두하도록 만들었다.

―……교관님. 저희가 포기하면 어떻게 되나요?

―너희 말고도 교에 대체할 인력은 넘친다. 폐기한 후에 버려지겠지.

―…….

마치 그것이 너의 존재 이유라는 듯이.

―나를 이렇게 만든 건 당신이야.

모용준이 주변에 남긴 검흔은, 묘하게 그 녀석의 검을 닮아 있었다.

'후회는 안 해.'

만약 네 사부의 무공을 온전하게 혈교에 남겼다면, 혈교는 진작 전쟁을 일으켜 무림을 피로 물들였을 것이다.

'하지만.'

일말의 책임감은 느꼈다.

자신으로 인해 시작된 불완전한 무극검.

그걸 익힌 사람이 죽어가는 모습을 보고도 아무렇지 않을 리 없었다.

특히 그게 검존 사부와 같은 모용세가의 핏줄이라면 더더욱.

“죽지 마라. 너한테 듣고 싶은 이야기가 있으니까.”

백수룡은 모용준의 단전에 손을 올리고, 기를 불어넣었다.

무극검의 구결을 알고, 내공이 흐르는 길을 완벽하게 알기에 가능한 일.

아무리 변형을 주었다 한들, 완전한 무극검을 알고 있는 백수룡에겐 틀린 답이 모두 보였다.

콰콰콰콰……!

뒤틀린 기혈을 바로 잡고, 고여 있던 탁기를 빼낸다.

애초에 잘못 전해진 무극검의 운기 경로 때문에 생긴 주화입마.

잘못 닦인 길을 바로잡자, 몸 안에서 멋대로 날뛰던 무극검의 기운이 얌전해지기 시작했다.

그러자 죽어가던 모용준의 육체가 조금씩 생기를 되찾았다.

“……!!”

류설은 눈을 부릅뜨고 주먹을 꽉 움켜쥐었다.

그녀는 이것을 기적이라고밖에 생각할 수 없었다.

잠시 후, 모용준이 천천히 눈을 떴다.

321화

은인이라니

모용준은 힘겹게 눈꺼풀을 들어 올렸다. 흐릿한 얼굴의 형태가 눈앞에 있었다. 눈을 몇 번 깜빡거리자 서서히 초점이 잡혔다.

"정신이 드냐?"

"……!!"

류설이었다.

순간 모용준의 동공이 크게 확장되었다. 아직 정신이 멍한 상태였다. 가늘게 떨리는 목소리로 중얼거렸다.

"겨, 결국 너도 죽은 거냐? 설마 나한테 입은 부상 때문에……."

"뭐래 이 병신이."

류설은 차마 환자를 때리지는 못하고 옆구리를 세게 꼬집었다. 모용준이 비명을 질렀다.

"끄악!"

"비명도 지르는 거 보니 다 나았네."

고통스러워하는 모용준을 보며 류설이 낄낄 웃었다. 안도의 웃음이었다.

정신이 번쩍 든 모용준은 아픈 옆구리를 만지며 류설에게 물었다. 여전히 얼떨떨한 표정이었다.

"뭐가 어떻게 된 거야. 내가 왜 안 죽었지? 분명 기혈이 다 뒤틀려서……."

모용준은 말을 하다 말고 자신의 몸 안을 관조했다.

기혈이 안정되었고, 몸 안을 찢어댈 기세로 날뛰던 기운이 얌전해졌다. 주화입마의 증상이 깨끗이 사라졌다.

"……대체 뭘 어떻게 한 거야?"

"나도 몰라. 재가 살렸으니까 재한테 물어보든가."

류설이 턱짓으로 가리킨 곳에는, 백수룡이 가부좌를 틀고 앉아 운기조식을 취하고 있었다.

"총사범?"

"후우……."

마침 운기조식을 끝낸 백수룡이 눈을 뜨더니 고개만 간단히 까딱였다. 얼굴이 초췌한 게, 생각보다 내상이 깊은 듯했다. 안 그래도 하얀 얼굴이 더 창백했다.

"하, 하하……. 정말로 내가 살아났단 말이지."

순수하게 기뻐한 것도 잠시, 모용준의 표정이 금세 어두워졌다.

뒤늦게 자괴감, 죄책감, 수치심 따위의 감정들이 밀려든 것이다.

'차라리 죽는 게 나았을지도.'

그래도 은인에게 인사가 우선이었다. 모용준은 비틀거리며 일어나 백수룡에게 포권을 취했다.

"제가 아직 이렇게 불러도 되는지는 모르겠지만…… 총사범님. 구해주셔서 감사합니다."

"고맙다면서 표정은 왜 그렇게 죽상이야?"

백수룡이 피곤한 얼굴로 물었다.

진원진기까지 끌어올린 독마와 생사결을 벌였고, 그 직후 주화입마에 빠진 모용준의 기혈을 바로잡느라 심력을 다 쏟았다. 당장이라도 쓰러져 자고 싶은 것이 솔직한 심정이었다.

하지만 모용준과의 이야기는 일단락지어야 했다.

"……살아난 건 기쁘지만, 솔직히 마냥 기뻐할 수도 없는 입장이니까요."

"어째서?"

"저는 무림맹을 배신했습니다. 이건 결코 용서받을 수 없는 행위입니다."

"……맞아. 이 녀석은 죗값을 치러야 해."

그 옆에서 류설도 굳은 표정으로 고개를 끄덕였다.

이런 부분에 있어서는 둘 다 꽉 막힌 부분이 있었다.

백수룡과 남궁수의 입만 단속하면 아무도 모르게 묻고 지나갈 수 있을 텐데도, 둘 다 그럴 생각이 없어 보였다.

'여기서 조용히 덮자고 말하는 건…… 오지랖이겠지.'

류설과 모용준의 무인으로서 자존심을 무시하는 행동이기도 했다. 백수룡도 그렇게까지 하고 싶지는 않았다.

"어쩌려고?"

"전부 자백한 후에, 정당한 죗값을 치를 생각입니다."

모용준은 단전이 파괴되고 사지 근맥이 잘리는 중형을 피할 수 없을 거라 예상했다.

아무리 주화입마에 걸렸었다고는 하지만, 그는 독마와 함께 개방 방주를 죽이는 일을 공모했으니까.

'방주께서 돌아가셨다면, 살아남는 것조차 힘들지도……'

구파일방의 수장 중 한 명을 죽이려고 한 죄는 그만큼 컸다. 무림맹이 그를 용서한다고 해도, 개방이 용서치 않을 것이다.

하지만 모용준이 모르는 것이 있었다.

"방주님에겐 내가 선처를 부탁해 볼게."

"……예?"

"내가 며칠 전에 그 양반도 치료해 줬거든. 설마 생명의 은인이 하는 부탁을 거절하겠어?"

모용준이 혈교에 협박을 당했고, 주화입마까지 걸렸다고 적당히 양념을 쳐서 사연만 잘 만들면 그럭저럭 설득할 수 있을 것이다.

백수룡은 남을 설득하는 일에는 자신이 있었다.

모용준이 얼떨떨한 표정으로 물었다.

"왜, 왜 저한테 이렇게까지 해 주시는 겁니까?"

내가 만든 무공 때문에 이렇게 됐으니까.

그리고 검존 사부와 같은 핏줄이기도 하니까.

백수룡은 그렇게 말하는 대신, 웃으며 대충 얼버무렸다.

"옛 제자 녀석 중 하나가 생각이 나서."

"……그렇습니까."

세 사람 모두 많이 다치고 지쳤다.

백수룡의 체력도 거의 한계였다. 내상은 심해지지 않을 정도로만 치료한 상황이고, 외상도 적지 않았다. 무복은 완전히 넝마로 변해, 차라리 벗는 게 나을 것 같았다.

"……따로 묻고 싶은 얘기도 있는데, 일단은 피곤하니 돌아가자."

"예."

"그래."

세 사람은 함께 야산을 내려갔다.

어느덧 칠흑 같은 밤을 지나, 어스름한 새벽이 찾아왔다.

류설이 백수룡에게 조심스럽게 물었다.

"그런데 후배, 너 혹시 생사신의의 숨겨 둔 제자니?"

"갑자기 무슨 소리야?"

어느새 호칭이 다시 후배로 돌아왔다. 반면 백수룡은 한 번 놓은 말을 다시 높이지 않았다. 류설도 거기에 대고 뭐라고 하지 않았다.

"아니, 그렇잖아. 사람 살리는 게 특기도 아니고, 독에 당한 개방 방주에, 주화입마에 빠진 이 자식까지 구해 줬잖아. 게다가 독마? 그 자식이 쓰는 독도 안 통한 것 같은데. 솔직하게 말해 봐."

"그건……."

생각해 보니 그런 오해를 받을 만도 했다.

실제로는 생사신의의 제자는커녕, 얼굴도 구경 못 해 봤지만 말이다.

'독, 주화입마. 따지고 보면 다 혈교랑 관련된 것들이라서 쉽게 해결한 거지.'

솔직하게 말할 수는 없기에, 백수룡은 대충 어깨를 으쓱했다.

……그런데, 아까부터 무언가를 까먹은 것 같은 기분이 드는 건 왜 일까.

갑자기 백수룡이 우뚝 멈춰서며 중얼거렸다.

"……맞다. 남궁수."

"빨리도 기억해 내는군."

수풀이 흔들리며 남궁수가 걸어 나왔다. 그 역시 상당히 지치고 초췌한 모습이었다. 그래도 다른 세 사람보다는 상태가 훨씬 나아 보였다.

"독에 당한 건 괜찮냐?"

"……해독했다. 네 걱정이나 하는 게 나을 것 같은데."

남궁수는 백수룡의 몰골을 보고 고개를 절레절레 저었다. 차마 눈 뜨고 못 봐줄 모습이었다.

백수룡이 졸린 눈으로 웃으며 남궁수에게 다가갔다.

"마침 잘 왔다. 너 체력 좀 남았지?"

"……왜 그러지?"

"부탁이 하나 있는데. 내가 지금 너무 피곤해서 말이야. 무림맹으로 돌아가면 바로 곯아떨어질 것 같거든?"
"본론만 말해라."
백수룡은 히죽 웃으며 부탁을 했고, 듣고 있던 남궁수는 결국 한숨을 내쉬며 고개를 끄덕였다.
"알겠다. 다녀오지."
남궁수가 어딘가로 향한 후, 세 사람이 된 일행은 다시 무림맹으로 향했다.
그들은 새벽이 되어서야 무림맹으로 귀환했다.
당연히 무림맹은 발칵 뒤집어졌다.

◆ ◈ ◆

그날 아침.
콰앙!
부술 기세로 문을 열어젖히고 들어온 의천단주가 눈을 부라리며 백수룡을 찾았다.
"청룡신협!"
이내 그는 이불에 파묻히다시피 쓰러져 자고 있는 백수룡을 발견했다.
"네 이놈!"
"……뭐야?"
죽은 듯 잠들어 있던 백수룡이 고개만 돌려 의천단주를 바라봤다.
눈은 아직 반밖에 안 떴고, 옷매무새는 흐트러져 있었다.
"지난밤에 보고도 없이 맹을 이탈했다는 것이 사실인가?"
"……뭐?"
"오늘 새벽, 무한 외곽의 야산에서 거센 기파의 충돌이 있었다는 보고가 들어왔다. 공교롭게도 네가 무단외출한 시간과 겹치더군. 이래도 모른 척할 텐가?"

"……어쩌라고?"

"네놈이 새벽에 맹으로 들어왔다는 것 역시 알고 있다. 이번 건까지 모두 징벌위원회에 회부하기로 결정했다. 변명할 말이 있나?"

확인해 볼 것도 없었다.

의천단주의 예리한 시선은 백수룡의 몸이 정상이 아님을 곧바로 눈치챘다.

'저 정도 고수에게 부상을 입혔다고? 대체 누가?'

잠시 그런 의문이 들었으나, 자세한 것은 데려가서 취조해 보면 알아낼 수 있을 터였다.

그런데 백수룡은 이불 밖으로 나올 생각이 없어 보였다. 그가 이불 속에서 꿈지럭거리며 말했다.

"……머리 울리니까 조용히 좀 말하지? 나갔다 돌아와서 두 시진도 못 쉬었다고."

"하! 결국 이실직고하는군."

의천단주는 백수룡의 수갑이 풀려 있다는 것도 확인했다.

"멋대로 수갑까지 풀었군. 멸사단주가 열쇠를 줬나? 그렇다면 이 일에 그녀도 책임이 있단 말인데."

"그게, 아무래도 싸울 때 좀 불편해서."

"네놈……! 좀 진지할 수 없나!"

의천단주는 청룡신협 백수룡이 거슬렸다.

다른 이유는 없었다. 그가 강력한 차기 맹주 후보이자, 자신의 경쟁자이기 때문이었다.

'머리에 피도 안 마른 애송이가. 명성 좀 날렸다고 맹주 자리를 넘보다니.'

청룡학관과 무림맹이 동맹으로 협상할 때, 백수룡이 맹주에게 부맹주

자리를 요구했었다는 이야기를 들었다.

의천단주는 그때부터 백수룡을 경쟁 상대로 여기고 있었다.

백수룡이 무림맹에 도착한 날부터 계속 견제한 이유였다.

'하지만 그것도 이제 끝이다. 오늘부로 너는 총사범직에서 해임될 터.'

의천단주의 입가에 회심의 미소가 맺혔다.

그는 이번 징벌위원회에 모든 인맥과 영향력을 동원했다.

청룡신협은 무림맹 정문을 부순 것도 모자라, 지난밤에는 무림맹을 무단으로 이탈했다.

간부들의 여론을 모은다면, 아무리 맹주라 해도 더 이상 청룡신협을 감싸지 못할 것이다.

"일어나라. 오늘이 징벌위원회가 열리는 날이라는 것을 잊지는 않았을 테지."

"이렇게 아침 일찍?"

"네놈이 망둥이처럼 날뛰었기 때문이지. 다들 더 이상 좌시할 수 없다고 의견을 모았다."

제대로 건수를 잡았다고 생각했는지, 의천단주는 아주 기세등등했다.

"감시하고 있어야 할 뇌룡신검은 대체 어디에 있지?"

"누구 좀 만나러 갔어."

"남궁세가에도 정식으로 항의해야겠군. 가문의 명예를 걸더니……. 하긴, 남궁세가도 명예가 바닥에 떨어진 지 좀 되었지."

"나중에 감당 못 할 말은 하지 마라."

"……!!"

은은한 살기에 의천단주가 흠칫 놀라 입을 다물었다.

백수룡이 침상에서 천천히 몸을 일으켜 기지개를 켰다.

"흐아암……. 시끄러워 죽겠네. 가면 되잖아. 어디로 가면 돼?"

"……각오하는 것이 좋을 거다. 따라와라."

밖으로 나온 그들은 무림맹 대연무장으로 향했다.

본래 징벌위원회는 집법당에서 열지만, 의천단주는 일부러 판을 키우기 위해 대연무장에 무대를 마련했다.

"자리에 앉아 주시오! 곧 징벌위원회를 시작하겠소!"

의천단주의 닦달에 하루 일찍 도착한 신검단주, 정의단주는 이미 자리해 있었다.

각각 허리춤에 보검을 맨 노인과 등에 창을 맨 중년인이었다.

"저 아이가 청룡신협인가?"

"상태가 영 좋지 않아 보이진 않는군요."

"간밤에도 밖에서 싸움을 하고 왔다고 들었네만……. 허허. 청춘이야."

"의천단주가 아주 이를 갈고 있는 모양입니다."

"진광이 총사범을 해임하자고 난리던데. 자네는 어찌 생각하나?"

"그만한 죄가 있다면 그리해야겠지요."

다른 한쪽에는 무림맹주 대리인 류설이 보였다.

류설도 간밤에 입은 내상과 피로 탓에 표정이 좋지 않았다. 모용준의 모습은 보이지 않았다.

그들 외에도 무림맹의 간부들 이십여 명이 착석했고, 수백이 넘는 일반 무사들까지 웅성거리며 구경하고 있었다.

무대는 완벽했다.

의천단주는 청룡신협을 공개된 처형대 위에 세웠다. 그리고 자신은 그 옆에 섰다.

"무림맹 총사범 백수룡에 대한 징벌위원회를 시작하겠소!"

의천단주가 쩌렁쩌렁한 목소리로 징벌위원회의 시작을 알렸다.

본래 무림맹주 대리인 류설이 해야 할 일이었지만, 그녀는 어째선지 의천단주에게 모든 권한을 위임했다.

"징벌위원회를 시작하기에 앞서, 한 가지 짚고 넘어가겠소."

명목상의 토론이 있겠지만, 총사범의 해임 쪽으로 의견을 모으기로 미리 대부분의 간부들을 설득해 두었다.

“오늘 나눠야 할 이야기는 청룡신협이 정문을 부순 일에 대한 것만이 아니오. 무림맹은 청룡신협에게 신원보증인이라는 특혜를 주었소. 그러나 그는 지난밤에 무림맹을 무단이탈한 것도 모자라…….”

무대의 중앙에 선 의천단주의 장황한 비난과 고발이 이어질 때였다.

바람결에 심상치 않은 냄새가 함께 풍겨오기 시작했다.

“흐읍!”

“이, 이게 무슨 냄새야?”

고약한 냄새에 다들 저도 모르게 코를 움켜쥐고, 냄새가 흘러온 방향으로 고개를 돌렸다.

“언제 오나 했네.”

백수룡도 코를 틀어막으며 피식 웃었다.

잠시 후, 후개의 부축을 받으며 개방 방주가 여섯 장로들, 그리고 수십 명의 거지들과 함께 나타났다.

깜짝 놀란 의천단주가 누구보다 먼저 달려가 방주를 맞이했다.

“용두방주(龍頭幇主)께서 연통도 없이 어쩐 일이십니까?”

개방의 방주를 달리 용두방주라고도 불렀다. 개방을 용에 비유한, 최상의 존칭이었다.

방주가 초췌한 표정으로 입을 열었다.

“은인을 뵈러 왔네.”

“예? 은인이라니…….”

“독에 중독당해 죽어가던 나를 살리고, 간악한 혈교의 장로를 처단한 은인께서 이곳에 있다는 말에 직접 인사를 하러 왔네.”

의천단주의 눈이 화등잔만 해졌다. 방주의 목소리를 들은 모두가 마찬가지였다.

독? 혈교? 은인?

"지, 지금 누구를 말씀하시는 건지……."

"마침 저기 계시는군."

방주는 의천단주를 스윽 지나쳐, 백수룡에게 포권을 취했다.

"청룡신협께 구명의 은혜를 입었소. 개방은 이 은혜를 결코 잊지 않을 것이오."

"개방은 은혜를 잊지 않을 것입니다!"

용두방주를 따라, 후개와 개방의 장로들이 동시에 포권을 취했다.

"……!!"

"……!!"

자리에 있던 모두가 소스라치게 놀라는 가운데, 백수룡이 앞으로 나서며 진중한 표정으로 마주 포권을 취했다.

"과분한 말씀 거두어 주십시오. 무림의 후배로서, 당연히 해야 할 일을 했을 뿐입니다."

그리고 거지들의 뒤편에 서 있는 남궁수를 보고 씩 웃었다.

저 깔끔 떠는 남궁수가 거지들 사이에서 어떤 기분일지 생각하자 절로 웃음이 새어 나왔다.

"은인이라니……. 무슨……. 이런 일이……."

모두가 충격으로 멍해져 있는 가운데, 의천단주가 홀로 창백해진 얼굴로 중얼거렸다.

322화

이번에는 꽤 많이

"……용두방주님. 말씀 중에 죄송합니다만."

겨우 정신을 차린 의천단주가 방주의 앞을 가로막으며 딱딱한 미소를 지었다.

"이 자리는 무림맹 총사범의 죄를 묻기 위해 마련된 자리입니다. 징벌위원회가 끝날 때까지 잠시 기다려 주십시오."

"무어라?"

상대는 구파일방 중 한 곳의 수장이었지만, 의천단주는 단호한 말투로 선을 그었다.

'청룡신협이 개방의 은인이라고?'

그게 뭐 어쨌다는 말인가.

이곳은 무림맹이고, 청룡신협은 본인이 저지른 죄의 대가를 치르기 위해 이곳에 자리한 상황이었다.

의천단주의 시선이 힐끗 백수룡을 향했다.

'용두방주를 믿고 그리 태연했던 모양인데. 내가 어영부영 징벌위원회가 취소되도록 둘 것 같나?'

명분은 이쪽이 가지고 있었다.

의천단주는 설령 용두방주에게 미움을 받는 일이 생기더라도, 징벌위원회를 강행하기로 마음먹었다.

방주가 의아한 표정으로 물었다.

"징벌위원회라니? 설마 이 자리가, 청룡신협을 핍박하기 위해 모인 자리라는 말인가?"

"……청룡신협이 개방의 은인이기에 직접 찾아오신 마음은 이해합니다. 허나, 그는 지금 총사범의 자격으로 이 자리에 있습니다. 이는 무림맹 내부의 일입니다."

의천단주의 목소리에 점점 힘이 실렸다.

그는 이 자리에서 반드시 백수룡을 총사범 지위에서 해임시키고 말겠다는 생각을 굳혔다.

위기감 때문이었다.

'놈의 명성이 더 커지면, 정말로 차기 맹주 자리를 위협할지도 모른다. 여기서 싹을 잘라야 해.'

개방에서 청룡신협에게 보은을 하든 말든, 백수룡이 해임된 이후라면 아무런 상관도 없었다.

웅성웅성.

"의천단주의 말씀이 옳습니다."

"개방과 무림맹의 일은 별개이지요!"

"저, 방금 방주께서 혈교라고 하지 않았나? 한번 들어 보고 싶은데……."

"그래도 징벌위원회가 우선입니다!"

여론도 의천단주의 편이었다. 곳곳에 심어 둔 바람잡이들이 제 역할을 톡톡히 해냈다. 재판의 결과는 이미 결정돼 있었다.

"징벌위원회를 재개하겠소! 총사범 백수룡은 무림맹의 정문을 파괴해 맹의 위신을 떨어뜨린 죄로 이곳에 섰소. 또한, 자숙 기간에 무림맹을 무단으로 이탈하였으며……."

의천단주가 내공을 담아 쩌렁쩌렁한 목소리로 백수룡의 잘못을 하나씩 열거했다.

개방의 등장으로 잠시 어수선해졌던 분위기가 금방 수습되는 듯했다.

그러나.

"허어. 무림맹이 이렇게까지 아무것도 모르고 있을 줄은 몰랐군."

방주가 길게 한숨을 쉬었다. 그 옆의 후개도 고개를 절레절레 저었다.

심지어 개방의 장로들, 풍운육개는 의천단주를 한심하다는 듯 바라보며 혀를 찼다.

이쯤 되자 의천단주도 노골적으로 불쾌감을 드러냈다.

"외인은 발언을 자중해 주십시오!"

상대가 개방의 방주이고 무림의 선배이기에 양보하는 것이지, 의천단주도 무림에서 손에 꼽을 만큼 높은 배분을 가지고 있었다.

그러나 방주는 코웃음을 쳤다.

"의천단주는 청룡신협이 무림맹 정문을 부순 이유를 알고 있나?"

"맹의 무사들의 훈련 상태를 점검하기 위해서라고, 본인에게서 직접 들었습니다. 허나 제가 보기엔 얼토당토않은 소리로……."

"아닐세."

방주가 카랑카랑한 목소리로 의천단주의 말을 끊고 주위를 둘러봤다.

비록 독의 후유증으로 얼굴은 수척했지만, 천하에서 가장 큰 무림 조직을 이끄는 수장답게, 단숨에 좌중의 시선을 휘어잡았다.

"청룡신협이 그런 행동을 한 것은, 무림맹 내부에 있는 배신자를 찾기 위함이었네."

"……뭐라 하셨습니까?"

"배신자라니요?"

"지금 무슨 말씀을 하시는 겁니까!"

징벌위원회를 위해 자리에 모인 무림맹의 간부들이 자리에서 벌떡 일어났다. 그들 중 고수 아닌 자가 없었다. 방주를 노려보는 눈빛이 하나같이 형형했다.

그러나 방주는 태연히 말을 이었다.

"무림맹 수뇌부 중에 혈교와 붙어먹은 배신자가 있었네. 나는 은밀히 그자를 추적하다가 습격을 받아 독에 중독되었고, 불과 몇 시진 전까지는 사경을 헤매고 있었지."

"……!!"

무림맹 한복판에 벽력탄이 터진 듯한 거대한 충격이 퍼져 나갔다.

"용두방주!"

오단의 단주들 중 배분이 가장 높은 신검단주가 노한 목소리로 외쳤다. 그의 몸에서는 칼날 같은 기세가 피어오르고 있었다.

"지금 본인이 한 말에 책임을 질 수 있으시오?"

"이 몸이 늙긴 했으나, 아직 노망이 들지는 않았네."

"증거가 있냐는 말이오!"

더 이상 징벌위원회에 대해서 말하는 사람은 아무도 없었다.

"이, 이게 무슨……."

의천단주는 어안이 벙벙한 표정으로 돌아가는 상황을 지켜볼 수밖에 없었다. 신검단주가 서슬 퍼런 눈빛으로 방주를 노려보았다.

"이것은 명예의 문제요. 만약 증거도 없이 무림맹의 간부를 배신자로 몬 것이라면……."

"개방과 싸움이라도 하겠다는 말인가?"

"못 할 것도 없지."

자칫 무림맹과 개방 간의 무력 충돌로까지 번질 수 있는 상황.

양측 무인들이 몸을 긴장시키며 공력을 끌어올릴 때였다.

류설이 자리에서 일어나며 입을 열었다.

"……지난밤에 있었던 일은 제가 모두 설명하도록 하겠습니다."

"멸사단주?"

"맹주 대리! 이게 대체 어떻게 돌아가는 겁니까!"

"맹주께서 아시면 발작을 일으키고도 남으실 텐데……."

류설은 모용준의 배신, 그리고 지난밤에 있었던 독마와의 싸움에 대해서 덤덤한 어조로 이야기했다.

그 이야기에 오단의 단주들을 비롯해, 무림맹의 모든 간부들은 경악을 감추지 못했다.

"어찌 이런 일이……."

"사, 사실이란 말입니까?"

"믿을 수 없습니다. 우리 부단주가 왜 배신을 합니까!"

여전히 믿지 못하는 자들이 많았다. 특히 멸사단 무인들의 반발이 엄청났다.

그러나 잠시 후, 포승줄에 두 팔이 묶인 모용준이 고개를 숙이고 걸어 나오자 모두가 일순간 할 말을 잃었다.

몇 시진 동안 마음고생을 심하게 한 듯, 모용준의 얼굴은 초췌하기 그지없었다.

"전부 자백하겠습니다. 저는 혈교와 내통했습니다. 그 죄를 달게 받겠습니다."

"……!!"

"……!!"

모용준은 고개를 숙인 채, 무림맹을 배신했었다는 사실을 가감없이 말했다. 하지만 주화입마에 대해서는 말하지 않았다. 변명을 덧붙이는 것처럼 느껴져서였다.

"이 더러운 배신자!"

멸사단원들 중 일부는 배신자에게 욕을 퍼붓고, 돌을 던지고, 눈물을 흘렸다. 믿었던 사이였기에 배신감은 더욱 컸다. 모용준의 머리에서 피가 줄줄 흘러내렸다.

겨우 상황이 수습된 것은 그로부터 반 시진 가까이 지나서였다.

모용준은 일단 뇌옥에 가두었고, 징벌위원회는 자연스럽게 취소되었다.

"이쯤해서 정리하도록 하지. 다들 돌아가서 소속 무인들을 잘 다독이고……."

신검단주가 착잡한 얼굴로 다른 단주들을 돌아보며 말할 때였다.

"다들 경황 중이라 잊고 있는 것 같으니 한마디 하겠소."

충격으로 넋이 반쯤 나가 있는 있는 무림맹의 무인들에게, 용두방주가 입을 열었다.

"감사 인사를 전해야 할 사람이 한 명 있지 않소?"

모두의 시선이 방주를 따라 움직였다. 그 끝에는 의아한 표정의 백수룡이 있었다.

"청룡신협은 개방의 은인일 뿐만 아니라 무림맹의 은인이오. 그가 배신자를 찾지 못했다면 어찌 됐을지 한번 생각해 보시오."

"……."

조직 내부의 적은 외부의 적보다 몇 배는 무서운 법이었다.

만약 혈교와 무림맹이 전쟁 중이었다면, 병력의 규모와 구성, 이동 경로까지 모두 혈교에 알려졌을 터.

……상상만 해도 끔찍한 일이었다.

백수룡은 훗날 무림맹이 흘릴 뻔한 수많은 피를 줄여 준 것과 다름이 없었다.

"몰랐다고는 해도, 여러분은 방금 전까지 은인을 핍박하려 했소. 응당 사과와 마땅한 보상이 있어야 할 것이오. 그렇지 않으면 수많은 강호의 동도들이 무림맹을 비웃을 터!"

개방 방주는 은원이 확실한 사람이었다.

이 자리에 온 것 역시, 청룡신협에게 감사 인사를 전하고, 확실하게 보은하기 위해서였다.

오단의 단주들 중, 신검단주가 가장 먼저 부끄러움에 얼굴을 붉히며 포권을 취했다.

"……방주님의 말씀이 옳습니다. 총사범. 신검단을 대표해 감사 인사를 전하겠네. 신검단은 이 은혜를 결코 잊지 않겠네."

정의단주도 마찬가지였다.

"정의단도 같은 마음입니다. 총사범에게 큰 은혜를 입었습니다. 정의단은 오늘 일을 기억할 것입니다."

부단주의 배신으로 어느 정도는 책임을 피할 수 없게 된 류설도 희미하게 미소지으며 말했다.

"멸사단은 총사범이 원할 때 언제든 나설 거야. 필요하면 언제든지 부르기만 해."

마지막으로, 의천단주도 울며 겨자 먹기로 포권을 취했다. 이런 상황에 혼자만 빠지면 속이 좁다는 말밖에 듣지 못할 테니까.

"……의천단을 대표해 감사드리오. 이 은혜……. 잊지 않겠소."

사실상의 항복 선언이기도 했다.

먼 곳에 임무를 나가 있어 참여하지 못한 철혈단주를 제외한 모든 단주가 청룡신협에게 보은을 약속했다. 그 의미는 결코 가볍지 않았다.

"저는 당연히 해야 할 일을 했을 뿐입니다."

이쯤되자 오히려 백수룡이 부담스러웠다.

그는 자신에게 쏠리는 수많은 무인들의 시선이 꽤나 당황스러웠다.

'이렇게까지 바란 적은 없는데?'

그는 남궁수를 통해 후개에게 연락해, 징벌위원회에 와서 상황을 수습해 달라고 전했다.

그런데 설마, 후개가 아니라 방주가 직접 올 줄은 몰랐다.

게다가 이렇게까지 얼굴에 금칠을 해 주길 원하지도 않았다. 얼굴이 다 화끈거릴 지경이었다.

그러나 진짜 금칠은 이제 시작이었다.

개방 방주는 무림 최대 정보조직의 수장답게, 소문을 퍼트리고 만드는 것에도 아주 능했다.

방주가 무림맹의 무인들을 둘러보며 말했다.

"다들 청룡신협의 창백한 얼굴을 보시오. 심각한 내상을 입었음에도 지금까지 티 한 번 내지 않고 참았던 거요."

"그건……."

내상을 입긴 했지만, 한숨 자고 나니 좀 괜찮아졌다. 얼굴은 원래 하얀 편이고.

"또한 끝까지 자신이 무슨 일을 했는지 말하지 않았지. 이 얼마나 진중한 성격이란 말인가?"

"크흠……."

개방에서 안 왔으면 직접 말할 생각이었다.

누명을 뒤집어쓰는 취미는 없으니까.

"뿐만 아니라, 스스로 산공독을 삼키고 수갑을 찼지. 배신자를 색출하기 위해 자신의 목숨을 걸었다는 것인데, 이 중에 똑같이 할 수 있는 무인이 있다면 손을 들어 보시오."

"흠흠……."

고마운 말이긴 한데, 산공독은 처음부터 통하지 않았고, 수갑도 언제든지 풀 수 있었다.

애초에 백수룡은 위험했던 적이 한 번도 없었다.

하지만 여기 있는 무인들 중 누구도 그렇게 생각하지 않았다.

"과연……."

"그야말로 정파인의 모범이 아닌가?"

"청룡신협께 무공을 배울 수 있어 영광입니다!"

방주의 선동에 넘어간 무림맹의 무인들이 감격한 표정으로 백수룡을 바라봤다.

나라라도 잃은 표정을 하고 있는 의천단주만 빼고.

방주는 여기에 쐐기를 박았다.

"개방은 청룡신협 백수룡을 개방의 명예 방도로 임명하겠소! 천하에 흩어져 있는 개방의 거지들이 그와 밥을 나눌 것이며, 덮고 있던 거적을 기꺼이 양보할 것이오. 오늘부터 청룡신협은 거지들의 형제요!"

"청룡신협은 거지들의 형제요!"

"……!!"

그것은 개방의 무인이 다른 무인에게 할 수 있는 최고의 찬사였다.

백수룡은 이제 어딜 가든 개방의 정보를 공짜로 이용할 수 있었고, 원한다면 정말 개방에서 밥을 얻어먹을 수도 있었다.

'……그냥 굶고 말지.'

백수룡은 거지들과 형제가 되고 싶은 생각이 없었다. 밥을 얻어먹고 싶은 생각은 더더욱 없었다.

물론 겉으로는 눈을 크게 뜨고 감격한 티를 팍팍 냈지만, 속으로는 필사적으로 거절할 말을 떠올렸다.

"……명예 개방도라니. 후배는 방주님의 과분한 호의를 감당하기 어렵습니다. 부디 거두어 주시면……."

"괜찮으니 사양치 마시게. 이토록 겸손하기까지 하다니. 젊은 나이에 십존에 올랐다는 것도 믿어지지 않았건만……."

"그게 아니라……."

거지 취급받는 게 싫다니까!

마음 같아서는 그렇게 외치고 싶었지만, 도저히 그럴 분위기가 아니었다.

결국, 백수룡은 전혀 생각지도 못했던 개방의 명예 방도가 되었다.

"하, 하하……. 가, 감사합니다……."

포권을 취하며 고개를 숙이는 백수룡의 시야에, 뒤편에서 흡족한 미소를 짓고 있는 남궁수의 모습이 보였다.

남들이 보기엔 무표정과 별 차이가 없지만, 관찰력이 좋은 백수룡은 확실히 알아볼 수 있었다.

'혹시 저 자식이 방주한테 뭐라고 한 거 아니야?'

확신에 가까운 직감이었다.

그 순간, 백수룡의 귓가에 남궁수의 전음이 들려왔다.

[오는 길에, 방주님께 네가 주는 건 절대 마다하지 않는 성격이라고 말씀드렸다.]

[뭔 개짓거리야?]

[이번에는 꽤 많이 갚은 것 같군.]

[미친놈인가…….]

그렇게, 청룡신협의 명성은 또 한 번 무림에 크게 울려 퍼지게 되었다.

323화

만약, 그 녀석들이

징벌위원회는 취소되고, 오단의 단주들은 배신자 모용준에 대한 처벌을 결정하기 위해 급히 회의를 열었다.

백수룡도 총사범의 자격으로 참여해야 했지만, 몸이 좋지 않다는 이유로 회의에 참석하지 않았다.

"끄응……. 살살 좀 하지?"

실제로 백수룡의 몸 상태는 상당히 좋지 않았다.

내상도 내상이지만, 그동안 쌓인 피로가 한 번에 터진 느낌이었다.

남궁수가 추궁과혈을 해 준다고 했을 때, 선뜻 고개를 끄덕인 것도 그래서였다.

……하지만 설마 이런 식의 추궁과혈일 줄이야.

"조용히. 입을 열면 효과가 떨어진다."

침상 위에 엎드린 백수룡의 등 위에서, 남궁수가 현란하게 보법을 밟고 있었다.

콱! 콱콱콱!

등의 혈도와 근육을 발끝으로 밟을 때마다 백수룡이 오만상을 썼다.

고개를 돌린 백수룡이 남궁수를 노려봤다.

"일부러 아프게 밟는 거 아니야?"

"본가 비전의 추궁과혈이다."

남궁수는 무표정하게 말하며 추궁과혈을 계속했다.

아픈 만큼 효과는 확실했다. 굳었던 근육이 풀리고, 답답했던 기혈이 한결 편안해졌다.

더 이상 추궁과혈에도 별로 아프지 않게 되자, 백수룡이 한숨을 내쉬며 말했다.

"후우. 그럭저럭 괜찮아졌으니 이제 내려……."

"뒤집겠다."

쿵!

남궁수가 발로 침상 모서리를 찍자, 부침개 뒤집히듯 백수룡의 몸이 홱 뒤집혔다. 추궁과혈은 계속됐다.

콕콕콕콕!

"끄으으으……!"

그로부터 약 일 각 후, 백수룡은 쥐어짠 행주 같은 몰골이 되어 침상에 널브러졌다.

추궁과혈이 아프다는 건 그만큼 몸 상태가 좋지 않다는 방증이었다. 백수룡이 노곤해진 얼굴로 한숨을 쉬었다.

"이번에 무리하긴 했나 봐. 며칠은 꼼짝없이 여기서 쉬어야겠어."

"……를 갚을 절호의 기회로군."

"뭘 갚아?"

남궁수는 이 기회에 은혜를 갚을 수 있을 거라는 기대에 눈을 빛냈다.

"저녁에는 본가 비전의 영양식을 만들어 주지."

"……너네 집은 뭐 그렇게 비전이 많아?"

"대남궁세가니까."

무표정 속에 은근한 자부심이 드러났다. 남궁수는 요리에 필요한 재료가 있는지 확인하러 가겠다며 방을 나섰다.

"저 자식은 뭘 자꾸 갚는다는 거야? 역시 원한인가?"

백수룡이 남궁수가 나간 문을 노려보며 중얼거릴 때였다.

똑똑.

"들어가도 되겠나?"

목소리의 주인은 개방 방주였다. 백수룡은 황급히 겉옷을 주워 입으며 바깥을 향해 말했다.

"들어오십시오."

잠시 후, 초췌한 안색의 방주가 문을 열고 들어왔다.

그는 키가 작고 왜소한 노인이었다.

그러나 실제로 마주 서면, 전혀 작다는 느낌이 들지 않았다.

방주는 개방의 신물인 타구봉을 지팡이 삼으며 걸어왔다. 백수룡이 자리에서 일어나 그를 맞이했다.

"내상이 심하다고 들었는데, 몸은 좀 어떤가?"

"며칠 쉬면 괜찮아질 것 같습니다. 방주님이야말로 좀 어떠신지……."

"나야 조금 피곤할 뿐이라네. 뇌룡신검이 가져다준 해독약이 아주 잘 듣더군."

지난밤, 백수룡의 부탁을 받은 남궁수는 죽은 독마의 제자들의 품을 뒤져 찾아낸 해독약을 들고 개방을 찾아갔다.

방주는 이미 회복세에 접어든 상태였기에, 남궁수가 가져간 해독약을 더하자 금세 의식을 차릴 수 있었다.

"받게나. 개방 비전의 내상약일세."

방주가 품 깊숙한 곳에서 손가락 두 마디만 한 크기의 환약을 꺼내 내밀었다. 순간 백수룡의 예민한 코가 씰룩였다.

'소똥 냄새?'

개방 비전의 내상약에서 소똥 냄새가 났다.

백수룡이 멈칫하는 모습을 본 방주가 짓궂게 웃었다.

"거지들이 만든 약이라고 편견을 갖지 마시게. 효과는 구파의 어떤 내상약보다 뛰어나다고 장담할 수 있으니."

"하하. 그럴 리가요. 방주님께서 드셔야 하는데, 제가 받아도 되나 싶어서…… 감사히 받겠습니다."

백수룡은 어색하게 웃으며 방주가 건넨 내상약을 받았다.

하지만 당장 먹지는 않을 생각이었다.

살기 위해 아무거나 주워 먹던 전생이라면 모를까, 이번 생에서까지 그러고 싶지는 않았다. 내상약은 무림맹에도 많았다.

'나중에 더 급할 때 먹어야지.'

그렇게 합리화하며, 일단 보이지 않는 곳에 내상약을 숨겨 둘 생각이었다.

하지만.

"오는 길에 뇌룡신검을 만났는데, 내상약 이야기를 하니 아주 좋아하더군."

"설마……."

백수룡이 불안한 표정으로 바라보자, 방주가 수염을 쓸어내리며 흐뭇하게 웃었다.

"자넨 아주 좋은 친우를 두었어. 영양식과 함께 달여서 먹이면 회복이 더 빠를 거라며 기뻐하기에, 내상약을 하나 더 주었네. 바로 달이러 갔을 게야. 지금 준 것은 비상용으로 챙겨 두게나."

"……빌어먹을."

저도 모르게 나온 욕설에, 방주가 눈을 동그랗게 떴다.

"방금 뭐라고 했나?"

"그, 혈교 놈들 말입니다. 놈들 때문에 이 꼴이 되었다고 생각하니 분해서 그만…….”

“아암, 그렇고말고! 내 자네 마음은 백번 이해하고도 남지! 아주 육시랄 놈들이야!”

쌓인 것이 많았는지, 방주는 한동안 혈교를 향해 걸쭉한 욕설을 쏟아냈다.

백수룡은 맞장구를 쳐주다가 물었다.

“그런데, 모용준은 어떻게 되었습니까?”

방주도 단주들과 함께 회의에 참석한 것으로 알고 있었다.

이번 일에 가장 직접적인 피해자인 만큼, 방주의 발언권은 회의에서 무척이나 클 수밖에 없었다.

“단전을 폐하고 사지 근맥을 자르는 짓은 하지 않기로 했네. 내가 그런 식의 처벌은 원하지 않는다고 하니, 다들 깜짝 놀라더군.”

다행히 최악은 피한 셈이었다. 백수룡은 속으로 안도의 한숨을 쉬었다.

‘나중에 모용준을 한번 찾아가 봐야겠군.’

백수룡은 방주에게 포권을 취했다.

“선처해 주셔서 감사합니다.”

“허허. 은인의 부탁이 아닌가. 게다가 주화입마에 걸려 제정신이 아니었다고 하니, 마냥 죄를 물을 수는 없는 노릇이지.”

방주는 보기 드문 호인이었다. 은원을 확실하게 따지면서도, 상대가 처한 상황에 따라 자비를 베풀 줄도 알았다.

“하여튼, 회의가 길어질 것 같아서 혼자 빠져나왔네. 뻔히 아는 얼굴들보다는 자네와 이야기를 나눠 보고 싶었거든. 좀 앉아도 되겠나?”

“아, 죄송합니다.”

그제야, 백수룡은 아직도 방주를 세워 놓고 있다는 사실을 깨달았다.

“이쪽에 앉으시죠. 차라도 한잔 드시겠습니까?”

"거지가 공짜 마다하는 것 보았나? 다과도 있으면 좀 주게."

두 사람은 탁자를 두고 마주 앉았다.

방주가 백수룡이 내온 차를 홀짝이며 웃었다.

"자네에 대한 소문이 하도 무성하기에 한 번쯤은 꼭 만나 보고 싶었지. 이런 식으로 만나게 될 줄은 몰랐네만."

천하에서 가장 큰 무림방파의 수장은, 현기가 어린 눈으로 눈앞의 청년을 바라봤다.

그는 비록 십존에 드는 고수는 아니었지만, 사람을 보는 안목이라면 결코 십존에 부족하지 않다고 자부했다.

'당대에 십존이라 불리는 고수들을 모두 내 두 눈으로 직접 보았지. 하지만…….'

그중 누구도 청룡신협만큼 독특하고 파격적인 행보를 보이지는 않았다.

무림의 역사를 통틀어도 이토록 빠르게 강해지고, 명성을 쌓아 가는 고수가 몇이나 있던가?

잠시 백수룡을 살피던 방주는 이내 감탄한 표정으로 중얼거렸다.

"소문이란 대개 과장되기 마련이거늘……. 자네에겐 해당되지 않는 이야기로군."

백수룡은 뭐라고 대답할까 잠시 고민하다가, 주변에 다른 사람들도 없는데 더 이상 가식적으로 대답하는 것도 어색해서 그냥 솔직하게 대하기로 했다.

'방주라면 이미 내 성격 정도는 파악하고 있겠지.'

솔직한 편이 방주의 호감을 얻는 데도 더 유리할 것이다. 가식을 떨쳐 낸 백수룡이 씩 웃으며 말했다.

"그런 말 자주 듣는 편입니다."

예상대로 방주는 껄껄 웃었다.

"들었던 대로 자신감이 넘치는 성격이구나. 아까는 안 어울리게 겸양을 떨더니."

"아까는 좀……. 보는 눈이 많지 않았습니까. 얼굴에 너무 금칠을 해 주시니 민망하기도 했고요."

"의외로군. 뇌룡신검에게 듣기로는 철면신공이 극성에 이르러 수치심을 느끼지 못한다고 들었는데……."

맹주는 흥미롭다는 표정으로 백수룡을 바라봤다.

백수룡은 속으로 남궁수에게 욕을 퍼부으며, 이 기회에 오해를 풀기로 했다.

"흠흠. 남궁수한테 무슨 말을 들으셨는지 모르겠는데, 저 그렇게 뻔뻔한 성격 아닙니다. 보상을 바라고 방주님을 구한 것도 아니고요. 그래서 드리는 말씀인데, 그 개방 명예 방도는 제가 좀 부담스러워서……."

백수룡은 지금이라도 방주가 개방의 명예 방도 선언을 취소해 주었으면 싶었다.

'학관에 돌아가면 제자 놈들이 얼마나 놀려대겠어?'

특히 원강이 놈이라면 대가리가 깨지더라도 한 달은 놀려댈 것이다. 상상만 해도 끔찍했다.

하지만 방주는 백수룡의 그런 마음조차 겸손으로 받아들이는 듯했다. 그가 흐뭇하게 웃으며 고개를 저었다.

"그럴 수는 없지. 개방은 결코 은혜를 가볍게 여기지 않는다네. 자네는 이제부터 개방의 형제이자 한 식구일세."

"……."

"그리고 아까는 말하지 못했네만."

부드럽게 웃던 방주의 표정이 진지하게 변했다.

동시에 다소 흐릿하던 그의 존재감이 일순간에 뚜렷해지며, 방 안의 공기가 무거워졌다.

'단숨에 분위기가 바뀌다니. 괜히 구파일방 중 한 곳의 수장이 아니군.'

백수룡이 속으로 감탄하는 가운데, 방주가 낮은 음성으로 입을 열었다.

"자네가 본 방에 혈교의 세작이 있음을 알려 주었다고 들었네."

"후개에게 들으셨습니까?"

방주는 고개를 끄덕였다.

개방 내부의 일이기에, 사람들이 많은 곳에서 말하지 않았던 것.

백수룡은 무한 분타를 방문했을 당시, 개방도들 중 혈교의 무공을 익힌 자를 발견했다.

—저자가 진짜 청룡신협이라는 증거도 없는데, 어찌 이리 경거망동하는가!

백수룡이 방주와 만나는 것을 적극적으로 반대했던 장로.

무한 분타를 떠나기 전, 백수룡은 후개에게 조용히 그 사실을 전했다.

장로 중 한 명이 혈교의 무공을 익힌 것 같으니 확인해 보라고.

그 뒷이야기는 지금 처음 듣는 것이었다.

"세작은 어떻게 하셨습니까?"

"방의 규칙대로 처리했지."

방주는 덤덤한 표정으로 대답했다.

개를 잡는 타구봉으로 세작을 때려죽였다는 말이었다.

애초에 개방에는 신분이 불분명한 고아들이 대부분이었기에, 혈교에서 심은 세작이 있을 가능성은 컸다.

'그렇다 해도 설마 장로들 중에 배신자가 있을 줄이야.'

어쩐지, 방주는 은밀히 무림맹의 배신자를 찾던 과정에서 너무 쉽게 발각되었다고 생각했다.

그리고 그걸 알아챈 청룡신협의 혜안에 거듭 감탄할 수밖에 없었다.

"남궁세가, 무림맹, 그리고 개방까지. 자네는 어찌 그렇게 혈교 놈들을 잘 잡아내는 것인가?"

의심해서 물어보는 눈치는 아니었다. 그저 순수한 호기심으로 보였다.

솔직하게 대답할 수 없는 노릇이라, 백수룡은 적당히 둘러댔다.

"혈교와 몇 차례 싸워 보았더니, 그런 쪽으로 감이 생긴 모양입니다."

"감이라……. 하긴 절세고수쯤 되면 그것만큼 믿을 수 있는 것도 없지. 자네는 그중에서도 사공과 마공을 느끼는 데 특출난 기감을 가졌나 보군. 실로 정파의 홍복이야."

방주는 백수룡의 말을 전혀 이상하게 생각하지 않았다. 지금까지 청룡신협의 행보를 생각하면 당연한 일이었다.

"남궁세가와 무림맹의 일은 빙산의 일각에 불과할지도 모르네. 개방에도 배신자가 있었고, 다른 구파라고 해서 없다고 장담할 수 없겠지."

"……."

"뿐만 아닐세. 무림 곳곳에 혈교의 짓으로 의심되는 흔적들이 있네. 갑자기 멸문한 문파와 세가, 하루아침에 주인이 바뀐 사파들, 자취를 감추었다가 어느 날 강해져서 나타난 무인……. 의심이 가는 곳이 아주 많아. 개방조차 다 파악하지 못할 만큼."

오십 년 전 혈교와의 전쟁이 끝난 후, 개방은 혈교의 잔당을 뿌리 뽑기 위해 천하를 이 잡듯이 뒤졌다.

하지만 큰 소득은 없었다.

혈교 본단의 위치를 찾아내기는커녕, 기껏해야 일부 문파에 숨어든 세작들을 솎아낸 정도였다.

"헌데 자네는 벌써 두 번이나 혈교의 계획을 망쳤지. 아니, 나를 살린 것까지 포함하면 세 번이라고 봐도 무방해."

"운이 좋았습니다."

방주는 고개를 저었다. 그가 현기가 가득한 눈으로 백수룡을 바라봤다.

"같은 일이 세 번이나 반복되면 운이라고 말하지 않네. 운명인 게지."

"……."

백수룡이 누구보다 혈교의 무공을 많이 알고 있고, 그들의 생리에 대해서 잘 알기에 가능했던 일.

하지만 방주는 그 사실을 모르기에, 백수룡이 해낸 일을 운명이라고밖에 생각할 수 없었다.

노인의 표정이 더욱 진지해졌다.

"조심하게. 놈들은 더 이상 자네를 좌시하지 않을 것이야. 자네는 혈교의 표적이 될 걸세."

"각오하고 있습니다."

여러 가지 우연과 의도가 겹치면서 명성이 상상 이상으로 높아졌다.

혈교는 더 이상 백수룡을 내버려 두지 않을 것이다.

하지만 그건 백수룡도 마찬가지였다.

'그래. 이제부터가 진짜겠지.'

혈교가 본격적으로 움직일 것이다. 살수를 보내든, 함정을 파든, 계략을 짜든, 수단과 방법을 가리지 않고 백수룡을 제거하려 할 것이다.

'전부 받아쳐 주마.'

백수룡은 그 모든 것을 박살 낼 생각이었다.

살수가 오면 오는 족족 죽이고, 함정을 판다면 보란 듯 농락하고, 계략에는 더 교활한 계략으로 맞설 것이다.

그렇게 하다 보면, 언젠가는 혈교 본단에 대한 정보도 알아낼 수 있으리라.

"……자네 눈빛을 보니 내가 괜한 걱정을 한 것 같군. 노인네의 주책이라고 생각해 주게."

"아닙니다. 신경 써 주셔서 감사합니다."

"혹 궁금한 것이 있으면 무엇이든 물어보게. 내가 아는 것은 모두 다 대답해 줄 테니.”

무림에서 가장 큰 정보조직의 수장이 한 약속이었다. 그 자체로 기연이나 다름이 없었다.

“……혹시.”

백수룡은 잠시 망설이다가 입을 열었다.

그의 기억 속에서, 지금껏 마주했던 혈교의 장로들이 몇 번이나 언급했던 말이 떠올랐다.

—일사도께서 이르시기를, 남궁세가를 멸문시키고 음양마존께서 안배하신 탈혼마인들을 데려오라 하셨습니다…….

혈교의 사도(使徒).

본래 혈교에는 없었던 직위이나, 지금은 장로들조차 수족처럼 부리는 자들.

—어째서 본교를 적대하는지는 모르겠으나, 사도들도 당신을 보면 생각이 바뀔 겁니다.

장로들보다 위에 서려면 그들보다 강한 무공은 물론이고, 명분도 있어야 한다.

‘대체 누가?’

백수룡은 사도가 누구일지 여러 번 생각해 보았다.

그가 아는 혈교의 많은 고수들, 팔대가문의 후계자들, 그러나 그 누구도 사도가 되기엔 부족했다.

……그러다 문득 한 가지 가정에 이르렀다.

외면하고 싶지만, 결코 외면해서는 안 되는 과거.

자신의 옛 제자들.

'만약, 그 녀석들이 아직 살아 있다면…….'

질문을 기다리던 방주가 의아한 표정으로 물었다.

"뭔데 그리 뜸을 들이나?"

"……."

백수룡의 눈동자가 흔들렸다. 입술을 꽉 깨물었다.

진실을 마주하기가 두려웠지만, 묻지 않을 수 없었다.

열리지 않는 입을 억지로 비틀어 열었다.

"……사도의 정체에 대해서 아십니까?"

목소리가 떨리는 것은 어쩔 수 없었다.

324화

만약에 말이야

"사도……."

방주는 놀란 표정으로 중얼거리다가, 이내 고개를 끄덕였다.

청룡신협이라면 충분히 알 수도 있는, 그리고 알아야 하는 정보라고 판단한 것이다.

"혈교의 사도에 대해 알려진 것은 거의 없네. 한 명 한 명이 절세고수라는 것. 그리고 오십 년 전 혈교와 무림맹의 전쟁에서 처음으로 모습을 드러냈다는 것 정도가 그나마 알려진 사실이지."

"……처음 보는 고수였다는 말입니까?"

"맞네. 그전까지는 누구도 사도에 대해 알지 못했어. 혈교에 그런 비밀병기가 있을 줄 누가 알았겠나?"

'비밀병기'라는 말에 백수룡은 조용히 이를 악물었다. 저도 모르게 피가 안 통할 정도로 주먹을 꽉 쥐었다.

"……괜찮나? 조금 전부터 낯빛이 좋지 않은데."

방주는 창백하게 굳은 백수룡의 표정을 보며 걱정스레 물었다.

백수룡은 억지로 괜찮은 척하며 웃었다.

"조금 피곤할 뿐입니다. 계속 이야기해 주십시오."

백수룡은 심호흡을 하며 날뛰는 감정을 조절했다. 침착해야 한다. 이 이상 과민하게 반응하면 방주가 이상하게 여길지도 모른다.

'아직 확실한 것은 아니야.'

차라리 내상을 입은 것이 다행이라는 생각이 들었다. 표정 관리가 안 돼도 핑계를 댈 수 있으니.

다행히 방주는 백수룡의 몸 상태를 염려할 뿐이었다.

"힘들면 말하게. 이야기는 다음에도 해 줄 수 있으니."

"걱정하실 정도는 아닙니다."

"고집은……. 하여튼, 나는 지난 전쟁에 참여했었다네."

오십 년 전 혈교와의 전쟁.

당시 젊고 패기 넘치는 무인이었던 방주는, 스승이었던 전대 방주와 함께 전장에 합류했다.

낮고 차분한 목소리가 그 시절을 덤덤히 회고했다.

"무림맹은 승리를 낙관했지. 혈교는 내분으로 약해져 있었으니까. 장로들 중 절반이 죽었고, 혈교 본단이 초토화됐다는 세작의 정보가 있었어. 이런 기회를 놓칠 수 있겠나. 사기충천한 정파의 무인들이 혈교의 본단이 있는 신강으로 쳐들어갔지."

구파일방과 오대세가, 그 안에는 포함되지 못해도 한 지역에서 명성을 날리는 문파와 가문들 역시 집결했다. 여기에 의(義)와 협(俠)을 숭상하는 협객들도 합류했다.

독보강호하던 고수들, 은퇴를 선언했던 전대의 고수들, 심지어 고작 지학을 넘긴 소년 무인들도 함께 싸우겠다고 먼 길을 달려왔다. 그들을 돌려보내는 것만 해도 진땀깨나 빼는 일이었다.

척마멸사의 기치 아래 모인 정파무림의 기세는 대단했다. 그들은 혈교를 멸하기 위해 거침없이 진군했다. 누구도 승리를 의심하지 않았다.

"들었던 대로 혈교는 정상이 아니더군. 멀리서 봐도 파괴된 건물들이 보일 지경이었지. 흡사 커다란 지진과 폭풍이 휩쓸고 간 듯했어. 도사들은 천벌이라고 수군댔지. 우리는 함성을 지르며 무너진 벽을 타 넘었다네. 반대편에선 광신도들이 무기를 꼬나쥐고 달려들었고……."

방주는 잠시 말을 멈추고 차를 한 모금 마셨다. 길게 호흡을 내뱉은 그가 말을 이었다.

"사방에서 피 냄새가 진동했지. 전장은 멀쩡한 사람조차 악귀로 만든다네. 옆에서 사형제들이 죽어가고, 눈먼 칼에 맞아 팔다리가 날아가지. 상상도 못 했던 끔찍한 일들이 일상처럼 벌어지는 곳이라네."

"……."

지옥도를 펼쳐 놓은 듯한 광경.

오래된 과거를 훑는 노인의 주름진 눈가가 파르르 떨렸다. 죽어간 친우들의 모습이 보이는 듯했다.

"도저히 길게 이어 갈 싸움이 아니었네. 그래서 소수정예로 결사대를 이루어 동서남북에서 동시에 교주전을 습격하기로 했지. 나 역시 그중 한 곳에 포함되었다네."

방주의 입을 통해, 대부분의 무림인들은 모르는 전쟁의 비사가 풀려나오고 있었다.

"본대가 시선을 끌어주는 동안, 우리는 혈마가 있는 교주전을 향해 전진했네. 예상치 못했던 진법, 함정, 독, 강시 따위가 가로막았지만 모두 돌파했지. 모두 악에 받쳤어. 교주전으로 달려가 혈마의 목을 벨 생각뿐이었지. 그렇게 교주전까지 고작 백여 장이 남았을 무렵……."

잠시 말을 멈춘 방주의 눈에 낯선 감정이 깃들었다.

공포. 놀랍게도 그것은 공포였다.

"사도가 우리 앞을 가로막았네."

"……직접 사도를 보신 겁니까?"

방주는 무겁게 고개를 끄덕였다.

“내가 직접 본 것은 한 명이었네.”

“누구였습니까?”

순간 방주는 질문이 조금 이상하다고 생각했다.

누구였냐니?

얼마나 강했느냐, 어떻게 생겼느냐, 무슨 무공을 사용했느냐가 더 맞는 질문이 아닌가?

하지만 그리 중요한 것은 아니었다.

‘생각했던 것보다 내상이 심한 모양이군.’

백수룡의 몸에서 식은땀이 흐르고 있었다.

안색은 시체처럼 창백했고, 입술은 새파랗게 질려 있었다. 호흡도 일정치 않았다.

“자네. 아무래도 쉬어야 할 것 같은데.”

“괜찮습니다. 그리고 이야기를 여기서 끊으시면 저 오늘 잠 못 잡니다.”

“꼭 옛이야기 들려달라고 조르는 손주 같구만.”

방주의 농담에 백수룡은 웃지 않았다. 혼자 멋쩍게 웃은 방주가 말을 이었다.

“흑립을 쓴 자였네. 온몸을 감싸는 흑의장포에, 흑립 아래로 드러난 얼굴에 검상이 가득했지.”

“……검상.”

“내 평생 그런 검객은 본 적이 없었네. 한 자루 검을 그야말로 귀신처럼 다뤘으니까. 아니, 그건…….”

방주는 적당한 말을 찾느라 잠시 고민했다.

“귀신 들린 검이 사람을 조종하는 것처럼 보였다고 해야 할까? 말로 표현하기가 어렵군.”

“…….”

“당시 검왕이라 불리던 선배가 그자에게 패사했네. 내 기억으론 스무 합을 넘기지 못했을 게야.”

방주는 차를 한 모금 더 마셨다. 찻잔을 든 손이 미세하게 떨리고 있었다.

수십 년이 지났음에도, 사도라는 존재에 대한 두려움은 깊이 각인돼 있었다.

“도무지 사람 같지 않은 자였네. 무림맹 고수들의 협공에 피를 철철 흘리면서도, 피를 토하면서도, 신음 한 번 흘리지 않더군. 고통을 느끼지 못하는 듯했어.”

“…….”

“결사대로 선별된 백 명 중, 살아남은 것은 나를 포함해 고작 열 명 남짓이었네. 그조차 우리가 놈을 쓰러뜨린 것이 아니라, 놈이 스스로 물러난 덕분이었지. 끝까지 싸웠으면 놈도 죽었을 테지만…….”

무림의 역사에는 기록되지 않은 치욕적인 이야기.

방주는 허탈하게 웃으며 백수룡을 바라봤다.

“그자가 바로 혈교의 일사도였다네.”

“일사도…….”

백수룡의 표정이 일그러졌다. 더 이상 일사도의 정체를 부정할 수 없었다.

‘일호. 네가 일사도였구나.’

눈망울이 선한 녀석.

하지만 자신에 의해 감정이 말살되고, 결국에는 혈교의 비밀병기로 키워진 소년.

—나를 이렇게 만든 건 당신이야.

고작해야 하루에 한 시진에서 두 시진.

평소 짧은 수면 시간을 취하는 백수룡은, 지금도 종종 옛 제자들이 나오는 악몽을 꾸곤 했다.

백수룡이 창백한 얼굴로 물었다.

"……그 이후에는 어떻게 되었습니까?"

"사도가 물러난 후, 우리는 교주전으로 향했네. 설령 죽는 한이 있더라도, 그 잘난 혈마의 얼굴을 한 번이라도 보고 죽으려 했지."

타구봉을 쥔 주름진 손등에 푸른 핏줄이 불거졌다. 방주의 목소리가 조금씩 격앙됐다.

"하지만 우리가 교주전에 도착했을 때, 혈마는 옥좌 위에 앉아 죽어 있었네."

"……!!"

옛 제자에 대한 생각마저 잠시 잊게 만들 만큼 놀라운 이야기였다.

"누가 혈마를……."

"더 놀라운 건, 주변에 싸움의 흔적은 없었다는 걸세."

천하를 다 뒤져도, 혈마가 저항하지 못하게 죽일 살수는 없다.

그 말이 뜻하는 바는 하나였다.

백수룡은 믿을 수 없다는 듯 눈을 부릅떴다.

"혈마가 스스로 목숨을 끊었다는 말입니까?"

"그렇네."

"협공해서 죽였다는 이야기는……."

"거짓일세. 누가 이런 허탈한 승리를 원하겠나? 각자 사문으로 돌아갈 우리에게는 영웅담이 간절히 필요했네."

"……."

그 혈마가 왜?

머릿속에서 온갖 의문이 들었으나, 정확한 답은 이미 죽어 버린 혈마만 알고 있을 터였다.

"놈은 웃고 있었네. 목숨을 걸고 그곳에 도착한 우리를, 옥좌 위에 앉아서 비웃듯 내려보고 있었지. 죽어서까지 우릴 농락한 셈이야."

"……."

긴 이야기를 끝낸 방주는 지친 한숨을 내쉬었다. 그새 몇 년은 늙어 보이는 얼굴이었다.

"하다 보니 이야기가 길어졌군. 자네 몸도 좋지 않은 듯하니, 나는 이만 가 보겠네."

자리에서 일어난 방주는 백수룡의 어깨를 가볍게 두드렸다. 그는 백수룡이 큰 충격을 받았으리라 짐작했다.

무림맹의 무인으로서 어찌 그렇지 않겠는가. 스스로 생각을 정리할 시간이 필요할 터였다.

"몸조리 잘하게나."

"……살펴 가십시오."

백수룡은 방주를 배웅했다.

방주의 모습이 복도를 돌아 사라진 후에도, 그는 초점 잃은 눈으로 같은 곳을 바라보고 있었다.

◆ ◈ ◆

푸른 달무리가 달 언저리에 뿌옇게 맺혀 있었다.

백수룡은 그 흐린 달을 올려보며 생각에 잠겨 있었다.

"……."

막연히 그 녀석들도 모두 죽었을 거라고 생각했다.

죽음을 직접 확인하지도 않았으면서.

대체 이 얼마나 안일한 생각이란 말인가.

'아니, 생각하고 싶지 않았던 거겠지.'

백수룡은 자신의 성격을 잘 알았다.

이런 일을 전혀 예상하지 못했다는 건 말이 되지 않는다.

무의식 속에는 분명 '가능성'을 떠올리고 있었을 것이다.

어쩌면, 옛 제자들에게 다시 검을 겨눠야 하는 날이 올지도 모른다는 가능성을.

피식.

백수룡이 자조적으로 웃었다.

"비겁한 놈. 이제 확실해졌으니, 도망갈 곳도 없구나."

옛 제자들이 살아 있다.

방주에게 전해 들은 것은 한 명뿐이지만, 백수룡은 다른 녀석들도 살아 있으리라 짐작했다.

'내가 그 녀석들을 죽일 수 있을까.'

전생이었다면 고민조차 하지 않았을 것이다.

자신은 살아남기 위해서라면 무엇이든 하던 인간이었으니까.

상대가 누구건, 자신을 위협하고 죽이려 한다면 가차 없이 죽여 버렸으니까.

하지만 지금도 그럴 수 있을까.

—교관님!

—선생님!

혈교의 옛 제자들과 청룡학관 제자들의 얼굴이 겹쳐 보였다.

백수룡은 헛웃음을 흘렸다. 떨려 오는 손끝을 바라보며 웃었다.

"하하……."

낮고 허망한 웃음이 밤공기 사이로 덧없이 흩어졌다.

"왜 혼자 청승을 떨고 있나."

남궁수였다. 백수룡은 고개를 돌려 지붕 위로 올라온 남궁수를 향해 말했다.

"남궁수. 만약에 말이야. 이건 정말 만약의 경우인데."

"……."

"너 때문에 제자의 인생이 망가졌어. 그 녀석이 훗날 널 찾아와서 원망하면 어떻게 할래?"

"갑자기 무슨 소리지?"

남궁수가 미간을 좁히며 되물었다.

백수룡은 애써 장난스럽게 웃으며 말했다.

"왜, 그럴 수 있잖아. 원하지 않는 무공을 익혀서 주화입마에 걸렸다든가, 어릴 때 매질을 당했던 일이 평생 끔찍한 기억으로 남았다든가, 거짓말을 한 스승을 죽이고 싶을 정도로 증오하게 됐다든가……. 마지막은 좀 심했나?"

"……."

정답을 원해서 물어본 것은 아니었다.

속이 답답해서 아무렇게나 주저리주저리 지껄여본 말에 불과했다.

그런데 남궁수는 그 말을 심각한 표정으로 듣고 있었다.

백수룡이 손을 저으며 웃었다.

"그냥 해 본 말이다. 너무 심각하게 듣지는 말라고."

"나라면 다시 가르치겠다."

"뭐?"

"내 잘못으로 학생이 잘못됐다면, 선생으로서 책임을 져야겠지. 그건 제대로 다시 가르치는 것이다."

"……그게 불가능하면?"

백수룡이 일그러진 표정으로 물었다.

혈교는 그 아이들에게 온갖 세뇌와 암시, 금제를 가했다.

천하제일을 다투는 무공을 익힐 아이들이었다.

만약 배신이라도 한다면, 교에 어마어마한 위협을 끼칠 수도 있는 존재들.

그래서 그 아이들이 감정을 잃도록 만들었고, 혈교에 대한 충성심만을 주입했다.

그들은 자신의 무공을 타인에게 전수할 수도 없었고, 스스로 무공을 폐하거나 자결할 수도 없었다.

오랜 시간에 거쳐, 그들의 육체와 혼에 새겨진 금제였다.

'다시 가르치라고?'

불가능한 일이다. 백수룡이 아는 그 어떤 방법을 동원해도 불가능하다.

그 녀석들이, 자신을 다시 받아 줄 리 없다.

"불가능이라……. 해 보긴 했나?"

"……."

"이상하군. 내가 아는 백수룡은 그렇게 말할 놈이 아닌데."

"말이 쉽지……."

"백수룡."

남궁수가 단호하게 백수룡의 말을 끊었다. 어둠 속에서 그의 금안이 불꽃처럼 타올랐다.

"일타강사가 되는 것이 쉬운 줄 알았나. 어디서 사고를 쳤는지 모르겠지만, 잘못을 했으면 책임을 져라."

"……."

"상담이 필요하다면 말하도록. 선배로서 조언 정도는 해 줄 테니."

"큭큭……."

백수룡은 갑자기 어깨를 들썩이며 웃었다.

남궁수의 말에서 해답을 얻은 것은 아니었다.

그래도, 대화를 나누다 보니 머릿속이 조금 맑아지기는 했다.

"네 말이 맞아. 선생이라면 책임을 져야지. 어떤 식으로든……."

해답은 의외로 간단할지도 모른다.

과거에 저지른 잘못에 책임을 진다.

그러려면…….

"일단 다시 만나야겠지."

옛 제자들을 만날 것이다.

아직은 만나서 무슨 말을 할지, 어떻게 해야 할지, 아무것도 떠오르지 않지만.

그래도 만날 것이다.

반드시, 만나야만 한다.

각오를 하고 나니, 손끝의 떨림이 조금은 잦아든 것 같았다.

325화

전언

이른 새벽, 무림맹 대연무장.

“하아아압!”

우렁찬 기합과 함께 백 명이 동시에 주먹을 내질렀다. 힘 있게 내지른 주먹에 새벽 공기가 밀려났다.

물 흐르듯 곧바로 이어지는 연계 동작. 몸을 팽이처럼 회전시키며 발을 머리보다 높게 차올렸다.

후우욱!

일순간 무림맹 대연무장에 돌개바람이 몰아쳤다.

무림맹에 입맹한 무인들이라면 누구나 익히는 기초외공 수련.

그러나 기초라곤 해도 백 명의 무인이 동시에 움직이는 모습은 일대 장관이었다. 내공을 사용하지 않은 순수한 외공 수련이었음에도 굉장한 기백이 느껴졌다.

“한 동작 한 동작 전력을 다하도록! 기초라고 대충 펼치는 놈은 본 사범을 무시하는 것으로 간주하겠다!”

백수룡은 기초외공을 펼치는 무인들 사이를 걸어 다니며 목청을 높였다. 훈련을 살피는 그의 눈이 예리하게 빛났다. 오른손에 든 흑룡편이 쉬지 않고 움직였다.

따악!

"진각을 밟을 때 반보 정도 더 전진하도록."

"예!"

따악!

"중심을 더 낮추고 주먹에 힘을 빼라."

"알겠습니다!"

따악!

"누가 은근슬쩍 내공을 쓰라고 했지?"

"죄송합니다!"

청룡학관 학생들의 몸 위에 떨어지던 흑룡편이 무림맹원들의 몸 위에도 공평하게 떨어졌다. 따다닥 소리가 그야말로 쉴 새 없이 울려 퍼졌다.

백수룡의 반대편에서는 남궁수가 금안을 번뜩이며 무인들의 자세를 봐주고 있었다.

"훈련에 불만 있는 분은 얼마든지 훈련에서 열외해도 좋습니다. 열외 희망자 있습니까?"

"없습니다!"

명문인 남궁세가 출신답게 말투는 정중하고 예의가 있었지만, 오히려 뇌룡신검을 더 무서워하는 무인들도 많았다.

"정말 없습니까? 알겠습니다. 그럼 모두가 동의한 것으로 알고 훈련 강도를 높이도록 하겠습니다."

"그런……!!"

두 사람은 고작 며칠 만에 무림맹 오단의 무인들을 휘어잡았다.

그 누구도 훈련 중에 이의를 제기하거나 반발하지 않았다.

'그럴 수밖에.'

청룡신협과 뇌룡신검은 무림맹의 은인이었다.

특히 청룡신협은 오단의 단주가 보은을 약속했고, 개방의 방주가 그를 명예 방도로 선언했다.

벌써부터 무림맹의 차기 맹주는 청룡신협이 유력하다며 줄을 대려는 자들도 있을 정도였다.

하지만 그게 전부는 아니었다.

하루에 반 시진, 선착순 백 명.

이 짧은 새벽 훈련에 참여하기 위해, 무인들이 번호표까지 뽑고 기다리는 진짜 이유는 하나였다.

"오늘은 여기까지 하지. 이만 해산하도록."

"수고하셨습니다!"

두 강사에게 지도를 받은 무인들의 자세가 며칠 만에 눈에 보일 정도로 좋아졌기 때문이었다.

무인들 스스로가 가장 잘 느꼈다.

학관에서 어린애들이나 가르치는 강사라며 속으로 무시하던 자존심 강한 무인들도, 청룡신협과 뇌룡신검에게 개인지도를 받고 난 이후에는 생각이 바뀌었다.

"확실히 학생들보단 맹의 무인들이 이해도가 높군."

"버릇 고치는 건 오히려 이쪽이 어렵지만."

"오래된 버릇을 고치느니, 차라리 장점을 극대화하는 편이 낫지 않나."

"그게 현실적이긴 한데……."

짧은 새벽 수련이 끝나면, 백수룡과 남궁수는 오늘 있었던 훈련에 관한 이야기를 나누며 아침을 먹으러 갔다.

평소 같았으면 오늘도 무림맹 식당으로 가서 밥을 먹었을 테지만, 오늘은 무림맹 밖에서 식사 약속이 있었다.

"오라버니!"

"오라버니!"

바로 제갈소영과 남궁미였다. 나들이 차림으로 곱게 차려입은 두 사람이 무림맹 정문 앞에서 그들을 기다리고 있었다.

제갈소영이 백수룡의 안색을 살피며 물었다.

"내상이 심하다고 들었는데. 몸은 좀 괜찮은 거예요?"

백수룡이 씩 웃으며 고개를 끄덕였다.

"거의 다 나았어."

"이거 저희 아버지가 챙겨 주신 보약이에요."

"뭘 이런 걸 다."

백수룡은 제갈소영이 내민 보약 꾸러미를 받아 들었다. 냄새만 맡아도 최상급 약재를 썼다는 것을 알 수 있었다.

"제갈가주님께 꼭 감사하고 전해 드려."

"오라버니 혹시, 아버지가 제갈세가에도 한번 방문해 주실 수 있냐고 물어보라고 하셨는데……."

제갈소영의 조심스러운 제안에, 백수룡이 고개를 저었다.

"미안한데 그건 좀 어려울 것 같다."

"아, 신경 쓰지 마세요. 저도 아버지가 하도 재촉해서 한번 해 본 말이었으니까요."

제갈소영은 해맑게 웃으며 고개를 저었다.

그러나 한편으로는 백수룡의 얼굴을 보고 의문이 들었다.

'오라버니 표정이 안 좋은데?'

늘 자신만만하고, 여유로워 보이는 백수룡이 아니었다.

지금도 웃고 있기는 하지만, 어딘가 생각이 많아 보인다고 해야 하나?

제갈소영은 힐긋 남궁수를 바라봤다. 그녀가 눈치챌 정도라면, 남궁수가 모를 리 없기 때문이었다.

그러나 남궁수도 별다른 기색은 없었다.

"배고프군. 아침 식사를 하러 가지."

"저도 배고파요!"

남궁미가 오라버니의 팔짱을 끼며 대답했다. 천진난만한 소녀는 며칠 만에 오라버니를 만나서 기분이 한껏 좋아 보였다.

소란을 예상한 백수룡과 남궁수는 인피면구를 착용했다. 그 덕분에 거리에서 네 사람을 알아보는 사람은 없었다.

그 대신, 어딜 가나 청룡신협과 뇌룡신검에 대한 소문을 직접 들을 수 있었다.

웅성웅성.

"청룡신협이 혈교의 장로를 때려잡았다면서? 벌써 두 번째가 아닌가."

"나도 들었네. 이번에는 뇌룡신검과 함께 싸웠다고 하더군."

"허어. 그토록 고강한 무공에 잘생긴 얼굴까지. 하늘이 원망스럽구만……."

"청룡신협이 명예 개방도가 되었다는 소식도 들었나? 개방의 거지들이 은인에게 밥그릇을 양보할 거라고 하던데……."

"그건 별로 부럽지 않군. 청룡신협이 거지도 아니고……."

"……거지들의 형제면 거지 아닌가?"

"그, 그런가?"

무한에서 유명한 요리점에 도착한 일행은 사방에서 들려오는 자신들의 이야기를 들을 수 있었다. 이른 아침임에도 자리가 대부분 차 있었다.

"삼 층으로 올라가요. 제갈세가 이름으로 통째로 빌려놨어요."

제갈소영이 여러 차례 와 본 듯 자연스럽게 앞장서며 말했다.

일행은 식사를 기다리며 밀린 이야기를 나눴다.

백수룡이 혈교 장로와 싸운 이야기를 해 주자, 남궁미가 작은 주먹을 꽉 쥐고 눈을 초롱초롱하게 빛냈다.

"오라버니들은 무림맹을 구한 영웅이에요!"

남궁수가 미간을 찌푸리며 동생의 입가에 묻은 음식을 닦아 주었다.

"미야. 식사 자리에서 큰 소리를 내지 말라고 가문에서 배우지 않았느냐?"

"하, 하지만……."

남궁미가 오라버니에게 예절 교육을 받는 동안, 제갈소영이 백수룡에게 물었다.

"그럼 계속 무림맹에 계실 거예요?"

백수룡은 고개를 저었다.

"아니, 무림맹에 너무 오래 있었어. 몸도 회복했으니 슬슬 떠나야지."

"언제요?"

백수룡은 이미 결정을 내린 듯, 망설이지 않고 대답했다.

"내일 떠나려고."

"내일이요?"

"그렇게 빨리요?"

제갈소영과 남궁미가 눈을 휘둥그레 떴다.

남궁수도 처음 듣는 얘기인지 고개를 돌려 백수룡을 노려봤다.

쏟아지는 시선에 백수룡은 어깨를 으쓱했다.

"방학이 끝날 때까지 여기에 있을 수는 없잖아. 원래 볼일이 있는 곳이 여기도 아니었고, 좀 서둘러야 할 것 같아서."

백수룡의 원래 목적지는 섬서, 그리고 북해빙궁이었다.

두 곳을 다녀오는 것만 해도 남아 있는 방학이 촉박했다. 경공을 꽤 오래 펼쳐야 할 터였다.

잠시 침묵하던 남궁수가 물었다.

"혼자 갈 생각인가?"

"어. 이번에는 혼자 조용히 다녀오려고."

"퍽이나……."

남궁수가 고개를 절레절레 저었다.

어딜 가나 사건 · 사고를 몰고 다니는 백수룡의 조용히 다녀오겠다는 말을 믿을 수 없었던 것이다.

하지만 저렇게 단호한 표정으로 혼자 가겠다는데, 따라가겠다고 할 수도 없었다.

"늦지 말고 돌아오도록."

"……말이라고."

백수룡은 피식 웃었다. 평소와 다름없는 자신만만한 웃음이었으나, 어딘가 조금 힘이 없어 보였다.

◆ ◈ ◆

무림맹을 떠나기 전에, 백수룡에겐 개인적으로 마무리해야 할 일이 있었다.

똑똑.

"들어와."

문을 열고 들어서자, 맹주실에서 업무를 보고 있던 류설이 들고 있던 서류를 대충 내려놓더니 눈을 동그랗게 떴다.

"수룡 동생?"

그 옆에는 모용준이 손에 수갑을 찬 모습으로 앉아 있었다.

모용준은 서류를 내팽개친 류설을 바라보며 한숨을 쉬었다.

"야. 보던 서류는 마무리하고 내려놔야지. 아무렇게나 두면 나중에 어떻게 찾으려고 그래?"

그러자 류설이 갑자기 정색을 했다.

"배신자 주제에 감히 맹주 대리의 서류 업무를 훔쳐봐?"

"갑자기 뭔 소리야? 방금 전까지 나한테 이것저것 물어봤……."

퍼억!

복부를 얻어맞은 모용준의 상체가 앞으로 꺾였다. 숨이 막히는지 꺽꺽거리며 고통스러워했다.

"이게 뒈질라고. 어디서 날조를 해?"

태연하게 자리에서 일어난 류설은 백수룡에게 다가가며 환하게 웃었다.

"앉아. 차라도 줄까?"

백수룡이 황당하다는 표정으로 물었다.

"모용준이 여기 있다는 말은 들었는데……. 지금 뭐 하는 거야?"

류설이 민망한지 헛기침을 했다.

"흠흠. 보다시피 내가 이 자식 신원보증인이거든. 대역죄인인데, 도망치거나 자결하는 걸 못하게 막으려면 바로 옆에서 감시하는 게 제일 낫잖아? 그래서 맹주 영감이 오기 전까지는 내가 직접 감시하기로 했어."

"다른 단주들이 그걸 용납했다고?"

류설은 코웃음을 쳤다.

"내가 맹주 대리인데 어떤 새끼가 뭐라고 할 거야? 맹주 영감이 올 때까진 내가 무림맹 최고 권력자라고."

"차라리 감옥에 가둬라……."

뒤에서 들려오는 모용준의 말을 가볍게 무시한 류설은 자리에 앉으며 말했다.

"그래서 무슨 볼일이야? 며칠 동안 얼굴 한 번 안 비치더니."

"모용준한테 물어보고 싶은 게 있어서."

"……내가 자리를 비켜 줘야 하나?"

류설의 말에, 백수룡은 고개를 저었다.

"옆에 있어도 상관없어. 어차피 알려질 일이기도 하고."

잠시 후, 모용준은 긴장한 표정으로 백수룡과 마주 앉았다.

그들은 서로에게 궁금한 것이 있었다.

먼저 입을 연 것은 백수룡이었다.

"혹시 모용단이라는 이름을 들어 봤나?"

검존의 아들.

백수룡은 혹시나 그가 살아 있을지도 모른다는 일말의 가능성을 염두에 두고 질문했다.

"모용단……."

모용준은 잠시 생각해 보더니 고개를 저었다.

"처음 듣는 이름입니다. 하지만 먼 방계라면 제가 모를 가능성도 있습니다. 한번 알아봐 드릴까요?"

"아니, 모르면 됐어."

어느 정도는 예상했던 대답이기에 백수룡은 크게 실망하지 않았다.

'정말 죽었나 보군.'

검존의 아들은 방계가 아니다. 모용준이 모른다면 존재하지 않는다는 이야기였다.

검존의 아들은 혈교에 의해 죽었다. 그 사실을 한 번 더 확인한 백수룡은 씁쓸한 표정으로 모용준에게 물었다.

"몸 상태는 어때?"

"놀라울 정도로 편합니다. 기혈이 제자리를 찾았고, 주화입마도 사라졌습니다. 그런데……."

모용준은 백수룡에게 무언가를 묻고 싶은 눈치였다.

백수룡은 그 질문이 무엇인지 짐작하고 있었다.

"내가 어떻게 무극검의 운기 경로를 알고 있는지 궁금하지?"

"……예."

모용준을 살리기로 결심했던 순간부터 각오했던 질문.

백수룡은 그 질문에 대한 대답을 하기 위해 이곳에 왔다.

"네가 익힌 무극검, 누구의 무공인 줄 알아?"

“……모용세가의 선조 중 한 분이 창안한 무공이라고 들었습니다. 사실인지는 확인할 수 없지만…….”

“무극검은 검존의 무공이다.”

“검존?”

고개를 갸웃거리던 모용준이 “아!” 감탄사를 터트렸다.

“수십 년 전, 본가에 천하삼대검수로 불렸던 고강한 검객의 별호가 검존이었다고 들었습니다. 혹시 그분입니까?”

“천하삼대검수?”

백수룡의 눈썹이 꿈틀거렸다.

틀렸다. 검존은 당시 명실상부한 천하제일검이었다.

그 사실은 천하삼대검수라 불리던 다른 검객들이 모두가 인정한 사실이었다.

다른 두 명의 검이 모두 검존에게 꺾였으니까.

승자인 검존이 원하지 않았기에 그 사실이 알려지지 않았을 뿐.

“검존은 그 시대의 명백한 천하제일검이었다. 아니, 어쩌면 천하제일인이었을지도 모르지.”

“천하제일인이라니…….”

가문의 선조가 천하제일인이었을지도 모른다는 말에, 모용준의 표정이 멍해졌다.

그럴수록 궁금증은 더 커졌다. 모용준은 더 이상 참지 못하고 질문했다.

“……총사범께선 그걸 어떻게 아십니까?”

세간에는 청룡신협 백수룡에 대한 많은 의문이 남아 있었다.

그는 과연 어떤 무공을 익혔나?

대체 어떤 신공을 익혔기에 이렇게 빠르게 강해질 수 있었는지, 그 무공의 정체를 궁금해하는 자들이 많았다.

하지만 온갖 추측만 난무할 뿐, 본인의 입으로 말한 적이 없었기에 의문은 점점 커져 가는 중이었다.

'언젠가 짚고 넘어가야 할 부분이었어.'

여러 가지 고민과 계산 끝에, 백수룡은 진실의 한 조각을 오늘 공개하기로 결심했다.

"나는 검존의 제자다."

모용준이 놀라서 눈을 부릅떴다. 조용히 듣고 있던 류설도 마찬가지였다.

'내게 진짜 무극검이 있다.'

동시에 이것은 자신의 옛 제자, 일사도에게 보내는 전언(傳言)이기도 했다.

326화

검존의 제자

검존의 제자.

청룡신협 백수룡의 무위가 어떻게 그토록 고강한지 단숨에 납득시킬 수 있는 설명.

"제자라니……."

그러나 모용준은 쉽게 믿지 못하는 눈치였다. 그가 조심스럽게 물었다.

"제가 알기로는, 검존께선 굉장히 오래전에 활동하신 분입니다만……."

오십여 년 전에도 검존은 노인이었다.

물론 절세고수들은 백 년은 거뜬히 넘게 장수하고, 무림에는 상상도 못 할 온갖 기연이 있는 법이라지만…….

'시기가 맞지 않아.'

불과 며칠 전까지만 해도, 모용준은 무림맹의 온갖 정보를 살피는 위치에 있었다.

그중에는 무림맹이 파악한 고수들에 대한 정보도 있었다.

믿기 어려웠지만, 청룡신협이 약한 몸으로 태어났다는 것도 그때 알았다.

‘청룡신협은 대부분의 시간을 고향에서만 살았다. 일 년에 한 번씩 부친과 여행을 떠난 적은 있지만, 누군가에게 무공을 배울 만큼 오랜 기간 자리를 비운 적은 없어.’

무림맹의 정보원들이 청룡신협의 고향에서 직접 확인한 사실.

이 부분을 설명하지 못한다면, 검존의 제자라는 청룡신협의 주장은 거짓일 수밖에 없었다.

물론, 백수룡도 그 의문을 예상하고 있었다.

“직접 무극검을 전수받지는 않았어. 하지만 나는 그분을 내 스승이라고 생각해.”

“무슨…….”

아귀가 조금 맞지 않아도 상관없었다.

자신이 검존의 무공을 알고 있는 것은 명백한 사실이니까.

백수룡은 진실을 바탕으로 거짓을 덧붙이기 시작했다.

“나는 어려서부터 어머니 기일에 맞춰, 아버지와 일 년에 한 번씩 여행을 다녔어. 강호의 온갖 명승지를 유람했지.”

“…….”

“어렸을 때는 몸이 무척 약했거든. 아버지는 내게 좋은 기운을 받게 해 주겠다며 명산에 데려가고, 용하다는 의원을 찾아가고, 없는 살림에 영약도 사다 먹였지만, 차도는 없었고.”

백수룡의 입가에 잔잔한 미소가 맺혔다.

환생했다는 사실을 깨닫게 된 이후로, 잃어버렸던 어린 시절의 기억이 조금씩 돌아오고 있었다.

즉, 지금 말하는 것은 모두 사실이었다.

“그러다 발견하게 됐어.”

백수룡은 자신의 추억에, 검존의 이야기를 덧붙일 생각이었다.

모용준이 미심쩍은 표정으로 물었다.

"……강호 유람 중에 검존께서 남기신 비급을 발견했다는 말입니까?"

백수룡은 고개를 끄덕였다.

기연(奇緣).

자신이 생각해도 참 편리한 말이었다.

'오늘은 기연이라는 말로만 대충 넘어갈 생각은 없지만.'

백수룡은 모용준의 눈을 똑바로 바라보며 말을 이었다.

"위치는 말할 수 없어. 그곳에는 검존이 남긴 비급뿐만 아니라, 그분의 일생에 대해서도 기록돼 있었거든. 훼손시키고 싶지 않아."

"……."

모용준은 여전히 반신반의하는 표정으로 백수룡의 이야기를 들었다.

백수룡은 지금부터 이 이야기를 믿게 만들 생각이었다.

"검존의 성함은 모용혼. 모용세가의 직계로 태어났지만, 어렸을 때는 그다지 재능 있다는 소리를 듣지 못했어. 조용한 성격에, 잘 때까지 안고 잘 정도로 검을 좋아하는 아이였다더군."

백수룡은 덤덤한 어조로 검존의 일생을 이야기했다.

"평생 모용세가 밖으로 나간 일이 손에 꼽을 정도였다고 해. 워낙에 얌전한 성격에, 형제들 중 사남이었고, 검 외엔 관심이 없었으니까. 그래서 늦은 나이까지 혼인도 하지 않았어. 혼자서 검을 휘두르는 것이 그 무엇보다 즐거워서."

"……."

긴가민가했던 모용준의 표정이 조금씩 진지해졌다.

"그러던 검존에게 늦둥이 아들이 생겼지. 쉰이 넘어서 본 귀한 아들. 어려서부터 친구처럼 함께 지낸 시녀와 뒤늦게 사랑에 빠진 거야."

"……."

모용준의 표정이 미묘하게 변했다.

그 역시 류설과 이십 년 동안 친구처럼 지냈기 때문이었다.

"하지만 모용세가는 출신이 천하다는 이유로 검존의 아들을 못마땅해 했어. 게다가 아이는 몸까지 약했거든. 모용씨에 이름을 올리지 못하게 했다고 하더군."

"개새끼들……."

조용히 듣고 있던 류설이 나직이 욕설을 내뱉었다. 가문의 이야기에 모용준은 한숨을 푹 내쉬었다.

백수룡이 피식 웃으며 말을 이었다.

"재밌는 게 뭔 줄 알아? 그게 일평생 가문에서 검만 휘두르던 검존이 강호에 출두한 이유였다는 거야. 마두들의 목을 베고, 큰 명성을 떨치면 가문이 자기 아들을 받아 줄 거라고 믿은 거지."

검존의 씁쓸한 목소리가 귓가에 다시 들리는 듯했다.

―아내는 아이를 낳고 몇 년 후에 죽었다. 남은 것은 어린 아들뿐이었지. 나는 그 아이가 당당히 모용씨로서 살아가게 하고 싶었다.

"……실제로 무림에 나온 검존은 불과 일 년 만에 천하삼대검수가 되었어. 검존이라는 별호도 그때 얻었지."

"보란 듯이 해내다니. 멋진 사내네."

류설이 기분 좋게 웃으며 고개를 끄덕였다.

여기까지만 들으면 속이 시원해지는 이야기였다.

하지만 이 이야기의 끝은 비극에 가까웠다.

―가문으로 돌아와서 본 것은, 내 아들이 기침을 하며 마당을 쓸고 있는 모습이었다.

모용세가는 중원에서 꽤 떨어진 요녕에 있었다.
그 때문에 검존의 명성이 전해지는 것이 다른 곳보다 늦었다.
하루라도 빨리 아들을 다시 보고 싶었던 검존은 전력으로 경공을 펼쳐 가문으로 돌아왔지만, 정작 그가 본 것은 억장이 무너지는 장면이었다.

-많은 것을 바란 것도 아니었다. 그저 단이에게 모용이라는 성, 그리고 평범한 대우를 해 주길 바랐다.

분노한 검존은 그 자리에서 일검으로 가문의 현판을 베었다.
모용세가가 뒤집어졌다. 그간 존재감도 없던 모용혼이 갑자기 현판을 베어 버리자, 가주가 노발대발하며 그를 벌하려 했다.
그러나, 검존은 더 이상 모용세가가 감당할 수 없는 존재였다.

-가주였던 형님과 장로들까지 모두 쓰러뜨렸다. 가까스로 살심을 눌러 해치진 않았으나, 그 자리에서 가문과 연을 끊었다.

가문에 분노하고 실망한 검존은 그 길로 모용세가를 떠나, 아들과 함께 산중 깊은 곳에서 은거했다.
“…….”
백수룡의 이야기가 끝나자 짧은 침묵이 흘렀다.
잠시 생각을 정리하던 모용준이 “혹시?” 하며 물었다.
“아까 물어보신 모용단이란 이름은…….”
“검존 스승님의 아들. 네가 모르는 것을 보면, 그 이후에도 성을 받지 못했다는 말이겠지.”
“…….”
모용준은 부끄러움에 고개를 들지 못하고 푹 숙였다.

백수룡은 단호한 표정으로 말을 이었다.

"나는 검존의 무공을 이었음을 더 이상 숨기지 않을 거다. 그런데 만약 모용세가가 내게 검존의 무공을 요구한다면, 아무리 그들이 스승과 같은 핏줄이라도 더는 존중하지 않을 생각이다. 모용준. 이 얘기는 네가 직접 세가에 전해라."

"……알겠습니다."

뒤늦게라도 모용세가가 모용단의 이름을 족보에 올렸다면, 백수룡은 그들에게 무극검의 비급을 공유할 의향이 있었다.

하지만 모용세가는 끝까지 검존과 모용단을 인정하지 않았다.

'그렇다면, 거기서 끝이지.'

모용세가는 무극검을 가질 자격이 없었다.

"……어차피 저도 세가에서 내놓은 자식입니다. 무극검은 그 누구에게도 전하지 않겠습니다. 맹세하겠습니다."

모용준의 굳은 맹세에 백수룡은 고개를 끄덕였다.

이야기가 거의 정리되는 듯했다.

"잠깐만. 그런데 혈교가 검존의 무공을 가지고 있는 이유는 뭐야?"

류설이 대화에 끼어들었다. 맹주 대리로서 그냥 넘길 수 없는 의문이었다.

검존과 모용세가의 이야기는 알겠다.

그런데, 은거한 검존의 무공을 왜 혈교가 가지고 있었단 말인가?

백수룡은 그 이유에 대해서도 적당히 진실과 거짓을 섞었다.

"혈교가 검존의 아들을 납치했거든."

이것은 진실.

"이런 미친 새끼들이!"

류설이 주먹으로 탁자를 내리쳤다. 반으로 쪼개진 탁자가 주저앉았다. 모용준도 놀라서 눈을 부릅떴다.

"……내가 본 마지막 기록에는 이렇게 적혀 있었어. 아들을 구하러 갈 것이다. 돌아오지 못할지도 모른다. 만약 이 글을 읽는 후인이 있다면, 내 아들의 생사를 확인해다오. 이곳에 내 모든 무공을 남길 테니……."

이것은 거짓.

—만약 내가 죽고, 너는 여길 나가 살아남는다면 말이다. 내 아들을 보살펴 줄 수 있겠느냐?

—검존 사부. 재수 없는 소리 하지 마시오. 아들은 직접 챙겨야지. 왜 남에게 떠넘기는 거요?

—……만약에 말이다. 아주 만약에…….

—재수없는 소리 하지 말라니까.

—…….

—하아. 알았소. 아들을 보살펴 주고, 건강해지도록 당신 무공도 가르쳐 주지.

—……고맙구나.

안심한 듯 흐리게 웃던 검존의 얼굴이 떠올라, 백수룡은 저도 모르게 입술을 꽉 깨물었다.

"여기서부터는 내 추측이야. 혈교는 검존을 함정에 빠뜨려 사로잡은 후에 무공을 빼앗으려고 했을 거야. 하지만 결국 실패했겠지. 모용준이 익힌 가짜 무극검이 그 증거야."

"과연……."

"그럴듯해."

검존이 혈교의 지하 뇌옥에 갇혀 무공을 빼앗겼다는 사실은 말할 수도 없었고, 말할 생각도 없었다.

백수룡은 네 사부의 명예를 지키고 싶었다.

'검존 사부. 내가 할 수 있는 건 이 정도가 최선이오.'

모든 것을 진실대로 말할 수는 없었다.

하지만 이런 식으로나마, 백수룡은 검존이라는 천하제일의 검객이 있었음을, 그가 남긴 절세의 검법이 후대에 전해졌음을 알리고 싶었다.

백수룡은 한결 홀가분해진 표정으로 모용준에게 물었다.

"궁금증이 다 풀렸나?"

"……예. 어려운 이야기를 해 주셔서 감사합니다."

"다행이군. 나는 내일 떠날 거다."

"이렇게 갑자기 말입니까?"

"왜?"

놀라는 두 사람에게, 백수룡은 어깨를 으쓱해 보였다.

"처음부터 여기 오래 있을 생각은 없었어. 어쩌다 보니 오래 있게 된 거지."

"하지만……."

"미리 말해 줬으면 환송식이라도 준비했을 텐데."

환송식이라는 말에 백수룡이 질색했다.

"아무한테도 말하지 마. 새벽에 혼자 조용히 떠날 거니까."

백수룡은 자리에서 일어났다. 그가 웃으며 두 사람에게 포권을 취했다.

"그럼 나중에 또 보자고."

"여러모로 고마웠어."

"……반드시 보은하겠습니다."

백수룡이 맹주실에서 나간 후, 남은 두 사람은 서로를 마주 봤다. 류설이 먼저 입을 열었다.

"어떻게 생각해? 총사범이 한 이야기. 거짓말 같지는 않았어."

"……대부분 사실일 거야. 모용세가 이야기는 내가 마음만 먹으면 금방 알아낼 수 있어. 들통날 거짓말을 할 리 없지."

역시, 류설도 끄덕였다.

그녀가 보기에도 청룡신협의 말은 대부분 진실 같았다.

'그 눈.'

백수룡이 혈교에 대해 이야기할 때, 류설은 그의 눈동자에 담긴 거대한 분노를 보았다.

깊게 가라앉아 있었지만, 그 안에 일렁이는 분노는 류설이 흠칫할 정도였다.

"이것 한 가지는 확실해. 혈교는 최악의 상대를 적으로 만들었다는 거."

류설은 백수룡이 나간 문을 바라보며 중얼거렸다.

◆ ◈ ◆

방으로 돌아온 백수룡은 곧바로 짐을 쌌다.

무림맹에서의 볼일은 다 끝났다. 동이 트기 전에 조용히 떠날 생각이었다.

'지금 이 상태로 그 녀석들을 만날 수는 없어.'

옛 제자들이 살아 있다.

며칠 동안 백수룡의 생각이 많아지게 한 화두였다.

'지금보다 더 강해져야 해.'

직접 가르친 제자들이었다. 그들의 재능과 능력을 누구보다 잘 알고 있었다.

그리고 수십 년의 세월이 흘렀다. 얼마나 강해졌을지 짐작조차 어려웠다.

'적어도 지금의 십존, 그 이상이겠지.'

맹주, 창천검왕, 흑야마제.

백수룡은 직접 만나 보았던 십존 중에서 가장 강했던 무인들을 떠올렸다.

옛 제자들과 대등하게 마주 서려면, 적어도 그 정도의 강함은 갖춰야 한다고 스스로 판단했다.

'방법이 없는 건 아니야.'

백수룡은 손바닥만 한 크기의 목함을 열었다.

그 안에 들어 있는 것은 남궁세가에서 얻은 혈마의 손가락, 그리고 독마가 죽어 가며 바친 독정이었다.

백수룡은 목함 안의 물건들을 바라보며 중얼거렸다.

"……천음절맥을 완전히 극복한다면."

천음절맥.

역천신공을 익히기에는 천고의 체질.

그 덕분에 백수룡은 고금에 유래를 찾아볼 수 없는 속도로 강해졌지만, 이제는 한계에 도달해 있었다.

현재 백수룡의 역천신공은 8성.

이 이상을 성취하기 위해서는 체질을 완전히 극복해 절맥(絕脈)을 신맥(神脈)으로 바꿔야 한다.

'독마와 싸우면서 확실히 알았어.'

지금 백수룡의 몸은 물이 가득 찬 그릇이었다.

한 방울만 더 들어가도, 물이 넘쳐 바닥에 쏟아질 수도 있는 위험한 상태.

지금보다 강해지려면 그릇을 바꿔야 한다.

'생사신의를 찾아 도움을 받든가, 아니면 스스로 돌파구를 찾든가.'

물론 백수룡이 익힌 무공이 역천신공만 있는 것은 아니다.

그는 네 사부의 무공을 모두 전수받았다.

다만 천음절맥에 가장 잘 어울리는 무공이 역천신공이었을 뿐.

남은 방학 동안, 백수룡은 다른 무공의 성취를 끌어올리는 데 집중할 생각이었다.

"……이건 마지막에나."

탁.

백수룡은 목함을 닫아 품 안에 집어넣고 마저 짐을 싸기 시작했다.

그러다 문득, 청룡학관의 제자들에게도 생각이 미쳤다.

"다들 잘 지내고 있으려나."

생각이 난 김에, 백수룡은 무림맹을 떠나기 전에 제자들에게 서찰을 쓰기로 했다.

327화

헌원세가의 망나니는(1)

산서성(山西省) 정양현(定襄县).

이곳에는 과거 하북팽가와 함께 천하제일도문의 자리를 두고 다투던 헌원세가가 위치하고 있다.

"후욱……. 후욱……."

아직 동이 다 트지도 않은 새벽.

헌원강은 땀을 뻘뻘 흘리며 새벽 훈련을 이어 가고 있었다.

전신의 탄탄한 근육에서 새하얀 김이 모락모락 피어올랐다. 땀에 흠뻑 젖은 상의는 벗어 던진 지 오래였다. 흑도가 허공을 가를 때마다 매서운 소리가 났다.

'앞으로 백 번 더.'

헌원강은 이를 악물며 속으로 숫자를 셌다.

가문으로 돌아온 후에도, 단 한 번도 빼먹지 않은 새벽 훈련.

그 강도는 백룡장에 있을 때보다 오히려 높았다. 헌원강은 방학이라고 해이해지지 않기 위해 스스로를 채찍질했다.

처음에는 '며칠이나 가겠어?'라고 수군대며 지켜보던 세가의 가솔들도,

열흘이 넘어간 이후로는 헌원강이 전혀 다른 사람이 되어 돌아왔다는 사실을 믿을 수밖에 없었다.

파천도(破天刀) 헌원강.

한때 헌원세가의 망나니라 불리며 가문의 망신거리였던 소가주는, 청룡학관에서 가장 뛰어난 후기지수 중 한 명이자 청룡신협의 제자가 되어 돌아왔다.

쿵!

헌원강이 보법을 밟으면 바닥에 선명한 족적이 남았고, 흑도를 휘두르면 검은 궤적이 새벽 여명을 베었다. 헌원강은 무아지경에 빠져 도를 휘둘렀다.

이제 이 시간에는 아무도 헌원강의 수련을 방해하지 않았다.

단 한 명을 제외하면 말이다.

휘익!

헌원강은 고개를 젖혀 옆에서 날아온 목도를 피했다. 불시의 기습이었으나 익숙한 듯, 표정에는 변화가 없었다.

오히려 입가에 작은 미소가 피어났다. 이것 또한 수련의 일종이었으니까.

"쳇!"

아쉬운 듯 혀를 차는 소리와 함께 두 번째 공격이 날아왔다. 아래에서 올려 차는 발차기. 헌원강은 무릎을 뻗어 상대의 발등을 막고, 왼손을 휘둘러 목도의 옆면을 때렸다.

"아앗!"

목도를 놓친 상대는 뒤로 공중제비를 돌며 물러났다. 그 와중에 반격을 염려한 것인지 발로 흙을 차올려 상대의 시야를 가렸다.

하지만 헌원강은 더 이상 공격하지 않았다. 빼앗은 목도를 이리저리 돌려볼 뿐이었다. 헌원강이 사용하는 것보다 훨씬 작고 가벼웠다.

"기습에 대처하는 것도 청룡신협한테 배웠어?"

단발머리의 소녀였다. 헌원강의 가슴께에도 못 미치는 작은 소녀가 놀란 고양이처럼 눈을 치켜뜨고 물었다.

헌원강이 코웃음을 치며 대답했다.

"이 정도는 예전에도 피했거든?"

"전에는 세 번에 한 번은 성공했는데 이젠 한 번도 안 통하잖아!"

이 맹랑한 소녀는 헌원강의 동생이었다.

헌원란. 올해 열두 살이 된 말괄량이가 씩씩거리며 말했다.

"두고 봐. 나도 열다섯이 되면 청룡학관에 입관해서 오빠보다 강해질 거니까."

"그때 난 스무 살인데? 네가 나한테 되겠냐?"

"다섯 살이나 어린 동생한테 이기니까 좋냐!"

헌원란이 달려와 오빠의 정강이를 힘껏 걷어찼다. 하지만 발을 붙잡고 낑낑거린 것은 헌원란이었다. 몇 달 만에 집으로 돌아온 오라버니의 몸은 쇳덩이라도 된 듯 단단했다.

"눈 감고 있을 테니까 다시 덤벼 볼래? 스치기라도 하면 당과 사 줄게."

헌원란이 눈을 흘겼다. 당과라니. 열두 살이나 됐는데 아직도 애 취급을 당해서 기분이 불쾌했다.

"재미없어서 그만할래. 그리고 오빠한테 서찰 왔어. 여기."

헌원강은 동생이 내민 서찰을 보고 고개를 갸웃거렸다.

"나한테? 누가?"

"몰라. 안 열어 봤으니까. 혹시 여자 아니야?"

헌원란이 눈을 초롱초롱하게 빛내며 물었다.

헌원강은 어이가 없어서 어린 동생의 머리를 쥐어박았다. 이 녀석은 학관 생활에 이상한 낭만을 가지고 있었다.

"쬐그만 게 뭘 안다고. 여자일 리가 없잖아."

잠시 새하얀 머리카락이 머릿속에 어른거렸으나, 헌원강은 고개를 휙휙 저었다.

하지만 일말의 기대는 버리지 못하고 조심스럽게 서찰의 봉인을 뜯었다.

원강아. 잘 지내냐?

방학이라고 수련을 빼먹고 있진 있겠지? 네가 내 손에 뒈지고 싶지 않으면 그러지는 않으리라 믿는다.

앞에 몇 문장을 읽은 순간, 헌원강은 서찰을 보낸 사람이 누가 보냈는지 깨달았다.

"이게 안부야, 협박이야?"

이런 서찰을 보낼 인간이 세상에 백수룡 말고 더 있겠는가.

서찰의 주된 내용은 방학이라고 게으름을 피웠다간 개학 후에 크게 후회할 것이며, 개학 후 성장해 있을 제자의 모습을 기대한다는 것이었다.

'열심히 훈련하길 잘했다…….'

뿐만 아니라 무공 수련에 대한 이런저런 조언도 적혀 있었다. 헌원강은 그 부분은 몇 번이고 다시 읽으며 마음에 새겼다.

마지막으로, 백수룡이 최근에 어떤 일을 겪었는지도 간략하게 언급돼 있었다.

"무림맹? 개방? 혈교?"

헌원강은 입을 떡 벌린 채 백수룡이 보낸 서찰을 바라봤다.

"아니, 이 인간은 방학한 지 얼마나 됐다고…… 또 뭔 짓을 하고 다니는 거야?"

"누군데 그래? 나도 보여 줘!"

헌원란이 옆에 와서 서찰을 훔쳐보려고 기웃거렸다.

헌원강은 동생이 서찰을 보지 못하도록 높이 들어 올렸다.

"있어. 언젠가 꼭 패 주고 싶은 인간."

"패 주고 싶은 인간?"

어째 시간이 갈수록 목표가 멀어져만 가는 것 같지만……. 헌원강은 여전히 포기할 생각이 없었다.

가족이 한자리에 모인 아침 식사 시간.

상석에 앉은 헌원가주는 아침부터 싱글벙글이었다.

"초대하지 않은 가문이며 문파들까지, 다들 연회에 참석하겠다고 난리더구나."

오늘 저녁, 헌원세가는 몇 년 만에 큰 연회를 열어 손님을 초대할 예정이었다.

지금까지는 연회에 드는 비용 때문에 꿈도 꾸지 못했던 일.

하지만 이제는 사정이 달랐다.

"얼마 전 금룡상단과 계약을 맺은 이후로 사업장도 점점 늘어나고, 그간 격조했던 문파나 가문에서 연락도 오더구나."

수십 년 전, 광마혈사로 전멸에 가까운 피해를 입은 헌원세가.

이후 가세가 크게 기울며, 한때 하북팽가와 함께 천하제일도문을 두고 다투던 가문은 지역의 작은 무가로 몰락했다.

하지만 최근 소실되었던 진천도를 복원하고, 천하십대상단 중 하나인 금룡상단과 계약까지 맺으며 재정적으로 큰 여유가 생겼다.

헌원가주는 이 기회를 놓치지 않았다. 연회를 열고 손님들을 초대해, 헌원세가의 부활을 본격적으로 알릴 생각이었다.

"요즘은 먹지 않아도 배가 부르구나."

헌원가주는 맞은편에 앉은 장남을 바라보며 흐뭇하게 웃었다.

파천도라는 별호를 얻으며 강호에 명성을 날리기 시작한 아들.

헌원세가가 다시 날개를 달고 비상할 날이 머지않았다는 평가를 듣는 이유였다.

"배부른 것치곤 많이 드시던데요."

어이없다는 표정으로 자신을 바라보는 아들의 얼굴도 귀엽게만 보였다.

무공에 대한 자질이 부족한 자신과 달리, 헌원강은 자질이 무척 뛰어났다.

'너를 제대로 지원해 주지 못해 항상 미안했거늘…….'

청룡학관에서 훌륭한 스승을 만나 그 재능이 눈부시게 개화한 모습을 보고 있노라면, 주책맞게 눈물이 날 것만 같았다.

"당신 또 울어요?"

"아버지……."

헌원가주는 부인이 건넨 손수건으로 눈물을 찍었다. 갱년기인가. 요즘 부쩍 눈물이 많아졌다.

"눈에 먼지가 들어간 모양이오."

은퇴하기 전까지 가문의 규모를 최대한 키워 놓을 것이다.

아들의 대에서는 다시금 천하제일도문을 놓고 하북팽가와 경쟁할 수 있도록.

헌원가주는 속으로 각오를 다지며, 그윽한 눈빛으로 헌원강을 바라봤다.

"원강아."

"콜록! 콜록!"

헌원강이 먹고 있던 음식을 뿜으며 기침을 했다. 그러곤 황당하다는 표정으로 아버지를 바라봤다.

"아, 원강이라고 부르지 말라니까요! 내가 집에서까지 그렇게 불려야 돼?"

"따지고 보면 백수룡 선생님이 널 원강이라고 부른 이후부터 일이 잘 풀린 것이 아니냐. 내게는 그것이 행운을 가져다주는 별명처럼 느껴지는구나."

"무슨 말도 안 되는……."

백수룡이 장난삼아 부르기 시작한 것이, 이제는 진짜 이름보다 많이 불리고 있었다.

헌원가주가 장난스럽게 웃으며 말했다.

"내 가솔들에게도 말해 두마. 앞으로는 원강 도련님이라고 부르라고."

"당신이 그러고도 헌원세가의 가주야?!"

"원강 오빠?"

"너까지 그럴래!"

가족들에게 항의하던 헌원강도 결국 픽 웃어 버렸다. 장난이란 것을 알기 때문이었다.

'설마 정말로 그러진 않겠지.'

……사실 이제는 누가 강이라고 부르면 어색하게 느껴질 때가 있긴 했다.

◆ ◈ ◆

해가 지기 전, 손님들이 하나둘 헌원세가에 도착했다.

"헌원가주. 요즘 좋은 소식이 많더니 신수가 아주 훤하십니다그려."

"허허허! 무월 가주! 오랜만이오!"

"아드님이 파천도라는 별호를 이었다는 소식을 들었습니다. 참으로 축하드립니다."

"현정 문주께서도 오셨구려. 아들 녀석이 별호를 감당하기엔 아직 많이 모자랍니다."

"청룡신협에게 직접 무공을 배웠다면서요? 허면 훗날 천하제일도객이 되는 것 아닙니까?"

"하하하하!"

아들 칭찬에 헌원가주의 얼굴에 웃음꽃이 피었다.

"여러분께서 이토록 제 얼굴에 금칠을 하시니 안 되겠군요. 술을 더 꺼내야겠습니다. 하하하하!"

산서를 대표하는 문파, 가문에서 온 손님이 속속들이 헌원세가를 찾아왔다.

헌원가주는 직접 나가서 손님을 한 명 한 명 맞이했다. 생각 이상으로 문전성시를 이루어 정신이 없을 지경이었다.

"끄응……."

헌원강도 아버지 옆에서 불편한 무복을 입고 어색하게 웃으며 손님들을 맞이했다.

짧은 머리에 기름을 발라 반듯하게 빗어넘기고, 어울리지 않는 공손한 언행을 유지하느라 죽을 맛이었다.

'귀찮지만 맞춰 드려야지.'

아버지의 얼굴이 이토록 활짝 펴진 것을 본 게 언제였던가.

오늘만큼은 저녁 수련을 빼먹을 수밖에 없었다.

대신 내일 두 배로 해야겠지만.

"공사다망하신 무림의 동도 여러분! 본가의 초대에 흔쾌히 응해 주어 감사드리오! 오늘 연회가 좋은 인연을 맺는 교류의 장이 되었으면 합니다."

연회장의 중심에서 헌원가주가 술잔을 들었다.

손님들이 그에 호응하며 먹고, 마시고, 이야기를 나누었다.

연회의 주인공은 누가 뭐라 해도 헌원세가, 그리고 헌원강이었다.

"악인곡에서 있었던 이야기 좀 해 주게."

"우리 애가 내년에 열다섯인데. 청룡학관에 대해서 궁금한 것이 많아서 말인데……."

"청룡신협은 어떤 분인가요?"

"혹시 마음에 둔 혼처는 있으신가?"

쏟아지는 관심과 질문에 헌원강은 혼이 쏙 빠질 지경이었다. 이토록 많은 사람들이 헌원세가를 찾아온 것은 처음이었다.

그때였다.

뒤늦게 도착한 불청객으로 인해 연회장의 분위기가 술렁였다.

"저희가 좀 늦은 모양입니다!"

내공이 담긴 쩌렁쩌렁한 목소리에, 손님들의 고개가 정문으로 향했다.

덩치가 곰처럼 큰 사내 하나가 성큼성큼 연회장 안으로 들어왔다. 등에 커다란 도를 사선으로 비껴메고 있었고, 감색 무복의 왼쪽 가슴에 팽(彭) 자가 선명하게 새겨져 있었다.

"하북팽가……."

"팽가가 왜 이곳에?"

다들 하북팽가의 등장에 당황했지만, 헌원가주만은 손님을 맞이하기 위해 황급히 앞으로 나섰다.

"오랜만입니다. 가주."

하북팽가의 손님들 중 선두에 선 중년의 사내가 포권을 취했다. 그를 알아본 헌원가주도 당황함을 감추며 포권을 취했다.

"팽사군 대협이 아니십니까? 이곳엔 어찌……."

"제가 못 올 곳이라도 왔습니까?"

팽사군은 오히려 섭섭하다는 표정으로 말했다.

"저희가 남도 아니지 않습니까. 그간 오간 쌀이며 돈이 얼마인데. 응당 축하하러 와야지요. 설마…… 저희가 불청객인 겁니까?"

말에 뼈가 있었다.

헌원세가가 몰락의 길을 걸을 때, 가장 먼저 도움의 손길을 뻗은 곳이 하북팽가였다.

도의 명문으로 최고의 자리를 다투던 두 가문은 예전부터 왕래가 잦았다.

하북팽가가 헌원세가에 막대한 경제적 지원과 유실된 무공의 복원을 돕겠다고 했을 때, 모든 정파무림이 하북팽가에 박수를 보냈다.

하지만 그로부터 수십 년이 지난 지금, 헌원세가는 하북팽가의 속가나 다름없을 정도로 종속돼 있었다.

'이제 겨우 저들의 그늘에서 벗어나려 하고 있거늘…….'

헌원가주의 표정이 딱딱하게 굳었다.

상대는 하북팽가의 가주나 장로도 아닌, 일개 당주에 불과했다.

그럼에도 그는 불청객에게 축객령을 내릴 수 없었다.

"……불청객이라니요. 허허. 그럴 리가 있겠습니까? 이쪽으로 오십시오."

한순간에 연회의 주인공 바뀐 듯한 분위기.

다소 불편한 분위기 속에서 잠시 중단되었던 연회가 계속되었다.

"환영해 주시니 감사합니다. 다들 들어오시게!"

껄껄 웃은 팽사군이 뒤편에 대고 소리치자, 스무 명이 넘는 팽가의 무인들이 안으로 들어왔다. 숫제 무력시위였다.

'이 자식들이…….'

헌원강은 못마땅한 눈으로 팽가의 무인들을 노려보다가, 가장 마지막에 들어오는 사내를 보고 눈을 부릅떴다.

"팽사혁?"

팽사혁이 천무학관으로 떠난 후, 몇 달 만의 재회였다.

328화

헌원세가의 망나니는(2)

저벅, 저벅.

그저 걸어올 뿐인데, 모두의 표정에 긴장감이 어린다. 기파를 두른 것도, 살기를 일으킨 것도 아니다. 타고난 제왕의 기백이 군중을 압도한다.

"팽사혁……."

헌원강은 나직이 중얼거리며, 걸어오는 팽사혁을 바라봤다.

바위처럼 단단한 근육은 무복으로도 다 감춰지지 않았다. 떡 벌어진 어깨와 두껍게 발달한 대흉근. 그러나 거구임에도 전혀 둔해 보이지 않았다. 마음만 먹으면 언제든지 비호처럼 움직일 수 있을 것 같았다.

무복 위에 감색 장포를 두른 채 주위를 둘러보는 눈빛은, 마치 구름 위 산꼭대기에서 아래를 내려다보며 먹이를 찾는 대호(大虎)를 연상시켰다.

'전보다 더 강해졌구나.'

헌원강은 팽사혁을 본 순간 깨달았다.

자신이 예전의 망나니가 아닌 것처럼, 저기 있는 팽사혁도 예전의 그 녀석이 아니라는 것을.

청룡학관을 떠나 천무학관에 편입한 팽사혁이 훨씬 더 강해져서 나타났다. 헌원강의 손바닥이 땀으로 축축해졌다. 입가에는 의미를 알 수 없는 미소가 맺혔다.

"팽가의 소가주?"

"어찌 소가주까지 이곳에?"

"헌원가주가 팽가를 초대했다는 말은 듣지 못했는데……."

연회장에 모여 있던 무림인들은 산서 지방에서 나름대로 명성을 날리는 자들이었다.

하지만 지금 그들 앞에 나타난 무인들은 격이 다른, 한 지방에서 제왕처럼 군림하는 무림의 호족이었다.

하북팽가(河北彭家).

수백 년의 역사와 세력을 자랑하는 대가문.

오대세가의 한 축으로, 패도적이고 강맹한 도법으로 수많은 도의 고수를 배출해 낸 명문 중의 명문이었다.

헌원세가가 전성기를 이루었던 시절에도 고절한 도법으로 하북팽가와 비교되었지, 세력으로는 결코 하북팽가의 아성을 넘보지 못했다.

그런 하북팽가의 후계자가 헌원세가의 연회에 참석했다?

'축하를 하러 온 것인가, 경고를 하러 온 것인가…….'

'예삿일이 아니구나. 헌원가와 팽가의 복잡한 은원을 생각하면 더욱.'

'헌원가가 다시 날개를 달고 비상하려 하니, 팽가가 그들을 억압하려는 것인가?'

이 사실을 어떻게 해석해야 하는가.

연회에 참석한 여러 문파, 가문의 무인들의 머릿속이 복잡해졌다.

"흠……."

그때, 팽사혁도 헌원강을 발견했다. 다소 따분해 보이던 표정에 잠시 이채가 스며들었다.

'뭘 봐?'

헌원강이 눈을 부릅뜨고 팽사혁을 노려봤다.

둘 중 누구도 먼저 시선을 피하지 않으니, 자연스럽게 눈싸움이 되었다.

하지만 헌원가주가 앞으로 나서면서 두 사람의 눈싸움은 허무하게 끝을 맺었다.

"허허. 하북팽가의 소가주께서도 오셨군요. 다시 뵐 때마다 안계를 넓히니, 소가주의 성취가 실로 놀랍습니다."

헌원세가의 가주가 하북팽가의 소가주에게 공손히 말을 높인다. 그것이 현재 헌원세가의 위치였다.

그 모습에 헌원강은 이를 악물었지만, 팽사혁은 대수롭지 않게 받아들였다.

"미리 연락을 드리지 못하고 불쑥 찾아오게 되었습니다. 너른 마음으로 이해해 주시길."

"허허. 이해라니요. 편히 즐기다 가십시오. 먼 곳에서 오셨으니, 오늘 밤은 본가에서 묵고 가십시오."

"헌원세가의 배려에 감사드립니다. 그럼 하룻밤 신세 지겠습니다."

간단히 인사를 마친 팽사혁은 뒤로 물러났다.

계속 대화를 나누기엔 두 사람의 연배가 맞지 않았다. 자연스럽게 팽사군이 그 자리를 대신했다.

"……."

"……."

헌원강과 팽사혁의 눈이 다시 잠시 마주쳤지만, 둘 다 서로에게 말을 걸지는 않았다.

하북팽가의 축하 사절이 온 이후로, 연회는 어딘가 경직되었다.

다들 헌원세가가 아닌 하북팽가의 눈치를 살피기 바쁜 탓이었다.

연회의 주인공이 바뀐 듯한 분위기.

아니, 실제로 주인공이 바뀌었다.

"자자, 다들 한 잔씩 하시지요."

팽사군이 잔을 들어 올렸다. 누구도 그 제안을 거절하지 못했다.

"하북팽가는 오랫동안 헌원가와 친우의 우애를 나눈 가문으로, 오랜 부침을 딛고 마침내 과거의 영광을 되찾으려는 헌원가에 축하의 말을 전합니다."

팽사군은 방금 '헌원세가'가 아닌 '헌원가'라고 호칭했다.

언뜻 말실수로 보일 수도 있었지만, 한 가문의 대표로 온 사절이 이런 일에서 실수를 할 리가 없었다.

'헌원세가의 기를 죽이러 왔군.'

'팽가가 작정을 했구나.'

헌원세가를 은근히 무시하고 깔보는 언행. 그것을 느끼지 못하는 사람은 이곳에 아무도 없었다.

헌원가주는 애써 웃었다.

"……허허. 감사합니다."

친우의 가문.

한때는 그렇게 믿었던 적도 있었다.

수십 년 전 광마혈사로 헌원세가가 몰락했을 때, 하북팽가는 누구보다 먼저 도움의 손을 내밀었다.

'그때만 해도 몰랐지. 하북팽가가 친우가 아닌 주인과 종의 관계를 원할 줄은.'

진천도를 되찾은 헌원세가는 더 이상 하북팽가의 도움이 필요하지 않다.

하북팽가가 그 사실을 곱게 여기지 않으리라는 건 짐작하고 있었다.

그래도 설마, 연회에 찾아와서 이토록 노골적으로 압박할 줄이야.

"축하할 일은 그것뿐만이 아니지요."

팽사군은 헌원가주와 나란히 서서 떠들고 있었다.

아무리 하북팽가가 헌원세가에 비교할 수 없이 큰 가문이라 한들, 손님으로서 상대에 대한 예의가 아니었다.

"헌원가에 청룡신협이라는 든든한 친우가 생기지 않았습니까. 이 또한 마땅히 축하드려야 할 일입니다."

"……감사합니다."

"물론 청룡신협이 정말 십존의 자격을 갖췄는지에 대해서는 아직 논란이 많지만 말입니다. 하하!"

"……."

하는 말마다 가시가 박혀 있었다.

헌원강의 표정이 점점 일그러졌다. 팽사혁은 남의 일인 듯 무신경하게 술을 마셨다.

"가주님. 새로운 친우가 생겼다고 저희 하북팽가와 너무 거리를 두지는 마십시오."

"거리를 두다니요. 무슨 말씀을……."

"잘 아시지 않습니까."

팽사군은 모두가 보는 앞에서 비릿한 조소를 지었다.

"개인의 무공은 기껏해야 백 년의 영광을 누리지만, 가문은 수백 년 이상을 갑니다. 쌓아 온 역사와 힘이 다르지요."

"……."

청룡신협을 믿고 까불지 말라는 경고.

멋대로 팽가의 그늘에서 벗어나려 한다면, 더 이상 좌시하지 않겠다는 노골적인 협박이기도 했다.

"……팽사군 대협. 지금 말 다 하셨습니까?"

헌원강은 더 이상 참을 수 없었다.

가문의 연회에 불청객으로 참여한 것도 모자라, 모욕과 협박까지.

성큼성큼 걸어간 그가 팽사군과 똑바로 마주 섰다.

팽사군이 의아한 표정으로 물었다.

"내가 무슨 실례되는 말이라도 했나?"

"지금 한 말이 협박이 아니면 뭡니까?"

팽사군의 입가에 여유 가득한 미소가 맺혔다.

그는 자신보다 한참 하수를 보는 눈빛으로 헌원강을 바라봤다.

"못 본 새에 많이 컸군. 예전에는 내 얼굴도 똑바로 바라보지 못하던 소년이었던 거로 기억하는데."

그 순간, 헌원강의 입가에도 뒤틀린 미소가 맺혔다.

망나니 생활은 이제 청산했다지만, 이런 얘기를 듣고도 가만히 있으면 백수룡의 제자가 아니었다.

"예. 제가 좀 많이 컸습니다. 지금은 그 얼굴에 한 방 먹여 드릴 수도 있을 정도로요."

"……뭐라?"

예상치 못한 말에 팽사군의 표정이 싸늘하게 굳었다. 뒤쪽에서 "큭큭" 하고 웃는 팽사혁의 웃음소리가 들렸다.

"……파천도라는 별호를 이었다더니. 그 잘난 무공을 내게 견식시켜 주고 싶은 모양이구나."

"원하신다면 얼마든지."

헌원강은 하북팽가의 당주를 상대로 물러서지 않았다.

[그만하거라!]

놀란 헌원가주가 아들을 말리려 했으나, 헌원강은 단호하게 고개를 저었다.

'여기서 굴복하면, 헌원세가는 평생 하북팽가를 넘어서지 못해.'

상대는 하북팽가의 가주도 아니고, 장로도 아니다.

기껏해야 당주.

물론 그것만으로도 무림에서 어깨에 잔뜩 힘을 주고 다닐 수 있는 위치였지만, 하북팽가에서 손에 꼽는 고수는 아니었다.

'싸워도 질 것 같지 않아.'

불과 반년 전만 해도 불가능했을 생각.

하지만 지금 헌원강의 판단은 근거 없는 자신감이 아니었다.

헌원강이 도파에 손을 얹으며 말했다.

"헌원세가의 도를 보여 주지."

"건방진……!"

팽사군이 일그러진 표정으로 헌원강을 노려보았다.

감히 하북팽가 앞에서 헌원세가의 도 어쩌고를 운운하다니, 청룡신협에게 무공 좀 배웠다고 건방이 하늘을 찌르지 않는가.

"오냐. 내 너에게 진정한 도법이 무엇인지 가르쳐 주도록 하마. 칼을 뽑아라."

팽사군의 몸에서 패도적인 기세가 피어올랐다.

언제 칼이 뽑혀 나와도 이상하지 않은 일촉즉발의 순간.

"형님. 술맛 떨어지는 짓 좀 그만하시오."

"……소가주?"

팽사군이 당황한 얼굴로, 갑자기 대화에 끼어든 팽사혁을 바라봤다. 둘은 나이 차가 많이 나는 사촌 형제였다.

"가만히 지켜보고 있으려니 도를 넘는군. 시비는 먼저 걸어 놓고 왜 애새끼한테 화풀이야?"

팽사혁은 큭큭 웃고 있었다. 들썩이는 어깨, 한 손에 든 술병 탓에 술에 취한 것처럼 보이기도 했다.

"……소가주. 어찌 그런 안하무인의 언동을 하는 게요?"

팽사군은 이해할 수 없다는 표정으로 팽사혁을 바라봤다.

오늘 하북팽가가 이 자리에 참석한 것은 헌원세가를 억압하고, 주제를 깨닫게 해 주기 위함이었다. 가주에게도 이미 허락을 받은 일이었다.

그런데 왜 하북팽가의 소가주가 훼방을 놓는단 말인가.

"안하무인?"

팽사혁이 피식 코웃음을 쳤다.

"남의 집 잔치에 와서 초치는 것이 더 안하무인이지. 작작 좀 하란 말이오. 나이도 자기 절반밖에 안 먹은 핏덩이한테 무슨 짓인지. 쯧쯧."

"팽사혁!"

얼굴이 붉으락푸르락해진 팽사군이 팽사혁을 노려봤다.

그러나 팽사혁은 태연히 그 시선을 받아넘겼다.

"술 마시러 왔으면 술이나 마십시다. 뻘짓하지 말고. 너희들도 손에 힘 빼라."

팽사혁이 눈짓을 주자, 도파에 손을 올리고 있던 팽가의 무인들이 눈치를 보다가 손을 내렸다.

팽사군은 당주지만, 팽사혁은 하북팽가의 소가주다.

누구의 말을 들어야 하는지는 처음부터 정해져 있었다.

"너, 돌아가면 가주님의 분노를 어찌 감당하려고……."

"내 일은 내가 알아서 할 거요. 처음부터 마음에 안 들었어. 본가가 뭐가 아쉬워서 이런 짓을 해야 하지?"

혼잣말을 툴툴거린 팽사혁이 팽사군에게 말했다.

"형님은 먼저 돌아가시오. 난 남아서 술이나 좀 더 마셔야겠으니까."

"……!!"

헌원가주도 내리지 못한 축객령을 팽사혁이 내렸다. 팽사군의 표정이 형편없이 일그러졌다.

"못 들었나? 이거 명령인데."

"……후회하게 될 거다."

팽사군은 그 말을 남기곤, 데려온 팽가의 무인 절반을 데리고 떠났다.

그 뒷모습을 잠시 지켜보던 팽사혁이 연회에 모인 사람들을 둘러보며 씩 웃었다.

"자, 이제 다들 편하게 연회를 즐깁시다."

주위를 둘러보던 팽사혁의 시선이 다시 헌원강과 마주쳤다.

그 순간, 팽사혁의 입가에 묘한 미소가 맺혔다.

"축하해 줄 건 축하해 줘야지. 여기까지 오려고 죽어라 발버둥 쳤을 텐데 말이야."

"저 자식. 뭐라고 중얼거리는 거야?"

그러나 연회가 마무리되고 사람들이 모두 돌아갈 때까지, 어색한 분위기는 가시지 않았다.

늦은 밤.

연회가 끝난 후에도, 팽사혁은 헌원세가의 마당을 걸어 다니며 술병을 홀짝였다. 그 모습이 마치 사냥감을 찾아 어슬렁거리는 맹수 같았다.

"쥐새끼처럼 숨어 있지 말고 나와라."

고개를 돌린 팽사혁이 어둠 속을 노려보자, 그곳에서 헌원강이 걸어 나왔다.

헌원강은 대뜸 따지고 들었다.

"아까는 왜 그랬냐?"

"뭘."

"너네 사촌 형 쫓아낸 거. 돌아가서 혼나는 거 아니냐?"

팽사혁이 큭큭 웃었다. 언제나 느꼈지만, 큰 덩치와 어울리지 않게 웃음소리는 경박했다.

"난 승계가 확정된 소가주다. 잔소리야 좀 듣겠지만, 아버지도 날 어쩌지는 못해."

"그래. 네 똥 굵다."

"다른 것도 다 너보다 굵지."

우람한 팔뚝을 스윽 자랑한 팽사혁은 남아 있는 술을 단숨에 비웠다. 헌원강은 계속 팽사혁을 노려보고 있었다.

"또 뭐냐?"

"아까 왜 날 도와준 거냐? 네가 안 나섰어도 내가 팽사군을 이겼을 거다."

"병신. 내가 널 도와준 것 같나?"

"이 씨발놈이?"

팽사혁이 한심하다는 표정으로 헌원강을 바라봤다.

"팽사군이 지면 본가가 망신을 당하니까 말린 거다. 그 멍청한 새끼는 상대의 실력을 전혀 가늠하지 못하더군. 그런 주제에 겉멋만 들었지."

"……흠흠. 내가 좀 많이 세지긴 했지."

은근히 인정받은 것 같아서 헌원강의 입꼬리가 슬금슬금 올라갔다. 팽사혁은 그 모습을 보고 코웃음을 쳤다.

"그래. 눈빛이 제법 건방져졌더군."

팽사혁은 솔직히 놀라고 있었다.

청룡학관에서 다음에 다시 붙자는 약속을 했을 때만 해도, 헌원강이 이렇게까지 강해질 거라곤 상상도 하지 못했다.

하지만 지금은…….

"……."

"……."

헌원강의 눈빛이 이글거렸다. 팽사혁도 그 시선을 피하지 않았다. 이제는 중간에서 막을 사람도 없었다.

"……역시 안 되겠다."

짧은 침묵을 먼저 깬 것은 헌원강이었다.

뚜둑, 뚜두둑.

목을 좌우로 꺾은 헌원강이 허리춤에서 도를 뽑아 들었다.

"몸이 근질거려서 천무제까지 못 참겠다. 한판 붙자."

어깨를 들썩이며 웃던 팽사혁도 기다렸다는 듯 도를 뽑았다.

"이번에는 패는 맛이 좀 나겠군."

329화

헌원세가의 망나니는(3)

보름달이 휘영청 밝은 밤.

헌원세가의 연무장 한가운데, 헌원강과 팽사혁이 칼을 들고 마주섰다.

"내공은 사용하지 말고 붙자."

헌원강의 제안이었다. 팽사혁이 피식 비웃음을 흘렸다.

"왜? 내공을 안 쓰면 네가 이길 것 같나?"

"새끼야. 참관인도 없는데 누구 하나라도 크게 다치면 어떡해?"

"걱정 마라. 적당히 조절해서 패 줄 테니."

"이 새끼가……."

지금이야 상당 부분 개과천선했다지만, 망나니 시절의 헌원강은 성깔이 더럽기로 유명했다.

그리고 지금도, 상대에게 무시를 당하고도 가만히 입 닫고 있을 성격은 아니었다.

"벌써 까먹었냐? 옛날에 나한테 맞고 기절했던 거?"

"……."

두 사람이 어렸을 때의 일.

대련 중 헌원강의 목도가 팽사혁의 머리를 때렸고, 피를 흘리며 쓰러진 팽사혁이 실려 간 적이 있었다.

……그리고 그날, 분노한 하북팽가주 앞에 헌원세가주가 무릎을 꿇었다.

설마 헌원강이 그 이야기를 먼저 꺼낼 줄은 몰랐기에, 팽사혁은 속으로 적잖게 당황했다.

물론 겉으로는 당황한 티를 내지 않았다.

"……살살 남의 성질 긁는 것도 백수룡한테 배웠나?"

"뭐, 부정은 못 하겠네."

어깨를 으쓱이는 헌원강을 보며 팽사혁이 킥킥 웃었다. 그러나 그의 눈에는 사나운 투기가 일렁였다.

"그래. 널 두들겨 패는 데 굳이 내공까지 쓸 필요도 없겠지."

팽사혁이 도를 들어 기수식을 취하자, 내공을 끌어올리지 않았음에도 기세가 일변했다.

크르르르…….

어디선가 호랑이 울음이 들리는 듯했다.

하북팽가의 오호단문도(五虎斷門刀).

천하제일도법을 논할 때 가장 먼저 언급되는 절세도법이었다.

"먼저 와라. 선수를 양보해 주지."

헌원강은 도를 중단으로 들어 올렸다. 신중하게 팽사혁의 움직임을 살피며 천천히 걸음을 옮겼다.

'얼마나 좁혀졌을까.'

지난번에 싸웠을 때는 팽사혁에게 압도적으로 패배했다.

불과 몇 달 전의 일.

하지만 그 몇 달이 지나는 동안, 헌원강은 누구보다 치열하게 무공을 수련해 왔다고 자부했다.

'이번엔 이긴다.'

헌원강은 바닥을 박차며 앞으로 쏘아졌다.

휘익!

순식간에 거리가 좁혀졌다. 내공을 쓰지 못하는 조건은 서로 동등하다. 그렇다면 누가 더 몸을 잘 쓰느냐, 상대의 움직임을 먼저 간파하고 속이느냐가 관건이다.

쩌어엉!

첫 충돌로 상대의 힘을 파악했다. 역시 순수한 힘에서는 밀린다. 헌원강도 건장한 체격이긴 했지만, 키와 체중도 팽사혁이 우위에 있다.

'상관없어.'

매일같이 거상웅, 야수혁처럼 인간 같지 않은 괴물들과 함께 외공을 수련했다. 덕분에, 헌원강은 자신보다 강하고 단단한 상대와 싸우는 법을 알고 있었다.

휘익!

헌원강은 허공으로 몸을 띄웠다. 신체의 유연성과 탄력은 팽사혁보다 낫다고 자신했다. 방금 전까지 그가 있었던 공간을 팽사혁의 도가 베고 지나갔다.

휘리릭!

헌원강은 공중에서 몸을 회전시켰다. 회전력을 더한 도를 아래로 휘둘렀다.

쩌어엉!!

"큭!"

팽사혁이 잇새로 신음을 흘렸다. 무릎이 살짝 굽혀졌다. 헌원강이 사납게 이를 드러내며 웃었다.

"지난번이랑 똑같이 생각했다간 개망신당할 줄 알아라."

"……건방 떨지 마라."

사납게 눈을 빛낸 팽사혁이 팔목을 비틀어 헌원강의 공격을 옆으로 빗겨냈다. 칼날이 서로 긁히며 불티가 튀었다.

까가가각!

팽사혁도 하북팽가 비전의 외공을 익히며 육체를 단련했다. 잘 짜인 근육은 갑주나 다름없고, 유연성도 결코 부족하지 않았다.

촤아아악!

칼날이 공기를 찢어발겼다. 내공이 담기지 않았다는 사실이 믿기지 않는 힘과 속도. 헌원강은 아슬아슬하게 뒤로 물러났다.

'역시 강해.'

온몸의 솜털이 곤두선다. 잠시라도 상대의 움직임을 놓치면 끝장. 헌원강의 사고가 가속했다. 이상하게 입가에는 기쁜 듯한 미소가 맺혔다.

까가가강!

달빛 아래 두 자루의 도가 어우러졌다. 수십 줄기의 궤적이 얽히고설켜 사나운 바람을 일으켰다.

'보여.'

지난 몇 달 동안, 헌원강은 매일같이 팽사혁과 다시 싸우는 날을 상상하며 수련했다. 집착이라고 봐도 무방했다.

'이번에는 이길 거야.'

팽사혁이 휘두르는 도의 궤적, 몸을 움직일 때 습관, 지난 패배를 설욕하기 위해 수백, 수천 번 패배를 곱씹으며 머릿속에 새겨 넣었다.

"이번엔 내가 이길 거라고!"

헌원강은 최고조에 이른 감각으로 도를 휘둘렀다.

단 한 명의 호적수를 쓰러뜨리기 위해 몰두한 천재의 성장은 경이로웠다.

"……제법 늘었군."

팽사혁은 낮은 목소리에 경악을 숨겼다.

몇 달 전과 같은 녀석이 맞는지, 믿기지 않을 정도의 움직임.

어느새 수세에 몰려 있는 자신을 발견한 팽사혁은 어금니를 꽉 악물었다.

'천재라는 놈들은.'

어린 시절, 팽사혁은 헌원강을 동경했다.

자신과 같은 나이인데도 도저히 따라 할 수 없을 만큼 도를 잘 휘두르고, 타고난 감각으로 생각지도 못했던 방식으로 싸우던 소년.

마치 반짝반짝 빛이 나는 것 같았다. 나도 저렇게 되고 싶다, 라는 생각을 한 적도 많았다. 그래서 헌원강이 가문에 놀러 오면 뒤꽁무니를 쫓아다니며 대련하자고 졸라댔다.

—강! 대련하자!

—좋아!

……이제는 다 지나간 철부지 시절의 이야기.

지금의 팽사혁은 헌원강을 동경하지도, 부러워하지도 않는다.

'세상엔 너 말고도 천재는 많더군.'

청룡학관에서는 더 이상 배울 것이 없다고 판단한 팽사혁은 올해 천무학관으로 편입했다.

……별다를 것 없을 거라 생각했다. 청룡학관에서 폭군으로 군림했던 팽사혁은 천무학관도 장악할 생각이었다.

하지만 그곳에서 보고 말았다.

세상에는 부조리할 정도의 천재들이 존재한다는 것을.

팽사혁은 그들에게 도전했고, 패배했고, 다시 일어나서 도전했다. 좌절은 익숙했다. 하북팽가의 소가주는 어려서부터 포기라는 것을 몰랐다.

여기에 천운이 따랐다. 천무학관에는 청룡학관에서 편입해 온 삼 학년을 흥미롭게 여기는 신입 강사가 있었다.

―너, 재능은 좀 애매하지만 흥미롭구나.

그는 팽사혁이 자신만의 길을 찾을 수 있도록 도왔다. 열등감을 극복하고, 천재를 이길 수 있는 방법을 알려 주었다.

―원한다면 강해지게 도와줄 수 있는데. 고통은 잘 참는 편인가?

"……네가 아무리 천재라고 해도."

팽사혁은 불꽃처럼 타오르는 눈동자로 헌원강을 노려봤다.

천무학관 삼 학년 팽사혁은, 지난 몇 달 동안 헌원강이 상상했던 수준에 머물러 있지 않았다.

"내가 더 강하다."

찌이이익!

팽사혁의 근육이 부풀며 무복 상의가 찢어졌다. 몸이 더 두꺼워진 팽사혁이 무지막지한 힘으로 도를 휘둘렀다.

"미친!"

피하는 건 늦었다. 헌원강은 도를 최대한 몸 가까이 붙여 충격을 최소화했다.

쩌어어어엉!

한참을 날아가던 헌원강이 겨우 충격을 해소하고 바닥에 착지했다.

충격으로 얼얼한 손목을 돌리며 헌원강이 황당하다는 표정으로 물었다.

"그건 뭐냐?"

"내 원래 몸으로 돌아왔을 뿐이다. 평소에는 역골공으로 근육을 수축시켜 놓지."

"미친……. 그런 짓을 왜 해?"

"수련의 일종이다."

저 육체는 거상웅이나 야수혁에게도 밀리지 않을 만큼 거대했다.

아니, 위압감만 놓고 보면 그 이상.

팽사혁이 성큼성큼 헌원강에게 다가갔다. 마치 바위가 움직이는 것 같았다.

"헌원강. 밤새도록 처맞을 준비는 됐나?"

"팽사혁. 덩치 좀 커졌다고 네가 이긴 줄 아냐?"

헌원강이 다시 팽사혁에게 달려들었다. 팽사혁도 마찬가지였다.

내공만 끌어올리지 않았을 뿐, 두 사람은 전심전력을 다 해 서로에게 부딪쳤다.

까가가강!

도가 충돌할 때마다 충격파가 번져 나간다.

순수한 도의 풍압만으로 일으킨 도풍이 공간을 사납게 할퀴고, 바닥에 선명한 도흔이 새겨졌다.

"세상에……."

"이게 무슨……."

쉽게 승부가 나지 않고 소란이 커지자, 헌원세가의 식솔들과 팽가의 무인들, 연회가 끝나고 하룻밤 묵고 갈 예정이었던 손님들이 몰려나와 그들의 싸움을 관전했다.

"두 소가주의 무공이 저리 뛰어나다니……."

"허어! 청룡신협이 헌원강 소협을 제자로 거둔 이유가 있었군."

"둘 다 내공을 쓰지 않는데도 이 정도란 말입니까?"

"그야말로 용호상박. 근래에 보지 못한 호적수 간의 대결이오."

호적수(好敵手).

갈고 닦은 기예를 서로에게 온전히 쏟아내는 두 사람에게 어울리는 울림이었다.

"다치지만 말아다오……."

"오라버니……."

헌원가주와 헌원란은 조마조마한 심정으로 헌원강의 싸움을 지켜봤다.

내공을 쓰지 않는다지만, 둘 중 하나가 크게 다쳐도 이상하지 않을 정도로 거친 싸움이었다.

그들의 반대편에는 팽가의 무인들이 몸을 긴장시키고 있었다. 팽사혁이 다치기라도 하면 곧바로 뛰어들 기세였다.

그때, 한 치의 양보도 없이 맞서던 헌원강과 팽사혁이 약속이라도 한 듯 뒤로 물러났다.

"후우……."

"하아……."

둘은 숨을 몰아쉬며 서로를 한참 노려보더니, 동시에 천천히 도를 내렸다.

더 하다가는 호승심에 못 이겨 내공을 끌어올리고 말 것이다. 그럼 일이 너무 커진다는 것을 둘 다 잘 알고 있었다.

"……승부는 다음에 내자고."

"……공식적인 자리에서."

승부를 내지 못한 둘의 표정에는 아쉬움이 남아 있었지만, 한편으로는 후련해 보이기도 했다.

그들이 동시에 도를 집어넣자, 훌륭한 대결을 보여 준 두 사람에게 칭찬과 박수가 쏟아졌다.

"참으로 훌륭한 대결이었소!"

"내 장담하오! 두 사람이 머지않아 천하제일도객을 다툴 것이오!"

"두 소가주의 인연이 호적수로서 계속되길 바랍니다!"

결국, 이날의 싸움은 무승부로 남았다.

◆ ◈ ◆

다음 날. 하북팽가의 무인들은 아침 일찍 짐을 꾸렸다.

헌원강은 아버지와 함께 팽가를 배웅했다.

그때까지 서로 한마디도 하지 않던 팽사혁이 처음으로 헌원강에게 말을 걸었다.

"어이. 강(强)."

"……나?"

"여기 너 말고 헌원강이 또 있나?"

팽사혁이 어이없다는 표정으로 헌원강을 바라봤다.

헌원강은 차마 '요즘엔 원강이라고 부르는 게 더 익숙해서.'라고 말할 수는 없어서, 미간을 팍 구기고 쏘아붙였다.

"뭐? 왜? 어쩌라고 이 새끼야?

"……어제 머리를 심하게 맞았나."

"꼬우면 여기서 한 판 더 붙을까?"

헌원강의 시답잖은 도발에 팽사혁이 크큭 웃었다.

"어제 보여 준 건 내 실력의 삼 할도 안 된다. 오늘이랑 같다고 생각하면 다음번엔 내 손에 박살 날 줄 알아라."

"난 이 할밖에 안 보여 줬는데?"

"지기 싫어하는 건 옛날이나 지금이나 똑같군."

피식 웃은 팽사혁은 진짜 하고 싶었던 말을 툭 내뱉었다.

"다음엔 내가 이긴다. 천무제에서."

"기대해. 그때가 진짜니까."

팽사혁은 헌원가주에게도 인사를 한 후, 팽가의 무인들과 함께 헌원세가를 떠났다.

"……새끼. 아직도 더럽게 세네."

헌원강은 팽사혁의 뒷모습을 노려보며 중얼거렸다.

끝까지 싸웠으면 졌을 것이다.

헌원강은 그 사실을 누구보다 잘 알고 있었고, 팽사혁도 아마 느끼고 있었을 것이다.

그럼에도 녀석은 도를 멈췄다. 수많은 사람들이 보는 앞에서 무승부를 받아들인 것이다.

헌원강에겐 그게 강자의 여유로 느껴졌다. 분해서 지난밤에 한숨도 자지 못했다.

"두고 봐라. 다음엔 찍소리도 못하게 이겨 줄 테니까."

그날, 헌원강은 백수룡에게 받은 서찰에 답장을 썼다.

최대한 간단하게 쓰려고 했는데, 팽사혁과 싸운 이야기를 쓰는 것만으로도 몇 장이 훌쩍 넘어갔다.

"그리고……."

헌원강은 서찰의 마지막을 뭐라고 쓸까 고민하다가, 눈을 질끈 감고 이렇게 적었다.

선생님. 방학 끝나면 천무제 대비 특훈시켜 줘요!

330화

미리 해 볼래?

채채채챙!

이른 아침부터 산장 주변에는 맑은 쇳소리가 쉴 새 없이 울려 퍼졌다.

"하아압!"

"차하앗!"

눈부신 햇살이 쏟아지는 마당에서 소년 · 소녀들이 검을 부딪치고 있었다. 한 번씩 큰 소리가 날 때마다, 산장을 둘러싼 나무들에서 산새들이 일제히 날아올랐다.

청룡학관 검술 동아리, 상승 검법 연구회
여름 방학 합숙 장소

산장의 입구에는 커다란 푯말이 박혀 있었다.

산을 오르는 약초꾼이나 나무꾼들, 또는 지나가는 사람들이 놀라지 않도록 배려한 것이었다.

"다들 아침 먹고 합시다!"

식사 당번들이 밖으로 고개를 내밀며 외치자, 학생들은 대련을 멈추곤 식당으로 모였다. 식욕을 돋우는 냄새에 다들 입맛을 다셨다.

"밥이다!"

"안 그래도 배고팠는데."

"오늘 당번은 너희야? 기대해도 되겠는걸."

상검연은 합숙을 위해 산장 하나를 통째로 빌렸다. 한 달가량 함께 먹고 마시면서 서로의 검법을 더 날카롭게 다듬기 위해서였다.

또한 이 합숙 기간은, 평소 친하지 않았던 선후배들끼리 더욱 친해지는 계기가 되기도 했다.

"아까 다친 곳은 괜찮아?"

"괜찮아요. 팔에 살짝 스치기만 했는걸요."

"미안. 중간에 검로가 어긋나서……."

"그럼 선배가 금창약 좀 발라 줄래요?"

"그, 그래도 될까?"

청춘 남녀가 한곳에서 한 달가량 숙식을 해결하다 보니, 자연스럽게 연인으로 발전한 학생들도 여럿 있었다.

여기저기서 꿀이 뚝뚝 떨어지는 눈빛이 오가고, 다정하게 속삭이는 목소리가 들린다. 합숙이 열흘을 넘어가면서부터는 둘씩 짝을 지어 다니는 학생들이 제법 보였다.

물론, 어디서든 될 놈은 되고 안 될 놈은 안 되는 법.

"빌어먹을 놈들……."

"신성한 동아리 합숙에서 뭐 하는 짓이야?"

"눈꼴 시려서 못 보겠네, 진짜."

"난 내일부터 안대 쓰고 수련하려고."

짝을 얻지 못한 학생들은 검술이라도 얻기 위해 수련에 매진했다. 그들의 검초가 날이 갈수록 날카로워지는 것은 두말할 것도 없었다.

그래서, 유이란은 심기가 불편했다.

"……."

"회장. 요즘 심기가 불편해 보이네요?"

유이란은 옆에서 들려온 목소리에 고개를 돌렸다. 부회장 정연희였다. 그녀가 짓궂은 표정을 짓고 있었다.

"내가? 심기가 불편할 게 뭐가 있다고……."

"상검연 여름 합숙에서는 대대로 연인이 많이 탄생했죠."

"연인……."

자신도 모르게 유이란의 시선이 움직였다.

저 멀리 반대편에 앉은, 남학생들과 어울려 밥을 먹고 있는 소년.

쓸데없이 덩치만 큰 남학생들에게 가려 잘 보이지 않지만, 유이란은 위지천이 두 볼 가득 음식을 넣고 열심히 씹고 있는 모습을 상상할 수 있었다.

"음……."

"눈빛 좀 봐? 이쯤 되면 중증이네."

정연희가 유이란의 옆구리를 찌르며 속삭였다.

"벌써 합숙이 절반이나 지났다고요. 이렇게 아무것도 못 해 보고 보낼 거예요?"

"내가 뭘……."

뭘 어떻게 하란 말인가.

유이란은 평생 남자에게 관심을 가져 본 적도 없었고, 관심을 얻기 위해 노력해 본 적은 더더욱 없었다.

보통은 그 반대의 상황만 있었기에 오히려 남자들에게 냉담한 편이었다.

"솔직히 내 감정이 정확히 어떤 건지도 잘 모르겠고……."

"와, 주변 사람들 다 아는데 왜 선배만 몰라?"

주저하는 유이란의 모습에, 정연희는 한숨을 푹 내쉬었다.

"선배. 지금 너무 방심하는 거 아니에요? 막말로 선배가 정인도 아닌데. 중간에 다른 사람이 채가면 어쩌려고 그래요?"

"……다른 사람? 누구?"

"누구든지요."

부회장이 팔짱을 끼며 말했다. 아무래도 충격 요법이 필요할 것 같았다. 그녀가 목소리를 더 낮춰 속삭였다.

"검술 뛰어나. 성격도 착해. 게다가 백수룡 선생님의 수제자잖아요. 선배 말고도 노리는 여자애들 많을걸요?"

"설마 너도……."

회장의 눈매가 날카로워지기 전에, 부회장은 단호하게 고개를 저었다.

"전 덩치 있는 남자가 취향이에요. 굳이 따지자면 헌원강 선배 같은 사람?"

"……그, 그렇구나."

유이란은 안도의 한숨을 쉬었다.

그녀는 어떻게 자신의 마음을 표현해야 할지 도통 알 수가 없었다.

부회장은 은근슬쩍 도움을 주기로 했다.

"오늘 오후 수련. 선배가 일 학년들 가르치는 날이잖아요?"

"응? 그렇지."

"검술 지도를 핑계로 이런저런 얘기를 해 보는 건 어때요? 그러다 은근슬쩍 손도 닿고……."

"그, 그런 파렴치한 짓을 하라고?!"

한순간 목소리가 너무 높아졌는지, 식당에 있는 학생들의 시선이 전부 두 사람에게 쏠렸다.

저 끝에서 위지천도 고개를 갸웃거리는 것이 보였다.

'쉿!'

부회장이 손가락을 입술 위에 갖다 대더니, 유이란에게 전음을 보냈다.

[누가 대놓고 유혹하래요? 검객이 아니라 여자로도 매력 있는 모습을 보여 주라는 거죠.]

[무슨 말인지는 알겠지만…….]

[하, 답답하네. 그러니까…….]

부회장은 유이란에게 어떻게 해야 할지 이런저런 조언을 해 주었다.

그 말 그대로 따를 생각은 없었지만, 유이란은 한번 용기를 내보기로 했다.

◆ ◈ ◆

여름 합숙 기간 동안, 삼 · 사 학년들은 하루씩 돌아가면서 일 학년들을 지도한다.

마침 오늘은 유이란이 일 학년들을 지도하는 날이었다.

가장 깔끔한 무복을 입고 일 학년들 앞에 나타난 유이란이 말했다.

"우선 각자 자신 있는 검술을 펼쳐 보도록 해. 그 후에는 지도 대련. 이후에는 너희끼리 자율 대련하는 걸 지켜보는 방식으로 진행할 거야."

"잘 부탁드립니다!!"

바짝 기가 든 일 학년들이 한 명씩 검술을 펼쳐 보였다. 대부분은 회장 앞이라 긴장했는지 실수를 연발했다.

그럴 때마다 유이란은 후배들에게 조언을 해 주었다.

검술의 전반적인 조언부터 사소한 움직임 하나를 바꿔 보라는 조언까지. 상검연 회장답게 유이란은 눈썰미가 무척 좋았다.

"감사합니다!"
"감사합니다!"
유이란의 금과옥조와 같은 조언에, 후배들은 하나같이 감격한 얼굴이었다.
그리고 위지천의 차례가 되었다.
"위지천입니다."
포권을 취한 위지천은 검혼을 중단으로 들어올렸다.
천천히, 위지천의 검이 움직인다.
물 흐르듯 매끄럽게 이어지는 동작에 유이란은 거듭 감탄했다.
'지적할 곳이 없어.'
자신이라면 다르게 움직일 동작도 있었지만, 그건 사람마다 체격이나 발달한 근육이 다르기에 다른 것일 뿐, 잘못된 것이 아니었다.
위지천은 본능적으로 자신에게 가장 잘 맞는 검로를 그렸다. 타고난 재능이 눈부셨다.
그러나 유이란은 마냥 감탄만 하고 있지는 않았다.
"……훌륭했어. 하지만 아까 세 번째 초식을 펼쳤을 때, 상대가 이런 식으로 대응한다면 어떨까?"
검을 뽑아 든 유이란은 방금 전 위지천이 보여 준 검로를 따라 그렸다.
위지천은 유이란보다 강하다.
하지만 그렇다고 해서, 유이란이 위지천의 검에 대해 아무런 말도 할 수 없는 것은 아니다.
당사자가 아니기에 볼 수 없는 부분이 분명 있기 때문이다.
"과연……. 선배는 대단해요!"
"뭐, 뭘 이런 걸 가지고."
유이란은 초롱초롱하게 빛나는 위지천의 눈을 슬며시 피했다. 그리고 다른 일 학년들에게 말했다.

"자, 그럼 한 명씩 지도 대련을 하자. 아까 순서대로 한 명씩 나와."

이번에도 위지천은 군계일학이었다.

다른 일 학년들은 유이란의 검을 열 합도 막아 내기 어려워하는 반면, 위지천은 호각 이상으로 유이란을 몰아붙였다.

채채채챙!

웬만한 학생들의 눈으로는 쫓기도 힘들 정도로 빠른 검격이 쉴 새 없이 오갔다. 그럼에도 둘 다 여유가 있었다.

승패가 중요한 비무가 아니기 때문에, 두 사람은 검을 맞대다가도 잠깐씩 멈춰 서서 논검을 나눴다.

"선배. 방금 전엔 무게중심을 더 뒤로 주고 손목을 부드럽게 풀고 있는 편이 나았을 것 같아요."

"어째서?"

"일단 공격을 흘리고 반격하려면 그편이 유리하니까요. 선배는 저보다 손목이 부드러우니……."

"이해했어. 다시 해 보자."

검에 빠져들수록, 유이란은 위지천에게 여자로서 매력 있는 모습을 보여 주는 것 따위는 잊어버렸다.

애초에 어울리지도 않았다. 최선을 다해 검을 휘두르는 모습. 유이란은 그럴 때가 가장 아름다웠다.

상검연의 간부들이 멀리서 그 모습을 지켜보고 있었다. 부회장이 허탈한 표정으로 중얼거렸다.

"……선배의 저 모습을 보고도 안 반하는 게 말이 돼?"

"우리가 선배를 보고 느끼는 감정을, 선배는 저 녀석을 보고 느끼는 것 아닐까?"

간부 중 누군가의 말에, 다들 저도 모르게 고개를 끄덕였다.

◆◈◆

산장에서 하루하루 충실히 수련을 하다 보면, 어느새 밤이 찾아온다.

밤하늘에 별이 총총했다. 산속에서 올려다보는 하늘은 말 그대로 별천지였다.

멍하니 올려만 보고 있어도 어떻게 시간이 가는지 모를 만큼.

그리고 산장 앞에 다 같이 모여서 구워 먹는 고기는 천하진미가 따로 없었다.

"저 큰 멧돼지는 누가 잡아 온 거야?"

"위지천이요!"

"너는 사냥도 잘하니?"

"어렸을 때 할아버지랑 산에서 쭉 살았거든요. 헤헤."

검을 좋아하는 학생들이 한 달이라는 시간 동안 매일 검을 맞댄다.

서로 마음을 열고, 솔직한 이야기를 나누기엔 충분한 시간이었다. 어느새 다들 친해져 있었다.

밥을 먹고 둘러앉아 나누는 대화에는 특별한 주제가 없었다.

대중없이 이런저런 이야기를 나누다가, 불쑥 누군가가 화제를 꺼냈다.

"선배님들은 졸업하면 뭐 하실 거에요?"

졸업이 가까운 삼 · 사 학년들은 청룡학관을 졸업한 이후의 장래에 대해 고민이 많았다. 후배들도 그런 선배들의 생각이 궁금했다.

다들 모닥불 앞에 둘러앉아, 선배들부터 한 명씩 자신의 꿈을 이야기했다.

"나는 가업을 이어서 표국을 운영할 거다. 내 대에서 사업을 더 키울 거야."

"난 십대상단에 취업해서 강호를 둘러보고 싶어. 돈도 벌고 여행도 다니고 일석이조지."

"역시 무림맹이지. 신검단 입단 시험을 볼 거다."

"……서류에서 떨어지지 않나?"

"이번에 무림맹이랑 동맹 맺으면서 특채 생겼잖아. 그쪽으로 노려봐야지."

이렇게 현실적인 부류가 있는 반면, 강호에 낭만이 있는 부류도 있었다.

"강호를 돌아다니면서 약자를 돕고 악인들을 처단할 거야."

"계속 검술을 갈고닦아서 백대 검객에 들고 싶습니다."

"강호의 낭만이라면 역시 낭인 아니야?"

"낭인은 좀……."

"위험하고 벌이도 시원찮아. 낭만 찾다가 객사한다."

선배들로부터 시작된 이야기는 후배들에게도 이어졌다. 후배들도 각자 목표나 꿈을 이야기했다. 모두 그래야 하는 분위기였다.

"위지천. 너는 졸업 후에 뭘 할 거야?"

질문과 동시에, 모두의 시선이 위지천에게 향했다.

"아, 저는……."

관심이 모여들자 소년의 얼굴이 홍시처럼 붉어졌다.

과연 위지천은 뭐라고 대답할까?

학생들이 본 위지천은 검의 천재였다.

게다가 스승은 십존의 말석인 청룡신협이었다.

위지천의 입에서 "천하제일검객이 될 거예요."라는 말이 나와도, 아무도 비웃지 않을 것이다.

"저는……."

위지천이 개미만 한 목소리로 말했다.

"선생님이 되고 싶어요."

"선생님?"

전혀 예상치 못했던 대답에, 다들 눈이 휘둥그레졌다.

위지천이 민망한 듯 뺨을 긁적이며 말했다.

“제가 제일 존경하는 분이 백수룡 선생님이거든요. 아, 저희 할아버지는 제외하고요.”

위지천은 천천히, 백수룡과 처음 만난 이야기를 시작했다.

물론 혈교와 관련된 이야기는 빼고.

“……선생님은 주화입마에 빠져 있던 절 구해 주셨어요. 그리고 청룡학관에 입관할 수 있게 도와주셨고요. 선생님 덕분에 선배님들이랑 친구도 만날 수 있었고……. 또 제가 나쁜 검의 목소리를 들을 때마다, 바른길로 갈 수 있게 도와주셨어요.”

위지천은 말을 잘하는 편이 아니다.

게다가 부끄러움이 많아서, 많은 사람들이 쳐다보고 있으면 얼굴이 빨개지고 목소리는 점점 작아진다.

하지만 소년의 진심만큼은 모두에게 전해졌다.

“그래서 저도, 선생님이 되어서 학생들을 가르치고 싶어요.”

말을 끝낸 위지천이 고개를 푹 숙였다.

예상치 못했던 위지천의 어두운 과거사 고백에, 장내에 잠시 정적이 흘렀다.

유이란이 그 정적을 깨며 말했다.

“그럼 미리 해 볼래?”

“네?”

“내일 하루. 네가 상검연 전원에게 검술을 지도하는 거야. 어때?”

“가, 갑자기요?”

“다들 어떻게 생각해?”

유이란은 순식간에 일을 추진했다. 다른 상검연 간부들도 흔쾌히 고개를 끄덕였다.

"검재라면 환영이지."

"안 그래도 너한테 배워 보고 싶었어."

"재미있겠다. 이거 나중에 이력서에 쓸 수 있을걸?"

상상도 못 해 본 일이 현실이 되자, 위지천은 눈을 동그랗게 떴다.

"정말이요? 하지만 전 일 학년인데……."

"학년이 무슨 상관이야. 여기에 너보다 검을 잘 다루는 사람이 없는걸."

유이란이 씩 웃으며 위지천의 어깨를 두드려 주었다. 해 보라는 의미였다.

잠시 망설이던 위지천은, 이내 단호한 표정으로 대답했다.

"알겠습니다. 최선을 다할게요!"

그때까지만 해도 몰랐다.

다음 날 상검연 합숙장에, 위지천의 모습을 한 악마 교관이 나타나리라는 것을.

331화

바야흐로

다음 날 아침.

연무장에 모인 상검연 학생들은 낯선 모습을 하고 나타난 위지천을 보곤 눈을 휘둥그레 떴다.

"반갑습니다. 오늘 하루 동안 여러분의 검술을 지도할 위지천 교관입니다."

어디서 구해 왔는지, 위지천은 이마에 붉은 영웅건을 두르고 있었다. 질끈 동여맨 영웅건의 중앙에는 필사(必死)라는 자수가 새겨져 있었다.

그때까지만 해도, 상검연 학생들은 가볍게 웃어넘겼다.

"하하! 천이가 오늘 제대로 해 보려고 작정을 했구나."

"그래, 열심히 해 보자. 우리도 최선을 다할 테니까."

"너 혹시 백수룡 선생님 따라 한 거야? 귀엽다, 진짜……."

학생들은 전날 모닥불에 앉아 수줍은 목소리로 "저는 선생님이 되고 싶어요."라고 말하던 위지천을 떠올렸다.

다들 소년의 꿈을 응원해 주기로 했고, 그래서 오늘 하루는 위지천에게 검술 지도를 받기로 결정했다. 상검연 전원이 동의한 내용이었다.

문제는, 학생들이 위지천의 각오를 너무 얕보았다는 것이다.

"교육생들. 본 교관은 여러분과 소꿉놀이나 하려고 여기 온 것이 아닙니다."

스릉.

검집에서 뽑혀 나온 시퍼런 칼날이 아침 햇살을 반사했다.

검혼이 주인의 의지에 반응해 스산한 기운을 뿜어냈다.

"미리 경고하겠습니다. 오늘 하루 동안 본 교관에게 반말을 하거나, 지시에 따르지 않을 경우……."

상검연에서 가장 체구가 작고 성격이 순한 소년은, 이 순간 다른 사람으로 돌변했다.

서걱!

가볍게 휘두른 검이 커다란 나무를 두 동강 냈다. 선명하고도 예리한 검기가 만들어 낸 광경이었다.

"나, 나무는 왜……."

"저, 저기요?"

비로소 뭔가 잘못됐다는 것을 느끼고 당황하는 학생들을, 위지천은 희번덕거리는 눈으로 바라봤다.

"본 교관에 대한 반항으로 간주하고 일대일 지도 대련을 진행하겠습니다."

"……!!"

저건 농담이 아니다.

위지천의 눈빛을 본 순간 모두가 같은 생각을 했다.

'재 눈빛이 돌았잖아!'

잊고 있었다.

검재 위지천.

평소에는 누구보다 순하고 착한 소년이지만, 검만 손에 쥐면 사람이 바뀌는 녀석이라는 것을.

“어, 음. 그게…….”

“우리가 원한 건 이렇게까지는…….”

“너무 흥분한 거 아니니……?”

위지천은 선배들의 말을 가볍게 무시했다.

“우선.”

오늘 하루는 가장 존경하는 스승을 따라 하기로 작정한 소년은, 검 끝을 들어 학생들의 뒤편으로 보이는 산봉우리를 가리켰다.

“아침 식사 전에 가볍게 체력 단련부터 시작하겠습니다. 제가 그동안 살펴본 결과, 여러분의 기초체력이 형편없다는 결론을 내렸습니다.”

가장 체력이 약하게 생긴 위지천의 입에서 나온 말이기에 더 가슴에 푹푹 박혔다. 몇몇은 불만스러운 듯 입을 삐죽 내밀었다.

“전원 저기 보이는 산봉우리를 찍고 옵니다. 실시.”

그러나 다들 바로 움직이지 않고 서로 눈치를 보며 미적거렸다.

‘역시 선생님처럼 하는 건 쉽지 않구나.’

위지천은 기선제압의 필요성을 느꼈다. 그래서 조금 더 강하게 나가기로 마음먹었다.

“전부 귓구멍이 막혔습니까? 아니면 본 교관이 우습게 보입니까?”

평소 수줍음 많고 귀엽기만 하던 후배의 폭언에, 선배들이 입을 떡 벌렸다.

“아무리 일일 강사라도 그렇지, 말이 좀 심한 것…….”

“그래서, 하기 싫습니까?”

우우웅!

위지천이 치켜든 검에서 검기가 피어오르는 것을 본 순간, 불만스레 튀어나왔던 입들이 쏙 들어갔다.

“시, 싫다는 건 아니고.”

“아니고?”

"아니고, 요……."

"처음 한 번은 봐드리겠습니다."

백수룡 같았으면 말대답한 학생의 머리통을 냅다 후려쳤겠지만, 위지천은 아직 그렇게까지 물들지는 않았다.

"정확히 일 각 드리겠습니다. 정해진 시간보다 늦는 학생은 오늘 아침밥은 없다고 생각하십시오."

"일각 안에 저길 찍고 오라고, 요?"

"무리지, 요! 그건!"

다들 여전히 상황파악을 못 하고 투덜대는 가운데, 유일하게 움직인 사람이 있었다.

"이럴 시간에 움직이는 게 나아."

휘익!

바로 유이란이었다.

한 마리 사슴처럼 우아하게 경공을 펼치는 그녀의 뒤로, 상검연의 간부들, 그리고 다른 학생들이 따라붙었다.

"선배! 혼자 치사하게!"

"같이 가요!"

"……에라 모르겠다!"

다른 학생들도 그제야 꼬리에 불붙은 망아지처럼 달리기 시작했다. 위지천이 가리킨 산봉우리를 일 각 안에 찍고 오는 것은 굉장히 촉박한 일이었다.

결국 상검연 전원이 아침밥을 사수하기 위해 전력으로 질주하는 진풍경이 펼쳐졌다.

하지만 그들 대부분은 아직까지도 현실을 제대로 파악하지 못하고 있었다. 일부는 이런 상황이 재미있다는 듯 피식피식 웃기까지 했다.

"……지금 많이 웃어 두십시오. 나중에는 입꼬리도 움직이기 힘들어질 테니까.”

위지천은 그 모습을 보며 웃었다. 누군가를 무척이나 닮은 웃음이었다.

◆ ◈ ◆

간신히 산봉우리를 찍고 돌아온 학생들 앞에는, 영약 요리 연구회에서 개발한 정체불명의 특식이 마련돼 있었다.

“이게…… 뭐야?”

“우리보고 이걸 먹으라고?”

“혹시 독공 대비 훈련인가?”

믿을 수 없다는 눈으로 식당에 들어선 학생들을 향해, 위지천이 뿌듯한 표정으로 말했다.

“본 교관이 새벽에 산에서 구해 온 재료로 만든 특식입니다. 다양한 영양소가 포함된 여러 재료를 넣었고, 체내 흡수를 돕기 위해 죽처럼 만들었습니다.”

위지천이 만들었다는 특식은, 어딘가 불길한 녹색을 띠고 있는 잡탕죽이었다. 과거 혈교에서 무인들에게 배급하던 음식의 변형이란 사실은 백수룡만 아는 비밀이었다.

“정말 먹어도 되는 건가요? 맛이 끔찍할 것 같은데…….”

누군가의 소심한 반항에 위지천이 미간을 찌푸렸다.

“학생은 이곳에 맛있는 것만 먹으려고 왔습니까?”

“……아니요.”

더 이상의 불만은 없었다.

위지천이 준비한 특식은 맛이라곤 전혀 느낄 수 없는 음식이었지만, 허기가 반찬이라고 다들 열심히 먹었다.

위지천은 그 모습을 바라보며 흡족하게 고개를 끄덕였다.

"아침을 든든히 먹어 두십시오. 저녁은 지옥에서 먹게 될 겁니다."

"쿨럭!"

입에서 죽을 뿜는 학생이 속출했지만, 워낙에 소화가 잘되는 음식인지라 체하는 학생은 없었다.

"다 먹었으면 오전 훈련을 시작하겠습니다."

이어진 것은 단체 검술 훈련.

학생들은 위지천의 지도하에, 땡볕 아래에서 땀을 뻘뻘 흘리며 검을 휘둘렀다.

위지천은 그들 사이를 지나다니며 학생들의 자세를 지적했다.

"전체적으로 여러분의 검술에는 겉멋이 잔뜩 들었습니다. 남을 의식하지 마십시오. 검에 더 집중합니다."

학생들을 살피는 위지천의 눈빛이 예리했다.

위지천은 모든 학생을 평등하게 갈궜다.

그것이 백수룡에게 배운 첫 번째 교육 원칙이었다.

따악!

"전력을 다한 검술이 이겁니까? 아니면 적당히 시간이나 때우다가 끝내자는 생각입니까?"

"죄송합니다!"

따악!

"자꾸 어딜 봅니까? 검에 집중하라고 했습니다. 지금 교관에게 반항합니까?"

"아닙니다!"

따악!

"흐느적거리지 않습니다. 정신 똑바로 차리십시오. 아침밥 안 먹었습니까?"

"먹었습니다!"

"그런데 목소리가 왜 이렇게 작습니까?"

"먹었습니다아!!"

일일 강사 위지천의 수업은 혹독하고 엄격했다. 학생들을 한계까지 몰아붙였다.

처음에는 가벼운 마음으로 임하던 학생들도 점점 안색이 하얗게 질렸다.

결국 반발이 일어났다.

"젠장! 난 더 이상 못해!"

상검연의 간부 중 한 명이었다. 사 학년 조연걸. 점창파의 속가제자로, 사일검법을 상당한 수준으로 익힌 검객이었다.

"위지천 네가 잘난 건 알겠어. 하지만 사람마다 수련하는 방식은 달라. 나는 내 검이 이렇게 무식한 방식으로 수련한다 해서 더 빨라질 거라고는 생각하지 않아."

"……."

조연걸의 발언에 다들 위지천의 눈치를 살폈다.

몇몇은 속으로 조연걸을 응원했다. 그들도 이 무식한 수련에 회의를 느끼고 있었던 것이다.

"좋습니다."

위지천은 예상외로 순순히 고개를 끄덕였다.

"그럼 내공 없이 순수한 쾌검만으로 저와 겨뤄 보죠. 만약 조연걸 학생이 절 이긴다면 수련을 종료하겠습니다."

"……진심이냐?"

"물론입니다."

"하!"

조연걸은 헛웃음을 흘렸다.

아무리 위지천이 검의 천재라고 한들, 내공도 없이 쾌검의 초식만으로 겨룬다면 자신이 질 거라곤 생각하지 않았다.

'일검 승부라면 내가 이긴다.'

조연걸이 자신만만한 표정으로 말했다.

"좋아. 내가 지면 군말 없이 네 지도 방식을 따르겠다."

더 이상 여러 말을 할 필요는 없었다. 두 사람이 마주 섰다. 신호도 따로 없었다. 검객들의 손이 동시에 검파에 닿는 순간이 승부의 시작이었다.

스악!

조연걸이 자랑하는 쾌검이 빛살처럼 뽑혀 나왔다. 그는 승리를 의심치 않았다. 전체적인 능력에서는 미치지 못할지언정, 쾌검만으로는 상검연에서 최고로 인정받는 그였다.

'내가 더 빨랐어!'

그렇게 확신한 순간.

채앵!

위지천의 한발 늦게 뽑은 검이 조연걸의 검을 위로 튕겨 냈고, 활짝 열린 품으로 위지천이 파고들었다.

'분명히 내가 더 빨랐는데?'

위지천은 작지만 차돌 같은 주먹을 단단히 움켜쥐었다. 승부는 났지만, 그는 수업 분위기를 해치는 불순분자를 용서할 생각이 없었다. 이것 또한 백수룡에게 보고 배운 것이었다.

"쾌검? 느려 터진 주제에."

위지천의 주먹이 조연걸의 콧등을 강하게 때렸다.

빠악!

"커헉!"

쌍코피가 터진 조연걸은 뒤로 비척비척 물러나더니 그대로 주저앉았다. 그 앞에 선 위지천이 오만한 눈으로 그를 내려봤다.

"조연걸 학생. 코피가 멈추면 바로 수련에 복귀하십시오."

"크……."

"대답 안 합니까?"

"아, 알겠습니다."

그렇게 반란의 불씨는 커지기 전에 무참히 짓밟혔다.

위지천은 다른 학생들을 스윽 둘러보며 말했다.

"불만이 있는 학생은 언제든지 나오십시오. 대신 그만한 각오를 해야 할 겁니다."

"……."

오늘의 위지천은, 작은 백수룡 그 자체였다.

고된 수련은 밤까지 이어졌다.

예정된 일정을 모두 소화한 후, 위지천은 이마의 붉은 영웅건을 풀었다.

"여기까지 하겠습니다."

저 영웅건에 무슨 술법이라도 걸려 있는 건지, 영웅건을 풀자마자 위지천은 악마 교관에서 순박한 눈망울의 소년으로 돌아왔다.

"다들 괜찮으세요?"

소심하게 묻는 소년을 향해, 바닥에 주저앉은 상검연의 선배들이 일제히 삿대질을 했다.

"너어……!"

"위지천 이 자식!"

"나 아까 너 때문에 울 뻔했어!"

위지천은 아무렇게나 널브러져 있는 선배들을 바라보며 미안함이 가득한 표정을 지었다.

“죄송해요. 하지만 진심으로 하지 않으면 효과가 없어서 어쩔 수 없었어요…….”

일일 강사 위지천의 지도 방식은 혹독했다.

지금 멀쩡히 두 다리로 서 있는 사람이 거의 없을 정도였다.

그래도 다들 끝까지 따라왔다.

정말 힘들었지만, 학생들은 묘한 성취감을 느꼈다.

‘재미있었어.’

위지천도 마찬가지였다. 그는 다른 학생들 이상으로 피곤했지만, 얼굴은 무척 밝았다. 기회만 있다면 또 가르쳐 보고 싶을 정도였다.

“좀 쉬고 계세요. 저녁 차릴게요!”

위지천이 자리를 비운 사이, 여기저기서 한숨이 쏟아졌다.

“백룡장 애들은 매일 이런 무식한 방식으로 수련한다고?”

“사람이 할 짓이 아니네요…….”

“전 내일이면 앓아 누울 거예요.”

“가장 존경하는 사람이 백수룡 선생님이라고 할 때 알아챘어야 했는데…….”

“아까 듣기로는 이것도 백수룡 선생님에 비하면 약과라던데요?”

“미친 거 아니야?!”

다들 오늘 하루의 수련을 되새기며 진저리를 칠 때였다.

짝!

유이란이 박수를 쳐서 모두의 시선을 끌었다.

다른 학생들보다는 나았지만, 유이란 역시 상당히 지친 모습이었다.

그녀는 상검연 회장으로서, 일일 강사 위지천의 실력을 객관적으로 평가했다.

“힘들었던 건 맞지만……. 생각보다 잘 가르치지 않아?”

"……그렇긴 해요. 거친 것 같아도 정확하고, 한계 이상으로 몰아붙이진 않더라고요."

부회장 정연희도 피곤한 표정으로 고개를 끄덕였다. 다른 간부들도 비슷한 의견이었다.

과격하고 폭력적인 면에 가려져 있지만, 위지천의 검술 지도는 굉장히 꼼꼼하고 세심했다.

다른 학생들도 동의하는지 하나둘 고개를 끄덕였다.

"확실히……."

"지도를 받아 보니 알겠더라고요."

"한계까지 몰리니까, 평소에는 안 되던 초식이 어느 순간 펼쳐지더라."

"살기가 얼마나 찌릿찌릿한지……. 열심히 할 수밖에 없었어요."

오늘 하루 위치전에게 지도를 받아 보면서, 다들 그동안 얼마나 안일한 수련을 반복하고 있었는지 깨달았다. 그 탓에 전체적으로 스스로를 돌이켜보고 반성하는 분위기였다.

유이란이 그런 학생들을 둘러보며 입을 열었다.

"……그래서 말인데."

이건 위지천에 대한 마음과는 별개였다.

유이란은 진심으로, 위지천의 검술 지도가 상검연에 큰 도움이 될 거라고 느꼈다.

"며칠 더 위지천에게 배워 보는 건 어때? 다신 없을 기회라고 생각하는데."

"으음……."

"며, 며칠이나 더요?"

"좋은데 싫다……."

상검연의 학생들은 모두 검을 좋아하는 소년 · 소녀들이었다.

더 강해질 수 있다면, 더 검을 잘 쓸 수 있게 된다면, 힘든 것은 얼마든지 감수할 각오가 돼 있었다.

다들 고민하긴 했지만, 결국 모두가 동의했다.

유이란은 직접 위지천에게 가서 그 이야기를 전했다.

"너만 괜찮다면 며칠만 더 검술 지도를 부탁해도 될까?"

"……정말이요?"

풀이 다소 죽었던 위지천의 얼굴이 환해졌다.

다른 사람들에게 가르치는 능력을 인정받았다는 의미였으니까.

위지천이 활짝 웃으며 고개를 끄덕였다.

"열심히 하겠습니다!"

"그, 너무 열심히는 하지 말고……."

"안 그래도 오늘은 눈치가 보여서 평소보다 약하게 했거든요. 내일은 강도를 더 높일게요!"

"……애들한테는 비밀로 하자."

그렇게 그날 이후로도, 위지천은 종종 붉은 영웅건을 매고 상검연 학생들의 검술을 지도했다.

합숙소의 시간은 유독 빠르게 지나갔다.

무성하게 자라난 나무와 바람에 흔들리는 나뭇잎.

아침이슬에 맺혀 반짝이는 햇빛.

필사적으로 울어대는 매미와, 그에 못지않은 힘찬 기합을 넣으며 검을 휘두르고 땀 흘리는 청춘들.

"교육생들! 정신 똑바로 차립니다!"

바야흐로, 여름이었다.

332화

옛 상처

"육장로가 순교(殉敎)했습니다."

"……."

가부좌를 틀고 명상 중이던 흑립인은 눈을 떴다. 일순간 그의 안광이 새빨갛게 타오르다가 거짓말처럼 잠잠해졌다.

후욱.

새하얀 숨을 내뱉은 흑립인은 자신의 앞에 부복하고 있는 사내를 바라봤다.

"누구에게?"

"청룡신협입니다."

잠시 정적이 흐르는 동안, 부복한 사내는 등줄기에 식은땀이 흐르는 것을 느꼈다.

다행히 이어진 흑립인의 목소리는 평온했다.

"요즘 그 별호를 자주 듣는군. 육장로의 마지막 보고는?"

"청룡신협이 무림맹에 나타났으며, 냄새를 맡은 것 같으니 처리하겠다는 내용이었습니다."

"헌데?"

"그 후 연락이 두절되었고, 개방 방주가 청룡신협이 육장로를 죽였다는 사실을 공식적으로 발표했습니다."

"……."

흑립인이 자리에서 일어났다.

그저 몸을 일으켰을 뿐인데, 부복한 사내는 수백 자루의 검이 전신을 저미는 것만 같은 착각에 빠졌다. 절로 경외의 마음이 들었다.

'일사도께서는 점점 더 강해지시는구나.'

부복하고 있는 사내는 혈교의 구장로였다.

그 또한 혈교에서 손꼽히는 고수였으나, 일사도 앞에서는 자신의 존재가 비천하게만 느껴졌다.

'무림의 어떤 고수가 저분의 검을 막을 수 있을까.'

구장로는 일사도의 압도적인 강함을 경외했다.

수십 년 전 비열한 무림맹을 상대로 가공할 신위를 보여 주었으며, 전쟁에서 패해 뿔뿔이 흩어진 교도들을 수습해 오늘날 교를 다시 일으킨 장본인.

최근에는 흑야마제의 반란을 제압하고, 지하 뇌옥에 가둔 혈교 최강의 고수.

'교가 무림정복을 위해 진군하는 날, 정파의 위선자들은 모두 사도의 검 아래 무릎 꿇으리라.'

그런데, 최근 들어 교의 계획을 사사건건 방해하는 존재가 있었다.

"사도시여. 청룡신협에 대해 보고드릴 내용이 더 있습니다."

"말하라."

"그자가 검존의 후계자임을 자처했다 합니다."

그 순간, 일사도의 흑립 아래 드러난 흉터들이 일제히 꿈틀댔다.

"방금 검존이라 했느냐?"

"예……."

구장로는 두려움에 덜덜 떨면서도 보고받은 내용을 전했다.

청룡신협이 무림맹에서 자신이 검존의 무공을 계승했다는 사실을 밝혔으며, 모용세가에는 무공을 전하지 않겠다고 선언했다는 이야기.

구장로에게 모든 이야기를 들은 후, 일사도가 차가운 목소리로 중얼거렸다.

"좌시하면 더 큰 후환이 되겠군."

교가 오랫동안 준비해 온 남궁세가 멸문 계획을 망치고, 팔장로 혈령자를 죽였다.

뿐만 아니라 오랜 시간 공을 들여 심어 둔 무림맹의 세작을 색출하고, 육장로 독마마저 죽였다.

'본교의 장로 둘이 같은 자에게 당했다. 게다가 검존의 무공까지 익히고 있다니…….'

이 정도면 혈교와 지독한 악연으로 엮인 운명이 아닌가.

일사도가 구장로에게 물었다.

"청룡신협은 아직 무림맹에 있나?"

"며칠 전 무림맹을 떠났습니다. 현재 위치는 파악 중입니다. 오래 걸리진 않을 것입니다."

"이번 일은 살막에게 맡겨라."

살막(殺膜).

명실상부 무림 최강이라 손꼽는 살수 집단의 이름이 언급되었다.

그러나 구장로는 놀라지 않고 고개를 숙이며 물었다.

"천살(天殺)에게 직접 움직이라 전해도 되겠습니까?"

"허가한다."

일사도는 고개를 끄덕였다.

마음 같아서는 직접 청룡신협을 잡으러 가고 싶었지만, 그는 이곳에서 해야만 할 일이 있었다.

그렇다면 천살을 움직이는 것이 최선이었다.

"십존에 이름을 올린 고수다. 되도록 생포하되, 여의치 않다면 죽이라고 전하라."

"알겠습니다."

"놈이 어디로 향했을지 모르니, 다른 사도들에게도 전하라. 청룡신협과 접촉할 경우 최대한 생포해 검존의 무공을 회수하되, 불가할 경우에는 망설이지 말고 척살하라. 놓치는 것보다는 그게 나을 것이다."

"존명."

자리에서 일어난 구장로가 공손히 읍을 했다.

스르륵.

구장로의 신형이 연기처럼 흩어지며 사라졌다. 일사도는 그 모습을 일별한 후 몸을 돌려 어딘가로 향했다.

"청룡신협이라……."

구파일방이나 오대세가 출신도 아니고, 이름난 고수의 제자도 아니다.

학관에서 무공을 가르치는 무공 강사 출신이라고 들었다.

"무공을 가르치는 실력이 무척 뛰어나다지."

그 순간, 문득 오래된 과거가 떠올랐다.

-오늘부터 너희를 담당할 교관이다. 교관님이라 부르도록.

사나운 인상에 거친 언행을 일삼던 옛 스승.

-강해져라. 그것이 너희들의 존재 이유다.

조금이라도 마음에 차지 않으면 매질을 당했다. 절세의 무공을 익히는 대가로 육체와 영혼을 개조당했다.

—너희 말고도 대체할 인력은 넘친다. 폐기한 후에 버려지기 싫다면, 죽도록 발버둥 치도록.

.

그 영향은 수십 년이 지난 지금까지도 남아 있었다.
그랬던 주제에.
마지막에는 꽤나 비참한 얼굴을 하고 있었다.

—……비켜라. 너희만큼은 내 손으로 죽이고 싶지 않다.

"……."
얼굴에 난 오래된 흉터가 욱신거렸다. 이 중 일부는 옛 스승이 만든 것. 이유 없이 가끔 통증이 느껴질 때가 있었다.
저벅, 저벅.
지하로 내려갈수록 벽에 박힌 야명주가 빛을 잃었다. 마치 어둠에 의해 서서히 생명을 잃어 가는 듯했다.
목적지 앞에 도착한 일사도가 거대한 철문과 마주했다. 피 흘리는 마귀가 하늘을 올려보는 형상이 문에 새겨져 있었다.
끼이익…… 쿵!
일사도는 두 팔로 문을 밀어젖혔다. 문이 묵직한 소리를 내며 천천히 좌우로 열렸다.
크르르…….
저 멀리서 짐승의 울음소리 비슷한 것이 들렸다.
칠흑 같은 어둠 때문에 한 치 앞도 보이지 않았다.
그러나 일사도는 익숙한 듯 걸음을 옮겼다.

꽤 시간이 흘러, 그는 목적지에 도착했다.

"크크……. 크크크……."

새카만 어둠 속에서 붉게 충혈된 두 개의 눈동자가 빛났다.

일사도는 어둠 속에 웅크린 짐승에게 말을 걸었다.

"오장로. 자숙은 충분히 하였느냐?"

팔다리에 쇠사슬이 휘감긴 흑야마제가 벽에 결박되어 있었다. 그가 몸을 꿈틀대자 쇠사슬이 부딪쳐 쩔그렁거렸다.

"크크크. 드디어 날 죽이려고 왔어?"

제대로 먹지 못한 몸은 뼈다귀만 남아 앙상했고, 두 볼은 홀쭉하게 파였다. 단전에는 내공을 사용하지 못하도록 커다란 금침이 꽂혀 있었다.

흑야마제는 쇠사슬을 쩔그렁거리며 일사도에게 다가왔다. 갈라진 목소리가 뇌옥 안에 울려 퍼졌다. 두 눈이 광기로 번들거렸다.

"비밀 하나 알려 줄까? 이곳에 갇혀 있는 동안 매일 흑야마경의 구결을 음미하고 있어. 생전 처음 해보는 폐관 수련이지 뭐야. 크크크……. 크하하하!"

흑야마제는 뇌옥의 가장 깊은 곳에 갇히고도 끝까지 굴복하지 않았다.

불면 꺼질 듯 쇠약해진 상태인데도 허리만큼은 꼿꼿했다. 공포와 외로움 속에서도 자신을 잃지 않았다. 타고난 광기로 고독을 버텨 냈다.

일사도가 무감정한 눈으로 그를 바라보며 말했다.

"끝까지 반성할 기미가 보이지 않는군."

"크크. 지랄하지 말고, 기회가 있을 때 날 죽이라니까? 내가 언제까지 목줄에 묶여 있을 것 같아?"

츠츠츠츳…….

내공이 봉인돼 있음에도 불구하고, 주변의 어둠이 흑야마제와 공명했다. 단전에 꽂힌 금침이 부르르 떨렸다. 쇠사슬이 살아 있는 뱀처럼 꿈틀댔다.

허세가 아니었다. 이대로 시간이 더 주어진다면, 흑야마제는 자력으로 뇌옥을 탈출할 것이다. 그리고 전보다 더 끔찍한 괴물이 되리라.

어둠에서 태어났고, 태어날 때부터 광인이었던 자.

흑야마제는 누구도 길들일 수 없는 괴물이었다.

"오장로. 네가 더 이상 흑야마경을 익힐 일은 없을 것이다."

고개를 끄덕인 일사도가 가볍게 손을 휘둘렀다. 검지와 중지를 모아 만든 검결지(劍訣指)가 어둠을 베었다.

"크하하! 잘 생각했어. 자, 어서 날 죽이라고!"

흑야마제는 자신을 향해 날아오는 검결지의 궤적을 똑바로 바라보며 활짝 웃었다.

서걱.

그러나 잘려나간 것은 흑야마제의 머리가 아닌, 그를 묶고 있던 쇠사슬이었다.

"……이건 무슨 장난이지?"

쇠사슬에서 풀려난 흑야마제가 고개를 삐딱하게 기울였다. 놀림을 당했다고 생각했는지, 그의 눈빛이 싸늘하게 가라앉았다.

일사도는 그런 흑야마제의 눈을 똑바로 바라보며 툭 내뱉었다.

"이제부터 역천신공을 익혀라."

"이제 와서? 왜?"

"이 자리에서 너를 죽이는 것보다 그편이 이득이기 때문이다. 거절한다면 이 자리에서 죽여 주지."

흑야마제의 얼굴이 기괴하게 일그러졌다. 격노와 환희가 뒤섞인 듯한 표정으로 그가 대답했다.

"……거절할 리가 없잖아?"

남궁세가에서 역천신공을 익힌 자와 싸운 이후로, 흑야마제의 머릿속에서는 그날의 일이 떠나지 않았다.

천하의 모든 마공을 짓누르는 위압감을 가진 신공. 그 압도적인 강함에 매료되었고, 그것을 익히기 위해 반란까지 일으키지 않았던가.

할짝.

혀로 입술을 핥은 흑야마제가 금침을 뱉으며, 이글거리는 눈으로 일사도를 노려봤다.

“내놔.”

일사도는 품에서 비급을 꺼내 바닥에 던졌다.

역천신공(逆天神功)이라는 글자가 선명하게 적힌 것을 확인한 흑야마제가 달려들어 비급을 펼쳤다.

뇌옥의 어둠은 그의 시야에 아무런 방해도 되지 못했다.

“크크크…….”

흑야마제는 천하의 진미를 탐하듯 게걸스럽게 역천신공의 비급을 읽어 나갔다.

“……내일 다시 오도록 하지.”

일사도가 몸을 돌리려 하자, 흑야마제가 고개를 들어 그를 불렀다.

“이왕 가르쳐 주는 거, 당신이 익힌 무극검도 가르쳐 주지 그래?”

흑야마제의 욕심은 끝이 없었다. 눈앞에 천하에서 가장 패도적인 무공을 두고도 무극검까지 원했다.

“……불가하다.”

“왜?”

어린 시절에 당한 세뇌와 금제, 암시로 인해 사도들은 자신들의 무공을 타인에게 가르칠 수 없었다.

일사도는 그런 구구절절한 이야기를 설명하고 싶은 생각은 없었다. 그래서 간단하게 설명했다.

“몇 번 시도해 봤지만, 모두 내 가르침을 견디지 못하고 죽어 버리더군.”

“호오. 그러니까 더 흥미가 생기는데?”

"주제 넘는 욕심이다. 역천신공으로도 차고 넘칠 터."

일사도가 단호하게 선을 긋자, 흑야마제가 히죽 웃었다.

"그런데 말이야. 역천신공을 익히면 가장 먼저 당신부터 죽여 버릴 건데. 그래도 상관없나?"

도발하듯 바라보는 흑야마제의 시선에, 일사도의 입꼬리가 호선을 그렸다.

"기대하지. 네가 역천신공으로 그만한 성취를 이룰 수 있다면, 나는 기쁘게 목을 내어 줄 것이다."

한 치의 망설임도 없는 대답에, 흑야마제가 어깨를 들썩이며 웃었다. 어둠이 그를 따라 출렁거렸다.

"잊고 있었네. 당신도 나 못지않게 미친놈이라는 걸 말이야."

"강해져라. 그것이 너의 존재 이유다."

대화는 끝났다.

흑야마제는 다시 비급에 고개를 처박았다.

그를 일별한 일사도는 몸을 돌려 지상으로 올라왔다.

쿠웅!

문을 닫고 나온 후, 일사도는 교주전으로 향했다. 그는 혼잣말을 중얼거렸다.

"……강해져라. 그것이 너의 존재 이유다."

—강해져라. 그것이 너의 존재 이유다.

의식해서 한 말은 아니었다. 옛 스승에게 들었던 말을 흑야마제에게 똑같이 해 준 것은.

그저 오래된 흉터처럼 가슴 깊이 남아 있던 말일 뿐.

"……."

교주전은 텅 비어 있었다. 혈마가 부재한 상황이니 당연한 일이었다.

그럼에도 일사도는 종종 이곳에 들르곤 했다.

그는 비어 있는 옥좌를 올려다보며 중얼거렸다.

"……얼마 남지 않았다."

그 순간, 옛 스승이 남긴 상처가 또다시 욱신거렸다. 오늘따라 유독 통증이 잦았다.

* * *

그 시각, 백수룡은 섬서에 도착했다.

333화

초상화

혈교가 남궁세가를 공격했다는 소식의 충격이 다 가시기도 전에, 또 다른 소식이 무림을 강타했다.

'청룡신협이 혈교와 내통하고 있던 무림맹의 배신자를 잡았다!'

그것만으로도 충격적인 소식인데, 연이은 놀라운 소식들이 개방을 통해 퍼지기 시작했다.

'청룡신협이 독에 중독돼 생사를 오가던 용두방주를 구했다!'
'무시무시한 독공을 사용하는 혈교의 장로가 청룡신협의 검에 목이 날아갔다!'
'과거 절세검객이었던 검존의 무공을 청룡신협이 계승했다!'

무림맹에서 있었던 일들이 들불처럼 전 강호로 퍼져 나갔다.
너무 허황된 이야기 같아서 처음에는 믿지 않는 사람들도 많았다.

그러나 이 소문에는 개방의 확실한 증언이 있었다.

"개방에서 나온 이야기는 모두 사실이오. 개방은 청룡신협을 명예 방도로 임명하였소. 그는 우리의 형제나 다름없으니, 앞으로 청룡신협을 핍박하는 자는 개방을 핍박한다는 의미로 받아들일 것이오."

용두방주의 화끈한 선언.

이것은 시작에 불과했다.

온 무림의 거지들이 거리로 구걸을 나갈 때마다 새로 생긴 형제를 자랑했다.

"청룡신협은 우리의 형제이자 방도요!"

"거지들의 밥그릇에 숟가락을 얹을 수 있는 유일한 사내란 말이지!"

"우리하고 호형호제하는 사이라니까?"

개방도들이 이토록 자랑스럽게 떠들고 다니니, 사람들도 더 이상 믿지 않을 도리가 없었다.

물론 그 거지들은 당사자에게 동의를 구한 적이 없었다.

"미친 거지 놈들이……."

백수룡은 치솟는 살심을 간신히 누르며 거리를 걸었다.

사방에서 들려오는 자신과 관련된 소문 때문에 죽을 맛이었다. 어지간히 뻔뻔한 백수룡도 수치심에 손이 떨릴 정도였다.

'미리 인피면구를 쓰고 오길 천만다행이지.'

백수룡은 섬서의 중심인 서안에 도착했다.

이곳은 대대로 화산파와 종남파의 영역.

그런데 요즘엔 어디를 가나 무림맹과 청룡신협에 관한 이야기뿐이었다.

"무림맹이 이번에 큰일을 겪었다면서요?"

"청룡신협이 또 한 건 했다는군. 혈교의 장로를 또……."

"허어. 이토록 과격한 행보를 보이는 고수가 지난 수십 년간 있었나 싶습니다."

"날이 갈수록 명성이 높아지니, 이제는 십존이란 위치도 과하지 않아 보입니다."

객잔으로 들어서자마자 온갖 이야기가 쏟아졌다.

백수룡은 기막을 고막에 두르며, 빠르게 객잔 주인에게 다가갔다.

"방 하나 주시오."

곧바로 방으로 올라간 백수룡은 단정한 백의로 갈아입었다. 서생들이 흔히 입는 옷에 한 손에는 쥘부채를 쥐었다.

얼굴은 이미 인피면구로 평범하게 바꾼 상태였다. 동경을 바라보니 허약해 보이는 서생이 서 있었다.

'이 정도면 어딜 가도 튀진 않겠지.'

허리춤의 창룡검은 그대로 두었다. 검은 멋으로도 들고 다니는 흔한 무기이기에 이상할 것은 없었다.

객잔을 나선 백수룡은 곧바로 개방 서안 분타로 향했다. 가는 길에 몇 번이나 거지들에게 붙들려 "청룡신협은 거지들의 형제……."라는 말을 들었다.

'망할 거지 놈들. 아니, 따지고 보면 이게 다 남궁수 때문이지.'

용두방주에게 괜한 말을 해서 이 사달을 낸 장본인. 백수룡은 언젠가 꼭 갚아 주리라 다짐하며 목적지로 향했다.

서안 분타는 굴다리 밑에 있었다. 거적에 누워 코를 후비던 거지 하나가 백수룡을 돌아봤다.

"뉘슈? 여긴 댁 같은 서생이 올 만한 곳이 아닌데?"

"이걸 분타주에게 전해 주십시오."

백수룡은 여러 말을 하는 대신 품에서 서찰을 꺼내 거지에게 건넸다.

은은한 고린내를 풍기는 서찰은 개방의 분타주급 이상만 사용하는 특별한 향이 묻어 있었다. 무림맹을 떠나기 전에 방주에게서 받은 것이었다.

잠시 후.

"이건……!"

서찰의 내용과 필적을 확인한 분타주가 움막에서 한달음에 뛰쳐나왔다.

최근 무림을 들썩이는 소문의 주인공이 눈앞에 있었다. 분타주가 감격한 표정으로 그 별호를 부르려 했다.

"청…… 으읍!"

백수룡은 손에 든 쥘부채로 분타주의 입을 틀어막았다. 동시에 눈을 가늘게 뜨고 웃으면서 그를 움막 안으로 밀어 넣었다.

"그걸로 제 신분은 증명되었을 테니, 나머지는 안으로 들어가서 이야기할까요?"

"읍, 으읍!"

백수룡이 은근히 기세를 일으키며 묻자, 분타주가 고개를 위아래로 열심히 끄덕였다. 다행히 눈치가 없는 자는 아니었다. 백수룡은 비로소 부채를 뗐다.

"……이, 일단 안으로 들어오십시오."

분타주의 움막으로 들어간 백수룡은 융숭한 대접을 받았다. 밥알이 떠 있는 숭늉이면, 개방에선 용정차나 다름없었다.

"개방의 형제여. 기다리고 있었습니다. 이곳으로 오신다는 소식은 방주님께 전해 들었습니다."

"아, 예……."

쓸데없이 비장한 말투조차 백수룡은 마음에 들지 않았다. 볼일만 마치고 최대한 빨리 여기서 나가고 싶을 마음뿐이었다.

"제가 부탁드린 것은?"

"여기에 정리해 두었습니다."

분타주가 움막 한편에 말아 두었던 지도를 내밀었다.

지도에는 서안에 있는 모든 고서점의 위치가 표시돼 있었다. 백수룡은 그것을 빠르게 훑으며 감탄했다.

'고작 며칠이었을 텐데.'

무림맹을 떠난 백수룡은 곧장 경공을 펼쳐 섬서로 향했다.

아무리 개방의 전서구가 빠르다고 해도, 서안 분타주가 방주의 연락을 받은 것은 하루이틀 전일 것이다.

그럼에도 완벽하게 백수룡이 원하는 정보를 찾아 놓았으니, 과연 천하제일의 정보 조직다웠다.

"고서점에서 찾는 서적이 있으시다면서요? 제목까지 말씀해 주시면 저희가 찾아드릴 수도 있는데……."

무림맹을 떠나기 전, 백수룡은 방주에게 서안의 고서점들을 알아봐 달라고 부탁했다. 찾아야 할 서적이 있다는 이유였다.

'빙궁의 신물인 빙백환 이야기를 할 수는 없으니.'

백수룡은 지도를 품에 넣으며 가볍게 웃었다.

"이거면 충분합니다. 책은 제가 직접 찾아보겠습니다."

그러자 무슨 책인지 알겠다는 듯, 분타주가 누런 이를 드러내며 짓궂게 웃었다.

"흐흐. 사람마다 은밀한 취미가 하나쯤은 있는 법입죠. 취향에 맞는 걸 꼭 찾으시길 바랍니다. 제 입은 무거우니 걱정하지 않으셔도 됩니다."

분타주는 백수룡이 고서점에서 춘화라도 찾는 줄 아는 모양이었다.

'콱 그냥……'

한 대 쥐어박고 싶은 마음을 억누르며, 백수룡은 몸을 일으켰다.

"그럼 이만 가 보겠습니다."

"오신 김에 식사라도 하고 가시지 않고요? 마침 밥때인데……."

그러면서 구석에 있는 밥그릇을 가져오는데, 거기에는 식은 밥과 정체를 알 수 없는 반찬들이 뒤섞여 있었다.

백수룡은 그 순수한 호의에 저도 모르게 이를 악물었다. 남궁수가 옆에 있었으면 못 참고 한 대 쳤을 것이다.

"……먹고 왔습니다."

"이런, 아쉬워라……."

백수룡은 간신히 분타주의 제안을 뿌리치고 움막을 나섰다.

그의 뒤에서 분타주가 못내 아쉬운 표정으로 외쳤다.

"다음에 또 들러 주십시오! 제대로 한 끼 대접하겠…… 허어! 겁나게 빠르구만."

말이 다 끝나지도 않았는데, 백수룡의 신형은 이미 사라지고 없었다.

백수룡이 서안에 온 목적은 두 가지였다.

하나는 빙월신녀가 정인에게 주었다는 빙백환 하나를 찾는 것.

두 번째는 현무학관에 들러 현천신녀를 만나는 것.

'일단 빙백환의 남은 한쪽을 찾는 게 우선이야.'

빙백환을 찾아야 빙궁을 찾아갈 명분도 생긴다.

현무학관으로 가서 현천신녀를 만나는 것은 그다음이었다.

백수룡은 개방에서 받아 온 지도를 펼쳤다. 지도에서 가장 가까운 고서점부터 확인해 볼 생각이었다.

"분명 고서점에서 만났다고 했지."

—그 사람이 일하던 고서점에서 처음 만났지. 귀찮은 날파리들 때문에 면사에 흑립까지 쓰고 나간 날이었는데, 허약해 보이는 사내가 다가와 호롱불을 비춰 줬어. 어두운 곳에서 책을 읽으면 눈이 나빠진다면서 말이야.

백수룡은 정인에 대해 말하던 빙월신녀의 표정을 떠올렸다. 드물게 짓던 미소에 뇌옥 안이 환해지는 느낌마저 들었던.

"……아직 살아 있다면 좋겠는데."

오십 년, 아니 은사부가 혈교에 납치된 세월까지 합치면 육십 년이 넘는 세월이 흘렀다.

한 사람만을 기다리기엔, 길어도 너무 긴 시간이었다.

―평범한 사람이었어. 아니, 사내치고는 허약한 편이었지. 종일 서책만 읽는……. 그런 남자였어.

진작 다른 여인과 혼인을 하고 자식을 낳았을 수도 있다. 그 자식이 또 자식을 낳았어도 이상하지 않았다.

―이곳에서 탈출하면 혼례부터 올리게. 내 아들과 함께 참석할 터이니.

―이 오라비도 빠질 수 없지!

―……나도 참석하지.

백수룡은 오래전 사부들과 나눴던 대화를 떠올리며 씁쓸하게 웃었다.

"다 같이 은사부의 혼례에 참석하기로 했었는데."

그때는 이런 이야기라도 해야 뇌옥에서 버틸 수 있었다.

언젠가는 이 지옥에서 탈출해, 각자가 원하는 삶을 살 수 있을 거라는 희망이 필요했으니까.

―이곳을 탈출하면, 그 사람과 함께 아무도 모르는 곳으로 가서 살 거야.

빙월신녀의 바람은 끝내 이뤄지지 못했다.

그래도 백수룡은 전해 주고 싶었다.

은사부의 정인을 만난다면, '그녀가 끝까지 당신을 그리워했습니다.'란 그 말만큼은 꼭 전하고 싶었다.

어느새 지도에 표시된 첫 번째 고서점에 도착했다.

"실례하겠습니다."

백수룡은 평범한 외모의 서생으로 변장한 상태였다. 그는 고서점의 주인에게 물었다.

"혹시 예전에, 문율이라는 분이 이곳에서 일하시지 않았습니까?"

문율.

빙월신녀의 정인에 대한 단서는 한때 고서점에서 일했다는 것과 이름뿐이었다.

"문율? 모르는 사람 같은데……."

나이가 지긋한 주인이 잠시 생각해 보더니 고개를 저었다. 백수룡이 다시 한번 물었다.

"비슷한 이름이라도 들어 보신 적 없습니까?"

"글쎄요. 내가 여기서 이십 년째 장사하고 있는데, 들어 본 적이 없는 것 같습니다."

"……감사합니다."

백수룡은 미련 없이 고서점을 나왔다. 쉽게 찾을 수 있으리란 생각은 애초에 하지 않았다.

서안은 큰 도시다.

종일 발품을 팔아도 지도에 표시된 곳을 다 돌아보는 건 쉽지 않았다.

휘익!

백수룡은 주변에 사람들이 없을 때는 경공을 펼쳤다. 지도에 표시된 고서점을 하나씩 지워 나가며 방문했다.

그러나 다른 곳도 대답은 대부분 비슷했다.

"문율? 처음 듣는 이름이오."

"내 서안에 삼십 년째 살고 있는데, 고서점 주인 중에 그런 이름은 없소."

"쓸데없는 것 물어보지 말고, 안 살 거면 돌아가슈!"

그렇게 반나절 넘게 서안의 고서점을 일일이 찾아다녔다. 어느덧 해가 지고 밤이 되었다.

'오늘은 여기가 마지막이겠군.'

백수룡은 기대를 접고, 마지막 고서점으로 들어갔다. 서점 내부에는 호롱불이 켜져 있었다.

늦은 시간에 온 손님을 본 서점 주인이 난처한 표정을 지었다. 나이가 꽤 지긋한 노인이었다.

"미안합니다만, 이제 곧 문을 닫을 시간이라오."

"늦은 시간에 죄송합니다. 잠깐 뭐 하나만 여쭙겠습니다. 혹시 이곳에서……."

백수룡은 말을 하다 말고, 고서점 주인의 뒤편에 있는 벽을 멍하니 바라봤다. 그의 동공이 점점 커졌다.

"……은사부?"

빙월신녀 은예린의 초상화가 벽에 걸려 있었다. 그녀는 백수룡이 한 번도 본 적 없는 행복한 표정을 짓고 있었다.

334화

알아야 할 거야

초상화의 배경은 여름이었다.

숲의 오솔길 한가운데, 한 여인이 싱그럽게 웃는 얼굴로 정면을 바라보고 있었다. 환한 미소가 낯설고도 신기했다.

'은사부가 확실해.'

백수룡이 아는 은예린보다는 더 어려 보였다. 어쩌면 빙월신녀라는 별호를 얻기 전에 그린 것일지도 몰랐다.

'이렇게도 웃을 수 있는 사람이었습니까.'

백수룡은 멍하니 서서 초상화를 바라봤다.

그의 기억 속에 있는 빙월신녀는 대부분 무표정하거나 어딘가 멍해 보였다. 그 시선은 항상 먼 곳을 향하고 있었다.

'아마 이곳이었겠지요.'

그날 함께 혈교를 탈출할 수 있었더라면, 저 미소를 실제로 볼 수 있었을 텐데.

사부들과 다 같이 은사부의 혼례에 참석해 축하하고, 이후에도 종종 만나서 술잔을 나누었을 텐데.

백수룡은 피를 흘리며 죽어 가던 빙월신녀의 마지막 모습을 떠올렸다. 초점을 잃어 흐릿해진 눈으로 먼 곳을 바라보며 중얼거리던.

—……더 이상 기다리지 마세요. 이젠 내가 먼저 가서 기다릴 테니, 당신은 부디 천천히 오세요.

서안의 어느 고서점에서 하염없이 자신을 기다리고 있을 정인에게 전하고자 했던 말.

'아직 늦지 않았다면, 내가 대신 전해 주겠소.'

백수룡은 안타까운 마음에, 자신도 모르게 초상화를 향해 한 걸음 다가갔다.

그 순간,

"물러나시오."

날 선 목소리에 백수룡은 정신을 차렸다.

고서점의 주인이 차가운 눈으로 그를 노려보고 있었다.

백수룡은 그제야 실수를 했다는 생각이 들었다.

'이 노인이 은사부의 정인이라면.'

갑자기 웬 놈팽이가 나타나서 정인의 초상화를 뚫어져라 본 셈이 아닌가.

백수룡은 일단 오해부터 풀고자 했다.

"죄송합니다. 그림을 보니 잠시 옛 친우가 생각이 나서……."

"돌아가시오. 이미 책방을 닫을 시간이 지났소이다."

노인이 백수룡의 말을 끊으며 축객령을 내렸다. 두 눈에 불쾌감이 가득해 보였다.

백수룡은 난감한 표정으로 말했다.

"어르신. 오해가 있습니다. 잠시 제 말을 좀 들어주시면……."

"돌아가라 하지 않았소. 늙은이 혼자 있다고 얕보는 겐가?"

노인이 한쪽에 놓여 있던 대빗자루를 두 손으로 움켜쥐고 다가왔다.

"썩 나가지 못할까!"

그래 봤자 무공을 익히지 않은 평범한 노인이었다.

마음만 먹으면 언제든지 제압할 수 있었다.

그러나 백수룡은 노인이 휘두르는 대빗자루를 피해 뒤로 물러날 뿐이었다.

"잠시만요, 어르신. 그게 아니라……."

차라리 혈교의 장로와 싸우는 게 편할 것 같았다. 은사부의 정인일지도 모르는 노인에게 함부로 손을 쓸 수는 없는 노릇이었다.

"이놈! 썩 꺼지래도!"

노인이 빗자루를 휘둘렀지만, 백수룡은 얄밉게도 휙휙 피했다. 두 사람이 고서점 안을 돌며 실랑이를 벌일 때였다.

콰앙!

문이 거칠게 열리고, 험악한 인상의 사내들이 고서점 안으로 들어왔다.

그중 눈매가 쭉 찢어진 교활한 인상의 사내가 말했다.

"이 시간까지 불이 켜져 있길래 들어와 봤더니. 뭐야. 손님이 있었어?"

빗자루를 휘두르느라 숨이 가빠진 노인은 사내를 보자마자 벌게진 얼굴로 소리쳤다.

"네놈들! 이제 보니 한패였구나!"

"……한패?"

"영감이 치매라도 걸렸나. 갑자기 뭔 헛소리야?"

눈이 찢어진 사내가 황당하다는 표정을 짓더니, 백수룡을 위아래로 스윽 훑었다. 그러곤 고개를 돌려 벽에 걸려 있는 초상화를 바라봤다.

"설마, 너도 저 그림을 사러 왔냐?"

사내가 은은한 살기를 내비쳤다. 그래 봤자 동네 왈패 수준이었지만, 그는 말없이 서 있는 백수룡이 겁을 먹었다고 생각했는지 히죽 웃었다.

"이봐. 저 그림은 임자 있으니까 꿈 깨라."

"……저 그림을 산다고? 누가?"

"새끼야. 관심 갖지 말라는 말 못 들었어?"

백수룡을 평범한 서생이라고 판단한 사내가 다가와서 백수룡의 어깨를 손가락으로 툭툭 밀었다.

허리춤에 검이 걸려 있긴 했지만, 서생들도 흔히 멋으로 차고 다니기에 신경도 쓰지 않는 눈치였다.

"험한 꼴 보고 싶지 않으면 좋은 말로 할 때 꺼져. 알았냐?"

"……."

백수룡은 일단 얌전히 있었다. 상황 파악이 우선이었다.

사내는 몸을 돌려 노인에게 다가갔다. 백수룡은 더 이상 안중에도 없는 모습이었다.

"저 서생과 한패가 아닌가?"

"글줄이나 읽는 서생이 우리랑 어울리겠어?"

건들거리며 말하는 모양새가 완전히 왈패였다. 노인 앞에 선 사내가 목을 긁적이며 말했다.

"영감. 그러게 진작 좀 팔라니까 왜 말을 안 들어? 자꾸 시간을 끄니까 저런 날파리가 꼬이잖수. 우리가 돈을 안 주겠다는 것도 아니고."

"썩 꺼지거라!"

노인은 힘껏 빗자루를 휘둘렀으나, 그것은 사내의 손에 간단히 잡혔다.

"이 영감이 미쳤나."

대빗자루를 부러뜨린 사내는 손으로 노인을 가볍게 밀쳤다. 그러자 노인이 엉덩방아를 찧으며 뒤로 넘어졌다.

무공을 익히지 않은 평범한 노인이었다. 건장한 사내의 힘을 당해 내는 건 애초에 무리였다.

"관짝 열고 들어갈 날이 얼마나 남았다고 고집을 부려? 자꾸 이러면 우리가 꼭 나쁜 놈들 같잖아."

"천벌 받을 놈들……!"

사내는 넘어진 노인 앞에 쪼그려 앉아 한숨을 쉬더니, 고개를 돌려 빙월신녀의 초상화를 음탕한 시선으로 바라봤다.

"고것 참 이쁘게 생겼네. 그림인데도 보고 있으면 안달이 난단 말이지. 영감. 우리 문주님 그만 괴롭히고 팔아 주면 안 되겠수?"

사내의 말에, 함께 온 사내들이 낄낄 웃었다.

그때, 그들의 등 뒤에서 서늘한 목소리가 들려 왔다.

"감히 누구를 그딴 눈깔로 봐."

"뭐?"

사내는 고개를 돌렸으나 백수룡의 움직임을 제대로 보진 못했다. 흐릿해지는가 싶더니, 어느새 격통이 밀려들었다. 턱이 돌아간 것이다.

빠악!

"이 새끼가!"

"형님!"

백수룡은 고서점에 들어온 왈패들을 무자비하게 두들겨 팼다. 내공은 일부러 사용하지 않았다. 외공만 사용해 자근자근 밟았다.

그러나 피는 한 방울도 튀지 않도록 했다. 은사부의 추억이 어린 곳을 이런 놈들의 피로 더럽히고 싶지 않았다.

"사, 살려 주십시오! 대협!"

"고인을 몰라뵈었습니다!"

노인을 조롱하던 사내들의 입에서 저절로 살려 달라는 소리가 나왔다. 상대가 감당할 수 없는 고수라는 사실을 깨달았는지, 바닥에 납작 엎드려 자비를 구걸했다.

쾅! 쾅! 쾅!

백수룡은 놈들의 뒤통수를 밟아 바닥에 얼굴을 처박았다. 바닥에서 짓눌린 비명이 흘러나왔다.

그들을 내려보는 백수룡의 눈은 한없이 차가웠다.

"마음 같아선 싹 죽여 버리고 싶은데, 너희들의 더러운 피로 이곳을 더럽히기 싫어서 참겠다."

무시무시한 살기가 사내들의 심장을 옥죄었다. 졸도하지 않는 것만으로도 다행이었다. 공포로 온몸이 덜덜 떨렸다.

"가, 감사합니다……."

"꺼져."

만신창이가 된 사내들이 서로를 부축하며 어기적어기적 기어나갔다.

"……무림인이었구려."

그 모습을 모두 지켜본 노인이 한숨을 내쉬며 말했다.

'두려워할 법도 한데, 강단이 있는 노인이로군.'

웬만하면 무공은 사용하고 싶지 않았지만 방금은 어쩔 수 없었다.

백수룡은 노인이 오해하지 않도록 공손하게 물었다.

"문율 어르신 되십니까?"

순간, 노인의 눈이 커지는 것을 백수룡은 놓치지 않았다.

그러나 이어진 대답은 백수룡이 기대했던 것이 아니었다.

"……공자가 문율 형님을 어찌 아시오?"

'형님?'

노인은 은사부의 정인이 아니었다. 그러나 그를 알고 있는 사람이었다.

백수룡은 잠시 생각한 후 대답했다.

"제 스승님의 친우이십니다. 오래전에 서안의 고서점에서 일하셨다는 이야기를 들은 적이 있어서, 인사라도 드릴 겸 찾아왔습니다."

"허어……. 그런 인연이 있었군. 아까는 오해해서 미안하오."

"말씀 편하게 하십시오."

비로소 오해가 풀렸다. 노인은 백수룡이 찾는 사람에 대해서 말해 주었다.

"문율 형님이 예전에 이곳에서 일하셨던 것은 맞네. 하지만 지금은 안 계시다네."

순간, 백수룡의 머릿속에 한 가지 가정이 떠올렸다. 그가 굳은 표정으로 물었다.

"혹시……. 돌아가셨습니까?"

노인은 고개를 저었다. 초상화를 바라보는 눈은 오래된 시절을 더듬고 있었다.

"어느 날 저 초상화를 가져오더니, 이곳에 걸어 두어도 되겠냐고 묻더군. 그러라고 하니 나중에라도 팔지 말라고 부탁하는 게 아닌가? 알겠다고 했지. 형님은 고맙다는 말을 남기고 떠났네. 그 이후로 다시 본 적은 없어."

"……."

결국 어디로 갔는지 알 수 없다는 말이었다.

백수룡은 다소 막막해진 기분으로 은사부의 초상화를 바라봤다.

문득, 누가 저 그림을 그렸을지 궁금해졌다.

"저 그림은 문율 어르신이 직접 그리신 겁니까?"

"지인에게 부탁해서 그렸다고 들었네. 형님도 그림을 제법 그리긴 했지만, 저만큼 재주가 있진 않았어."

지인이라…….

백수룡은 저 초상화를 그린 사람을 한번 찾아봐야겠다고 생각했다.

"혹시 그 지인이 누군지 아십니까?"

"모르네. 뛰어난 화공이라고만 들었는데."

노인이 아는 것은 그게 전부였다.

더 이상 이곳에 볼일은 없었지만, 백수룡은 아까 일이 마음에 쓰여 물었다.

"아까 그놈들은 누굽니까?"

초상화를 팔라고 강요하던 놈들.

하는 꼴을 보아하니 하루이틀 찾아와 행패를 부린 것이 아닌 듯싶었다.

"청수문(清修門)의 사주를 받은 왈패들이라네."

"청수문? 이름만 봐서는 정파 같은데요."

"이름만 정파지. 하는 짓은 사파나 다름이 없어."

노인은 불쾌한 표정으로 말했다.

"그곳 문주의 취미가 미인도를 모으는 거라네. 내게도 몇 번이나 찾아와 저 그림을 팔라고 강요했지. 내가 팔지 않고 버티자, 저렇게 왈패들을 보내서 매일같이 괴롭히고 있다네."

그 탓에 최근에는 장사가 전혀 되지 않는다고 했다.

늦은 밤까지 가게를 열어 둔 것도, 혹시나 모를 손님을 받기 위해서라고.

백수룡은 이해가 안 된다는 표정으로 물었다.

"왜 안 파셨습니까? 그냥 파셨어도 될 텐데요."

"……내가 살날이 얼마나 남았다고. 약속까지 어겨 가며 그러고 싶진 않았네. 수십 년 동안 매일 보다 보니 정이 들기도 했고."

노인은 민망한지 백수룡의 시선을 피하며 헛기침을 했다.

백수룡은 피식 웃었다. 은사부에게 반한 사내가 여기 한 명 더 있는 모양이었다.

"아까 청수문주의 취미가 그림을 모으는 거라고 하셨는데. 그럼 저 초상화를 누가 그렸는지 알지 않을까요?"

"그럴 수도 있겠지. 하지만 위험하지 않겠나?"

청수문주가 보낸 왈패들을 아주 작살내 놨으니, 청수문을 찾아가면 조용히 대화만 나누긴 힘들지 않겠느냐는 말이었다.

그러자 백수룡이 어깨를 으쓱하며 웃었다.

"제가 생각보다 고수라서요. 청수문의 위치만 좀 알려 주십시오."

"허허……."

망설이던 노인은 결국 청사문의 위치를 알려 주었다.

"어르신."

고서점을 나서기 전, 백수룡은 이 노인이 문율을 안다면 은사부도 알지 않을까 하는 생각이 들었다.

단순히 그림에 정이 들어서 팔지 않은 것이 아니라면.

"저 그림 속의 여인. 실제로 보신 적이 있습니까?"

그러자 노인이 웃으며 말했다.

"내 평생 후회하는 것 중 하나가, 문율 형님처럼 용기를 내지 못한 것이라네."

수십 년이 넘도록 약속을 지켜 준 사람.

서로의 마음이 닿지는 않았지만, 이 노인 또한 은사부의 소중한 인연이었다.

"나중에 또 오겠습니다."

"살펴가시게."

백수룡은 은사부와 정인의 추억이 남아 있는 이 고서점이 계속 남아 있길, 노인이 오래오래 건강하길 기원했다.

고서점을 나선 백수룡은 곧바로 청수문으로 향했다.

◆◈◆

대청 안에 중년인의 싸늘한 목소리가 울려 퍼졌다.

"서생에게 맞아 도망쳤다?"

"펴, 평범한 서생이 아니었습니다. 어마어마한 고수였습니다."

그 앞에, 고서점에서 도망친 사내들이 무릎을 꿇고 있었다.

온몸에 피멍이 든 모습은 처참했으나, 그들을 내려보는 중년인은 그들의 상처 따위에 관심이 없었다.

"설마 그자가 그림을 가져간 것은 아니겠지?"

"그, 그건 아닐 겁니다. 힘으로 빼앗으려 했으면 진작 가져갔을 테니……."

퍼엉!

장력이 사내를 날려 버렸다. 일격에 의식을 잃을 만큼 강력한 한 수였다.

"쓸모없는 것. 내다 버려라."

"예!"

청수문의 무인들이 왈패들을 쫓아내는 동안, 청수문주는 자신의 방으로 돌아왔다.

넓은 방 안에는 수십 점이 넘는 미인도가 벽을 따라 걸려 있었다. 하나같이 뛰어난 솜씨의 화공이 그린 그림이었다.

그중 딱 한 자리가 비어 있었다. 청수문주가 그토록 원했으나 얻지 못한 유일한 그림.

풍월화공이 그린 빙월신녀의 초상화.

"여러 차례 기회를 주었거늘, 고집 센 늙은이가 스스로 명을 재촉하는구나."

그 가치를 모르는 자들에겐 그저 아름다운 그림에 불과하나, 청수문주와 같은 수집가들에게는 천금의 보물과 같은 물건이었다.

"정녕 죽이고 가져와야 하는가……."

그 혼잣말이, 청수문주의 운명을 결정지었다.

"다행이다. 양심의 가책 없이 두들겨 팰 수 있겠어."

"누구냐!"

뒤로 돈 청수문주가 본 것은, 눈앞에 닥쳐든 손이었다.

"감히!"

노성을 터트린 청수문주는 벼락처럼 검을 휘둘렀다. 그는 절정의 검객이었다. 살수 따위는 단칼에 베어 낼 자신이 있었다.

그러나 상대는 청수문주를 아득히 뛰어넘는 고수였다.

까앙!

단 한 수에 청수문주의 검을 쳐 낸 손이 곧바로 청수문주의 목을 움켜쥐었다. 일문의 문주가 제대로 된 저항조차 해 보지 못했다.

"커, 커헉!"

백수룡은 믿을 수 없다는 듯 눈을 부릅뜨는 청수문주를 벽으로 밀어붙였다. 습격과 동시에 기막을 펼친 터라 아무도 그 소란을 듣지 못했다.

"고서점에 걸려 있던 그림. 누가 그렸는지 알지?"

"다, 당신, 누, 누구……."

"알아야 할 거야. 그게 내가 널 살려 줄 수 있는 유일한 이유거든."

그의 두 눈에서 무시무시한 살기가 폭발했다.

335화

좋긴 하죠

단 일 합에 승부가 났다.

심지어 백수룡은 공격하기 전에 청수문주에게 말을 걸었다. 그러니 기습이라고 할 수도 없는 싸움이었다.

두 사람의 무공에는 압도적인 격차가 있었다. 그러나 청수문주는 그 사실을 인정하지 않았다.

"비, 비겁하게 기습을 하다니."

"하?"

청수문은 서안에서 제법 규모가 큰 문파였다.

구름 위 신선 같은 화산이나 종남의 고수들과는 비교할 수 없지만, 서안에 있는 속세의 문파들을 줄 세우면 스무 번째 안에는 든다고 자부해도 될 정도였다.

"누가 사주한 것이냐? 지금이라도 이 손을 놓고 순순히 실토한다면, 자비를 베풀어 너를 살려 줄 것이다."

청수문주는 억지로 문주다운 위엄을 쥐어짜 냈다.

사실 지금의 청수문은 그의 조부와 부친이 피땀 흘려 가며 키워 놓은 문파였다.

그에 비하면 현 문주는 무공보다 예술품을 수집하는 데만 관심이 있는, 사치와 향락에 빠져 사는 인물이었다.

본인만 그 사실을 모를 뿐.

"나를 해하고도 무사할 것 같으냐? 서안이 뒤집힐 것이다. 본문의 무인들, 나와 친분이 있는 정파무림의 협객들이 너를 찾아낼 것이다! 화산과 종남, 개방도 나설 것이다. 네가 그들을 다 감당할 수 있겠느냐!"

"하, 이 새끼가 아직 정신을 못 차렸네."

백수룡은 어처구니가 없다는 표정으로 청수문주를 바라봤다.

그래도 일문의 문주랍시고, 목이 잡힌 상황에서도 뻣뻣하게 구는 모습이라니.

'그림 하나 빼앗겠다고 왈패들을 시켜서 노인을 겁박한 새끼가 말이야.'

만약 그 사실을 몰랐다면, 조금은 감탄했을지도 모른다.

하지만 지금은 꼴에 체면을 지키려고 발악하는 위선자로 보일 뿐이었다.

백수룡의 표정이 더 싸늘해지자 청수문주의 말이 점점 빨라졌다.

"도, 돈을 받았느냐? 두 배를 주마. 아니, 세 배, 다섯 배를 주지! 일단 이것을 놓고 이야기를……."

"상황 파악이 안 되지?"

백수룡은 청수문주의 목을 움켜쥔 손에 힘을 주었다. 반대 손으로는 복부를 강타했다.

"커억!"

청수문주가 온몸을 뒤틀며 고통스러워했다.

아직 놓지 않은 검을 휘둘러 상대의 팔을 베어 버리려 했다.

그러나 휘두른 검은 맥없이 허공만 가를 뿐이었다.

백수룡은 한 손으로 청수문주의 목을 천천히 옥죄며, 살기 어린 목소리로 말했다.

"한 번만 더 개소리를 지껄이면 눈알을 뽑고, 그다음에는 사지를 비틀어 하나씩 뽑아 주마. 혀만 있으면 묻는 말에는 대답할 수 있을 테니. 내 말이 거짓 같으면 계속 지껄여 봐라."

"으, 으으으……."

의식이 점점 흐려진다. 비로소 정말 죽을지도 모른다는 공포가 온몸에 스며든다. 청수문주의 눈에 눈물이 차올랐다. 드높은 자존심은 산산조각이 났다.

"사, 살려다오……."

"다오?"

"살려…… 주십시오……."

백수룡은 청수문주를 바닥에 내던졌다.

"콜록콜록!"

한참을 콜록거리던 청수문주가 스스로 무릎을 꿇었다. 그는 경기 들린 사람처럼 몸을 떨었다. 고개를 들어 백수룡을 마주 보지도 못했다. 공포에 완전히 질린 것이다.

무인으로서는 부끄러운 일이지만, 평생 서안에서 떵떵거리며 살아온 청수문주는 살면서 단 한 번도 이렇게까지 생명의 위협을 받아 본 적이 없었다.

'한눈에 봐도 귀하게 자란 샌님이로군.'

백수룡은 그 사실을 눈치챘다. 이런 놈에겐 고문도 필요 없었다. 말 몇 마디면 굴복시킬 수 있었다.

"다시 묻겠다. 묻는 말에만 대답하도록."

"예, 예!"

백수룡은 지금 평범한 서생으로 변장한 상태였다.

하지만 청수문주는 그를 더 이상 서생이라고 생각하지 않았다.

'마두, 그것도 무시무시한 대마두가 분명하다.'

어쩌면 십대악인, 잔인한 손속과 실력을 보아 하니 가장 끔찍하다는 삼흉 중 한 명일지도 모른다.

"고서점에 있던 그림. 누가 그린 건지 알지?"

"푸, 풍월화공이 그린 것입니다."

즉시 나온 대답에 백수룡이 고개를 갸웃거렸다.

"풍월화공이 누구지?"

"지금은 은퇴한 전설적인 화공입니다. 그분이 그린 그림은 저희 같은 수집가들 사이에서는 부르는 게 값일 정도로 귀한 물건입니다……."

청수문주가 도시의 변두리에 있는 고서점에 미인도가 있다는 사실을 알게 된 것은 약 일 년 전.

그가 그림을 좋아하는 것을 알고 있던 낙방서생 하나가 슬쩍 알려 주었을 때만 해도, 청수문주는 가난한 서생들이나 출입하는 허름한 곳에 그런 보물이 있을 거라곤 상상도 못 했다.

그저 여흥 삼아 고서점에 들렀다가, 미인도를 보자마자 한눈에 반해 버렸다.

청수문주는 무공은 변변찮아도 예술품을 보는 눈은 꽤 좋았다. 덕분에, 예전에 보았던 풍월화공의 미인도와 화풍(畫風)이 같다는 것을 알게 되었다.

"그래서 정당한 값을 치르고 사려 했습니다. 하지만 그 노인이 팔지 않겠다고 고집을 부려서……. 커헉!"

갑자기 얻어맞은 청수문주가 두려움 가득한 눈으로 백수룡을 올려다봤다.

"왜, 왜?"

평범하게 생긴 서생이 서늘하게 웃고 있었다.

"어디서 거짓말을. 정당한 값? 헐값에 후려쳐서 가져올 생각이었지?"

"그렇지는 않……."

"그럼 얼마나 제시했는지 들어 볼까? 아까 네 입으로 가치를 매길 수 없는 보물이라고 한 것 같은데. 내가 놀랄 정도의 액수가 아니면 네놈 주둥이를 찢어도 되겠지?"

"죄, 죄송합니다……. 사실은……."

정곡을 찔렸는지 청수문주는 급히 사과를 했다.

'안 봐도 뻔하지.'

가치를 모르는 노인이 갖고 있기엔 너무 귀한 보물이라며, 헐값에 강탈하려 했을 것이다.

실제로 청수문주는 이후에도 몇 차례나 사람을 보내 그림을 사겠다는 의사를 보였으나, 전부 거절당했다.

왈패들을 고용한 것은 그 이후였다. 매일 고서점을 찾아가 제대로 영업하지 못하도록 방해하고, 그림을 팔라고 협박하도록 시켰다.

"정파라는 새끼가 하는 짓은 사파 쓰레기만도 못하구나."

"……."

청수문주는 속으로 '너도 똑같은 놈 아니냐?'라고 말하고 싶었으나, 감히 입을 열지 못하고 고개를 푹 숙였다.

백수룡은 그 뒤통수를 보며 생각했다.

'어쩐지 보통 그림이 아닌 것 같더라니.'

그림에 조예가 없는 백수룡이 보아도, 빙월신녀의 초상화는 대단해 보였다. 어린 시절의 그녀를 직접 보는 듯했으니까.

"풍월화공에 대해서 아는 걸 다 말해라."

감히 누구의 명이라고 거절할까.

청수문주는 풍월화공에 대해 아는 것을 모두 말했다.

천하에서 가장 뛰어난 화공을 논할 때 세 손가락 안에 꼽히던 인물이었으며, 은퇴한 이후에는 그림을 그리지 않는다는 것.

현재는 이곳 서안에 있는 장원에 칩거했고, 이후 바깥에 모습을 드러내지 않는다는 것.

'다행히 같은 도시에 있군.'

그가 젊은 시절에 교류했던 무인들 중에는 현재 화산파와 종남파의 장문인과 장로들도 있을 정도로 인맥이 넓고, 본인 또한 상당한 고수라고 했다.

"……또한 술법에도 조예가 대단히 깊다고 알려져 있습니다. 풍월화공이 남긴 작품들이 유명한 이유 중 하나가 술법이 남겨져 있기 때문입니다."

"술법?"

"풍문이긴 합니다만, 그가 그린 미인도를 본 사람들은 꿈속에서 그 미인을 만나 인연을 맺는다고……."

빠악!

얼굴을 얻어맞은 청수문주의 고개가 옆으로 돌아갔다. 어찌나 세게 얻어맞았는지 어금니가 흔들릴 정도였다.

"왜, 왜 갑자기……."

"닥쳐라, 이 변태 새끼야."

"……."

백수룡은 죽일 듯한 눈빛으로 청수문주를 노려봤다.

그러니까 이 새끼가 은사부의 초상화를 빼앗으려고 한 이유가, 꿈에서 만나 개수작을 부리려 했다는 것 아닌가.

대가리를 쪼개지 않은 걸 고마워해야 할 것이다.

"더 아는 건?"

"제, 제가 아는 것은 다 말씀드렸습니다……."

청수문주는 두려움에 온몸을 떨었다. 백수룡에 대한 두려움은 점점 더 커졌다.

백수룡이 미간을 모으고 인상을 찌푸리자, 청수문주가 반작용처럼 움찔했다.

"너에게 한 가지 부탁할 게 있다."

말이 부탁이지, 명령이라는 것을 청수문주도 모르지 않았다.

그 순간 안도의 감정이 먼저 들었다.

부탁을 한다는 건, 최소한 죽이진 않는다는 의미였으니까.

"마, 말씀하십시오."

완전히 굴복한 청수문주 앞에서, 백수룡은 피부를 얇게 덮은 인피면구의 끝을 살짝만 떼어냈다.

찌익…….

청수문주가 놀라서 눈을 부릅떴다.

"인피면구! 역시 그 모습은……."

"클클. 다행으로 알거라. 노부의 진짜 얼굴을 보았다면 너는 이미 죽은 목숨이었을 테니."

"……!!"

백수룡은 성대를 긁어 노인의 목소리를 냈다. 그에겐 아주 간단한 기술이었다.

"이걸 보여 준 것은, 노부를 찾으려고 해 봤자 소용없다는 걸 알려 주기 위함이다. 이 얼굴은 어차피 가짜이며, 너는 평생 나를 찾지 못할 것이다."

"겨, 결코 그럴 생각은 없습니다!"

진심이었다. 청수문주는 이 대마두와 다시는 엮이고 싶은 생각이 없었다. 애초에 간이 작은 인물이었다.

"클클. 말귀를 알아들으니 좋구나. 단도직입적으로 말하마. 노부는 고서점에서 본 그림이 마음에 든다. 하지만 지금은 따로 볼 일이 있어서 가져갈 여유가 없구나. 피라도 묻으면 곤란하니 말이야."

"피, 피……."

이 마두는 대체 무슨 짓을 하려고 강호에 나온 것일까?

청수문주의 머릿속에서 피비린내 나는 상상의 나래가 펼쳐졌다.

"클클. 내가 어딜 가는 길인지 알고 싶으냐?"

"아, 아닙니다. 절대 아닙니다."

백수룡은 살짝 떼어냈던 인피면구를 피부에 다시 붙였다.

지금부터 중요했다. 백수룡은 눈빛에 광기를 덧입히며 말했다.

"내가 돌아올 때까지, 네가 그림을 잘 지켜보고 있어라."

"예……?"

"손끝 하나 대지 말고 고서점에 그대로 두되, 다른 놈이 훔쳐 가지 못하도록 은밀히 지켜보란 말이다."

"그런……."

"만약 노부가 돌아왔을 때 그림이 사라져 있거나, 고서점의 주인이 바뀌어 있으면……."

백수룡의 두 눈이 은은한 혈광이 맺혔다. 혈마안을 약하게 사용한 것이었다. 시선을 마주친 청수문주의 눈동자가 멍하니 풀렸다.

"돌아와서 네놈의 사지를 찢어 죽일 것이다."

"으, 으으으……."

뇌리에 절대적인 공포가 새겨졌다. 이미 정신이 약해질 대로 약해진 상황. 청수문주는 그 명령을 도저히 거스를 담량이 없었다.

"아, 알겠습니다. 반드시 지키겠습니다! 시키신 대로 할 테니, 부디 목숨만은……."

청수문주는 바닥에 납작 엎드려 흐느꼈다.

"……나중에 다시 오겠다."

목소리가 멀리서 들려왔다. 청수문주가 다시 고개를 들었을 때, 그를 두려움에 떨게 한 대마두의 모습은 이미 사라지고 없었다.

곧장 방 밖으로 나간 청수문주는 문파의 무인들을 불러 명령했다.

"내일부터, 아니 지금 즉시 본문의 무인들은 고서점 주변을 순찰하면서 수상한 놈이 접근하는지 지켜보도록 해라!"

혼이 반쯤 나간 듯한 문주의 명령에, 청수문의 무인들은 어리둥절할 뿐이었다.

"이 정도로 해 두었으니 한동안 허튼짓은 못 하겠지."

청수문을 나선 백수룡은 가벼워진 발걸음으로 다음 목적지로 향했다.

전생에 매일 보던 자들이 사파의 마두들이었다. 그것을 흉내 내는 것쯤은 백수룡에게 일도 아니었다.

'어르신. 앞으로 왈패들이 찾아갈 일은 없을 겁니다.'

고서점의 노인을 떠올린 백수룡의 입가에 만족스러운 미소가 맺혔다.

그러나 목적지에 가까워질수록 그의 얼굴은 조금씩 찌푸려졌다.

'아무리 와도 적응이 안 되는군.'

백수룡은 두 손 가득 음식을 싸 들고 있었다. 늦은 시간까지 여는 반점에서 사 온 음식이었다.

잠시 후, 그가 굴다리 밑에 도착하자 음식 냄새를 맡은 거지들이 우르르 몰려들었다.

"음식이다!"

"우리 주려고 가져온 거요?"

"헤헤. 복 받으실 겁니다요."

무슨 진법이 아닌가 싶을 정도로 순식간에 자신을 포위한 거지들에게, 백수룡은 어색하게 웃으며 말했다.

"늦은 시간인데 죄송합니다. 이것 좀 나눠 드시라고 가져왔습니다."

그때, 움막에서 나온 분타주가 백수룡을 발견하고 감격한 표정으로 외쳤다.

"역시 거지들의……! 으읍!"

암기처럼 날아온 만두가 분타주의 입안에 쏙 들어갔다. 백수룡이 던진 것이었다.

'그놈의 형제 소리 좀 그만해라.'

잠시 후, 분타주의 움막으로 들어간 백수룡은 곧바로 용건을 말했다.

"사실은 뭘 좀 여쭤보고 싶어서 왔습니다."

"하하! 얼마든지요! 우리가 남입니까!"

제발 남이고 싶다.

남몰래 한숨을 내쉰 백수룡은 분타주에게 풍월화공에 대해 물었다.

"풍월화공 말입니까? 그분이라면……."

분타주의 이야기는 청수문주에게 들었던 것과 거의 같았다.

'거짓을 말한 건 아닌 모양이군.'

백수룡은 청수문주를 완전히 믿지 않았다. 때문에 개방에 와서 정보를 한 번 더 확인했다.

'풍월화공이 문율일까?'

고서점의 노인에게 듣기론, 문율이 아니라 그의 지인이 그림을 그렸다고 했다.

그 지인이 바로 풍월화공.

하지만 백수룡은 문율이 풍월화공 본인일 가능성을 배제하지 않았다.

"분타주님. 혹시 풍월화공의 이름을 아십니까?"

분타주는 백수룡이 사 온 만두를 꾸역꾸역 입안에 넣으며 고개를 저었다.

"신기하게도 이름은 알려져 있지 않습니다. 아마 아는 사람이 거의 없을 겁니다. 워낙에 기인(奇人) 같은 인물이라."

무림에는 많은 기인이사(奇人異士)가 있다.

무공이 아닌 독특한 행동으로 명성을 떨치는 자들.

풍월화공 또한 그런 사람이었다.

고개를 끄덕인 백수룡은 가장 궁금한 것을 물었다.

"은퇴 후에 칩거하셨다고 하셨는데, 그분을 만나 뵐 방법은 없겠습니까?"

청수문에 찾아갔던 것처럼 다짜고짜 쳐들어갈 수는 없는 노릇이었다. 들어 보니 그렇게 만만한 사람도 아닌 것 같고.

"글쎄요……. 상대가 명성이 높다고 해서 만나 주실 분이 아니라……."

곤란한 표정으로 고개를 젓던 분타주는, 돌연 무언가가 생각났다는 듯 손뼉을 쳤다.

"아! 생각해 보니 형제는 어렵지 않게 만나 볼 수 있을 것 같습니다."

"어떻게요?"

분타주가 음흉한 미소를 지으며 말했다.

"풍월화공이 미인을 좋아한다는 이야기는 유명합니다. 종종 미인들을 장원에 초대해서 밥을 먹고 담소를 나누는 것이 그분의 유일한 낙이지요."

백수룡이 황당하다는 표정을 지었다.

"미인이라니……. 저보고 여장이라도 하고 찾아가란 겁니까?"

그 말에 분타주가 낄낄 웃었다.

"그것도 나쁘지 않겠지만, 굳이 그럴 필요는 없습니다. 미인이란 남녀를 가리지 않고 말씀드린 겁니다."

그렇다면야……. 인피면구만 벗으면 간단히 해결될 일이었다.

"혹시 집으로 초대해서 이상한 짓을 하는 건 아닙니까?"

"그랬으면 진작 색마로 찍혀서 무림공적이 되었겠지요. 그냥 미인과 밥 먹고, 담소 나누고, 기분이 좋으면 선물도 준답니다. 그게 전부입니다."

분타주는 부럽다는 눈으로 백수룡을 바라봤다.

지금은 인피면구를 써서 평범한 얼굴을 하고 있지만, 그는 청룡신협의 용모파기를 본 적이 있었다.

한 번 보면 결코 잊기 어려운 얼굴이었다.

"권세가들이 천금을 들고 찾아와도 매몰차게 돌려보내는 분인데, 형제는 간단히 들어갈 수 있겠군요."

백수룡은 태연하게 고개를 끄덕였다. 딱히 자랑하는 투도 아니었다.

"뭐, 아무래도 잘생긴 게 좋긴 하죠."

336화

그대로 가만히

다음 날 아침.

백수룡은 오랜만에 청의무복을 꺼내 입었다.

옷뿐만이 아니라 머리도 정성껏 빗고, 새 가죽신을 신고, 허리춤에는 은은한 향이 도는 향낭을 찼다.

"이 정도면 충분하겠지."

한껏 꾸민 사내가 풍월화공의 장원으로 향하자, 그 모습을 본 사람들이 수군대기 시작했다.

"저 사내, 아무래도 풍월화공을 만나러 가는 것 같지?"

"호오. 오랜만에 용기 있는 사내가 나타났군."

"사내치고 제법 잘 꾸미기는 했지만, 이번에도 퇴짜를 맞을 것 같은데……."

"혹시 모르지. 총관인 검노가 사람 보는 눈이 좀 특이하지 않소?"

"아무리 그래도 얼굴이 좀 평범하지 않나. 나는 검노가 다섯을 세기 전에 바로 퇴짜를 놓는다는 데 닷 냥을 걸지."

"다섯이나 셀 필요가 있겠나? 나는 셋을 세기 전에 퇴짜를 맞는다에 걸겠네!"
백수룡이 풍월화공의 장원에 가까워질수록, 사람들은 재밌는 구경거리라도 난 것처럼 몰려나와 수군댔다.
자기들끼리 퇴짜를 맞네, 안 맞네로 내기까지 하고 있었다.
'서안에서 제일 재미난 구경거리라더니.'
백수룡은 지난밤 분타주가 만두를 쩝쩝대며 해준 이야기를 떠올렸다.

-얼굴값 좀 한다는 사내들, 여인들이 풍월화공을 만나 보겠다며 찾아오는 일이 종종 있습니다. 서안에서는 그게 불구경, 싸움 구경 다음으로 재미난 구경거리이지요.

정확히는 그들이 정문에서 퇴짜를 맞는 모습을 보는 것이 재미난 구경거리라고 했다.
외모에 자신이 있다고 나선 이들이 장원의 문턱도 넘지 못하고, 얼굴을 붉히며 도망치듯 서둘러 돌아가는 모습을 보는 것이 일품이라나?

-저희 개방에도 나름 잘생긴 꽃거지가 여럿 있어서 들여보내려고 해봤는데, 전부 정문을 넘지 못하고 퇴짜를 맞았습니다. 형제도 혹시 모르니 조금은 마음의 준비를 하시는 게…….

내가 거지들이랑 같아?
그 말이 목구멍까지 치밀어 올랐으나, 형제랍시고 이것저것 조언해 주는 분타주에게 차마 못 할 말이었다.
"……형제는 무슨."
잠시나마 거지들을 형제로 생각했단 사실에 백수룡은 몸서리를 쳤다.
혹시 거지들이 자신을 서서히 세뇌시키고 있는 것은 아닐까?

그렇다면 실로 무서운 일이었다.

'앞으로는 웬만하면 거지들하곤 엮이지 말아야겠어.'

백수룡은 지킬 수 없는 다짐을 하며 고개를 저었다.

아무튼 그는 이 시험(?)을 통과할 자신이 있었다.

'옥면공자한테 얼굴 하나는 잘 물려받았거든.'

자신감으로 가득 찬 백수룡은 어느새 커다란 장원 앞에 도착해 있었다.

"계십니까!"

잠시 기다렸음에도 돌아오는 대답은 없었다.

그러나 백수룡은 두 번 말하지 않았다. 안에서 움직이는 기척이 느껴졌기 때문이었다.

'이쪽에서 조급한 모습을 보여 봤자 좋을 게 없지.'

느긋하게 뒷짐을 지고 반 각쯤 기다렸을까.

장원의 대문이 열리고, 체구가 큰 노인이 모습을 드러냈다.

"뉘시오."

그 순간, 백수룡은 저도 모르게 미간을 좁혔다.

'고수다. 그것도 굉장한.'

웬만한 사람은 제대로 눈도 마주치지 못할 정도로 인상이 살벌한 노인이었다. 기도를 억누르고 있음에도 그랬다.

'풍월화공은 아닌 것 같은데.'

그때, 노인이 다시 나직한 목소리로 물었다.

"누구냐고 물었소만."

"평소 풍월화공 선배님을 깊이 흠모해 온 후배입니다. 먼 길을 찾아왔는데, 차 한잔 얻어 마실 수 있겠습니까?"

백수룡이 포권을 취하며 당당하게 말하자, 노인의 눈썹이 살짝 꿈틀거렸다.

"오늘은 약속이 없을 터인데."

"날이 좋으니 지금 약속을 잡으면 되지 않겠습니까?"

백수룡이 웃으며 농을 건넸으나, 노인은 웃지 않았다.

마치 태어날 때부터 웃을 줄 모르는 사람 같았다. 그저 말없이, 백수룡을 지그시 응시할 뿐이었다.

"……."

"……."

백수룡은 그 시선을 피하지 않고 태연하게 받아넘겼다.

피할 이유가 없었으니까.

오히려 멀리서 구경하는 구경꾼들이 더 긴장한 모습이었다.

"허어. 저 사내는 목숨이 두 개라도 되나 보군. 방금 검노(劍老)에게 농을 거는 것 보았나?"

"무섭지도 않은가……."

"저러다 송장 하나 치우는 것 아닙니까?"

멀리서 수군거리는 이야기를 들어 보니, 이 노인을 검노라고 부르는 것 같았다.

'진짜 별호일 리는 없고, 은거한 전대의 고수 중 한 명인가.'

검노의 존재만으로도 풍월화공은 도둑 걱정은 할 필요가 없을 것 같았다. 그만큼 무시무시한 고수였다.

"인피면구를 벗으시오. 이곳은 가짜 얼굴을 한 손님은 들이지 않소."

검노가 무표정한 얼굴로 말했다. 말할 때 정확히 입만 움직이는 인형 같았다.

그러나 그 말이 구경꾼들에게 불러온 반향은 엄청났다.

"인피면구?"

"사기꾼이구나!"

"빌어먹을! 이러면 내기는 무효요!"

멀리서 지켜보고 있던 구경꾼들이 분노했다.

종종 있는 일이었다.

풍월화공을 만나기 위해 인피면구를 쓰거나, 역골공으로 얼굴을 바꿔서 오는 무림인들.

하지만 그중 누구도 검노의 눈을 속이지는 못했다.

그런데,

"하하. 역시 바로 알아보시는군요."

사기행각이 들켰음에도 저 사내는 여전히 태연하게 웃는 것이 아닌가?

구경꾼들은 의아한 표정으로 백수룡을 바라봤다.

그러나 그들이 볼 수 있는 것은 백수룡의 뒷모습뿐이었다.

"오는 길에 소란이 일어날까 걱정되어, 진짜 얼굴을 가릴 수밖에 없었습니다."

백수룡은 천천히 인피면구를 떼어냈다.

어제 쓰던 것과는 다른 사내의 얼굴.

나름대로 잘생긴 편이지만, 본판에는 여전히 한참 못 미치는 거죽이었다.

찌이익.

인피면구를 뜯어내자 백수룡의 진짜 얼굴이 드러났다.

"……."

검노는 꽤 오랫동안 그 얼굴을 바라봤다.

겉으로 드러날 만큼의 반응은 없었으나, 백수룡은 검노의 눈에 이채가 스치는 것을 놓치지 않았다.

백수룡이 씩 웃으며 말했다.

"역골공이 의심스러우시면, 직접 만져 보셔도 됩니다."

검노는 고개를 저었다.

"되었소. 이 집에서 오래 일하다 보니, 가짜와 진짜 정도는 금방 구분할 줄 알게 되더군. 이 정도면 가짜라도 상관없을 것 같고."

잠시 말을 멈춘 검노가 낮게 한숨을 쉬었다.

"난리가 나겠군."

"예?"

"아무것도 아니오. 들어오시오."

검노가 돌아서고, 백수룡이 그 뒤를 따라 장원 안으로 들어갔다.

쿠웅!

문이 닫힌 후에야, 숨죽인 채 대화를 듣고 있던 구경꾼들이 웅성거리기 시작했다.

"뭐, 뭐야? 저 사내가 대체 누구야?"

"방금 들었소? 소란이 일어날까 봐 인피면구를 쓰고 왔다는데?"

"검노가 찾아온 손님을 받아 주다니. 이게 몇 년 만인가!"

"대체 저 사내가 누구이길래! 아는 사람 없소?!"

모두가 같은 심정이었으나, 안타깝게도 방금 들어간 사내의 진짜 얼굴을 본 사람은 아무도 없었다.

시간이 지날수록 궁금증만 점점 커져 갈 뿐이었다.

◆ ◈ ◆

"검노라 하오. 이곳의 총관을 맡고 있지."

검노가 먼저 자신을 소개했다. 백수룡도 더 이상 자신의 정체를 숨기지 않았다.

"백수룡이라 합니다. 무림에서는 청룡신협이라는 과분한 별호로 불리고 있습니다."

"그렇군."

백수룡이 별호를 말했음에도 검노는 별다른 반응이 없었다. 가볍게 고개를 끄덕인 그가 따라오라며 몸을 돌렸다.

'무림의 일에 전혀 관심이 없는 사람인가.'

상대의 무심한 태도가 백수룡은 오히려 편했다.

최근 지나치게 올라간 명성 탓에 불편했던 적이 한두 번이 아니었으니까.

두 사람은 말없이 함께 걸었다. 백수룡은 주위를 둘러보며 감탄했다.

'완전히 별세계로군.'

눈에 보이는 풍경이 시시각각으로 변하고 있었다.

신선들이 사는 무릉도원이 있다면 이럴까.

작은 새들이 나무에 앉아 노래를 부르고, 만발한 꽃들이 바람에 흔들렸다.

졸졸 흐르는 시냇물이 보였고, 그 주변을 사슴들이 노닐었다.

계절이 수시로 바뀌었다. 여름이었다가 겨울이 되고, 앙상한 나뭇가지에 붉고 노란 나뭇잎이 피어났다.

'풍월화공이 술법의 대가라더니.'

백수룡은 장원 곳곳에서 인위적인 기의 흐름을 느꼈다.

극도로 예민한 기감은 이 무릉도원의 일부는 현실이 아니라는 것을 간파했다.

'장원 전체에 술법을 부려 놨구나.'

만약 무작정 이곳에 침입하려고 했으면, 아무리 백수룡이라도 고생깨나 했을 것이다.

백수룡이 주변을 둘러보며 감탄하는 동안, 그들은 마당을 가로질러 별채에 도착했다. 검노를 따라오지 않았다면 한참을 헤맸을 길이었다.

"이곳에서 잠시 기다리고 계시오. 장주를 불러올 터이니."

"알겠습니다."

"너무 멀리 나가지만 않으면 괜찮으니, 편하게 구경하시오."

검노가 별채에서 나간 후, 백수룡은 별채 안을 돌아다니며 구경했다.

"화공은 화공이군."

벽마다 그림이 걸려 있었다.
바깥에 나가면 천금으로도 구하기 어렵다는 풍월화공의 미인도들.
아름다운 남녀의 모습이 여러 배경 속에 존재하고 있었다.
표정이며 몸짓이 각양각색인데, 모두가 행복해 보인다는 점은 같았다.
"……음?"
그렇게 그림들을 둘러보던 중, 백수룡의 시선이 한 곳에 정지하듯 멈췄다.
처음에는 눈을 의심했다.
이런 곳에서 만날 리 없는 얼굴이었으니까.
하지만 보면 볼수록, 자신이 아는 얼굴이 확실했다.
백수룡의 눈이 휘둥그레졌다.
"아버지?"
지금보다 훨씬 젊은 모습.
심지어 백수룡보다도 더 어린 시절의 백무흔이었다.
잘생긴 얼굴은 그대로였지만, 호기심 가득한 눈과 자신만만한 미소는 숱한 여인들의 마음을 설레게 했을 것이 틀림없었다.
"하! 괜히 옥면공자가 아니었네."
백수룡은 젊은 아버지를 보며 킥킥 웃었다.
그런데 아버지는 혼자가 아니었다.
그 바로 옆에는, 아버지의 손을 꼭 잡고 있는 여인이 있었다.
"……."
작고 아담한, 한눈에 봐도 몸이 약해 보이는 가녀린 여인.
하지만 반짝이는 눈동자는 누구보다 당돌했고, 입가에 맺힌 미소가 부럽다는 생각이 들 만큼 행복에 겨워 보였다.
"하하……."
매약빙.
백수룡은 태어나 한 번도 본 적이 없는 어머니.

이런 곳에서 젊은 시절의 아버지와 어머니를 만나게 되다니.

여전히 혈교의 교관이었던 전생의 기억을 더 강렬하게 가지고 있는 백수룡이지만, 시간이 지날수록 현생의 기억들도 돌아오고 있었다.

―네 어머니는 천하에서 가장 아름다운 여인이었다. 이 애비의 마음을 평생 차지한 것만 봐도 알 수 있지 않겠냐?

어린 시절, 어머니에 대해 물으면 아버지가 웃으며 말해 주던 이야기.

그때만큼은 소년처럼 눈을 빛내던 아버지의 모습이 떠올랐다.

"인정할게요. 눈을 못 뗄 정도로 미인이시네요."

젊은 시절의 부모님을 바라보는 백수룡의 입가에 아련한 미소가 맺혔다.

어떤 연유로 이곳에 걸려 있는지는 알 수 없었다. 백수룡은 한참 동안 눈을 떼지 못하고 그림을 바라봤다.

그렇게 얼마나 시간이 지났을까.

"……그대로 가만히, 움직이지 마시게."

"음?"

백수룡은 낯선 기척을 느끼고 고개를 돌렸다.

그러자 방금 전 목소리의 주인이 벌컥 화를 냈다.

"움직이지 말라고 하지 않았나!"

나이를 가늠하기 힘든 사람이었다.

목소리는 노인의 것이었으나, 얼굴에는 주름 하나 없어 청년이라고 해도 믿을 정도였다.

묶어 올린 백발은 자르르 윤기가 흘렀다.

아무나 소화하기 힘든 자줏빛 비단옷이 무척이나 잘 어울렸다.

백수룡은 어렵지 않게 상대의 정체를 짐작할 수 있었다.

"혹시……. 풍월화공이십니까?"

"지금 내가 누군지가 중요한가!"

그게 아니면 뭐가 중요한데?

황당한 마음이 들었으나, 백수룡은 무림의 기인이사라는 자들은 워낙에 특이하다는 사실을 떠올렸다.

"아, 움직이지 말라니까! 제발 부탁일세!"

백수룡은 포권을 취하려다가 그대로 멈춰 섰다. 아니, 몸이 움직이지 않았다.

'술법?'

떨쳐내려면 얼마든지 떨쳐낼 수 있었지만, 백수룡은 그러지 않았다. 의아한 표정으로 풍월화공을 바라봤다.

"내 바로 화구(畫具)를 가져올 터이니 그대로 있게. 알겠지? 절대 움직이면 안 돼!"

그렇게 말한 풍월화공은 몸을 돌려 날듯이 별채에서 빠져나갔다.

그 모습을 뒤에서 지켜보던 검노가 한숨을 쉬며 대신 사과했다.

"미안하오. 보다시피 저런 놈이라. 나이를 먹어서도 도통 철이 들지를 않는군."

"저분이 풍월화공이 맞습니까?"

"부끄럽지만 그렇소."

"그럼 저 계속 이러고 있어야 합니까?"

"아무래도 그래야 할 것 같소."

"……."

하는 수 없이, 백수룡은 풍월화공이 돌아올 때까지 굳은 듯 움직이지 않았다.

- 8권에 계속

일타강사 백사부 7

1판 1쇄 인쇄 2025년 12월 1일
1판 1쇄 발행 2025년 12월 17일

지은이 간짜장
펴낸이 김영곤
펴낸곳 ㈜북이십일 아르테팝

편집팀 송경진 김지혜 이영애 김경애 박지석
영업팀 정지은 한충희 남정한 장철용 강경남 황성진 김도연 이민재
제작팀 이영민 권경민
디자인 박숙희 전효은

출판등록 2000년 5월 6일 제406-2003-061호
주소 (우 10881) 경기도 파주시 회동길 201(문발동)
대표전화 031-955-2100
팩스 031-955-2151
이메일 book21@book21.co.kr

㈜북이십일 경계를 허무는 콘텐츠 리더
아르테팝 채널에서 도서 정보와 다양한 영상자료, 이벤트를 만나세요!
페이스북 facebook.com/21artepop 트위터 twitter.com/21artepop
인스타그램 instagram.com/21artepop 홈페이지 artepop.book21.com

ISBN 979-11-7357-651-5 04810
979-11-7357-309-5 04810(세트)